## Zu diesem Buch

Georg Lentz, geboren am 21. Juni 1928 in Blankenhagen bei Rostock, wuchs in einem Berliner Vorort auf. Nach abgebrochenem Studium arbeitete er in verschiedenen Buchverlagen. Seit 1974 ist er freier Schriftsteller und schrieb unter anderem einen «Leitfaden für Preußen in Bayern», «Aber das Fleisch ist schwach», «Noahs blonde Enkel», ein «Buch der Hobbys», den Roman «Kuckucksei» (1977) und vor allem die erfolgreiche Berlin-Triologie «Muckefuck» (rororo Nr. 4398), «Molle mit Korn» und «Weiße mit Schuß» (1981).
Georg Lentz lebt in München und ist mit der Autorin Mischa Lentz («Ein Umzug kommt selten allein»; rororo Nr. 4097) verheiratet.

Georg Lentz

# Molle mit Korn

Roman

rororo

Rowohlt

Veröffentlicht im Rowohlt Taschenbuch Verlag GmbH,
Reinbek bei Hamburg, November 1981

Umschlagentwurf Werner Rebhuhn
Satz Aldus (Linotron 404)
Gesamtherstellung Clausen & Bosse, Leck
Printed in Germany
680-ISBN 3 499 14857 9

Der Insulaner verliert die Ruhe nicht,
der Insulaner liebt keen Jetue nicht,
der Insulaner hofft unbeirrt,
daß seine Insel wieder 'n schönes Festland wird.

*Günter Neumann*

# Aus der Vogelschau

Im Mai des Olympiajahres 1936 kam meine Tante Friedl aus Übersee zu Besuch. Tante Friedl hätte ich mir auf dem Titelblatt des Modejournals *Berliner Hausfrau* in vierfarbigem Glanzdruck vorstellen können. Sie war, was man damals ein *Charleston-Girl* nannte: schlank, mit langen Beinen in silbrig schimmernden Seidenstrümpfen, in jenen Flatter-Look der zwanziger und frühen dreißiger Jahre gehüllt, den die deutsche Frau dann auf Wunsch des Führers ablegte.

Tante Friedl konnte es sich leisten, die neuen Trends zu ignorieren. Sie hatte vor ein paar Jahren nach Kanada geheiratet, «reich geheiratet», wie meine Mutter, Minnamartha Kaiser, nie zu bemerken versäumte. Minnamartha wies so darauf hin, daß die flotte Tante uns, dem Rest der Familie Kaiser, die ihr Leben vornehmlich in der Kolonie *Tausendschön* am Rand der Stadt verbrachte, Vorbild und Beispiel war. «Sie hat es geschafft», ergänzte meine Mutter dann wohl, während sie die Kuchengabel in die Crémefüllung eines Liebesknochens stieß oder ein Praliné zu den Lippen führte.

Tante Friedl war erster Klasse mit dem Luxusdampfer *France* bis Southampton gereist. Von England nahm sie das Flugzeug; eine Ju 52 der Lufthansa brachte sie nach Berlin-Tempelhof. Es freute sie, daß die Maschine auf den Namen *Bruno Rodschinka* getauft war, sie nahm es als gutes Omen, denn Bruno Rodschinka war ihr Vetter (und damit mein Onkel) gewesen. In den Pioniertagen des Luftverkehrs war er im Nebel abgestürzt, beim Anflug auf London. Ede, mein Vater, hatte sein Begräbnis in allen Einzelheiten vorausgeträumt, Tage, bevor die Nachricht uns erreichte, er konnte sogar den ungewöhnlichen Sarg beschreiben. So fiel ein Abglanz vom Ruhm des Luftpioniers auch auf uns. Ich, Karl Kaiser, acht Jahre alt, war stolz auf den toten Onkel Bruno. Minnamartha rechnete ihn schon bei Lebzeiten zu jenen Familienmitgliedern, die «es geschafft hatten».

Drei oder vier Passagiermaschinen täglich landeten aus westlicher Richtung in Tempelhof. Sie flogen über die Kolonie Tausendschön. Wenn Tante Friedl, mit ihrem lieblichen Bubikopf, herabgeschaut hätte, würde sie uns unten stehen gesehen haben, auf dem Platz vor Ernie Puvogels Kramladen:

Meine Mutter Minnamartha, füllig, in weißer Kittelschürze, die

Arme unter der mächtigen Büste verschränkt. Vielleicht, aber das konnte die Tante da oben durch das Dröhnen von drei Sternmotoren natürlich nicht hören, klingelte gerade in der Schürzentasche meiner Mutter die Eier-Uhr, ein amerikanisches Modell, Geschenk Tante Friedls bei einem früheren Besuch. (Die Uhr, bis sechzig Minuten einstellbar, regelte seither Minnamarthas und unser Leben im strengen Klingel-Rhythmus.)

Neben Minnamartha: Mein Vater Ede Kaiser. Preußischer Kurz-Haarschnitt, erkaltete Zigarre im Mundwinkel. Taxenbesitzer, und damit zur Klasse der Klein-Unternehmer gehörend. «Ümmerhin!», wie man in unserer aus dem Osten stammenden Großfamilie anerkennend einräumte.

Daneben ich, Karl Kaiser, Schüler, in dunkelblauer kurzer Hose, deren Beinlinge nach damaliger Mode fast bis aufs Knie reichten, ebenfalls mit militärischem Haarschnitt, meine Absteh-Ohren flatterten frei. Aus den aufgekrempelten Ärmeln meines hellblauen Oberhemdes ragten dünne Arme, was, neben Minnamarthas kräftiger Statur, ins Auge fiel.

Unsere Großmutter, Mittelscheitel und Dutt, runde Brille mit schwarzem Rand, geblümtes Samtkleid (Millefleur, *Oma*-Muster), wäre damals auch dabei gewesen. Sie starb 1946 kurz nach Kriegsende.

Um uns herum wären vielleicht andere Laubenbewohner versammelt gewesen: Ernie Puvogel, der Ladenbesitzer, ein kleiner, flinker Igelmensch, und seine massige Tochter Wanda. Der alte Herr Reh mit einer zahmen Dohle auf der Schulter. Sein schlaksiger Sohn Willi, damals vierzehn, der einen Tesching am Riemen über der Schulter trug. Gleich, wenn das Flugzeug am Horizont verschwand, würde er Krähen schießen gehen. Dann der starke Siegfried, der mich als Lieferant von Zigarettenbildchen in einem Abhängigkeits-Verhältnis hielt, von dem meine Eltern nichts ahnten. Und ein paar kichernde kleine Mädchen, jetzt im Sommer mit nackten, braungebrannten Oberkörpern, während die unteren Körperhälften in reichlich bemessenen Gummizug-Schlüpfern, Flanell, innen angerauht, steckten. Gigi hieß die dünne Rothaarige mit den geschwungenen Augenbrauen, wir nannten sie Stacks. Sie versprach, eine Schönheit zu werden. (Ihr älterer Bruder Friedrich, aktiv bei Reichswehr und Heer, imponierte uns, wenn er in voller Ausgeh-Uniform, mit silbernen Rangabzeichen und Schützenkordel an der linken Achsel, auf Urlaub kam.) Das pummelige Ding neben Gigi nannten wir Häschen. Ihre nicht ganz unschuldigen Puppenspiele hielten uns Laubenkinder in Atem. – Hinter ihr Ingrid, Häschens Freundin (kecker Blick, feuchte Schnute), puhlte wie üblich an sich herum, ihr einer Arm steckte bis über dem Ellbogen im Schlüpfer.

Jetzt flog die Ju 52 mit Tante Friedl schon über die Bärlappstraße, die sich von der Kolonie stadteinwärts neben Bahngleisen hinzog, beides Orientierungshilfen für die Piloten, die in ihren gemächlich fliegenden Kisten den Flughafen Tempelhof ansteuerten.

Das der Laubenkolonie nächstgelegene Ende der Bärlappstraße war damals noch Sandweg, aufgewühlt von den Rädern schwerer Lastwagen, denn links und rechts entstanden Siedlungshäuser, etwa dreißig insgesamt, alle nach dem gleichen Plan. Eines davon, das war ein offenes Geheimnis in der Kolonie Tausendschön, würde der Familie Kaiser gehören.

Ein Jahr später hätte Tante Friedl, aus dem Flugzeug blickend, uns auf der Terrasse unseres schlüsselfertigen Eigenheims stehen sehen, ich in denselben blauen Hosen, die nun ein bißchen kürzer schienen, Minnamartha, die mich *Menschlein* nannte («Menschlein, laß das!»), und mein Vater und *Oma*, beide unverändert.

Vor der neuen Garage parkten Edes Taxen, Marke *Adler Favorit*. Blank poliert schimmerten der grüne Lack und die vorschriftsmäßigen Streifen schwarzweißer Karos, die sich wie ein Gürtel rings um die Karosserie zogen. Mit *Erdal-Prachtschwarz* hatten Ede und seine Chauffeure die klappbaren schwarzen Lederverdecke der Landaulets gewichst.

Von den Laubenkolonisten wäre allerdings keiner zu sehen gewesen. Sie mieden uns nur. Dafür wären bestimmt meine neuen Spielkameraden, Gustavchen Fanselow mit seiner Schwester Agathe (ihr Vater beglückte uns Kinder durch die heiterste Handhabung von Scherzartikeln) und der blondgelockte, zum Aufschneiden neigende Othmar, bei uns gewesen.

Die Geschwister Fanselow, Gustavchen klein und rundlich, Agathe eher ein Stecken, wohnten um *die Ecke*. Othmar war mit seiner vornehmen Mutter (sie war am Theater) ins Haus gegenüber eingezogen. Den Vater, Typ Direktor mit Hornbrille, sah man sonntags, wenn er in Tennisdreß und weißem Südwester den Rasen sprengte. Sie besaßen ein *richtiges* Eßzimmer mit Büfett, über dem im Goldrahmen eine farbige Reproduktion von Gauguins Gemälde *Reiter am Strand von Tahiti* hing, und sie aßen so exotische Speisen wie Spaghetti mit brauner Butter und Zucker.

Die Laubenkinder, unter Führung des starken Siegfried, lauerten uns nach der Schule auf, verprügelten uns, und Ingrid drehte uns den Rücken zu und hob, in nicht mißzuverstehender Geste, ihren vielfach gestopften Bleyle-Rock, unter dem sie nichts anhatte.

Aber 1937 kam Tante Friedl nicht mehr nach Berlin. Ihr Mann, «der Kanadier», wie er von uns genannt wurde, war Jude, und er legte Tante Friedl nahe, Deutschland zu meiden, solange die Nazis *am Ruder* waren. Tante Friedl schrieb nun nur noch Postkarten mit Ansichten von *Quebec* und *Montreal*, und einmal auch von *Seattle*. Ihre Nachrichten wurden immer spärlicher, bis sie mit Beginn des Krieges ganz ausblieben.

Der nächste Blick *aus der Vogelschau* (so nannten es die Verleger der neuen Luftbild-Postkarten) auf die Kolonie Tausendschön wäre erst wieder nach dem Krieg lohnend gewesen, vielleicht 1948 oder 1949 aus dem Cockpit eines *Rosinenbombers*, der während der von den Russen verhängten Blockade zur Landung in Tempelhof ansetzte.

Lohnend allerdings um welchen Preis: Um die Verheerungen zu registrieren, die der Krieg, zwar anders als im Häusermeer der City, auch hier angerichtet hatte?

Der Mann im Cockpit hätte mich wiederum vor der Laube vierzehn stehen sehen, lang aufgeschossen inzwischen («abjebrochener Riese» sagten die Berliner), die Haare etwas länger, damit sie die immer noch abstehenden Ohren bedeckten, leicht schiefe Kopfhaltung als Spätfolge von Rachitis und Ernährungs-Mangelerscheinungen. Gekleidet in eine grüne Amijacke und olivfarbene *Hochwasser*-Hosen. An den Füßen Ringelsocken, die Schuhe säuberlich mit alten Autoreifen besohlt.

Minnamartha befand sich in einem nahen Sanatorium, «wegen der Nerven». Ede, mein Vater, war am letzten Kriegstag im Kampf um Berlin gefallen. Seine Taxen, soweit nicht schon vorher von der Wehrmacht requiriert, hatten die Russen abgeschleppt. *Oma* war gestorben. Unser Eigenheim lag in Trümmern. Eine Luftmine hatte es 1944 zerstört. «Der letzte Kaiser», wie die Laubenpieper mich nun makaber scherzend nannten (auch «Karl der Letzte» war beliebt), war wieder in die alte Laube gezogen.

Windschief und schäbig mußten jemand, der auf uns herabschaute, die Lauben jetzt vorkommen. Wo einst Tausende von Blumen die Schrebergärten leuchten ließen, standen Reihen Kartoffeln, eintönig grün, ragten Rosenkohlstrünke und Tabakpflanzen. Die Lauben, früher bunt bemalt, waren verwittert, ihre Wände silbergrau wie alte Schindeldächer. Rostig zog sich der Maschendraht zerfallener und niedergewalzter Zäune um die Parzellen. Die Fahrwege der Kolonie waren zerwühlt und verkrautet.

Puvogel, von seinem Kriegsdienst bei der Organisation Todt heil zurückgekehrt, verteilte mit Tochter Wanda kärgliche Lebensmittelrationen auf Karten. Siegfried, immer noch stark, aber zahm geworden, arbeitete als Lokführer einer Trümmer-Feldbahn. Gigi, inzwischen fast so groß wie ich und schön wie Alraune, stützte ihren Bruder Friedrich, der, in schwarz gefärbter Wehrmachtsuniform, an Krücken zwischen den Lauben umherhumpelte.

Einem gestrandeten Floß glich die Kolonie Tausendschön in diesen Blockade-Monaten. Die Rosinenbomber dröhnten Tag und Nacht über die niedrigen Dächer. Das Geräusch ihrer Motoren erinnerte mich an jene wunderbare Zeit, als Tante Friedl die Olympiade besuchte, mit der Ju 52, die auf den Namen meines Onkels Bruno Rodschinka getauft war, über die Laube donnernd.

Die Parzellen der Tausendschönchen (wie die Bewohner der Kolonie genannt wurden) hatten seit je in der Einflugschneise gelegen.

Die Pacht war niedriger dort.

# Sommer

Die Möwen sind durchaus keine
ausschließlichen Fischfresser mehr,
sondern konsumieren, da ein nicht gerade
geringer Teil der Berliner Beschäftigungen
im Möwenfüttern besteht,
von Brücken wie von Bürofenstern aus,
offenbar ohne Schaden zu nehmen, Brot.

*Hans Scholz in «Berlin, jetzt freue dich»*

Die Karte des Deutschen Reiches in meinem Atlas zeigte noch die Grenzen von 1938. Ich nahm den dicken Rotstift, Marke *Posthorn*, den ich in der Küchenschublade gefunden hatte, und malte zwei ungefähr senkrechte Linien. Teilte Deutschland in drei Teile, wie es die Sieger 1945 getan hatten. (Konferenz von Jalta.) Rechts, jenseits der Oder-Neiße-Linie, war das Land unter polnischer oder (ein Teil von Ostpreußen) unter russischer Verwaltung. Das linke Drittel, aus dem die Bundesrepublik entstehen würde, hatten die drei westlichen Alliierten in die Englische, die Amerikanische und die Französische Besatzungszone aufgeteilt. Der Brocken in der Mitte fiel an die Russen, Sowjetische Besatzungszone. (Später DDR.)

Die Vier-Zonen-Aufteilung wiederholte sich – als Sektoren – in der ehemaligen Reichshauptstadt Berlin, auf meiner Karte hellrosa gedruckt. Die drei zusammenhängenden Westsektoren bildeten eine Insel im sowjetisch besetzten Gebiet. *«Ein Dorn im Auge Stalins»* (Minnamartha).

Im Frühjahr 1948 begannen die Russen, die Zufahrtswege nach Westberlin zu blockieren. Der Waren- und Personenverkehr kam zum Erliegen. Die westlichen Alliierten beschlossen, diesen von ihnen okkupierten Teil der Stadt aus der Luft zu versorgen. Das Unternehmen *Luftbrücke* lief an.

Ich malte einen runden Kringel um Westberlin. Ein winziger Fleck auf meiner dreigeteilten Deutschlandkarte. Dann legte ich den Stift wieder in die Schublade. Klappte den Atlas zu. Ging nach draußen. Aus westlicher Richtung donnerte ein Flugzeug heran. *Rosinenbomber*, im Anflug auf Flugplatz Tempelhof, amerikanischer Sektor. Nach drei Minuten würde die nächste Maschine, beladen mit Versorgungsgütern für Westberlin, am Horizont zu erkennen sein.

In diesem Augenblick sah ich Schnüffelpaule zum erstenmal. Er lehnte an unserer Gartenpforte. Studierte das Namensschild meines Vaters, E. Kaiser, das nur noch an zwei Nägeln hing. Schnupperte an einer *Crimson Rambler*, der einzigen Rose, die an dem Spalier blühte, das wir einst aus Gasrohren über den Garteneingang gewölbt hatten.

Schnüffelpaule trug einen einreihigen Paletot, blankgewetzt, zwischen Grau und Braun schillernd. Auf dem Kopf saß wie angewachsen eine Schiebermütze.

(Beide Kleidungsstücke legte er in der Zukunft so gut wie nie ab, obwohl Sommer war; in seinem Gesicht wucherten ergraute Bartstoppeln – sie wurden nie länger und nie kürzer.)

Schnüffelpaule zog eine Pulle Korn aus der Manteltasche. «Trinkense mal», sagte er, «janz echt. Friedensware.»

Beim letzten Wort mußte er brüllen, weil der nächste Rosinenbomber, eine Dakota DC 2, über die Kolonie donnerte.

Anscheinend kam Schnüffelpaule von weither. Solche Leute brachten meistens interessante Neuigkeiten mit, und ich lud ihn ein, in die Laube zu kommen.

Er nahm ein bräunlich-graues Gepäckstück auf, das neben seinen Füßen gestanden hatte, und folgte mir. Er stellte sich vor: «Alle sagen mir Schnüffelpaule. Kannste mir auch sagen.»

Wie er zu diesem Spitznamen gekommen war, fand ich viel später heraus. Jetzt war es wichtig, ihn auszuquetschen. Woher kam er? Wen hatte er alles getroffen?

Die Schnapsflasche stand inzwischen auf dem Tisch. Schnüffelpaule hatte es sich in meinem einzigen Sessel bequem gemacht, einem roten Plüschmöbel mit Troddeln und Fransen, in dem früher Großmutter immer gesessen hatte, ihre Bunzlauer Kaffeetasse zwischen den runzligen Händen.

«Ich komme von da unten», sagte Schnüffelpaule. Damit meinte er südliche Kriegsschauplätze.

«Monte Cassino?» fragte ich.

Er winkte ab: «Nich mit mir. In so was laß ich mir doch jar nich verwickeln. Ein Mensch der auf sich hält dreht sein Antlitz nicht in Jejenden wo jeballert wird. Jewissermaßen war ick beim Nachschub. Aber dann hamse mir hoppjenommen, die Amis. War aber nich weiter schlimm. Ehrlich jesagt, sind wir ihnen stark entjejenjekommen. Karabiner wegjeschmissen, als wir den ersten Kreppsohlen-Schleicher jesichtet haben. Wir mußten für die Amis Brücken reparieren. Beste Verpflejung, wenn ooch so 'n Scheiß dabei, se fressen Maiskörner wie die Hühner, und Männerschutz schleppense rum im Krieg und Klosettpapier, und rosa Tabletten schmeißense in't Wasser, det se sich nich verjiften. Aber sonst waren se mächtich anständich, auch zu paffen jede Menge. Haben wir die Brücken eben repariert. Mit Baumstämme. Motorsäge, alles war da, keine schwere Arbeit. Bißchen Stacheldraht hattense um die ollen Häuser jarniert, wo wir einquartiert waren, nur Hütten, schlimmer als in de Lausitz. Ick sage dir, die Katzelmacher da, von Wohnen verstehn se nischt, leben ja auf der Straße. Besser wars dann in Südtirol, da haben sie schöne Jebäude. Also wo wir wohnten, zogense immer bißchen Stacheldraht rum, aber mehr für die Ithaker, zur Beruhigung, damit se nich denken sollten uns wird et zu jut jehen, se waren doch Siejer, aber durften uns nicht bewachen, weil zu jemein. Wir hatten immer Amiposten, die kümmerten sich um nischt. Fressen war jut wenn auch unjewohnt, aber manchmal konnte ich orjanisieren, Spaghetti, machte jlanzvolle Soßen dazu. Also bong jelebt. Aber dann zog es mir bißchen zur Heimat.»

Schnüffelpaule nahm ab und zu einen tiefen Zug aus der Pulle, als ich Gläser hatte holen wollen, hatte er abgewinkt. Mir war es recht, ich besaß sowieso nur zwei Schnapsgläser, und die hatten Gigi und ihr Bruder mir mitgebracht.

Gigi traf ich am nächsten Tag, da hatte Schnüffelpaule sich schon bei uns in der Veranda einquartiert, auf dem Feldbett, das mein Vetter Millie 1946 beschafft hatte, als er seine eiternde Blinddarmnarbe in unserer Laube pflegte. Es sah nicht so aus, als ob Schnüffelpaule uns so bald wieder verlassen würde.

Ich erzählte Gigi von unserem neuen Gast. Gigi sah mich mit ihren grünen Augen durchdringend an: «Du willst ihn doch nicht etwa dabehalten?»

Ich malte mit der Schuhspitze Muster in den märkischen Sand. «Was bleibt mir übrig?»

Gigi wurde wütend. «Du bist wohl 'n bißchen beknackt, was? Setzt dir da ne Laus in den Pelz. Niemand kennt den. Vielleicht ist er 'n Nazi. Oder 'n Krimineller. Spinnst du denn? Komm mit, den Heini kuck ich mir mal an.»

Schnüffelpaule hatte inzwischen in der Veranda seine Habseligkeiten ausgebreitet: eine schwarze, elegante Weste, Strümpfe mit Bollen so groß wie Friedens-Fünfmarkstücke, einen US-Schlafsack (Besitz für Deutsche verboten), ein Seitengewehr (Besitz gleichfalls verboten), ein Detektor-Radio, auf eine Zigarrenkiste montiert; zum Trocknen auf Zeitungspapier ausgebreiteter Machorka, zwei angeknabberte Pfeifen und eine volle Schnapsflasche. Gigi stakste in ihrem papageienbunten Kattunkleid in die Veranda, die Hände auf die Hüften gestützt, und sagte: «Wer sind Sie denn eigentlich?»

Mein Gast stand auf, machte einen Versuch, seine speckige Schiebermütze abzunehmen, aber die war wohl wirklich festgewachsen, und sagte: «Schnüffelpaule.»

Gigi mußte lachen, und die Schau war verdorben. Drei Minuten später saß sie mit Schnüffelpaule am Tisch, wo er Machorka trocknete, und trank einen Korn mit ihm.

So ging es dann immer. Schnüffelpaule wickelte alle um den kleinen Finger. Buseberg, ein armamputierter Weltkriegsveteran, der mit seiner Holzhand einen Räuber niedergeschlagen hatte (wodurch die Laubenkolonie Tausendschön zum erstenmal in die Zeitung kam), erschien bald jeden Nachmittag und erzählte Geschichten von der Skagerrak-Schlacht: «Werde nie vergessen, wie im Morgengrauen die Kreuzer der Wittelsbach-Klasse in Dwarslinie über die Kimm dampften ...» Er hatte sich angewöhnt, mit der heilen Hand die Manschette des Hemdärmels zu fassen, symbolisch draufzuspucken und das Glacéleder seiner Holzhand zu polieren. Schnüffelpaule war ein geduldiger Zuhörer.

Nicht nur das. Sein praktischer Lebenssinn zeigte sich hoch entwickelt. Aus der Sowjetzone organisierte er einen Doppelzentner Mehl und machte mit Gigi einen Detail-Schwarzhandel auf. Spätabends schlichen Gestalten durch den Garten und verschwanden hinten in der Veranda, wo Paule, wegen Stromsperre beim Licht eines Kerzenstummels, seine verbotenen Geschäfte betrieb, Mehl auf der alten Waage meiner Mutter hundertgrammweise abwog und in von den Kunden mitgebrachte Beutel füllte. Dafür kassierte er Zigaretten, Süßstoff und andere, auf dem Schwarzmarkt leicht umsetzbare Gegenwerte. Auf das neue Westgeld, von den westlichen Alliierten für Berlin mit dem Überdruck «B» versehen, pfiff Paule. Und kam tatsächlich mit diesen Methoden durch. «Det Jeld hamwa nu zweimal verloren, in der Inflation und nach'm Krieg», sagte ein Laubenwohner in Puvogels Laden-Baracke. «Und nun soll'n wa an die B-Marke glooben?»

Erst als Paule sich, viele Wochen später, wegen wieder steigender Nachfrage in der Laubenkolonie auf Hühnerfutter spezialisierte, stellte er auf normalen Zahlungsverkehr um. Die Jugoslawen warfen billige Balkan-Chesterfield auf den Markt. Folglich kippte die Zigaretten-Währung.

Fast jeder hielt wieder Hühner. Überdies erfanden die Frauen auf der Basis von Roggenschrot etliche für den Menschen genießbare Gerichte. Wir liebten Frau Busebergs Kraft-Frühstück. Sie rührte Schrot und Milchpulver mit Wasser an, vorausgesetzt, es gab ein bißchen Zucker zum Drüberstreuen. Auch eine Art Makronen buk Frau Buseberg aus Schrot, ein begehrtes Gebäck. Gerste ergab, geröstet, einen genießbaren Ersatzkaffee, Blockadelorche oder Schlorrendorfer genannt.

Schnüffelpaule war ein angenehmer Hausgenosse. Seit Großmutter gestorben und meine Mutter im Sanatorium war, ging es bei mir einsam zu. Ich hockte zwischen den wenigen Erinnerungsstücken an eine Zeit, als sozialer Aufstieg uns vorübergehend zu Besitzern des Eigenheims in der nahen Wohnsiedlung gemacht hatte. Aus den Trümmern unseres zerbombten Hauses hatte ich nur eine Porzellan-Ente ohne Schnabel gerettet, eine Regulator-Uhr, das Gemälde eines berühmten Malprofessors namens Müller, Titel *Nackter Reiter im Gewitter*, und einen Bierkrug meines Vaters, laut Inschrift ein Andenken an seine Dienstzeit als Leibgarde-Husar.

Gigi besuchte ich so oft wie möglich. Aber ihr kriegsbeschädigter Bruder, der mit ihr die Laube teilte, stand zwischen uns. Einst hatten Gigi und ich einander in den Wäldern am Stadtrand geliebt. Zu gefährlich schien es, dies zu wiederholen, denn russische Patrouillen durchstreiften inzwischen das Gebiet, wo amerikanischer Sektor und sowjetische Besatzungszone aneinandergrenzten.

Gigi, mager und staksig immer noch, ihr Bruder Friedrich und ich waren «menschliches Strandgut», um sich Busebergs maritimer Ausdrucksweise zu bedienen. In seinen Augen gehörten sie alle dazu, die übriggebliebenen Mitglieder der Laubenfamilien, und ihre Behausungen eigentlich auch, ausgespart von der Vernichtung, weil sie nicht einmal ein lohnendes Bombenziel dargestellt hatten. Wir zählten einfach nicht.

Auch jene Amerikaner, die in den ersten Wochen nach dem Einmarsch ihre Hemden bei den Laubenfrauen waschen und bügeln ließen, blieben bald weg. Mit ihren Amiflittchen zogen sie in die Siedlungshäuser, und wir waren wieder unter uns.

Schnüffelpaule hinten in der Veranda schaffte unermüdlich tauschend jene Nahrungsmittel heran, die zur Veredelung des von den Luftbrücke-Piloten eingeflogenen Poms unerläßlich schienen. Poms, ein gelblich-weißes Kartoffelpulver, war leicht wie der märkische Sand. «Jehustet wird hier nich», sagte Paule, «sonst fliegt uns die Wochenration weg.»

Sprüche hatte der drauf! Weil er die Klappe nicht halten konnte, trübten sich auch seine Beziehungen zu Gigi schnell wieder. Beim gemeinsamen Mehlabwiegen stellte Paule fest:

«Weeßte, wo andere Weiber Titten haben, haste zwee Pickel.»

Gigi war beleidigt und schmiß ihrem Handelspartner einen Löffel Mehl ins Gesicht. «Schaff den bloß ab», knurrte sie mich an. «Sonst hast du mich die längste Zeit gesehen!»

Sie dampfte ab, Paule kam weiß überpudert aus der Veranda. «Det schöne Mehl. Wat hat se?»

«Du hast sie beleidigt», sagte ich. «Natürlich ist sie mickrig. Wer nicht in Berlin? Schließlich haben wir Blockade. Und nichts zu fressen, außer Poms und deinem verdammten Mehl und dem verdammten Roggenschrot, und Gigi hatte nie was zu essen, und darum liebe ich sie doch, auch wenn sie dürr ist und lang wie eine Bohnenstange, und überhaupt geht dich das einen Käse an!»

Er wedelte mit der mehlweißen Hand. «Laß mal Dampf ab, Junge. Ick wollte ihr nich beleidigen. Is ja 'n prima Hase, wa? Also, wie soll ick det wiederjutmachen. Jirlanden flechten? Soll ick ihr vielleicht 'n Poem schreiben? Ick jehe in mir!»

Schnüffelpaule ließ sich in den roten Bommel-Sessel fallen, es war still im Zimmer, plötzlich zog sich schnurrend der Regulator an der Wand auf, den wir aus der Eigenheim-Ruine geborgen hatten, und schlug dreimal. Und ich sah, daß mein Freund Schnüffelpaule müde und einsam war, und ich holte die angefangene Pulle Korn aus der Veranda und die beiden Schnapsgläser, goß ein, trank ihm zu. Er nickte und leerte das Glas in einem Zug, und seine mehligen Finger hinterließen Abdrücke an dem Glas.

Es wäre der Augenblick gewesen, Paule nach seinem Woher zu fragen, Auskunft zu erheischen über sein Leben, aber ich ahnte, es würde keinen Sinn haben, ein Mann wie er kam nirgendwoher, und eines Tages würde er wieder gehen, nirgendwohin, wenigstens symbolisch. Ich wußte, er besaß keine Zuzug-Genehmigung für den Amerikanischen Sektor von Berlin, war nirgends gemeldet, von keinem Arbeitsamt erfaßt, und woher er sich die Lebensmittelmarken verschaffte, Karte I, Schwerarbeiter, 2451 Kalorien täglich, wollte ich auch lieber nicht wissen. Unsere Karten III für Otto Normalverbraucher waren zwar echt, aber weit weniger wirksam, wenn wir damit in Ernie Puvogels Gemischtwaren-Laden kamen. «So kleine Portionen kann ich gar nicht schnippeln», grollte dann Wanda, Puvogels riesige Tochter, hinter dem mit Wachstuch überzogenen Behelfstresen, und sie sah mich an, als wolle sie mich wieder in eine Pfütze stoßen, wie sie es damals getan hatte, als sie den schwächlichen Knaben Karl Kaiser samt Persilpaket auf Tauchstation befördert hatte.

Einmal hatte ich Puvogel gefragt, ob denn Schnüffelpaules Schwerarbeiter-Marken echt seien. Puvogel hatte seine kleinen Igelaugen gerollt und mir lapidar Auskunft gegeben: «Da kannste einen drauf lassen!»

Auch Paules UNRRA-Ausweis, von den Vereinten Nationen für *Displaced Persons* erfunden, Menschen also, denen ihre Nationalität, ihr *Vaterland*, durch Kriegsfolge abhanden gekommen war, hielt ich für eine Fälschung. Paule wedelte gerne damit, allerdings ohne ihn aufzuklappen. «Hier seht ihr meine Existenzberechtigung», sagte er dann. Polen besaßen diesen Ausweis, wenn sie aus jenen Gebieten stammten, die jetzt zu Rußland gehörten, Volksdeutsche aus Rumänien, Ukrainer, die als Hilfswillige zur Wehrmacht gehört hatten und nicht mehr zurückkonnten. Als Displaced Person genoß der Mensch der Nachkriegszeit Vorteile. Zum Beispiel durfte er sich frei in den drei Westzonen bewegen, was den besiegten Deutschen nur mit schwer zu erlangenden Passierscheinen der Alliierten vergönnt war. Wer traute auch schon Menschen, in deren behelfsmäßige Personal-Ausweise eingedruckt war: *Inhaber behauptet, Deutscher zu sein?*

Schnüffelpaule zu den normalen Existenzen zu zählen, wäre auf jeden Fall verwegen gewesen. Seine Kleidungsstücke hingen an ihm wie das Federkleid am Vogel, nur ein einziges Mal hatte ich ihn seinen Mantel ablegen sehen, als er sich eines Augustabends zu meiner Überraschung unter der Pumpe im Garten wusch. Die Mütze behielt er allerdings auch dabei auf. Unter dem Mantel trug er ein bräunlich verfärbtes Makko-Hemd und – das verblüffte – knallrote Hosenträger.

Rund um die Uhr brummelten die Dakotas und Skymaster über unsere Köpfe hinweg, von Westen kommend, Richtgeschwindigkeit 270 Stundenkilometer, die Landeklappen schon draußen, tausendzweihundert Flüge täglich, alle dreizehneinhalb Kilometer eine Maschine, und die Tage reihten sich zu Wochen und die Wochen zu Monaten.

Schnüffelpaule hatte jetzt mit Ukrainern, ebenfalls Displaced Persons, einen Mini-Schwarzmarkt am Bahnhof Düppel aufgezogen, aus der Zone besorgte Lebensmittel wanderten gegen Gold und Wertsachen in die Taschen der Hungrigen. Nicht immer ging es ehrlich zu. «Sie bescheißen wie die Raben», sagte Paul. «Einer hat präparierte

Kondensmilch-Büchsen. Angebohrt, Milch raus, Wasser rein, und wieder zugelötet. Mich würde es nicht wundern, wenn dem mal eener uff die Rübe haut.»

Im Garten wuchsen ein paar Reihen Kartoffeln, die Gigi gelegt hatte, solange wir Saatgut bekommen hatten, da hatte sich Ernie Puvogel im Frühling genial gezeigt, Saatgut hatte er die Hülle und Fülle besorgt. Aber jetzt, als die Kartoffeln baldige Ernte verhießen, sahen wir auch, wie manch begehrlicher Blick Vorübergehender über den Gartenzaun schweifte.

Gigi berief einen Rat ein. Puvogel kam, die massige Wanda, Buseberg mit seiner Holzhand aus Weltkrieg eins, Friedrich mit steifem Bein von Weltkrieg zwei, und noch ein paar andere Übriggebliebene der Kolonie Tausendschön. Auch Schnüffelpaule nahm teil.

«Wache schieben», sagte Friedrich. «Wir sind es ja gewöhnt.»

«Du mit deinem steifen Bein?»

«'nen Knüppel kann ich auch noch schwingen.»

Wir teilten die Wachen ein. Zu zweit sollten sie durch die Kolonie patrouillieren, Diebe verscheuchen, Diebesgut sicherstellen. «Eine Töle fehlt», sagte Schnüffelpaule. «Wir müßten ne Töle haben, ne möglichst scharfe. Die würde den Klauern schon in 'n Arsch beißen.»

Gigi warf mit einer Kopfbewegung ihre Haare in den Nacken. «Woher willst du einen Hund nehmen? Die sind längst alle im Kochtopf verschwunden. Und außerdem frißt ein Hund, und wir haben ja nicht genug für uns. Du weißt doch selbst, Paule, wie schwierig es ist, auch nur einen Kohlkopp nach Berlin reinzuschmuggeln. Erst geben die Bauern nichts her, und dann beschlagnahmen die Vopos alles.»

«Nich bei mir», sagte Paule. «Nich bei mir. Bisher habe ick noch alles rinjekriecht. Aber du hast recht. Töle is nich.»

Buseberg meinte: «Ich kann ja meinen Haken anschrauben, statt der Holzhand. So 'n Haken macht schöne Schrammen.» Der alte Mariner war stolz auf seinen Patent-Arbeitshaken, *System Masters*, den er jetzt meistens statt der glacélederüberzogenen Holzhand anschnürte, und es war zu erwarten, daß er damit gegebenenfalls auch zupacken würde.

«Also sind wir uns einig», sagte Gigi. «Ich mache einen Wachplan.»

Willi Reh, Sohn des inzwischen gestorbenen Altkommunisten Reh, hatte seit der Kesselschlacht von Bialystok und Minsk einen Lungensteckschuß und krächzte deshalb schon wie sein Vater: «Schreib det man uff», sagte er. «Sonst verjessen wa det.»

Gigi versprach es.

Ich ging mit Gigi und Friedrich rüber in ihre Laube, wir wollten ein Stück Papier und einen Bleistift suchen und den Wachplan aufschreiben. Immer wenn ich die Wohnstube der Geschwister betrat, fiel mir ein, wie Gigi und ich an einem der letzten Kriegstage auf dem Teppich geknutscht hatten, Friedrichs zerschmettertes Bein und seine Krücken vor Augen, er war, am Tisch sitzend, eingeschlafen. Und auch Gigi mußte immer wieder daran denken, ich sah es an ihren Blicken.

Friedrich war ein Problem. Viele Mädchen gab es nicht, die sich in einen mit einem steifen Bein verknallten, obwohl Friedrichs Rente einen bedeutenden finanziellen Rückhalt darstellte, seit sie in B-Mark ausgezahlt wurde. Aber mit den Dollars der Amis, mit Whisky und Zigaretten konnte auch seine verheißungsvolle B-Mark nicht konkurrieren. «Kuck sie doch an, die Flittchen», sagte Friedrich erbost. «Für den hinterletzten Nieselpriem aus Texas machen sie die Beine breit. Eine haben sie neulich ins Krankenhaus eingeliefert, weil sie sich ne Coca-Flasche unten reingesteckt hat, und die ging nicht mehr raus. Sie mußten einen Glaser holen, der hat die Flasche angebohrt, dann zischte Luft rein, und wupps ...»

«Bist du besoffen, Friedrich?»

«Was denn! Besoffen! So geht es doch zu bei den Amis. Die brauchen doch nur zu winken. Ich möchte mal wissen, wie unsere Mädchen hier sich benehmen würden, wenn die ihre Dollars zücken. Erinnerst du dich an Ingrid?»

Ich lachte. «Die würde einen Puff aufmachen. Mit *einem* Ami wäre die nicht zufrieden. Wie die damals den Rock hochgehoben hat und mir ihren blanken Hintern gezeigt hat ...»

«Schad't dir gar nichts. Warum mußtet ihr auch in die Siedlung ziehen? Mann, Karl, das haben wir euch alle übelgenommen. Aber laß mal. Vergessen. Schwamm drüber. Kriegst du noch das Zitrone-Banane-Lied zusammen, das Ingrid immer gesungen hat?»

«Ich weiß nicht. *Zitrone, Banane, die Mädchen hab'n ein Loch.* So ähnlich ging es.»

Friedrich lachte. «Dann wurde sie Blitzmädchen. Um ein Haar hätten amerikanische Panzer sie geschnappt. Sie war im Raum Merseburg im Einsatz, als General Patton mit seinen Sherman-Tanks anrückte.»

«Wo ist Ingrid jetzt? Hast du von ihr gehört?»

«Im Westen. Die kommt nicht wieder. Die nicht, und auch Häschen nicht. Häschen ist verschollen. Keine Nachricht. War ein süßes Ding.»

Friedrich stand auf. Begann, im Zimmer umherzuhinken. «Sie kommen alle nicht wieder. Und andere Mädchen ... kennst du eine, die in einer Laubenkolonie wohnen will? Höchstens eine mit Buckel.»

«Was soll man bloß mit dir machen», sagte Gigi.

Draußen, im Garten, als sie mich zum Tor brachte, meinte sie: «Ich kann doch nicht aus Mitleid mit meinem Bruder pennen!»

«Vielleicht findet sich eine. Unverhofft kommt oft», sagte ich, einen Lieblingsspruch meiner Großmutter zitierend.

Aber ich wußte, solche Banalitäten waren kein Trost. Nicht für Gigi, die sich Sorgen um ihren Bruder machte. Sie war jetzt manchmal ruppig, legte sich immer wieder mit Schnüffelpaule an, der geduldig die nächste Mehl-Ladung in die Visage erwartete, und nannte Ernie Puvogel einen «Blockade-Iltis», weil er versuchte, ihr eine Tüte klebriger Fondants statt der erwarteten Zucker-Zuteilung anzudrehen.

«Pennste noch mit ihr?» fragte Paule mich schließlich. Ich zuckte die Schultern. Gigi wackelte mit ihrem kleinen Hintern unter dem dünnen Kattunfetzen, daß ein Eremit weich geworden wäre. Aber wenn ich auch nur meinen Arm um sie legte, sagte sie: «Laß mich ...»

Es war eine schwierige Zeit. Ich saß nächtelang bei Kerzenlicht mit Schnüffelpaule am Verandatisch. Mit drei unvollständigen Kartenspielen spielten wir unendliche Partien *Leben und Tod*, ein primitives Spiel, bei dem immer die höhere Karte sticht. Stumpfsinnig. Interessant wird es nur, wenn zwei gleiche Karten kommen. Paule beschiß, daß die Heide wackelte, er ließ Karten in seine speckigen Ärmel rutschen, schummelte Asse sofort wieder nach oben und kassierte blitzschnell Stiche, die ihm gar nicht gehörten.

Ich ließ ihn gewähren. Unsere Partien dauerten trotz seiner Manipulationen manchmal bis zum Morgen, und durchs Seitenfenster sahen wir Willi Reh mit Buseberg oder die anderen Wachen vorbeigehen. Manchmal winkten wir sie herein und gaben ihnen einen Schnaps.

Schnüffelpaule und ich schoben immer zusammen Wache. Die Nächte waren kühl. Um warm zu bleiben, gingen wir schnell, durcheilten die langen Wege, die sich zwischen den Kleingärten der Kolonie zu Kilometern addierten.

Nirgends brannte Licht. Wir stolperten in den tiefen Wagengleisen, die sich immer wieder neu im Sand bildeten.

«Eins bleibt mir nebulös», keuchte Paule. «Es jibt kaum Autos. Hier in der Kolonie fahren schon gar keene. Also, woher kommen die Rillen?»

Gleich hinter Puvogels Baracke lag ein verlassenes Grundstück, mit einer düsteren Laube drauf, die früher dem einzigen Nazi der Kolonie, Herrn Gallert, gehört hatte. Gallert war verschollen. Die Tausendschönchen mieden das Grundstück. Hohes, trockenes Gras und Brennesseln und Brombeeren wucherten. Kinder machten einen großen Bogen. Nicht einmal die Kaninchenzüchter schnitten dort Futter. So wuchs wirklich Gras über diese Zeugnisse jüngster Vergangenheit, die nur wenige Quadratmeter der Kolonie Tausendschön hatte erobern können.

Bei unseren Rundgängen zeigte ich Paule die Stelle am Eingang der Kolonie, wo die Tausendschönchen im Krieg ihren Splittergraben gebaut hatten, Versammlungsort der Laubenbewohner bei vielen Luftalarmen.

«Is jarnischt mehr zu sehen», sagte Paule. «Siehste, det wundert mir immer wieder. Drei Jahre is det bloß her, und du kannst dir det nich mehr vorstellen. Hier sehe ick doch nur Sand, wie überall auf diesem Platz. Infolgedessen denke ick, du spinnst.»

«Puvogel und Siegfried haben den Graben zugeschaufelt. War nicht so einfach. Erst mußten sie die Betonbohlen abtragen.»

«Und wo sind die?»

«Sieh dir mal den Gartenweg zu Puvogels Laube an. Der Rest liegt unten drin.»

Schnüffelpaule schüttelte den Kopf.

Ich verzichtete darauf, ihm zu schildern, wie wir gleich nach dem Krieg auch den Splittergraben im Laubengarten wieder zugeschüttet hatten, ein unterirdisches Bauwerk, das ich mit Ede errichtet hatte. Das Holz, mit dem wir die Wände abgestützt hatten, war im ersten Kriegswinter in die Kochmaschine gewandert. Jetzt wuchs Kohl auf der Stelle. Wenn mir einer erzählt hätte, daß sich dort ein Splittergraben befunden habe, hätte ich es nicht geglaubt.

Zum Schluß, wenn es hell wurde, machten Paule und ich noch einmal die *große Runde* außen um die Kolonie herum. Dort verlief ein schmaler Trampelpfad, so schmal, daß die von Tau feuchten Unkrautbüschel unsere Hosenbeine streiften. Schnell waren sie bis zum Knie patschnaß.

Einmal sagte Schnüffelpaule: «Kiek mal! Da looft doch einer weg!» Wir rannten los, aber im Zwielicht des beginnenden Morgens hatten wir uns wohl getäuscht. Oder war es doch so weit, daß die Leute aus den Siedlungshäusern bei uns, den Laubenpiepern, zu klauen versuchten? Sie waren miserabel dran in der Bärlappstraße, ein Haus zu unterhalten kostet eine Menge Geld, die Ernährer fehlten meistens, viele waren noch in Gefangenschaft, andere hatten es als ehemalige Nazis schwer, wieder Fuß zu fassen.

«Jetzt bettelnse um Persilscheine», pflegte Buseberg zu sagen, «vorher hamse uns eins auf'n Dutt jekloppt, weil wir nicht in der Partei waren.»

Mit Schriftlichem standen die Tausendschönchen sowieso auf dem Kriegsfuß. Also verfaßten sie schon aus diesem Grund keine Persilscheine für die Nazis aus den Siedlungshäusern.

Mitten zwischen den unzerstörten Eigenheimen der Goldfasan-Witwen lag die Parzelle mit unserer Ruine. Inzwischen war auch die Giebelwand eingestürzt, die damals, nach der Luftmine, als einziges stehen geblieben war. Schutt war wieder in die Löcher gerutscht, die entstanden waren, als man uns Verschüttete ausgegraben hatte. Nichts mehr war zu holen dort unten. Ein paar Flaschen Opekta Einmachhilfe, die wir im Keller gelassen hatten, waren von schnapssuchenden Russen verkonsumiert worden, mit unbekannten Folgen.

Brennessel drüber! Sie wucherten auch hier, überzogen die Trümmer. Nur wenige hundert Meter lag das Grundstück von der Laubenkolonie ab. Aber die paar Mal, die Gigi, Paule und ich uns aufrafften, um zu schauen, ob sich irgend etwas verändert hatte, schien es uns, als unternähmen wir eine Expedition in weit entfernte Gegenden. Auch mir war die heile Welt der Siedlungshäuser, waren die Menschen hier fremd geworden, obwohl ich doch jahrelang, bis zur Bombenkatastrophe, zwischen ihnen gelebt hatte. Jetzt merkte ich, daß ich dahin gehörte, wo ich als Kind mein Vorstadtleben, vor unserer Siedlungshaus-Epoche, begonnen hatte: in die Laubenkolonie. Sie war sichere Zuflucht, die Menschen hier waren mir vertraut mit ihrer Wachheit, ihrer Unbestechlichkeit. Mit ihrem totalen Mangel an politischem Opportunismus, der sie davor bewahrt hatte, den braunen Verführern hinterherzulaufen.

Ausnahmen gab es wenige. Eigentlich nur jenen Herrn Gallert, dessen verlassene Laube auf uns bei nächtlichen Wachgängen so unheimlich wirkte. Als SA-Sturmführer hatte er damals in seinem Garten einen Fahnenmast errichtet, an dem er die Hakenkreuzflagge hißte, in der Erwartung, daß die Laubenpieper sie grüßen würden. Sie gingen aber einfach anders herum, und Gallert stand belämmert da, in voller Uniform, alleingelassen.

Meine Großmutter nannte ihn nur den ollen Döskopp: «Geh mal Persil holen. Aber mach, daß du nicht beim ollen Döskopp vorbei mußt.» – «Der olle Döskopp steht schon wieder im Jarten. Muß Führers Jeburtstag sein.» – «Heute habe ich den ollen Döskopp noch jar nich jesehen. Sind die Nazis nich mehr am Ruder?»

Großmutter machte ihre Bemerkungen, indem sie listig mit den Augen blinzelte, immer in der Hoffnung, daß sich jemand von ihr provoziert fühlte. Manchmal wurde die Hoffnung erfüllt. Minnamartha, meine Mutter, sagte dann:

«Oma, verbrenn dir nicht den Mund. Sonst kommst du nach Oranienburg.»

Jetzt saß Minnamartha in der Klapsmühle *Waldesruh* an der Potsdamer Chaussee. Heim für harmlose Fälle. Ich besuchte sie fast jeden Sonntag, mit dem Fahrrad, das Schnüffelpaule aus zahlreichen «gefundenen» Einzelteilen zusammengesetzt hatte.

Das Sanatorium lag sehr hübsch in einem Kiefernwäldchen, von hohen Hecken umgeben. Vom Eingang aus konnte man den T 34-Panzer sehen, den die Russen bei der Autobahn-Auffahrt Dreilinden auf einen Denkmalsockel gehievt hatten, das Kanonenrohr gen Westen gerichtet, wo ihre ehemaligen Verbündeten, die Amerikaner und Engländer sich überlegten, ob sie nicht einen Fehler gemacht hatten, als sie die Eroberung der Reichshauptstadt den Russen allein überließen.

Die Pflegerinnen hatten alle einen Blick ewigen Erbarmens drauf, einigen traten vor lauter Mitleid mit ihren Bekloppten die Augen aus den Höhlen. Sie sprachen leise, wie in einer Aussegnungshalle, und huschten lautlos umher. Im Park ergingen sich die Patienten, auch hier waren die Wege von schulterhohen Hecken eingefaßt, man sah, wie abgeschnitten, nur die Köpfe, einige mit Schwesternhauben, manche mit Schlafmützen und Pudelmützen, eine Afrika-Korps-Mütze sah ich sogar einmal wandeln, und mehr oder weniger schüttere Lockenköpfe weiblicher Patienten, manche mit Lockenwicklern. Wenn man um Ecken bog, sah man die vollständigen Gestalten, in Bademänteln mit großblumigen Mustern oder in Streifenpyjamas.

Mir schienen die Patienten normaler als die Schwestern mit ihrem Caritas-Blick. Verblüffend war nur, daß sich alle hier wie in Zeitlupe bewegten, so, als hätten sie Angst, anzustoßen und zu zerbrechen.

Minnamartha fand ich bei schönem Wetter auf ihrem Lieblingsplatz, ganz hinten in der Ecke des weitläufigen Parks, wo nur noch wenige Spaziergänger vorbeikamen. Gewöhnlich häkelte sie oder las in einem Buch, aber zwischendurch streifte ihr Blick immer wieder durch eine Lücke in der Hecke über das Land außerhalb des Sanatoriums. «Du kommst schon bald wieder hier raus», sagte ich dann tröstend, wenn ich mich neben sie setzte. Aber sie meinte: «Laß mich man hier. Ich bin hier gut aufgehoben. Muß mich um nichts kümmern.» Sie fragte nach unserem Haus, denn sie hatte verdrängt, daß es in Trümmern lag. Ich erfand Geschichten von meinem Leben im kaiserschen Eigenheim, es fiel mir schwer, ihre Fragen zu beantworten, alles war mir doch sehr fern gerückt.

So schwindelte ich jeden Sonntag. Eine halbe Stunde. Eine ganze. Ich war froh, wenn Minnamartha das Thema wechselte, was plötzlich geschah: «Die Enke», sagte sie einmal, «die Enke war ja eine Person! Das kannst du dir nicht vorstellen. So was!» Wer die Enke sei oder war, fragte ich, aber sie ging nicht darauf ein: «Die hat den König ausgemistet, sage ich dir. Karl, laß dich bloß nicht ausnehmen von den Weibern. Du bist immer so gutmütig. Die Enke hat nur für ihre unehelichen Kinder gesorgt, die Bastarde, der König mußte zahlen. Und Güter hat sie gehabt, viertausendfünfhundert Taler Einnahme im Jahr, denke mal, das war damals viel Geld. Brauchst du Geld? Junge, verdienst du denn was? Hast du Arbeit? Arbeit ist das Wichtigste. Und die Gesundheit. Schau mich an. Ein Wrack. Ja, ein Wrack. Mußt nichts sagen. Mit mir ist es bald vorbei. Und jetzt ist sie tot. Oder ist ihr Mann tot? Ach, ich bringe alles durcheinander. Willi Reh soll ja zurück sein aus Rußland. Ja, man hört so manches hier. Die Enke, also, ein Aas, sage ich dir. Hat den König immer verführt, der hatte ja nichts zu sagen. Sie hat Preußen regiert. Dat Beest! Oma hat auch immer gesagt, wenn die Enke nicht gewesen wäre, hätte es Hitler vielleicht gar nicht gegeben. Es war ja eine richtige Weiberwirtschaft am Hof.»

Ich konnte Minnamartha nicht folgen. Wer war die Enke? Dann warf ich einen Blick auf das Buch, das umgedreht auf der Bank lag, *Geschichten vom preußischen Hof*, und ich wußte, es handelte sich um die Mätresse Friedrich Wilhelms des Zweiten, Trompeterstochter Wilhelmine Enke, später Madame Ritz, dann Gräfin Lichtenau. Das Buch stammte aus der Anstaltsbibliothek. Die Ereignisse hatten im achtzehnten Jahrhundert stattgefunden, aber für Minnamartha war die Zeit geschrumpft, sie regte sich über Frau Enke auf, als habe sie gestern zwischen uns gefummelt und gelebt.

Nach einer Weile kam gewöhnlich eine Pflegerin, die raunte: «Es ist Zeit ...» Ich stand dann auf und verabschiedete mich, ging zurück zum Haupttor zwischen all den Köpfen, die über den Hecken tanzten, und den Schwesternhauben, die wie Kranichflügel hingen, und auch meine Schritte waren gedämpft durch den rötlichen Teppich von Kiefernnadeln auf den Wegen.

Schnüffelpaule empfing mich dann mit neugierigem Stechblick unter seinem Mützenschirm hervor. «Warste wieder da?» fragte er. Musterte mich, als müßte ich selber was abbekommen haben in der Klapsmühle. Wir wußten noch nicht, daß innerhalb eines Jahres ein weiterer lieber Patient, mein Schulfreund Othmar, dort Quartier beziehen würde.

Wir bastelten einen von Pauls UNRRA-Kameraden eingetauschten Volksempfänger zurecht, hörten AFN, American Forces Network in Europe, optimistische Leute arbeiteten dort, für die Amis war die Welt ganz schön in Ordnung. Zu den materiellen Tröstungen durch Luftbrücken-Poms und Trockenei gesellten sich nun akustisch die Andrew Sisters, General Lucius D. Clays Durchhalte-Ansprachen an die Berliner (*«We will stay in Berlin whatever happens. The Russians ...»*) und die optimistische Melodie von Chattanooga Choo-Choo. Drauf machten die Hamsterfahrer schnell einen deutschen Text:

> Verzeihn Sie, mein Herr,
> fährt hier der Zug nach Kötzschenbroda?
> Ja, heute vielleicht. Wenn die Kohle noch reicht.
> Für uns ist das Reisen wirklich gar kein Problem,
> wer nicht sitzen kann, na der bleibt eben stehn,
> und in Wusterhausen
> läßt du dich entlausen ...

Die Amis hatten an den Grenzen ihres Sektors Entlausungsstationen eingerichtet, wo sie die Reisenden einfingen und ihnen mit einem Blasebalg DDT-Puder in die Ärmel und in den Kragen pusteten. «Is mir einmal passiert. Mir schaudert heute noch», schüttelte sich Schnüffelpaule. «Allerdings fällt mir ein: Wir haben nüscht mehr auf de Stulle, Frühkartoffel noch nicht zu ernten, Mehl alle, Jerste knapp, wat soll wer'n? Da muß sich Paule wieder uffn Puffa schwingen.»

Schnüffelpaule traf in den nächsten Tagen seine Reisevorbereitungen, indem er sich Säcke nähte, die an Schnüren über der Schulter oder auf dem Rücken zu tragen waren. Er ergänzte seine Sammlung falscher Papiere durch neue, abenteuerlich bestempelte Propuske und Passierscheine, einige in kyrillischer Schrift, zauberte Reisemarken für Unterwegs-Verpflegung herbei.

«Wohin willst du?»

«In die Zauche. Die denken hier alle, da wächst nischt, hamse sich aba jeirrt. Also, erst mal fahr ick Königsweg, mitm Rad, wa? Durch'n Wald, da wer'nse mich schon nich hoppnehmen. Von Nowawes denn mitn Zuch, Richtung Brandenburg. Und links schwenkt marsch, bin ick in Belzig und mitten in de Zauche. Ick kenne da paar Bauern, die ham jenuch zu mampfen, aba wat se nich ham bringt ihnen Paule, nämlich det is Süßstoff. Auf Süßstoff stehnse, det vaschachern se wieder an die Iwans. Wat die mit machen, weeß ick nich, is mir ooch wurscht. Also verlaßt euch uff mir.»

Schnüffelpaule klemmte sich Fahrradklammern an die Hosenbeine und strampelte los, Richtung Nowawes. Gigi und ich sahen ihm hinterher. «Wenn das man gutgeht», sagte Gigi. Sie drehte sich um und stakste in die Veranda. «Junge, ist das ein Saustall hier. Daß ihr so leben könnt?» Sie deutete auf den Verhau, den Schnüffelpaule hinterlassen hatte, halbgefüllte Säcke, in Zeitungspapier Gebündeltes, Inhalt undefinierbar, ein Knäuel verfilzte Decken auf dem Feldbett, Machorkavorräte und Amizigaretten in Schachteln und Schächtelchen. An einer Schnur quer durch den Raum ein grünes Ami-Militärhemd zum Trocknen und Tabakblätter von den Stauden hinter der Laube; Süßstoff-Vorräte für Jahrhunderte, ein kleines Stück Butter in einer Schüssel mit kühlem Pumpenwasser, steingewordenes Salz, eine leere Sardinendose, ehemalige Wollsocken, ein schütterer Pelzkragen, Ohrenklappen, das Detektorradio, Stearinkerzenstummel. Gigi schüttelte den Kopf. «Anstecken müßte man das alles. Verbrennen. Daß ihr so leben könnt?»

«Was heißt ihr? Paule lebt so.»

Gigi schüttelte den Kopf. «Du bist auch nicht viel besser. Die Ratten werden euch annagen. Jetzt hilf mir mal, daß wir Ordnung in den Schweinekoben bringen.»

Ich half ihr, den Chimborasso draußen aufzuschichten, in der Sonne. Murrte ein bißchen: «Du könntest dich ja um uns kümmern. Warum ziehst du nicht hierher? Platz ist genug.»

Sie drehte sich um, eine Decke in den Händen, das Gesicht so rot wie ihre Haare: «Und Friedrich? Was mach ich mit dem, heh? Soll ich ihn da verkommen lassen? Oder soll ich ihn mitbringen? Hierher, zu uns? Ins Bettchen?»

Es war die alte Leier. Seit jenem ersten Mal da draußen beim Amidepot hatte sie eiserne Jungfrau gemimt. Ich liebte sie, und ich wollte, daß sie bei mir blieb. Aber wie sollte ich das anstellen? Vielleicht ging Schnüffelpaule eines Tages wieder auf Wanderschaft, und sie würde dann kommen?

Es war eine vertrackte Geschichte. Ich holte den Zuber aus dem Keller unter der Veranda, pumpte Wasser hinein, suchte den Schmierseifen-Vorrat, den ich im Kachelofen fand. Ein Waschbrett war auch irgendwo, ich wußte, Paule hatte es als Unterlage beim Machorkaschneiden verwendet. Es lehnte in der Veranda an der Wand. Wir wuschen Paules Schlafdecken und vorsichtshalber auch noch mal das Hemd, das schon auf der Leine gehangen hatte. Die Socken schmiß Gigi weg, sie waren mehr Löcher als Wolle.

«Er wird zwar meckern, aber das ist mir wurscht», sagte sie. «Hast du noch ne Stulle mit was drauf? Mann, habe ich einen Kohldampf!»

Ich suchte Brot, ein paar Scheiben von unserem selbstgebackenen Mischbrot waren noch da, strich Butter drauf. Gigi trocknete sich die Hände ab, und während sie die Butterstulle mampfte, ging sie durch den Garten. «Warum ihr Tabak pflanzen müßt, möchte ich wissen», sagte sie. «Es ist doch eh zu wenig Platz für Gemüse.»

Ich entschuldigte mich: «Paule hat den gepflanzt. Er braucht ein bißchen Tabak.»

Gigi stakste weiter, ihr Kleidchen flatterte. «Paule. Immer nur Paule. Vielleicht wird er bei uns Bürgermeister! Für dich gibt es nichts als diesen Penner. Mensch, Karl, faß dir doch mal an deinen Riechkolben. Siehst du denn nicht, daß du verkommst? Du arbeitest nicht, eines Tages hat dich das Arbeitsamt beim Wickel, und dann? Da kannst du was erleben! Die Jungs, die da sitzen, sind alles ehemalige Politische. Die reißen dir den Arsch auf bis zum Stehkragen. Statt daß du dir was suchst, nee! Lieber bist du Paules Kammerdiener. Paule hier, Paule da. Weiter hast du nichts im Kopf. Mann, merkst du das eigentlich nicht?»

Sie war stehengeblieben, sah mich an mit ihren grünen Augen, die Blitze zu sprühen schienen. Wie im Zeichentrickfilm. Sie hatte ganz lächerliche, kurze, hellrote Wimpern, die aber sehr dicht wuchsen, wie zwei kleine Felle, und auf ihren Lippen klebten ein paar Krümel von der Sulle, und sie wußte das, nahm sich aber nicht die Zeit, mit der Zunge zuzupicken, die Krümel abzuschlecken.

Sie beschimpfte mich. Inmitten der Frühkartoffeln, hinter sich Paules mannshohe Tabakpflanzen, ein weiterer Gegenstand ihres Zornes.

Sie hatte recht. Außer Gelegenheitsarbeiten hatte ich nichts richtig angepackt. Ich war Schnüffelpaules Schwarzhandels-Gehilfe geworden. Aus irgendeinem Grund hatte mich das Arbeitsamt aus den Augen verloren, seit ich, vor Monaten schon, meinen Job bei den Amis, in der Coca-Cola-Abfüllstation Lichterfelde Süd, aufgegeben hatte.

Es hatte aber wenig Sinn, so tiefschürfende Diskussionen zu führen, wenn es am Notwendigsten fehlte. «Warum geht ihr nicht wieder zum Bahndamm?» rief Friedrich vom Gartentor her. «Sonst gibt es heute nichts zu fressen. Bringt'n paar Graspilze, für die Stippe.»

Gigi zuckte die Schultern. «Also, gehen wir Pilze suchen. Komm mit.»

Hinter der Laubenkolonie erstreckte sich, der Bahnlinie entlang, das *Feld*, ein Streifen Ödland, mit hohem, trockenem Gras bestanden. Am Rand nach Klein-Machnow zu hatten ein paar Mutige den Versuch gemacht, Gärten anzulegen, aber nie wurde was daraus, weil alles im halbreifen Zustand geklaut wurde. Sie waren nicht auf die Idee gekommen, wie die Tausendschönchen Wachen gehen zu lassen. Nur ein paar magere Kürbisse versteckten sich unter grünen, gelbrandigen Blättern, die sie wie große Hände beschützten.

Der Rest des Feldes war unberührt wie zu unserer Kinderzeit. Am Bahndamm wuchsen kümmerliche Graspilze, die suchten wir jetzt. Ein Dutzend davon gaben die Grundlage für die *Stippe*, für die Soße, die Gigi oder Paule komponierten, damit wir den Kartoffelpoms verfeinerten.

«Hoffentlich hat er noch 'n bißchen Fett irgendwo versteckt», sagte Gigi. «Mit Pilzen alleine kann er sich nen Nasenpopel braten.»

Wir schlichen gebückt am Bahndamm entlang, schauten uns um, ob niemand uns sah, andere wußten nicht, daß die Pilze hier wuchsen, oder sie konnten nichts damit anfangen, die Leute aus der Stadt halten erst einmal das meiste, was frei wächst, für nicht eßbar. Manchmal kam ein Radfahrer auf dem schmalen Weg an der Bahn daher, dann benahmen wir uns unauffällig, schauten in die Ferne, wo es nichts zu sehen gab, um ihn von unserer eigentlichen Aktion abzulenken. Das gelang uns auch immer. Wir waren die einzigen, die dort die kleinen braunen Pilze ernteten.

Einmal, als Gigi alleine unterwegs war, machte sie eine folgenschwere Bekanntschaft. Jeden Morgen fuhr hier der alliierte Interzonenzug vorbei, der einzige Zug, der Berlin mit dem Westen verband, erlaubt natürlich nur für Personal der Amerikaner, Briten und Franzosen. Die letzte Nabelschnur zwischen Berlin und Helmstedt, gefährdet auch diese Verbindung, denn die Russen handelten schnell, wenn es galt, Brücken für baufällig zu erklären. Die Straßenbrücke über die Elbe hatten sie als erstes «wegen schwerer Schäden am Unterbau» gesperrt und damit die Blockade eingeleitet. Aber, o Wunder, der Interzonenzug der Alliierten verkehrte noch ein paar Tage. Eine Dampflokomotive zog ihn, auf der Seitenwand des Tenders war unter der Übermalung deutlich zu lesen: «Räder müssen rollen für den Sieg.»

An der inzwischen wegen Demontage eingleisigen Strecke taten Schrankenwärter aus Ostberlin Dienst, denn das Westberliner Bahnnetz unterstand ostzonaler Verwaltung. Ein Ost-Beamter kam morgens, kurbelte die Schranke von Bude 18 herunter, wenn der Zug nach Westen fuhr, und sein Kollege tat abends, wenn der Zug zurückkam, dasselbe.

Der Heizer des Morgen-Zuges sah Gigi im Gras stehen, die kolossale Ernte – drei Graspilze – in der Hand, und schmiß spontan ein paar dicke Kohlebrocken vom Tender. Gigi war zu verdutzt, um sich mit einer Geste, durch Winken etwa, zu bedanken. Der Zug fuhr weiter, Gigi sammelte die Kohlebrocken in ihre Schürze und brachte sie nach Hause.

Schnüffelpaule war außer sich vor Freude. «Da jehste jetzt ümma hin», sagte er. «Wir zerkleenern det, und im Winter können wir die Kochmaschine heizen. Ade, du kleener Liebling.»

Er blickte zu dem Sparofen hin, der jetzt vor der Kochmaschine installiert war, ein Gerät etwas größer als ein Ziegelstein, Kapazität eine halbe Preßkohle. Mit den Lokomotivbrocken eines Morgens war das Ding eine Woche zu heizen, und wenn wir mehr Kohle bekamen, konnten wir die Kochmaschine wieder in Betrieb nehmen.

Gigi schämte sich: «Ich kann mich da doch nicht einfach hinstellen. Was macht denn das für 'n Eindruck?»

«Das macht», dozierte Paule und war wegen der Feierlichkeit des Augenblicks nahe dran, seine Mütze abzunehmen, «das macht den Eindruck, daß du für den Winter vorsorgst, vastehste?»

Also ging Gigi jeden Morgen zum Interzonenzug. Die Heizer schienen zu wechseln, mal flogen Kohlebrocken, mal nicht. Immerhin sammelten wir einen kleinen Vorrat an, bevor auch die Besatzer ihr Heizmaterial einfliegen mußten.

«Meint ihr, der Zug verkehrt wieder, und der Heizer schmeißt euch den ganzen Winter durch Kohlen runter?» fragte Friedrich skeptisch.

Darauf gab es keine Antwort. Man mußte abwarten. Vielleicht ging die Blockade irgendwann zu Ende. Die Amis machten jedenfalls auf Optimismus, und die Berliner wären nicht Berliner gewesen, wenn sie nicht darauf eingegangen wären: «Ihr werdet sehen, die Amis hauen den Iwan noch aus der Zone raus.»

General Lucius D. Clay erließ jetzt auch Aufrufe über den RIAS, den *Rundfunk im Amerikanischen Sektor.* Wenn Stromsperre war, fuhren Lautsprecherwagen durch die Straßen, um mitzuteilen, daß wieder mehr als zwölfhundert Flugzeuge täglich so und so viele Tonnen Lebensmittel, Kohle fürs Kraftwerk Reuter und sogar dünnes Spezialpapier für die Zeitungen eingeflogen hatten. Wir glaubten es, denn alle paar Minuten rauschte eine Dakota über uns hinweg.

Schnüffelpaule kam vom Hamstern zurück, letzte Etappe per Rad über den Königsweg, von Nowawes. Seine Säcke waren prall gefüllt. Um den Leib hatte er sich, wegen etwaiger Kontrollen, zwei Speckseiten gebunden. Das erste und einzige Mal nahm er seine Mütze ab, denn da drunter steckten zwei Pfund Butter, dick in Zeitungspapier (*Neues Deutschland*) gewickelt, damit die Butter nicht schmolz.

Ein bißchen ranzig war sie trotzdem auf der langen Reise geworden, aber das störte uns nicht. Gigi organisierte Margarine auf Karten aus Puvogels Laden, tauschte einen Klacks Schmalz gegen das Mehl, das Paule mitgebracht hatte, und bereitete sogenanntes Butterschmalz, ein Fett, das sich vorzüglich zum Kochen und Backen eignete und sich lange hielt.

«Nee, wissense nee, det war ne Reise», erzählte Schnüffelpaule. «Also erst mal bin ick auf Brandenburch, die Leute leiden da ja ooch Not, aber 'n bißchen mehr hamse doch als wir. Wat denen einfällt, gloobste nich. Theater und allet auf, natürlich nur russische Stücke von de Revoluzzjon, aber die Leute haben ja nisch andret, keene Zerstreuung, wa? Also jehnse dahin. In't Theater sitzt immer so'n russischer Kontrolloffizier, der kann Deutsch, und paßt uff alles uff; damit keener wat sacht jejen die Iwans. Wer det macht is gleich weg vons Fenster, ab nach Sibirjen.»

Friedrich fragte: «Woher weißt du denn das alles? Warst du etwa im Theater?»

*Es gab Zeiten …*

... da hatten viele nicht die nötigen Kohlen, um Kohlen zu kaufen. Aber schlimmer waren jene Zeiten, wo niemand Kohlen kaufen konnte, obwohl viele die Kohlen dazu gehabt hätten. Da wurde uns dann so eingeheizt, daß es einen frieren machte.

Sparen ist nur eine Tugend, wenn es nicht zur Not wird. Sparbrenner, Sparherd, Sparkocher, Sparofen – das Wort sparen hat mitunter eine beklagenswerte Nachbarschaft.

Da mußte sogar Paule lachen. «Icke und Theata! Det hamse mir allens erzählt. Die quatschen jerne mit een der ville jereist ist, se erfahrn doch nischt da, außer aus die olle Zeitung, die se ham, det neuet Deutschland. Zum Butter einwickeln isse jut weil se dickeret Papier ham als wir. Aber wat da drinne steht: Een hamse, der heißt Hennekke, aus Zwickau oder wat weeß icke, der hat sein Soll um zweihundert Perzent übererfüllt. Wie der det jemacht hat? Ick weeß nich. Wahrscheinlich is er nich mal scheißen jejangen. Also jetzt is er Held der Arbeit, 'n Orden hat er ooch, und nu braucht er nich mehr rabotten jehn, jetzt hält er Vorträge in die Betriebe, wie't die anderen machen solln damit se ooch Held der Arbeit werden. Darüber lachense vielleicht alle!»

Schnüffelpaule war in seinem Element, nicht zu bremsen. Wir qualmten Machorka, die Vorräte waren auf dem Tisch ausgebreitet, wir genossen den augenblicklichen Reichtum. «'n bißchen Kultur», fuhr Paule fort, «habe ick ooch mitjekriecht. Ick war nämlich bei Ritter Kahlbutzen. Plötzlich treffe ich doch einen ollen Kumpel, ooch Antifaschist. Hat jetzt 'ne Fahrbereitschaft, volkseijene Lastzüje. Also sacht er, daß er uff Neustadt und Wusterhausen muß, und ick soll mitkommen wejen Butter. Stimmte ooch. Die Butter wat unter meen Hut war, is von dem, weil ick mit seinen Lastzug mitjedröhnt bin. In een Dorf bei Neustadt war er.»

«Wer?»

«Ick sage doch: Kahlbutzen!»

Gigi fragte: «Ist das der mumifizierte Ritter? Ja, lebt der denn noch? Zu dem haben wir mal einen Schulausflug gemacht. Ich erinnere mich genau. Die Lehrerin hat erzählt, er hat bei Fehrbellin mitgekämpft. Haben den die Russen nicht kaputtgemacht?»

Paule lächelte und enthüllte Zahnlücken. «Leben tun tut er nich jrade. Der is ja schon seit dreihundert Jahre doot. Also von vorne. Ick jehe an ne Kirche vorbei, da stehen in Klumpen lauta Leute um ne Tafel oder so, ick denke det is wieder ne neue Schikane von de Russen oder von de Vopos, jejen Schwarzhandel. Die Butter hatt ick schon unterm Hut. Also denke ick, informiere dir lieber eh se dir hoppnehmen. Ick drängle mir durch, und wat lese ick?

Halt!
Besichtigt Kahlbutz
das biol. Rätsel
über 300 Jahre alt.

Ick also rin, und da liecht er in sein Kinderbett, der olle Ritter, janz braun und zusammenjeschnurrt, 'ne Mumie. Knapp zwanzich Pfund wiecht er noch. Ick vastehe nich, allet is kaputt jejangen im Kriech, aber so 'ne olle Mumie, die doch zerbröselt, wenn man se anfäßt, wa? Die bleibt leben. Ick meene, die bleibt übrich. Jetzt mach ick schon denselben Fehler wie Gigi.»

«Stimmt es», fragte Gigi, «daß er fünfzig Frauen hatte?»

«Also wieviel Frauen det weeß ick nich. Elf eheliche Kinder hatte er, und vierzig uneheliche, det steht da jeschrieben. Und denn wollte er die Tochter von sein' Schäfer verkasematuckeln, und der olle Schäfer, der Vater, der sah det nicht jerne, und denn lag er tot unter een Busch. Und denn hamse alle jesacht, det war der olle Kahlbutzen, der Stinkbock. Aber Kahlbutzen hat jesacht det war er nich und det wird man sehn, det er unschuldich is und machte tausend Eide: Etwa, wenn er der Mörder war, soll sein Körper nich vawesen. Also war er wohl der Mörder, nu issa Mumie, und et kostet fuffzich Pfennje, dafür kann ihn jeda ansehen, wie die Kannalje daliecht! Und sein Kopp is janz kleen, wie'n Kinderball.»

«Und warum zerfällt er nicht?» Gigi, den Kopf in die Hände gestützt, wollte es genau wissen.

«Det ham jetzt russische und deutsche Ärzte untasucht. Der war zu trocken, schon als er lebte. Die ollen Ritter in de Mark warn ja nich so reich, vielleicht hatte er nich jenuch zu fressen. Die Bauern allerdings sagen juter Hahn wird selten fett, und vielleicht is det die Erklärung.»

Friedrich war mehr daran interessiert, zu erfahren, wo Paule außer in Neustadt erfolgreich gehamstert hatte. Um Brandenburg herum war er nicht fündig geworden, da kamen zuviel Leute hin, die Bauern hatten schon alle Nähmaschinen und pro Person drei Fahrräder und goldene Uhren und Stickdeckchen auf dem Küchentisch.

«Sojar Teppiche hamse liejen», erzählte Paule entrüstet. «Echte Perser, in die ollen Stuben, wo se mit ihre Mistbotten aus'n Kuhstall rinjehen. Und eene Bäuerin hab ick jesehen die trug Seidenstrümpfe, mit 'ne Naht hinten, natürlich schief, die ham ja keene Ahnung uff'n Land von so wat. Se komm' mir vor wie de Russen wat ihre Weiber Nachthemden überjezogen ham, weil se dachten det sind elejante Abendroben. Und de Kartoffeln hamse int Klo jespült und dann hamse runterjezogen. Und denn warn de Kartoffeln weg, da hamse jedacht, det is Sabotage jejen de Rote Armee.»

«Nun mach mal halblang», sagte Friedrich. «Das hätte so manchem

Märker auch passieren können. Aufm Land haben die noch alle Plumpsklos. Von Wasserspülung keinen Schimmer.»

«Ooch recht», sagte Paule gutmütig. «Sicher verbreiten det die Faschisten. Also, ick als Freund der Roten Armee, wie ick mir natürlich fühle als Displaced Pörssn, habe mir von meinem Freund verabschiedet und denn rin in de Zauche. Immer mit Mistwagen mitjefahren und so, du mußt dir Zeit lassen. Ick bitte, euch mal vorzustellen, wie Paule hinten aufhuppt, die Mistfuhre dampft, du hast die Beene in de Scheiße, ne Querrille kriegste im Arsch, weil de hinten uff det Kastenbrett hockst, vorne siehste im Dampf de Mütze von den Mistfahrer, und vielleicht noch, wie die Ohren von de Mähre wackeln, wenn de Fliejen anjreifen. Und de kiekst und kiekst, et kann ja sind, det dir wieder eener uffn Kieker hat, irjendeener in volle Montur, und denn jeht det allens wieder los, wohin wollnse, wat wollnse da, ja, Mann, wissense denn nich: Det is vaboten! Kommse mal mit. Und den Mistfahrer, der freundlich war zu dir und jütich wie im Frieden, den scheißense ooch an, und da merkste wieder wie dir der schöne blaue Himmel int Jenick drückt als wenn de uffn Jefängnishof Jänsemarsch machst, links 'ne Mauer, rechts 'ne Mauer, und det Stückchen Himmel da janz oben so blau, det et direkt brutal ist, wie'n Engel-Arsch in blaue Schlüpfer. Aber ick verliere mir. Jedenfalls sind se janz arm da, so arm, det manchmal sojar de Russen nett zu se sind. Se ham zusammenjelecht zu ne Art Kolchosen, aber jeder hat noch 'ne Kuh und bißchen wat Privatet, und davon jebnse dir ab. Und da hab ick det her.»

«Und die Kontrollen?» fragte ich. «Sie haben dich laufen lassen?»

Paule grinste. «Logisch. Ick habe denen meen janzen Almanach von Ausweise vorjeblättert, da mußten se mir immer loofen lassen. Aber wat se schnappen könn', nehmn die Vopos den Westberlinern ab, du mußt nämlich, wenn de inkoofst in de Zone, dein' Ausweis vorlejen. Kennkarte her, erst mal, und kaufen darfste nur wenn de in de Zone wohnst. Also sagen die Knalltüten an de Sektorengrenze, wer kommt und hat wat jekooft, hat det illejal jemacht. Also muß et ihm wieder wegjenommen werden. Det ham nun Pieck und Jrotewohl und Ulbricht und die alle als Jesetz jemacht, oder die Russen, wat weß ick. Jedenfalls, wenn det so weiterjeht, kriegt man bald keen Strunk Jrünkohl mehr rin nach Westberlin, darauf könnt ihr euch einrichten. Und denn ist det mit de Eisenbahn ooch keen Vajnüjen. Da stehn se uff de Trittbretter, und wenn der Zuch in'n Bahnhof fährt, wernse richtich abjestreift an de Bahnsteigkante. Mann, da machste dir keene Vorstellung. Und wenn et kalt wird, wer fährt dann auf de Puffer? In de Abteile haben se allet rausjeruppt, de Polster aus de erste Klasse, de Lederriemen von de Fenster zu't öffnen, manchmal sind keene Scheiben drin. Im Sommer wie jetzt jeht det ja. Aber im Winter möcht ick mal sehen.»

Friedrich, in seiner schwarz gefärbten Militärjacke, an der man noch sah, wo früher der Hoheitsadler gesessen hatte, machte ein bedenkliches Gesicht. «Wir müssen noch mehr organisieren», sagte er. «Wenn wir mal zusammenzählen: Ein bißchen bringt der Garten, Kartoffeln, Kohl. Auch die Tomaten werden reif, die kann Gigi einkochen, geht das? Damit wir für das Poms Tomatenmus haben.»

«Das habe ich noch nie probiert», sagte Gigi. «Aber vielleicht kann ich es. Dann haben wir ein bißchen Fett und Mehl, ich glaube, wir sollten auch nichts mehr vertauschen. Und dann das, was wir auf Marken kriegen.»

«Da kannste dir den Bauch mit füllen», sagte Friedrich verächtlich. «Wenn einer pupt, fliegt der Poms weg. Und das Eipulver dazu ...»

«Im Herbst kön'n wa noch paar Zuckerrüben organisieren», sagte Paule. «Ick kenne een' uff Phillipsthal, da komm wa mit'n Rad durch. Jeder n' Sack, und denn Melasse jekocht. Also, irgendwie wird det schon jehen. Und Tabak hab ick jepflanzt, da könn wa auch noch wat eintauschen.»

Der Tabakanbau war Gigis schwache Stelle. «Rechne bloß nicht damit», sagte sie. «Erst einmal paffst du das alles selbst, und was du nicht verqualmst, raucht Friedrich. Auf dem Platz könnt leicht was anderes wachsen. Wie ich euch kenne, bleibt kein Blatt übrig. Und dazu der Gestank.»

Paule lachte. «Mal immer langsam mit die junge Pferde», sagte er. «Bißchen jemütlich muß et der Mensch ooch haben. Apropo jemütlich. Wo sind eigentlich meine Decken? Und det Hemde?»

«Gewaschen!» sagte Gigi. «Das Stinkzeug ist gewaschen, verstehste?» Paule ließ sich zurücksinken. «Ooch det noch», seufzte er.

Willi Reh kam. «Die Ukrainer sind vielleicht Arschlöcher», sagte er. «Die vom Bahnhof Düppel. Die scheißen jeden an. Ick habe jetauscht, und wißt ihr, was ich habe?»

Paule schüttelte sich vor Vergnügen: «'ne Büchse Kondensmilch mit Wasser drin», sagte er.

«Woher weißt du das?»

«Ick habe die beobachtet, die Banditen. Die bescheißen ihren eigenen Bruder. Aber wenn de willst, jehn wa heute abend hin und polieren denen mal die Omme. Karl, kommste ooch mit, wa?»

«Natürlich.»

«Macht das lieber nicht», sagte Gigi. «Die hauen euch die Hucke voll.»

«Ach was. Wenn wir zu dritt anrücken, dampfen die ab.»

«Ihr ewigen Sieger. Laßt euch doch 'ne Nahkampfspange auf den Bauch tätowieren!»

Wir gingen aber doch, Willi Reh, Schnüffelpaule und ich. Es war fast dunkel. Am Bahnhof lauerten ein paar Gestalten, dazwischen schlängelten sich Tauschlustige.

«Erkennste ihn wieder?» fragte Paule.

«Ich weiß nicht. Die sehen sich alle ähnlich.»

Paule ging auf einen zu und hielt ihn vorne am Mantel fest. «Ihr tauscht Milchbüchsen mit Wasser, wat, ihr Pinalken?» fragte er grob.

Der Ukrainer versuchte, sich Paule zu entziehen. «Nichts Wasser, was du wollen!» sagte er.

«Wat ick will?» fragte Paule. «Det will ick dir mal verklickern, du Kuckerutzheini. Wenn de hier anfängst zu bescheißen, oder deine Kollegen, dann fliecht ihr aba achtkantig hier raus, vastehste? Direkte Post nach Sibirien, du Filzlaus. Da warten se schon uff so Typen wie dir.»

Der Ukrainer versuchte, sich Paule zu entziehen, aber der hielt ihn eisern fest. Wir standen neben ihm. «Mir habt ihr so'ne Milchbüchse angedreht», sagte Willi. «Ich will Ersatz. Los, raus damit!»

«Ich nich gewesen», stammelte das Opfer. «Nicht kennen. Nix Ukrainer, gewiß!» Seine Augen fuhren suchend umher. Wir hatten uns so auf ihn konzentriert, daß wir nicht merkten, was in unserem Rücken vorging. Plötzlich explodierte etwas in meinem Kopf, und zugleich sah ich, wie Willi zusammenzuckte und sich wütend umdrehte. Paule stieß einen Schrei aus und ließ den Mann los. Von hinten hatten sich ein halbes Dutzend Schwarzhändler angepirscht, mit Knüppeln in den Händen, und hatten in einer Blitzaktion ihren Kollegen befreit. Einer hatte mir seine Keule auf den Schädel gedonnert. «Scheiß Germanski», schrien sie, während sie in Richtung Bahnhof abhauten.

Paule besaß noch die Geistesgegenwart, seinem Opfer ein Bein zu stellen. Der Mann strauchelte, wurde jedoch von seinen Kumpels wieder hochgerissen. Aber eine Stange Zigaretten fiel ihm aus der

Jacke, die Paule sofort einsammelte und in seinem weiten Mantel verschwinden ließ.

Das Publikum stand erstarrt da, niemand griff ein. Dabei wäre es eine schöne Gelegenheit gewesen, die Ukrainer einmal gründlich zu verwalken. Plötzlich rief jemand: «Polizei!»

Wir sahen die Lichter von zwei Ami-Jeeps auf uns zukommen.

«Nischt wie weg», rief Paule. «Übert Feld!»

Wir liefen davon. Ukrainer und Deutsche verstreuten sich in alle Richtungen. Ich sah, wie die Amis ein paar fingen, die zu langsam waren. Sie warfen ihre Tauschwaren weg. Paule und Willi waren in der Dunkelheit verschwunden. Ein paar hundert Meter weiter, am Bahndamm, holte ich sie ein. Paule gab Willi die Zigarettenstange.

«Nich doch», sagte Willi hustend. «Die hast du doch gefunden.»

«Wiederjutmachung», sagte Paule. «Nimm se nur. Is ja ooch nischt mehr wert. Jrade 'ne Büchse Milch, vielleicht.»

Ich hatte eins über den Brägen gekriegt, mir wuchs eine Beule. Auch Paule hielt sich den Kopf. Willi hatte es an der Schulter erwischt. «Hat Gigi wieder recht gehabt», sagte Willi. «Wer hat den Arsch vollgekriegt? Wir natürlich.»

«Immerhin haste sozusagen deine Milchbüchse nu voll», sagte Paule. «Und nich mit Wasser. Damit sollteste doch zufrieden sein.»

«Hast recht», sagte Willi großmütig und schenkte uns jedem eine Schachtel Chesterfield aus der Beute.

Durch die Dunkelheit trabten wir heim. «So wat sind nu Displaced Pörssns wie icke», murmelte Paule. Er schüttelte den Kopf, aber ganz vorsichtig, damit es nicht so weh tat.

Wir schwiegen. Was Paules Ausweise als *Displaced Person* anbetraf, hatte nicht nur ich meine Zweifel.

Gigi hatte zu unserem Empfang einen Kerzenstummel angezündet. Friedrich saß auf Omas Troddelsessel und schnitt auf dem Waschbrett Tabak. Sie lachten, als sie uns so lädiert sahen. Gigi holte ein Messer und drückte es mir gegen die Beule: «Was habe ich gesagt? Aber ihr müßt euch ja auf so was einlassen. Die sind euch doch über, ihr Knallköppe. Demnächst zünden sie uns noch die Lauben an.»

«Ach wat», sagte Paule.

Willi verteilte «Aktive». «Ümmerhin», sagte er. «Ümmerhin.» Und hustete wieder ein bißchen. Er beherrschte alle Arten von Husten, bellte ganze Tonleitern, fing tief an, blaffte sich zum hohen C hinauf, stieß gleichzeitig wie ein Bauchredner hohe Summtöne aus, zirpte, heulte, hustete sozusagen mit beiden Mundwinkeln, während seine Augen heraustraten und Tränen absonderten, daß die runden Augäpfel schwammen. Manchmal platzte ein Äderchen im Weiß. Zum Schluß räusperte er sich, was sich anhörte, als wenn ein Baggerführer die Schaufel herunterrattern ließ, um die nächste Ladung Dreck zu greifen. Dann trat er vor die Tür und spuckte einen fetten Schleimqualster ins Gemüsebeet.

«Wohl bekomm's», sagte Paule.

Willi Reh kam wieder herein und setzte sich. Die Augen wichen langsam in die Höhlen zurück.

Am nächsten Tag regnete es. Das war gut für die Kartoffeln. Aber es stellte sich heraus, daß unser Laubendach undicht war. Es tropfte genau auf Omas Sessel. Ich rückte ihn beiseite und stellte eine Waschschüssel unter, die den Wasserstrahl auffing. Am Nachmittag war wohl das Dach so weit verquollen, daß es nur noch tröpfelte. Es war ungemütlich, muffig, kalt. Aber jetzt im Sommer heizen? Mit den paar Kohlebrocken, die wir hatten?

«Was machen wir bloß im Winter?» fragte ich Schnüffelpaule.

Der schnitt Fratzen. Er wußte es auch nicht.

«Den alten Kirschbaum können wir noch umsägen, er trägt sowieso fast nicht mehr.»

«Is 'ne Idee», sagte Paule. Er war wortkarg heute.

«Und das Loch im Dach?» drängte ich weiter.

«Hör mal», sagte Paule, «denkste denn nur an allet wat kaputt is, bloß weil mal nich die Sonne scheint? Überleg mal, wie jut der Tabak wächst, wa? Und die Tomaten werden jrößer, und die Kartoffeln, und an de Plumpe brauchste nich würjen und det Wasser kannenweise uff die Beete schleppen. Also wat willste mehr?»

«Ich dachte, wir könnten uns mal Gedanken über das Dach machen. Wenigstens Gedanken. Mein Vater, Ede, hat die Laube gebaut, als er jung war. Und die Laube ist das einzige, was übrig geblieben ist; das Haus ist ja nun im Eimer. Sowieso ist alles hier in einem miesen Zustand. Kuck dir die Fenster an. Die Farbe abgeblättert, und so sieht es überall aus, wo du hinschaust.»

Schnüffelpaule winkte ab. «Mach dir ma keen Fleck in't Hemde.» Er erklärte, daß er im Wald am Königsweg, beim ehemaligen OKH (Oberkommando des Heeres), jetzt eine Trümmerstätte, eine aufgerissene Asphaltstraße wüßte. Man könnte von dort Asphaltbrocken holen. Das Problem war nur, daß man den Asphalt heißmachen mußte, damit wir ihn aufs Dach streichen konnten.

«Wenn wa nachts jeh'n», sagte Paule, «könn wa ooch noch Holz klauen.»

«Daß uns die Militärstreife erwischt. Die Amis sind doch scharf auf so was. Dann buchten sie uns gleich ein paar Tage ein.»

«Ach wat. Wir jehn mit Rucksäcke durchn Wald, und denn über die Bahn. Nich etwa mit'n Bollerwagen auf de Straße.»

«Zu zweit bringen wir aber nicht viel weg.»

«Es reicht schon für det eene Loch. Laß Schnüffelpaule machen.»

Abends regnete es immer noch. Wir warteten bis fast um zehn. Erst als es ganz dunkel war, gingen wir los, Paules Hamstersäcke unter dem Arm. In Bude 18 brannte noch Licht, der Schrankenwärter machte also weiter Dienst, obwohl der alliierte Zug längst nicht mehr verkehrte. Vielleicht hatte er die ganze Nacht Dienst? Er beleuchtete auch das Vorsignal zweihundert Meter weiter, dazu mußte er Petroleumlampen bis zum Signal schleppen und sie hinter die farbigen Scheiben hängen. Wahrscheinlich wechselte er die Lampen während der Nacht aus, wir hatten uns nie darüber Gedanken gemacht. Auch die beiden Laternen, deren Licht auf die Schranke fiel, brannten. Paule zupfte mich am Ärmel. «Komm man, wir jehn hintenrum. Is ja nich nötig, det wa jetzt schon auffalln. Wer weeß, wer jrade in't Fernrohr kiekt.»

Wir stolperten hinter dem Bahnwärterhaus über die Schienen. Die Nacht war fast schwarz. Dann hielten wir uns rechts, liefen zum Waldrand hinüber. Es war nicht gut, über den Kartoffelacker zu gehen, denn auch die Stadt ließ ihre Felder bewachen. Nach zehn Minuten sahen wir durch die Bäume die Scheinwerfer des *Horse Platoon* schimmern. In die Gebäude einer ehemaligen SS-Reit- und Fahrschule waren inzwischen Reiter aus Texas mit ihren Pferden eingezogen. Eine absurde Idee, Pferde von Amerika hier herüber nach Berlin zu fliegen. Aber die Amis probierten wieder mal was Neues aus. Seit kurzem flogen die Dakota Skytrain, neue dicke Transportmaschinen. Also wurden erst einmal ein paar Texas-Reiter mit ihren Gäulen über den Atlantik transportiert, um die Sache auszuprobieren. Und nun waren sie in Berlin. Und ritten durch den Düppeler Forst.

O. k. – Wir schlugen den nächsten Bogen. Paule trottete wie ein Dachs vor mir her, flink, nach allen Seiten sichernd. Ich hatte Mühe, ihm zu folgen. Der Weg war mit Baumwurzeln gespickt. Die reine Hindernisstrecke.

Am Königsweg war alles loser Sand, der jetzt zu Pampe aufgeweicht war. Von den Kiefern und Birken leckte das Wasser. Dicke Tropfen fielen uns in den Kragen.

Paule sauste weiter. So was störte ihn nicht. Jetzt mußte gleich der winzige Friedhof kommen, wo meine Urgroßmutter Bensch begraben lag.

Wir waren richtig. Meine Hand streifte am Eisengitter entlang. «Spürste det ooch?» fragte Schnüffelpaule. «Det Jitter sollten wa demontieren. Für Schrott zahlnse wieder viel.»

«Bist du verrückt? Vom Friedhof?»

«Wenn't wir nich holen, holen't andere.»

Da hatte er wieder recht. Mit der Pietät war es nicht weit her in diesen Tagen.

Wir überquerten eine Asphaltstraße. Dahinter lagen die Trümmer der einstigen OKH-Baracken, oder was davon übrig war. Das meiste hatten Brandbomben eingeäschert, nur die Massivwände waren übriggeblieben, und ein paar angekohlte Latten. Paule schien sich auszukennen. Hinter einer Wand fanden wir genügend Holz. «Nimm det», flüsterte er, «in meinen Sack haun wa den Asphalt.»

Wir kamen, immer im Dunkeln über Trümmer robbend, zu einer von Bomben aufgerissenen Nebenstraße. Sammelten Asphaltklumpen in Paules Sack. Dann machten wir uns auf den Rückweg. Niemand hatte uns gesehen, obwohl die Amis auch hierher Militärstreifen schickten. Schließlich war das Gelände von ihnen beschlagnahmt. Wäre es Tag gewesen, hätten wir die Schilder lesen können:

*Military Property*
*do not enter*
*U. S. Army*

Ich kann nicht sagen, daß solche Schilder uns imponierten. Das hatten wir uns lange abgewöhnt.

Paule wußte einen Pfad, der über das *Fenn*, ein winziges Hochmoor mit Birken und Erlen, direkt zur Bahnlinie führte. «Da erwischt uns keener», sagte er. «Und hinter der Bahn is jleich det Feld.»

Auch dieser Weg war vom Regen aufgeweicht, wir fielen ein paarmal hin mit unseren Rucksäcken. Inzwischen mußten wir aussehen wie mit märkischem Sand gepökelt. Der Weg führte unter den Bäumen des Fenns hindurch. Wieder platschten uns dicke Tropfen auf die Köpfe. Als ich Kind war, hatten wir hier eine Fuchsfamilie beschlichen, die am Rand des Fenns in ihrem Bau hauste. Jedes Jahr im Frühling hatte die Füchsin Junge geworfen. Im Krieg waren sie dann verschwunden.

Trockene Zweige knackten unter unseren Füßen. Paule mit seinem Asphaltsack auf den Schultern sah aus wie Kohlenklau, wie er da vor mir durch die Dunkelheit hastete, ein buckliger Schatten gegen den etwas helleren Horizont, als das Fenn sich wieder zum Acker öffnete. Jetzt war der Bahndamm erreicht. Eine Röhre führte drunter hindurch, in die wir tief gebückt eintauchten. Auf der anderen Seite lag das Feld, dahinter die Laubenkolonie. Wir keuchten mit unseren Lasten durch das kniehohe trockene Gras. Uns war warm geworden. Immer noch regnete es. Plötzlich hörten wir ein Geräusch. Wir blieben stehen. Dann: Stimmen. Paule richtete sich auf. «Willi», flüsterte er. «Und Buseberg, jloobe ick. Se passen uff unsa Jemüse uff.» So war es. Wir ließen sie vorbei, damit sie uns nicht versehentlich eins über den Deetz brieten. Dann schlüpften wir durch ein Loch im Zaun und waren daheim.

Gigi erwartete uns. «Ein Glück, daß ihr wieder da seid», sagte sie, «ich habe mir schon Sorgen gemacht. Heute ist was los. Die Amis waren zweimal in der Kolonie. Ich weiß nicht, was sie wollten. Sie sind immer nur hier rumgefahren. Vielleicht suchen sie wieder Nazis.»

«Bei uns?»

«Sie wissen ja nicht, daß die Tausendschönchen fast alle Antifaschisten waren. Oder sogar Kommunisten. Übrigens, ob das so gut ist, heutzutage, weiß ich auch nicht.» Paule wischte sich den Schweiß von der Stirn, wieder, ohne dabei die Mütze abzunehmen. «Haut euch man in die Klappe», sagte er. «Morjen wird jeteert.»

Gigi blieb bei mir. Die ganze Nacht trommelte der Regen auf das Laubendach. In der Ecke, wo es durchregnete, fielen in regelmäßigen Abständen die Tropfen in die Waschschüssel. Wir schliefen nicht. Flüsterten miteinander. «Warum bleibst du nicht immer hier?»

«Du weißt es doch. Ich kann es einfach nicht. Ich kann Friedrich nicht alleine lassen. Und alles ist noch so frisch in Erinnerung. Mutter, die einfach abgehauen ist. Von Vater haben wir nichts gehört. Du hast keine Arbeit. Noch lebt ihr von euren Schwarzmarkt-Geschäften. Aber das bleibt ja nicht immer so. Und Schnüffelpaule – der wird eines Tages wieder abhauen. Wie er gekommen ist. Der gehört nirgends hin. Wieso heißt er eigentlich Schnüffelpaule?» – «Ich weiß nicht. Ist auch egal. Verstehst du, ich möchte, daß du bei mir bleibst.»

– «Ich weiß. Aber versteh mich auch. Vielleicht wird alles bald anders. Meinst du, ich will hier ewig hocken in dieser verdammten Laubenkolonie?» – «Ich habe gar nichts gegen die Kolonie. Die Laube ist doch prima. Es ist besser hier als in einer stinkenden Stadtwohnung. Kannst du dir vorstellen, daß du in einem Mietshaus wohnst?»

«Ich weiß nicht. Denke mal, alles ist in Ordnung, es regnet nicht durch, aus der Leitung kommt manchmal Heißwasser. Du drehst an einem Knopf, und die Kochplatte funktioniert. Das muß doch toll sein. Dieses Gerümpel hier, das um einen rum zerfällt, macht mich krank.»

Ich verstand das nicht. Gewiß, wir lebten improvisiert, mit Brauereistühlen, einem Herd, für den wir selten Holz und Kohle hatten, angestoßenem Geschirr, einer alten Chaiselongue, auf der wir jetzt zu zweit lagen, eng beieinander, und doch so weit voneinander entfernt. Aber es war schön hier draußen.

Gigi schlief ein. Wahrscheinlich träumte sie den Traum von den funktionierenden Kochplatten, der in dieser blockierten Stadt sowieso nur stundenweise erfüllt wurde. Kaum hattest du deine Ami-Pampe auf dem Herd, kam ja Stromsperre. Das konnte uns mit unserer altmodischen Kochmaschine und dem Sparherd nicht passieren. Und ein bißchen Holz fanden wir doch ab und zu. Wenn es gar nicht anders ging, mußten wir eben die Laube von Sturmführer Gallert einreißen. Wenigstens brennen würde doch das verseuchte Ding!

Das Geräusch der fallenden Tropfen in der Ecke hörte auf. Draußen wurde es hell. Aus dem klaren Himmel im Westen tauchte alle paar Minuten ein röhrender Rosinenbomber auf, ich konnte durch das Fenster sehen, wie sie zum Anflug auf Tempelhof ansetzten.

Ich stand auf. Ließ Gigi schlafen. Auf der Veranda rumorte Schnüffelpaule. Ich machte Feuer im Sparofen und setzte Kaffeewasser auf. Ein Schluck heißer Muckefuck würde uns guttun. Vielleicht packte mich der Leichtsinn, und ich schmiß ein paar von unseren kostbaren Kaffeebohnen in die Lorke.

Siegfried traf ich in Puvogels Ladenbaracke beim Einkaufen. Siegfried war während unserer Jahre in der Südschule als ältester Schüler Berlins in die Geschichte eingegangen. Er blieb so oft sitzen, daß sie ihm zu Beginn jedes Schuljahres eine neue, größere Bank in die Klasse stellen mußten. Obwohl Siegfried nie begriff, wieviel sieben mal sieben war, war er doch sofort in jeder neuen Klasse eine Autorität. Wenn sich einer widersetzte und sich mausig machte, packte ihn Siegfried und hielt ihn am ausgestreckten Arm aus dem Fenster des Klassenzimmers. Diese Demonstration fand gewöhnlich am allerersten Schultag in der neuen Klasse statt, und über die Hackordnung gab es dann für den Rest des Jahres keine Diskussion mehr. Die Lehrer kannten Siegfrieds Einführungs-Trick, aber sie sagten nichts. Denn mit Hilfe des starken Lümmels hielten sie die Klasse in Zucht und Ordnung: Siegfried bekam sofort ein wichtiges Amt, wie Tafelwart, auch durfte er am Beginn jedes Schultages das Klassenbuch aufschlagen sowie den Rohrstock bereitlegen. Bei Züchtigungen mit diesem Instrument hielt er den Delinquenten fest, damit der Lehrer um so ungestörter das Rohr auf den Hintern des Sünders sausen lassen konnte. Ich erinnere mich genau an Siegfrieds Gesicht bei solcher Prozedur: Er schnitt Fratzen, daß wir alle lachen mußten. Ein Tick. Solche Fratzen hatte Siegfried auch geschnitten, als ich ihn damals traf, beim Botanischen Garten, es war August 1945, und ich kam nach Berlin zurück, und Siegfried erzählte mir, daß Ede, mein Vater, gefallen war – nicht mehr für Volk und Führer, sondern einfach unnützer- und sinnloserweise beim Ausbruchversuch, jener sagenhaften Armee Wenck entgegen, die aus dem Westen Entsatz bringen sollte und von der wohl heute noch niemand recht weiß, ob es sie wirklich gegeben hat. Am Kleinen Stern im Grunewald war die Autokolonne von russischen Ratas angegriffen worden. Viel blieb nach dem Tiefflieger-Angriff nicht übrig. Und daß Minnamartha, meine Mutter, nun «mit den Nerven herunter» war und im Sanatorium Waldesruh saß, war letzten Endes auch auf dieses Ereignis zurückzuführen.

Siegfried verlangte «siebenundsechzig fünf Zehntel Gramm Margarine auf Abschnitt B 2» der Lebensmittelkarte, blickte mich an und schnitt wieder Fratzen.

«Was ist?»

«Och, nichts, nichts. Ich warte draußen auf dich.»

Die dicke Wanda Puvogel schnitt sich vor Neugier fast in den Finger, in Siegfrieds Gesicht arbeitete es heftig, aber er sagte nichts. Draußen nahm er mich beiseite, blickte sich um, ob auch niemand in Hörweite war, wackelte mit den Ohren. «Kennste Rabumm?»

Ich kannte Rabumm, auch er, der eigentlich Werner Pethmann hieß, hatte mit uns in der Klasse gesessen. Siegfried hatten wir verloren, aber mit Rabumm war ich ein Jahr vor Kriegsende zu den Flakhelfern gegangen.

«Was ist mit Rabumm?»

«Er grüßt dir?»

«Er grüßt mich? Und?»

«Er meint er hat wat.»
«Was?»
«Arbeit.» Siegfried sah mir starr in die Augen, riß aber dabei immerzu eine Augenbraue hoch.
«Was für Arbeit?»
«Weiß nicht. Er grüßt dir. Er war in der U-Bahn. Er sagt, er kommt. Er grüßt vielmals, und er hat sich gefreut, daß de noch lebst. Er hat wat. Sagt er. Mann, der ist ganz fett. Und dat in der Blockade. Der hat vielleicht wirklich wat?»
«Wir werden sehen. Wann kommt er?»
«Weiß nicht. Er sagt, er kommt. Er besucht dir.»
«Hast du ihm denn gesagt, daß ich wieder in der Laube ...»
«Er findet dir. Ick bin doch nicht bescheuert, Mann. Schüß.»
Siegfried drehte sich um und ging weg. Auch von hinten sah ich, daß er mit den Ohren wackelte.
Ich erzählte Gigi von meiner Begegnung. «Das wäre wunderbar», meinte sie. «Nur frage ich mich, ob du nicht in die Bredouille kommst mit dem Arbeitsamt. Du hast dich da so lange nicht sehen lassen, die hauen dir doch gleich eins vor'n Koffer, Karl.»
«Erst mal hören, was Rabumm hat. Dann sehen wir weiter.»
«Deine Ruhe möchte ich haben.»
«Edes Wahlspruch war: Immer mit der Ruhe und ner guten Zigarre.»
Gigi zeigte mir einen Vogel: «Bei dir piept's ja.» Sie zog sich energisch den alten BDM-Rock hoch, den sie wieder ausgegraben hatte und der ihr viel zu weit um die Hüften schlotterte, und stakste davon.
Paule guckte aus der Veranda. Er kratzte sich am Hintern und sagte: «Ach, du jrüne Neune!» Aus der Bemerkung ging nicht hervor, ob er meine Arbeitspläne oder Gigis unheimlich starken Abgang meinte.

Aber erst einmal mußte das Dach unserer Laube geflickt werden, und weil es ein paar Tage hintereinander schönes Wetter blieb, trockneten das mulsche Holz und die Pappe. Hinten unter der Dachrinne hing die Leiter, die und vielfach Dienste geleistet hatte. Im Notausstieg des Bunkers hatte sie als Treppe gedient. Mit der Leiter waren wir in den Trümmerkeller unseres Einfamilienhauses vorgedrungen, um die Pekingente ohne Schnabel, den Husarenkrug und sonstige Wertsachen, aber auch heilgebliebene Vorräte an Eingewecktem, den Volksempfänger, mit dem wir den Drahtfunk gehört hatten, ja, sogar Blockwart Kutschkes Volksgasmaske zu bergen, die er bei seiner Rettung dort unten in dem zugeschütteten Luftschutzkeller liegengelassen hatte.

Die Gasmaske war immer noch da. Kutschke war verschollen. Für ehemalige Blockwarte war die Zeit nicht günstig. Vielleicht schürfte er im Ural nach Blei. Das war Schlimmeres zwar, als wir ihm vergönnten, denn Kutschke, Funktionär der letzten Kriegstage in Overall und Luftschutzwart-Stahlhelm, war kein Unmensch gewesen. Trotzdem: Die Zeiten waren vorbei, ein für allemal. Hofften wir. Und wenn es manchen, denen es damals gutgegangen war, nun noch ein bißchen schlechter ging als uns, so war das nur gerecht.

Paule zeigte sich geschäftig. Er legte die Leiter ans Dach, kroch, obwohl durch seinen Mantel behindert, in dem er dazu heftig schwitzte, hinauf und inspizierte die Schadenstelle. «Sieht jar nich bong aus», meldete er.

«Weeßte, det Holz is durch und die Dachpappe. Det sind allens Fetzen. Eijentlich müßten wa ooch neue Dachpappe druffnageln.»

«Haben wir aber nicht.»

«Ick weeß, ick weeß. Valleicht kriejen wa't so dichte, mit ville Teerpampe. Aba zuerst muß ick neue Brettchen ruffnageln. Jib ma'n Hamma, und in de Veranda sind paar krumme Näjel in de Schublade. Und von det Brennholz wat wa vons OKH jebracht ham sächste wat ab, ja? Ick sage dir wie lang.»

So besserten wir den Bretterbelag vom Dach aus. «Janz schnieke», war Schnüffelpaules Kommentar, als wir fertig waren. Er kroch vorsichtig die Leiter herunter. «Jetzt nehm wa die olle Barelle von unter die Dachrinne, für den Teer.»

«Was ist denn das, eine Barelle?»

«Karl, mein Sohn, ick meene det Rejenfaß. Mal hab ick wo jelebt, da nannten se so wat Barelle. Kommt valleicht auß't Französische. Jedenfalls klingt det fein. Viel feina als Regentonne, jibste doch zu? Also mach mal'n kleenet Feuer, du mußt allet rinschmeiß'n wat de findest für den Asphalt zu schmelzen.»

Ich baute einen kleinen Herd aus Mauersteinen und entfachte das Feuer.

Paule kam mit seinen Asphaltbrocken, einem Marmeladeneimer und einer zerbeulten Suppenkelle. «'n oller Besen fehlt uns noch», meinte er. «Für't Teer ufftragen.» Wir leerten die «Barelle» aus, sie war nach den Regentagen voll Wasser, rollten sie zum Feuer und schmissen die Asphaltbrocken hinein.

Inzwischen hatten sich ein paar Neugierige versammelt. Buseberg, der Skagerrak-Veteran, stand mit seiner Arbeitshaken-Armprothese da. Siegfried kam, schaute und wackelte diesmal mit dem Haaransatz. Als letzter gesellte sich Ernie Puvogel dazu.

Um Ratschläge waren sie nicht verlegen. «Da hängt zuviel Schotter dran», meinte Buseberg nach einem Blick auf die Asphaltbrocken. «Dat schmilzt nie, und wenn, läßt sich dat nich auftragen mit die Bröseln drin.» – Puvogel meinte: «Nie wird das dicht, das Dach da, eures. Kann es ja gar nicht, wenn nacktes Holz drunter ist. Teer nützt da gar nichts. Dachpappe!» Er blickte sich stolz um, als habe er soeben die bedeutendste Entdeckung seit Kolumbus gemacht.

«Schlaukopp», sagte Buseberg. «Du handelst doch mit allem. Schaff doch Dachpappe her.»

Puvogel sagte: «Von den ollen Reklameplakaten in mein'm Laden können wir welche nehmen. Mit Teer bepinselt, sind die genausogut.»

Buseberg konterte: «Wenn du die von der Wand nimmst, pfeift dir im Winter der Wind durch deine Elendsbaracke, daß du Fracksausen kriegst.»

Puvogel wurde rot im Gesicht. Siegfried riß mit der linken Hand an seinem rechten Daumen, als wolle er ihn ausreißen, aber er sagte nichts. Puvogel meinte, er habe inzwischen ein paar hübsche neue Reklameschilder bekommen, die könne er stiften.

«Man zu, man zu», forderte Paule ihn auf.

Die Asphaltplatten wurden langsam weich und sonderten tatsächlich ein wenig Teer ab, der in dem alten Benzinfaß zu sieden anfing. Puvogel trabte davon. Er sah immer noch kugelrund aus. Wie das geschehen konnte, blieb ein Rätsel, denn wie er so zum Gartentor lief, sah ich, daß der Hosenboden seiner Organisation-Todt-Beinkleider schlotterte. Er kam mit ein paar trostreichen Papp-Plakaten zurück, auf einem stand:

> Trilysin Haarpflege.
> Weil notwendig kommt sie wieder.

Darauf konnten wir ja warten!

Ein Lebensmittel-Konzern hatte sich als Pappendeckel-Versprechung ausgedacht:

> Birkel-Nudeln.
> Zur Zeit nur lose, aber immer
> in bewährter Güte.

Buseberg las das kopfschüttelnd. «Mann», sagte er zu Puvogel, «wenn du lose Nudeln hast, so soll uns das recht sein. 'ne Tüte finden wir schon.»

Puvogel schüttelte traurig den Kopf. «Nicht mal lose», sagte er. «Nicht mal lose.»

Sein drittes Papp-Plakat war eine Verheißung für leidenschaftliche Pfeifenraucher.

Der Text versicherte unter einer leuchtend holzbraun gedruckten Tabakpfeife:

> Die bekannten VAUEN-Qualitäten
> gibt es wieder
> nach Lösung der Rohstofffrage.

Schnüffelpaule las dies mit besonderer Aufmerksamkeit. Den selbstgebauten Tabak rauchte er seit langem aus seinen zwei angenagten Knöseln, die an eine Tabakpfeife nur noch entfernt erinnerten. Manchmal bastelte er sich sogar, um die Staatsstücke zu schonen, Pfeifen aus Maiskolben mit Holunder-Mundstück. Die Firma Vauen sollte sich mal ein bißchen beeilen. Siegfried stand der Tür zur Veranda am nächsten. «Hol mal den Besen», sagte Paule. «Hinter de Tür steht er jleich.» Siegfried ging. Ich sagte: «Paule, du willst doch unseren einzigen Besen nicht mit dem Teer versauen? Womit sollen wir die Stube ausfegen?»

Aber Paule sagte: «Der Herbst naht mit Brausen. Willste nu 'n dichtet Dach übern Kopp oder willste 'n heilen Besen?»

Siegfried reichte ihm unseren teilenthaarten Stubenbesen, Paule tauchte ihn in den Teer und begann, Puvogels Papptafeln zu überpinseln. «Recht hamse», sagte er anerkennend zu dem Stifter. «Is fast wie Friedens-Dachpappe. Tunse mir doch noch'n äußersten Jefallen und bringen se 'n paar Pappnäjel.»

Puvogel schaute erstaunt ob dieses Ansinnens, aber dann trabte er wirklich noch einmal davon und schickte Wanda, die in einer schwitzenden, wabbelnden Hand ein Dutzend nagelneue Pappnägel hielt. Paule kam runter, nahm die Nägel, machte ihr eine Verbeugung, robbte wieder die Leiter hinauf und ließ sich die frischgeteerten Papptafeln aufs Dach reichen.

Buseberg hatte inzwischen den Marmeladeneimer an seinen Prothesenhaken gehängt. Mit der Suppenkelle füllte ich flüssigen Teer aus dem Faß in den Eimer, und auch Buseberg begab sich auf die Leiter und stieg uns aufs Dach. Noch war nicht raus, ob es zwei erwachsene

Leute aushielt, auch wenn es sich nur um Normalverbraucher mit statistischen zwanzig Prozent Untergewicht handelte, wie die Amis festgestellt hatten. Ich schmiß den bereits versauten Besen aufs Dach.

Wanda und Siegfried standen nebeneinander, beide riesig, beide mit hängendem Kinn und halb offenem Mund, und sahen zu. Ein schönes Paar!

Ich nahm die Kelle und rührte den Teer um. Unten waren wirklich lauter Steine drin. Höchstens ein Eimer ließ sich noch schöpfen. Und das Feuer brannte nieder.

Buseberg und Schnüffelpaule werkten auf dem Dach, zwei Scherenschnitt-Figuren gegen den weiten Himmel, der immer wieder zerrissen wurde durch der Sieger Riesenvögel, silbern, grau, mit Tarnfarbe beschmiert, Frankreichs oder Britanniens Kokarde auf Rumpf und Flügeln oder den US-Stern, die Propeller ihrer Triebwerke rührten die Luft, verursachten Druck- und Schallwellen, fünf- bis sechstausend Touren, immer noch, auch bei langsamstem Lande-Anflug, während Paule den Teer fein verteilte mit unserem Stubenbesen und Buseberg den Patenthaken an seinem Armstumpf hin- und herschwenkte, als wolle er sich auf die riesigen Vögel stürzen, sie herunterreißen von dort, wo über den Wolken die Freiheit vielleicht grenzenlos ist. (Auch Jahrzehnte später, jetzt, hier und heute, vermuten ja Dichter und Sänger dies.)

Aus dem offenen Fenster gröhlte das Radio auf einmal bis hinauf zu den Dacharbeitern, der Strom hatte sich eingeschaltet, RIAS sendete, versah uns zu schmissiger Melodie endlich mit dem deutschsprachigen Text der Luftbrückenballade, dem bisher bedeutendsten, vielleicht einzigen Werk des amerikanischen Sergeanten Don Weldin, und wir sangen, wir summten mit:

Ich möchte der sein, der dich küßt,  
wenn der Himmel wieder frei –  
ich möchte der sein, der dich hält,  
wenn der Airlift ist vorbei.  
Wenn die Berliner singen,  
will ich wieder zu dir eilen,  
wenn die Leute tanzen, springen,  
wenn sie wieder jubilieren,  
soll der Weg ganz still  
wieder heim zu uns führen.

Während Gigi Graspilze suchte, während wir das Dach mit geklautem Asphalt teerten, waren Kitschheinis am Werk, um uns, wie Paule es ausdrückte, «das Arschloch mit Honig zu bepinseln». Haltet durch, Berliner, wir sind irre dufte Typen, General Clay läßt sogar seinen Dackel hier in Berlin, und Dakota-Pilot Halverson schneidet seine Hemden entzwei und bastelt Fallschirme, an denen er die gute Cadbury-Schokolade zur Erde schweben läßt, zur Freude der Berliner Kinder. Und Ernst Reuter und Dr. Friedensburg und Louise Schröder grüßen die Welt und die Welt grüßt Berlin und über uns der Himmel ist voller tapferer Piloten, und auch ich, Karl Kaiser, oder mein Vater, der Taxenbesitzer Ede, posthum anerkannter Antifaschist, muß doch mal jemand getroffen haben, der sich jetzt unser erinnert und ein Care-Paket schickt. Warum unternahm zum Beispiel Tante Friedl nichts?

Die Care-Pakete kamen zuerst noch mit dem alliierten Zug, *Ten-in-one-rations* der US-Armee, als solche zum Transport zugelassen, die Russen unternahmen nichts dagegen, wenn sie in Geschenke für deutsche Zivilisten umgewandelt wurden. Das wäre zusätzlich gewesen, wie es jede saure Gurke war, die einer aus dem Spreewald in die Stadt schmuggelte. – Leider trat der Glücksfall nicht ein.

Puvogels hatten sich wohl entschlossen, nur jeweils einen Abgesandten zur Dachteer-Aktion zu schicken. Wanda trampelte von dannen, als sie ihren Vater zurückkommen sah, gefolgt von Siegfrieds Blicken. Er hatte jetzt die Ohren angelegt und sagte zu mir, Beifall heischend: «Ick mag ihr.»

«Wen?»

«Wanda.»

«Wanda?»

Ich staunte. Es gab also einen Menschen, der Wanda mochte! Dieses stumpfsinnige Riesenbaby! In meiner grenzenlosen Abneigung gegen Wanda, die in jenem Kindheitserlebnis wurzelte, als sie mich in die Pfütze vor Puvogels Laden geschmettert hatte, mochte ich mir nicht vorstellen, daß sie bei irgendeinem Menschen Zuneigung erweckte. Aber Siegfried, mein schweigsamer früherer Feind und jetziger Freund, der starke, am Schulsystem gescheiterte Siegfried: Er mochte sie! Er «mochte» Wanda Puvogel! Vielleicht so, wie ich Gigi mochte, vielleicht waren die zwei sogar glücklicher, kein Bruder Friedrich hinkte in ihrem Leben einher. Sicher – mir kam dieser Verdacht – das reine Glück! Dagegen Gigi und ich? Vielleicht richteten wir uns nach dem Luftbrückensong: «Ich möchte der sein, der dich küßt – wenn der Himmel wieder frei . . .»

Puvogel trudelte etwas vor sich her, was sich, als er auf dem Gartenweg ankam, als ein Fäßchen Bier herausstellte.

«Das darf doch nicht wahr sein», rief Buseberg vom Dach. «Was sehen meine entzündeten Augen?»

Puvogel strahlte. «Echtes Schultheiss Patzenhofer», rief er. «Gestiftet von Ernie Puvogel. Wenn ihr fertig seid, schmeckt euch sicher 'ne Molle.»

«'n Korn hab ick ooch noch dazu», rief Schnüffelpaule. «Karl, jeh mal rin bei mir. Aba erst mal ruff mit den letzten Teer.»

Puvogel hatte sein Bierfaß aufgebaut, Zapfhahn lag oben drauf. «Das mach ich schon», winkte er mir. «Geh man 'n Korn holen. Und Gläser, falls ihr so was habt.»

So wurde das Dachteeren zum Fest. Wir zischten das Bier, die Flasche Korn kreiste. Buseberg holte seine Ziehharmonika, die er auch mit einer Hand meisterhaft bediente, für die Begleitbässe hatte er Klemmschaltungen erfunden. Wir sangen, zivile Lieder kannten wir wenig, und so mußte *Herrn Pastor sin' Kauh* herhalten, und dann stimmten wir den bekannten Rundgesang an, dessen erste Strophe lautet:

Wat ham wa für ne Feuerwehr
bei uns in Tempelhof?
Die Feuerwehr is alt jekooft,
damit se nich zu schnelle looft.
Ho, ho, ho – bei uns in Tempelhof!

Es stellte sich heraus, daß Siegfried die zweite Stimme singen konnte. Aus der mächtigen Brust perlten die Töne. Puvogel brummte wie ein kaputtes Radio und dirigierte, indem er das Bierglas schwenkte. Schnüffelpaule zeigte seine Zahnlücken. Als wir eine Pause machten, um hinter der Laube in den Garten zu pinkeln, sagte er froh: «Wenn det der Führer wüßte!»

Es war Frieden, endlich wieder Frieden.

Jedenfalls verhältnismäßig.

Rabumm sah aus wie ein prall gefüllter Fesselballon. Ein wohlgemästeter Blockadeberliner mit runden Backen. Und damit ein Wunder. «Da staunt der Laie, was?» fragte Rabumm, «und der Fachmann wundert sich. Hier, lieber Karl, siehst du den einzigen Berliner, der in der Blockade dreißig Pfund zugenommen hat. Und womitwovonwodurch? Das rätst du nie!»

«Du warst im Westen.» – «Nee.»

«Du bist in die SED eingetreten und leitest in der Zone eine landwirtschaftliche Produktionsgenossenschaft.»

Rabumm lachte. «Alles falsch. Ich lade Luftbrücken-Maschinen aus. In Tempelhof.»

«Und davon bist du so fett?»

Paule, der im Türrahmen stand und zuhörte, sagte: «Er schluckt Luft. Piek ihn mal mit 'ne Stricknadel in'n Bauch, denn jeht de Luft raus, und denn isser wieder dünne.»

Rabumm sah Paule ein bißchen erstaunt an, ihm fiel wohl jetzt erst auf, daß Paule mitten im Sommer einen Mantel trug, aber ihm war wichtig, das Wunder zu schildern, das ihm widerfahren war. «Es ist einfach», sagte er. «Wir laden Mehl aus. Manchmal platzt ein Sack. Dann schaufeln wir uns das Mehl in kleine Beutel, die wir immer mithaben. Ich muß dir mal so'n Ding zeigen. Meine Mutter hat es genäht. Man kann es um den Bauch wickeln, wie Pfarrer Kneipp seine kalten Umschläge. Weil sie uns doch am Ausgang filzen. Auf die Art esse ich morgens und abends Klümpersuppe.»

«Und mittags?» wollte Paule wissen.

«Mittags bekommen wir eine Mahlzeit von den Amis.»

Paule blickte nachdenklich. «Det könnten wa brauchen», sagte er. «Det könnten wa brauchen.»

Rabumm berichtete, daß sie für den Flugplatz Gatow noch Arbeiter suchten, zum Verladen der Industriegüter, die Berlin produzierte und in den Westen schickte.

«Det wird wohl nich ville sind», meinte Paule skeptisch. «Aus nischt könnse doch nischt machen. Da wer'n wa Däumchen drehen, wa?»

Aber Werner Pethmann alias Rabumm beruhigte ihn: «Es kommt doch ne Menge zusammen, von Siemens und AEG, und Bücher von den Verlagen, Papier war ja noch in den Lagern, bei den Druckern. Ich habe es selbst gesehen, im Druckhaus Tempelhof arbeiten sie wie immer.» Er verbesserte sich: «Fast wie immer.»

«Was soll'n wir tun?»

Rabumm schrieb uns eine Telefonnummer auf. «Ruft da an. Das ist der britische *Officer*.»

Guter Rabumm! So schön fett! Das würden wir wohl in Gatow, bei den sparsamen Engländern, nicht schaffen, aber einen Versuch war es wert.

Wir erzählten auch Siegfried, was wir vorhatten. Er entschloß sich, seinen Job als Feldbahn-Lokführer aufzugeben.

Eines Morgens, nach langer U-Bahn-Fahrt, standen Schnüffelpaule, Siegfried und ich am *Gate* des Gatower Flughafens und meldeten uns bei dem *Officer*, wie das jetzt auf englisch hieß. Bald standen wir in einer Kette und beluden einen Bristol Freighter der Royal Air Force (von den Berlinern kurz «Eierforke» genannt) mit Paketen. Sie waren hier nicht so wild wie in Tempelhof, verglichen mit dem jedenfalls, was Werner Pethmann uns erzählt hatte. Aber auf Trab brachten sie uns auch. Während wir noch die letzten Pakete in die Bristol schmissen, gaben die Piloten schon Handzeichen, und die Preßluft-Geräte ließen die Motoren an. Dann hüpfte die Maschine über die Locheisen-Platten der Behelfsstartbahn und zockelte ab in Richtung Luftkorridor nach Wunstorf.

In unserem Ladeteam war auch einer, den nannten sie Muchenfritz. Sein richtiger Name war Fritz Muchow, wie wir später erfuhren, aber der «Muchenfritz» hängte ihm an seit seiner Kindheit. Er war in der Gegend von Stolpmünde aufgewachsen , und da liebten die Leute solche Verdrehungen. Muchenfritz war immer tiptop gekleidet, Bomberjacket aus Nappaleder und olivgrüne Amihosen. Wenn er sich eine Lucky Strike anzündete, glich das einer kultischen Handlung: Erst Zigarette aus dem Paket geschüttelt, bis sie fast rausfiel, dann mit Schwung zwischen die Lippen, Feuerzeug raus, erster Zug mit verklärtem Gesicht, schließlich die Packung Lucky in die kleine Tasche auf dem linken Ärmel seines Bomberjackets verstaut. Muchenfritz rauchte hastig, zwischen den Zügen zerrte er die Oberlippe hoch, als wolle er allen seine Verachtung zeigen, die das Konsumieren einer Zigarette nicht auf so vollendete Art beherrschten wie er, seine Augen kniff er zusammen, und mit der freien Hand fuhr er sich lässig durch die schwarzen Locken. «Brich dir man keen' ab», war Schnüffelpaules Kommentar. Aber solche Bemerkungen schienen gar nicht an das fein ziselierte Ohr von Muchenfritz zu dringen. Er parlierte affektiert mit den englischen Soldaten. Erstaunt und gutmütig ließen die Piloten der Bristol Freighter seine Suadas über sich ergehen, rauchten auch seine Luckies, die er mit gekonntem Fingerklopfen aus dem Paket schnellte.

Muchenfritz steckte voller Geschichten, die einem Münchhausen Ehre gemacht hätten. Sein Vater, so berichtete er, sei Leuchtturmwärter gewesen, hinter Stolpmünde, fast jeden Winter seien im Nebel zwei bis drei Schiffe gestrandet, an einer Sandbank, die dort der Küste vorgelagert war, und er, Muchenfritz, habe schon als Knabe Schiffbrüchige gerettet: «Wir fuhren mit dem Seenot-Rettungsboot hinaus, sechs Fischer an den Riemen, ich als Steuermann, Megaphon in der Hand: ‹Ahoi, ihr an Bord›, habe ich gerufen, ‹wir kommen. Wir retten euch!› – Ihr könnt euch nicht vorstellen, wie die See uns umtoste, während wir eine Leine zum Wrack rüberschossen, und dann holten wir den ersten von Bord, mit Hosenboje. Wißt ihr überhaupt, was das ist, 'ne Hosenboje?»

«Det is, wo de rinjeschissen hast vor Angst», war Paules respektloser Kommentar, den Muchenfritz aber überhörte. Gegen das Motorengeräusch der nächsten Bristol, die fünfzig Meter von uns startete, versuchte er uns zu erklären, was eine Hosenboje sei: «... zwei Löchern ... Beine ... wird überge ... einem Tampen ...» Genau erfuhren wir es nie, Muchenfritz schnippte seine Zigarettenkippe ins Gras, sie war fast so lang wie jene, die unsere Amis aus ihren Autos zu schmeißen pflegten. Der Junge hatte Stil.

Wir beluden die nächste Maschine, eine Handley Page Hastings: Die Tommies hatten so ziemlich alle Flugzeugtypen zusammengekratzt, die auf den Britischen Inseln zu finden waren.

Es kam, wie es kommen mußte: Muchenfritz schloß sich uns an. Eines Tages tauchte er in der Kolonie Tausendschön auf, mit Bomberjacke natürlich, um den Hals ein keckes Tuch.

«Wer ist denn das?» fragte Gigi. Sie sollte es bald genug erfahren, denn Muchenfritz begann, sie zu beflirten. «Wo geht's denn lang, Baby?» fragte er. «Ich weiß einen prima Tanzschuppen in Schöneberg, woll'n wir nicht einen flottmachen?»

Gigi sah ihn an, als sei er ein Kalb mit zwei Köpfen. «Was meinen Sie damit, flottmachen?»

Muchenfritz war nur einen Augenblick verlegen. «Ich meine, wir könnten tanzen gehen, Baby. Wir alle zusammen, natürlich. Falls deine Knülche Lust haben. Aber wenn nicht, führe ich Sie auch gerne alleine aus. Ein Freund von mir hat ein Auto. DKW Meisterklasse. Er holt uns ab, wenn Sie wollen.»

Gigi schaute mich an. Zu meinem Erstaunen sagte sie: «Wenn Sie meinen ...»

Sonnabend abend fuhr ein Typ mit dem DKW vor, und mir Trottel fiel nichts anderes ein, als mich mit hineinzudrücken. Der Kumpel am Steuer sagte: «Ich bin Harry.» Auch ein ziemlicher Lackel, Bomberjacke wie Muchenfritz, nur war Harry blond, Mittelscheitel, Innenrolle im Nacken, Schnüffelpaule bezeichnete so was als «Genickschußbremse». Harry stank nach einem lausigen Rasierwasser, Pitralon wahrscheinlich. Geruchsrichtung Banane.

Sie boten mir großmütig Platz neben Harry an. Warum, sah ich bald im Rückspiegel: Muchenfritz versuchte, mit Gigi zu knutschen. Immerhin besaß sie noch so viel Anstand, daß sie sich ihm entwand.

In Schöneberg fielen wir in den *Blauen Elefanten* ein, eine Spelunke, in der wegen Stromsperre nur eine bläuliche Notbeleuchtung brannte. An einem Tisch saßen Kumpels von Harry und Muchenfritz, weniger elegant als diese beiden, die augenscheinlich hier die Stars waren, jedenfalls, wenn man nach der fast devoten Begrüßung urteilte. Ein paar Mädchen dazwischen, hausgeschneiderter New Look, viel nackte Arme, womöglich zwecks Stoffersparnis, wer mochte all die Narben früherer Pockenimpfungen zählen? Die Haare trugen sie nach letzter Mode hochtoupiert, fast alle waren wasserstoffblond, bei einigen schimmerten Haarwurzeln dunkel.

Wir tranken Apricot Brandy, Korn, Dünnbier. Die Vier-Mann-Kapelle machte auf Schmalz. *When you are dancing and you dangerously near me* spielten sie, daß man denken konnte, sie seien als Reklame-Boys für Hersheys Schokoladensirup engagiert, ein schales Grinsen saß ihnen im Gesicht. Das Saxophon jaulte, der Spieler, in glitzerndem Affenjäckchen, ging in die Knie, schraubte seine dürren Beine zu einer Spindel, richtete sich wieder auf, zielte neckisch mit dem Instrument auf die Tanzenden, warf es mit einem Ruck hoch und gleichzeitig seinen Oberkörper nach hinten, stieß sofort mit der einen Schulter vor, begann erneut, seine Gummibeine zu verwinden. Ein Schlagzeuger, dessen bleiches Gesicht mit aasigen Pickeln übersät war, schurrte, in fast demütiger Haltung, mit dem Jazzbesen über das Blech.

Ich betrank mich ziemlich schnell. Gigi war von Muchenfritz mit Beschlag belegt. Sofern ich sehen konnte, versuchte der Knabe, ihr flott an die Wäsche zu gehen. Seine blau beleuchteten Hände strichen über Gigis nackten Arm wie Geisterpfoten. Er entblödete sich nicht, an ihrem Ohrläppchen zu nagen.

Gigis Abwehrmaßnahmen wurden zusehends schwächer. Gelegentlich grinste Muchenfritz mich an. Ich hatte Lust, ihm die Fresse zu polieren. Einfach auf ihn zugehen, dachte ich, ihn packen, hochreißen, ihm eins mitten in seine widerliche Visage verpassen! Ihn grob in die Eier treten. Ich ließ es bleiben. Wahrscheinlich hätte ich sofort den ganzen Verein auf dem Hals gehabt.

Als sie *Das machen nur die Beine von Dolores* spielten, tanzte ich mit einem Mädchen, das Helga hieß. Ihre toupierten flachsblonden Haare, mit Spray gesteift, hatte ich vor der Nase. Sie roch scharf nach Seife. Es war Sonnabend, da schrubbten die Vorort-Mädchen sich für den Tanzboden.

Wir kamen in Schwung, Helga war eine flotte Tänzerin. Zuerst wirbelten noch unnütze Gedanken durch meinen Kopf, ich spähte zu Gigi hinüber, ob sie wohl meine Abwesenheit benutze, den Annäherungsversuchen von Muchenfritz endgültig nachzugeben. Dann tanzten die beiden auch. Muchenfritz legte eine kesse Sohle aufs Parkett, tanzte *cheek to cheek*, und der Schlagzeuger zerhämmerte die *Beine von Dolores*. Helga preßte sich an mich, wir schlurften übers Parkett, als habe Udo Lindenberg schon seinen Stehgeiger Rudi Ratlos erfunden, aber damals waren es die Evergreens von Michael Jary, sogar die Russen, nach der Eroberung von Gatow, hatten es sich nicht nehmen lassen, den Komponisten einzuladen, auch in Moskau waren seine Melodien bekannt!

Ich ging mit Helga schräg in die Kurve, wirbelte sie herum, um aus der Tuchfühlung zu kommen, da fiel etwas aus ihrem Toupet, schoß zwischen den anderen Tanzenden hindurch, plumpste aufs Parkett. Ich wollte mich bücken, Helga betastete ihren Kopf, hielt mich zurück, sagte:

«Laß nur. Det war bloß 'ne Schrippe.»

Sie hatte sich ihr Toupet über eine alte Semmel gearbeitet! Eigentlich war ich gespannt, was noch so alles aus ihr rausfiel, wenn ich sie näher untersuchte. Gummibusen, Kunstwaden?

Als wir zum Tisch zurückgingen, lag die Schrippe zertrampelt am Rande des Parketts.

Wir waren jetzt in Stimmung. (Die anderen jedenfalls.) Ich versuchte, Gigis Blick zu erhaschen, aber sie legte es drauf an, woanders hinzusehen. Jetzt streichelte sie schon den Pelzkragen an der Bomberjacke von Muchenfritz, der wieder die Augen zusammengekniffen hatte und mich höhnisch ansah, so wie: Den Zahn spanne ich dir aus.

Verdammter Käse! Warum ließ sich Gigi auf so was ein? Liebte sie mich oder nicht?

Helga hatte ihren Schuh ausgezogen und fuhr mit ihrem nylonbestrumpften Fuß an meinem Bein auf und ab, während sie mich, unter ihrer gefährdeten Toupet-Frisur, mit schmelzendem Blick ansah. Der scharfe Seifengeruch drang bis über den Tisch zu mir, oder vielleicht rochen alle Mädchen so, auch die Pummelige neben mir, die immer näher rückte und mit kleinen blassen, fetten Händen an ihrem Ausschnitt zupfte. Sie trug eine Kette mit blauen, kantig geschliffenen Glasbuckern, das Ding mußte drei Pfund wiegen, und dazu passende Ohrringe, die ihr die Läppchen langzogen. Harry tatschte an einer Bohnenstange in einem schwarzen, fast durchsichtigen Fetzen herum, die ihre Augen düster ummalt hatte wie Gründgens als Mephisto und lungenkrank aussah. Sie paffte aus einer langen silbernen Zigarettenspitze und steckte zwischendurch Harry ihre dunkelrote Zunge zwischen die Lippen.

Muchenfritz erzählte schon wieder Geschichten, ich hörte, wie er Gigi einen Bären aufzubinden versuchte, daß nämlich seine Mutter, die Frau des Leuchtturmwärters, aus Schanghai gewesen sei. Die Geschichte kannte ich schon, auch Schnüffelpaules Kommentar dazu: «... und sein Jroßvata is aus Feuerland und hat Kolumbussen persönlich die Stiebel jeputzt.» Gigi aber hörte konzentriert zu!

Ich griff mir wieder Helga, sie mußte erst unter dem Tisch nach ihrem Schuh angeln, dann tanzten wir langsamen Walzer: *Ramona, hörst du der Glocken hellen Klang* ... Der picklige Schlagzeuger bürstete mit dem Jazzbesen, daß es die Tänzer durchrieselte. Auf den Tischen schimmerten Bierpfützen, die Paare schwitzten jetzt auch schon bei Slows. Immer noch lag Helgas Schrippe am Rand der Piste. Irgendwo zwischen diesen zuckenden und schlürfenden Paaren steckte auch wieder Gigi, die jetzt mit Harry tanzte, manchmal sah ich seinen Poposcheitel über den Toupets, seine exakte Lauseallee, die er immer wieder mit einem metallenen Taschenkamm nachzog, der hinten in seiner Gesäßtasche steckte. Ich weiß nicht, wie es weitergegangen wäre, wenn nicht plötzlich zwischen den Tänzern stoßtruppartig Schnüffelpaule und Siegfried aufgetaucht wären. In Sekundenschnelle trennten sie Helga von mir, ich hörte, wie Paule ihr ins Ohr zischte: «Verpiß dir, Puppe», dann hatten sie den geleckten Harry beim Wickel, zogen Gigi mit sich fort. Ich hinterher. Als ich über die Schulter zurückschaute, sah ich, wie Muchenfritz vom Tisch aufstand, aber sein Schnellstart mißlang, er stolperte, haute dröhnend mit dem Kinn auf die Tischplatte. Mehr sah ich nicht. Wir waren draußen. Schnüffelpaule zog uns an Harrys DKW vorbei, der protzig vor der Tür parkte, und um die Ecke.

Gigi machte sich los. Sie war außer sich. «Was fällt euch ein», schrie sie, «ihr Waldheinis, was wollt ihr eigentlich? Ich kann tanzen, mit wem ich will! Und wenn der Trottel da mitrennt –», sie deutete auf mich – «dann ist das sein Vergnügen! Wenn er so'n Dussel ist! Gib mir 'ne Zigarette!»

Siegfried, der stumm daneben stand und mit den Ohren wackelte, steckte ihr eine an.

«Laß mal Dampf ab», sagte Paule. «Manchmal weeß'n Mensch nich watta tut, wa? Und watte hier machst mit Karle is einfach beschissen. Det muß dir doch uffall'n, so doof biste doch nich.»

Gigi rauchte hastig. «Ich bin nicht mit Karl verheiratet», sagte sie patzig.

«Verheiratet nich. Aber wohl 'n bißchen befreundet, wa? Mit uns alle, übrijens. Du mußt doch sehn, wat det für 'n Typ is, und det wa den nich haben wolln. Son Anjeba. Nischt in de Hose, aba 'ne Fresse riskiern.»

«Das weißt du doch nicht, ob der was in der Hose hat», sagte Gigi, immer noch wütend. Aber Paule war nicht aus der Fassung zu bringen: «Na, du mußt et ja inzwischen wissen. Hoffentlich war't 'ne schöne Erfahrung. Laß dir doch von ihm büjeln. Aber denn brauchste bei uns nich mehr uffkreuzen.»

Siegfried sagte: «Det finde ich auch. Merke dich dat, Mädchen.»

Gigi schleuderte die Zigarettenkippe in den Rinnstein. Sie stakste vor uns her in ihrem dünnen Kattunfetzen. «Du auch noch», sagte sie. «Das fehlt mir noch!»

Siegfried feixte.

Paule kriegte es fertig, uns so weit miteinander auszusöhnen, daß wir ihm in eine Spelunke im Hochbahnbogen Bülowstraße folgten. Dort gab es fast nur Schnüffelpaules oder eine Abart dieser Sorte Menschen, die sich dadurch auszeichneten, daß sie alle ihre Mützen aufbehielten und Mollen und die dazugehörigen Korn gekonnt in ihre zahnlückigen Münder schütteten. Auch die paar Mädchen, die an der Bar standen oder im Hintergrund an kleinen Tischen hockten, alles ältere Jahrgänge, mochten anscheinend keine Zahnärzte. Oder die Erfahrung hatte sie gelehrt, daß sich die Schnäpse durch lückenhafte Gebisse besser hinuntergurgeln ließen. Trotzdem lachten sie freundlich, diese und jene legten ihren Arm um Paule und küßten ihn. Er schmiß erst mal 'ne Lage, was mit Beifallsgrölen aufgenommen wurde. Siegfried stand dazwischen und pellte ein Sol-Ei, von Harro, dem Wirt, gestiftet, der unter seiner Klientel merkwürdig elegant wirkte, er besaß einen aufgezwirbelten dunklen Schnurrbart wie Kaiser Wilhelm und trug eine silbergraue, in sich gemusterte Damastweste.

«Und jetzt», rief Paule, «seht ihr Schnüffelpaule bei seinem einzigartigen Trick, ohne Seil und ohne doppelten Boden, den Trick, der diesem berühmten Künstla den Namen eintrug, den er seitdem führte wie Tante Droll und Old Shatterhand ihre Kriegsnamen. Achtung, Schnüffelpaule fängt an!»

Harro, der Wirt, hatte fünfzehn Schnapsgläser auf dem Tresen aufgereiht, die er mit Korn randvoll füllte. Paule begann mit Glas eins und schüttete nacheinander alle fünfzehn Gläser in sich hinein. Er grinste uns an, dann sank er mit dem Oberkörper auf den Tresen. Harro hielt ein Streichholz an einen Bierdeckel, brachte ihn zum Glimmen, und als stinkender Rauch aufstieg, hob er mit der freien Hand Paules Kinn und hielt ihm den glimmenden Bierdeckel unter die Nase. Paule blinzelte, schnüffelte. Auf einmal schaute er klar in die Runde, rückte an seinem Mützenschirm und befahl: «Auf ein Neues!» Harro füllte noch einmal die fünfzehn Schnapsgläser, und es ging von vorne los.

Auf insgesamt drei Runden brachte es Paule, schnüffelte am glimmenden Bierfilz, fing von vorne an. Mitten in der vierten Runde fiel Paule der Kopf zwischen die Schnapsgläser, und Harros Räucherkunst versagte. Paule schnüffelte nicht mehr. Siegfried hob ihn auf, rückte ihm die Mütze gerade und setzte ihn in einer Ecke auf einen Stuhl. Eins der älteren Mädchen machte sich an Paule zu schaffen, Siegfried sah es aus dem Augenwinkel, kehrte noch einmal um und hob die Puppe mit einem Arm hoch in die Luft. Sie kreischte und ließ Paules Brieftasche fallen. Siegfried stellte sie auf die Erde und hob die Brieftasche auf.

«Det hätten wir», sagte er.

Die Klauliese zuckte mit den Schultern. Der Trick gelang nicht immer.

«Ekelhaft», flüsterte Gigi mir ins Ohr. Ich flüsterte zurück: «Bomberjacken finde ich ekelhafter.»

«Das ist Geschmackssache», sagte Gigi.

Irgendwann wachte Schnüffelpaule auf, kämpfte sich durch den Qualm wieder an den Tresen und sagte: «Na?»

Wir klatschten ihm Beifall. Gigi natürlich nicht.

Wie wir nach Hause gekommen sind, weiß ich nicht. Ich glaube, dank Gigis Fürsorge, die noch die Nüchternste von uns war, hatten wir die letzte S-Bahn erwischt. Wir schwänzten Gatow am nächsten

Tag und handelten uns dafür ein, daß uns der britische Transportoffizier an die Havel schickte, zum Entladen von Sunderland-Flugbooten, die mit ihrer Fracht von Finkenwerder an der Elbe herflogen und hier auf dem Wasser landeten.

So verpaßten wir leider Muchenfritz, wir hatten ausgemacht, daß wir ihn anständig vermöbeln wollten.

In der Laubenkolonie ließen er und der flotte Harry sich auch nicht sehen. Erst einmal jedenfalls nicht.

Wir saßen also unsere Zeit an der Havel ab, sonnten uns auf dem Bootssteg, ließen die Beine baumeln, bis die nächste Sunderland mit sprühender Bugwelle landete. Dann dümpelten wir mit einer Spree-Zille längsseits und luden aus.

Die Sunderlands schwebten, je nach Windrichtung, über Kladow oder Pichelsdorf ein und wasserten dann vor dem Gatower Segelclub, wo Lastkähne mit den Entladekommandos auf sie warteten. Es war, abgesehen von den Wartepausen auf dem Anlegesteg, eine ziemliche Schinderei, denn die Kähne mußten wieder entladen, die Güter, meistens Säcke mit Steinkohle, auf Militärlastwagen gehievt werden, die zum Kraftwerk Reuter fuhren.

Wir kannten uns hier gut aus, als Kinder hatten wir Dampferpartien auf der Havel gemacht, schräg links gegenüber lag die Halbinsel Schildhorn mit Dampfer-Anlegestation und Restaurant. Mir war noch ein bißchen Heimatkunde in Erinnerung. Als der märkische Fürst Pribislaw sich um 1150 Markgraf Albrecht dem Bären unterwarf, erhob Pribislaws Lehnsmann, Jaczo von Köpenick, dagegen Einspruch. Es kam, wie üblich, zu kriegerischen Auseinandersetzungen. Jaczo eroberte Brandenburg, wurde dann aber von Albrecht aus seinen Landen Barnim und Teltow geworfen. Auf der Flucht nach Pommern kam Jaczo mit seinem Pferd an die Havel. Er gelobte, Christ zu werden, wenn er heil ans andere Ufer käme. Er schaffte es, stieg «im Grunewald» an Land und hängte Schild und Horn an eine Eiche. Seitdem heißt die Stelle Schildhorn.

Ich fragte Siegfried, ob er sich an die Geschichte erinnere, vom Heimatkunde-Unterricht her.

«Icke?» fragte Siegfried. Er sah mich erschüttert an: «An dem Tag muß ick jefehlt haben.»

Schräg rechts gegenüber ragte auf einem Hügel der Kaiser-Wilhelm-Turm, ein neugotisches Monstrum, aus roten Ziegeln erbaut, der jetzt den Flugbooten als Anflug-Marke diente. Ein Stückchen weiter havelabwärts waren wir gerudert, Achter mit Steuermann, schwere Boote, Eigentum des Schul-Ruderclubs, hatten die Inseln Kälberwerder und Imchen angesteuert, nach den exakten Kommandos unseres Turnlehrers, der wegen verkrüppelter Hand vom Wehrdienst zurückgestellt war und seinen Parteibonbon auch am Ruderleibchen trug.

Trotz der landenden Flugboote behielt die Havel immer etwas Verträumtes, Einsames. Die weite Wasserfläche, vom Grün der Grunewald-Kiefern gesäumt, blitzte silbern in der Sonne, färbte sich am Nachmittag orange, dann rot, bis die Sonne im Westen hinter den *Hellen Bergen*, hier auf dem Gatower Ufer, verschwand und das Wasser fast schwarz wurde. Zu dieser Stunde luden wir das letzte gelandete Flugboot aus, sahen die Piloten im hell erleuchteten Clubhaus sitzen: *Military Personnel only*. Ein Posten scheuchte uns dann auf einen Bedford-Lastwagen, der uns zum U-Bahnhof Ruhleben karrte. Von da brauchten wir immer noch eine gute Stunde bis nach Hause, und am nächsten Morgen um sieben mußten wir wieder da sein.

«Irjendwie», sinnierte Schnüffelpaule, «finde ick det unnatürlich. Wir sind vierzehn Stunden wech von de Laube, sie jeben uns Jeld, mit det wa nischt anfangen können, außer ab und zu 'ne Molle und 'n Korn. Und zu fressen jibt's ooch nich ville mehr, und meine juten Jeschäfte sind alle im Eima. Dabei kriechste für een Ei schon fünf B-Mark. Die Vopos lassen ja nischt mehr rin.»

«Findest du es nicht schlimm, mit der Not der Leute Geschäfte zu machen?»

Paule sah mich an, als ob ich verlangt hätte, daß er seinen Mantel auszieht. «Sach ma, haste 'ne Meise? Du hast wohl 'ne Hemmorode in dein' Denkapparat, wa? Mann, die Leute brauchen det doch! Und wer besorcht et se? Leute wie icke. Da siehste doch ein, det ick an de falsche Position bin bei de Eierforke, wa? Kiek dir mal Siegfried'n hier an, der is richtig. Muskeln, nischt im Hirn, keene juten Papiere, die dir überall durchschlüpfen lassen, der is bong fürt Abladen. Du ooch, weil aus Herrn Karle Kaiser wird ooch nicht Jescheitet, det kann man jetzt schon sagen.»

Ich sah Siegfried an, der ein Auge zugekniffen hatte und das andere starr auf Paule gerichtet hielt. Wir stiegen Wittenbergplatz um und fuhren nach Krumme Lanke weiter, wo wir den Bus nehmen mußten. Paule wunderte sich immer noch: «Det mir so wat passieren mußte. Det macht wirklich der schlechte Umjang mit euch. Ick huppe um sechse aus de Federn, peese mit euch zu'n Bus, lasse mir von die Tommies anpfeifen. Icke, als Displaced Pörssn. Hab ick denn'n Vogel??

Wat det Schuhsohl'n kostet. Und denn kann ick mir die B-Mark uff'n Lokus hängen!»

«Aber irgend jemand muß doch die Flugzeuge ausladen.»

«Irgend jemand. Jeritzt! Aber wieso ausjerechnet icke? Kiek dir ma dein'n Rabumm an, den Pethmann, wie der neulich rinkam ick denk ick krieje mir nich mehr ein, Mensch. Der pafeckte Steuerzahler. Grünet Hemd, Krawatte, und darüber die Mehlbirne, o du mein Tempelhof! Wat hat er denn davon? Wenn det allet vorbei is und ihm seine Mehlomme wieder schrumpft, paßt ihm keen Anzuch mehr.»

«Du hast ja noch keine Mehlbirne.»

«Det liecht an de Engländer. Steinkohle will keener fressen. Außerdem sind det ärmere Hunde als wir. Haste jesehn wat die für Uniformen anhaben? Wie von de Deutschen jemacht. Is keen Wunda, det die immer hinten warn bei de Invasion. Janz schwerer Stoff. Und denn de Sejeltuch-Jamaschen. Und vorneweg immer die Amis, piekfein, uff Jummisohlen, Kaujummi im Schnabel, wa? Ick sage euch, die Briten sind ärmere Hunde als wir.»

In der Woche darauf wurden wir wieder nach Gatow eingeteilt und entluden Avro Yorks und Arrow Tudors. Der reine Flugzeug-Erkennungsdienst. Paule fahndete nach Muchenfritz, aber der war nicht zu finden. Vielleicht hatte er einen feineren Job?

Ich brauchte eine Weile, bis ich dahinter kam, daß Muchenfritz und der geleckte Harry keineswegs aus unserem Leben verschwunden waren. Wenn wir in Gatow arbeiteten, trudelten sie in der Kolonie ein. Gigi sah ich kaum mehr, sie sagte mir nichts. Aber Buseberg, der manchmal spätabends zu uns kam, dann immer mit Holzhand im Glacéhandschuh, den er mit der Hemdmanschette wienerte, fragte so nebenbei, ob wir noch mit den beiden zu tun hätten.

«Wieso?»

«Weil manchmal der DKW von dem Arsch-Scheitel bei Puvogels Laden steht.»

Am Sonntag stellte ich Gigi zur Rede. «Was geht es dich an?» sagte sie. «Du kümmerst dich doch nicht um mich. Ich tu, was ich will.»

«Heißt das, es ist aus zwischen uns?»

«Was heißt aus? Was war denn schon?»

Hatte sie das alles vergessen? Erste Liebe am Stacheldrahtzaun des Ami-Munitionsdepots? Die Stunden in der Laube? Unsere Nächte hier, unter dem Pappdach, auf das der Regen trommelte? Ich konnte es nicht glauben.

«Findest du denn was an dem Lackel?»

«Finden. Was heißt schon finden. Er amüsiert mich. Sie nehmen Friedrich mit im DKW, damit er auch mal was sieht von Berlin. Er kommt ja hier nicht raus. Mit seinem Bein.»

Friedrich. Immer Friedrich. Friedrich war und blieb Gigis große Ausrede. Was ging aber wirklich vor? Hatte sie was mit Muchenfritz? Ich mußte mit Paule sprechen, ob wir uns die Jungs nicht doch vorknöpfen sollten. Mit Siegfrieds Hilfe müßten wir die doch aufmischen können, und – bäng! wie Paule sagen würde. Nur: Siegfried war in zarten Liebesbanden. Hand in Hand watschelte er jetzt manchmal mit Wanda Puvogel übers Feld, zwei junge Riesen, Krähen kreisten um ihre Köpfe, aber sie merkten es nicht, weil sie einander in die Augen sahen, Siegfried zwinkernd, Wanda starr, mit etwas wässerigem Blick.

Puvogel war glücklich darüber, er teilte es uns mit, sooft er uns sah. Ein Wunder war geschehen: Seine behämmerte Wanda hatte einen gefunden. Und wenn es auch nur Siegfried war, der aus der vierten Klasse Volksschule abgegangen war und mir und mich verwechselte. Das taten viele in Berlin, fast gehörte das zum guten Ton, genauso ungeniert flochten sie inzwischen Wörter wie «Quartermaster» und «Airlift» in ihre Reden ein, auch Siegfried! Viel redete er trotzdem nicht, und Wanda sagte gar nichts, das paßte wieder!

Wer verbimste also mit mir die Macker? Ich konnte mich an Willi Reh wenden, aber der mit seinem Husten ... Der fiel um, wenn es zu einer Keilerei kam.

Ich versuchte, die Angelegenheit mit Schnüffelpaule zu besprechen. Aber Paule war offensichtlich in eine Lebenskrise geraten. Abgeschnitten von seinem Schwarzmarkt-Dasein, verfiel er zusehends. «Se fliejen Bevölkerung aus uffn Rückweg», sinnierte er. «Von Tempelhof. Wenn ick nach Tempelhof käme ...»

«Willst du denn weg?»

«Nich direkt ...»

«Wohin denn auch? Im Westen gibt es keinen Schwarzmarkt mehr. Da geht es ordentlich zu. Harte Westmark, alles wieder zu kaufen. Dich brauchen sie da nicht mehr.»

Paule sah durch mich hindurch. «Denkst du», sagte er. «Denkst du ...»

An einem anderen Abend spann er weiter. «Man müßte jetzt im Westen allerhand koofen», meinte er. «Thunfisch in Büchsen und so. Wat jute Preise erzielt. Wenn se wieder uffmachen, mußte zur Stelle sein. Mit Waren. Lastzug mieten, und ab de Post, von Helmstedt.»

«Meinst du, sie machen die Grenze je wieder auf?»

«Kalle, du Döskopp! Mann, wie kann man so bescheuert sein! Det bleibt doch nich so, du Heini.»

So weit hatte ich noch nicht gedacht. Wie sollte sich die Situation ändern? Die Amis würden ja nicht mit Panzern anrücken und einen Krieg mit den Russen riskieren, um Berlin zu befreien. Trotz aller Versicherungen von Truman und General Clay mußte man damit rechnen, daß sie Westberlin eines Tages aufgaben.

Ich sagte Paule, was ich dachte. «Nie!» meinte er entrüstet. «Det is Repeta-schion oder wie det heeßt. Det könn' die sich jar nich mehr leisten. Paß mal uff, eines Tages kluckense wieder zusamm' mit de Iwans, und denn klunkernse sich wat aus.»

«Unmöglich! Die Russen erscheinen nicht mal mehr im Kontrollrat!»

«Wat heeßt 'n det schon. Aber Heß und Schirach und Speer, im Spandauer Kriegsverbrecher-Gefängnis, die bewachense. Kiek doch mal hin. Sie karren die Iwans quer durch Westberlin, mit ihre Kalashnikow-Maschinenpistolen und allet. Ick sage: Pack schlägt sich, Pack verträgt sich.»

«Also, ich glaube nicht daran.»

«Aber icke. Und deswegen muß Paule handeln, vastehste?»

Ich schüttelte den Kopf.

In der nächsten Zeit nahm sich Paule öfter frei, «Papiere erjänzen», wie er sagte. «Was für Papiere?» Das verriet er nicht. Siegfried meinte: «Glaube mich, der haut ab.»

«Quatsch», sagte ich. «Wohin denn?»

Siegfried deutete in die Richtung, aus der die nächste Fairchild C-82 zur Landung in Gatow ansetzte: «Nach Westen. Jetzt fliegen sie auch von hier Leute aus.»

«Du spinnst.»

Siegfried kniff ein Auge zu.

So kam jener denkwürdige Freitag Anfang September heran, an dem Paule, wie er mehrfach, aber von mir unbeachtet, angedroht hatte, «die Inni-tiewe ergriff». Wir waren noch beim Entladen einer Bristol, als Paule von einem Posten in die Baracke gerufen wurde. Weder Siegfried noch ich dachten uns etwas dabei, das kam öfter vor, passierte jedem, aus den verschiedensten Gründen. Einmal wurden neue Kommandos zusammengestellt, ein andermal mußten wir zur Kontrolle durch die Engländer Waren auspacken und wieder einpacken. Wir stiegen in die leere Maschine und klappten die Bänke herunter, die während des Warentransportes hochgeklappt waren. Berliner Kinder sollten in den Westen fliegen. Als wir aus der Ladeluke sprangen, kamen sie schon übers Rollfeld, blaß, mager, sie verdienten es, daß sie im Westen wieder ein bißchen aufgepäppelt wurden. Wer aber ging hinter ihnen her, einen Flug-Passepartout um den Hals wie die Kinder? Paule!

«Mann», rief ich, «Paule, was ist mit dir? Wo willst du hin?»

Paule kniff ein Auge zu, fast so meisterhaft, wie es sonst Siegfried tat. «Ick muß ma weg fürn Oogenblick», murmelte Paule. Ein bißchen verlegen war er schon. «Paßt auf mein'n Tabak auf, wa? Und mein anderet Zeuch.»

Siegfried half ihm die Leiter hinauf, Paule war der letzte in der Reihe, die Kinder saßen schon in der Maschine. Ein Tommy warf die Tür zu, die Maschine humpelte zur Startbahn, die Rolls-Royce-Motoren heulten auf. Ab die Post mit Paule.

«Er wird mich fehlen», meinte Siegfried.

Wem sagte er das!

Als wir Gigi und Friedrich die Neuigkeit erzählten, riefen sie wie aus einem Munde: «Seht ihr, das haben wir immer gesagt!» Vorwurfsvoll, als habe Schnüffelpaule gegen die Lebensgesetze der Kolonie Tausendschön verstoßen. Und irgendwie hatte er das auch. Siegfried und ich sahen seine Hinterlassenschaft durch, kümmerlich genug. Wieder wurden Paules Decken gewaschen. Sein grünes Hemd hatte er mitgenommen, seine Weste und die abgenagten Knösel auch. Ob wir ihn je wiedersahen? Die Laube war leer ohne ihn. Draußen wuchsen seine Tabakpflanzen.

Diese exotische Plantage brachte uns neuen Verdruß. Eines Tages, ich hatte frei genommen, sah ich, wie ein Typ sein Fahrrad draußen an den Zaun lehnte, seine Hosenklammern abnahm und, eine Aktentasche unter dem Arm, den Gartenweg auf die Laube zukam. Ich trat ihm an der Tür entgegen. «Karl Kaiser?» fragte er.

«Ja.»

«Mein Name ist Meier. Finanzamt. Sie bauen Tabak?»

«Ich nicht, direkt. Ein Mann hat Tabak angepflanzt, der hier wohnte.»

«Ist er weg?»

«Ja.»

«Ist das Ihre Parzelle?»

«Gepachtet. Von der Stadt. Die Gärten hier sind alle gepachtet.»

«Das ist gleich. Sie müssen Tabaksteuer zahlen, wenn Sie mehr als dreizehn Pflanzen haben. Dreizehn Pflanzen sind frei. Wenn es mehr sind, müssen alle versteuert werden.»

Ich zuckte die Achseln. Ich hatte nie die Pflanzen gezählt, die Paule gepflanzt hatte. Wir gingen nach hinten. Meier vom Finanzamt lehnte seine Aktentasche an die Veranda und zählte. Ich zählte mit. «Dreiundzwanzig», sagte Meier.

Ich nickte.

«Tut mir leid», sagte Meier. «Zehn zuviel. Jetzt müssen Sie alle versteuern. Stück sechs Mark.» Er bückte sich, hob seine Aktentasche auf. «Kann ich reinkommen?»

In der Laube zog er ein Formular heraus und füllte es aus. «Unterschreiben Sie hier», sagte er. «Der Steuerbescheid geht Ihnen zu.»

So zahlten wir 138 B-Mark Tabaksteuer für Paules Hinterlassenschaft, seine Tabakplantage. Ich verschwieg es Gigi. Die hatte sich sowieso immer geärgert, wenn sie die Pflanzen sah. Aber ich kaufte mir ein Buch: *Behandlung und Pflege von Tabak*.

Die Ernte wollte ich jedenfalls einbringen.

Als weitere Hinterlassenschaft Paules stand immer noch die *Barelle* auf den Mauersteinen, das alte Benzinfaß. Mangels Regen war niemand auf die Idee gekommen, es wieder unter die Dachrinne zu trudeln. Mit Hilfe Busebergs tat ich das jetzt. Auf dem Boden hatte sich ein Satz Teer gebildet, der war jetzt nicht mehr rauszukriegen, außer, wir machten uns ein Feuer an und schmolzen ihn. Mangels Brennmaterial unterließen wir das.

Buseberg starrte sinnend auf den Teer im Faß, bevor wir es unter die Regenrinne zurückrollten. «Meine Mutter», meinte er, «hat immer gesagt, wenn man Schmerzen hat oder nervös ist oder man hat was an der Leber, dann muß man auf Teer starren. Ziemlich lange. Das hilft.»

«Haben Sie was mit der Leber? Bei der gesunden Ernährung mit Poms?»

Buseberg winkte mit seinem Arbeitshaken ab. «Nee, nee, es fällt mir bloß ein. Ich möchte wissen, ob es hilft. Die alten Leute wußten viel so was. Wie deine Großmutter auch. Sie wußte, was auf dem Feld wuchs, und wofür es gut war.»

Großmutter war aus Westpreußen gekommen, nach dem Ersten

Weltkrieg, als die Bevölkerung des *Korridors* für Polen oder Deutschland optieren mußte. In ihrem Gepäck hatte sie zwei Holzkisten, auf deren Deckel Katzen abgebildet und die Worte *Hoffmanns Reisstärke* gedruckt waren. Die Holzkisten hatte sie mit Räucherschinken gefüllt. Aber auch damals waren schlechte Zeiten, an der Bahnlinie zwischen Küstrin und Berlin wohnten Verwandte, und als sie bei Ede Kaiser, Taxenbesitzer, ihrem Sohn, ankam, waren die Kisten leer.

Nun war Großmutter auch schon tot, aber eine dieser Kisten existierte noch, und sie hatte sie in den Jahren, die sie bei uns lebte, mit allerlei heilkräftigen Kräutern und Tinkturen gefüllt. Unterm Garagendach hingen Büschel von Pflanzen zum Trocknen. Wenn jemand von der Familie oder aus der Laubenkolonie die geringsten Anzeichen von Krankheit zeigte, wendete Großmutter ihre Natur-Arzneien an. Auch Buseberg hatte sie etliche Male kuriert. Wir allerdings waren die gesundeste Familie Berlins, denn Großmutters Tees und Aufgüsse schmeckten abscheulich. Wir zogen es vor, auch mit vierzig Fieber noch unseren Beschäftigungen nachzugehen oder – in meinem Fall – sich in die Schule zu schleppen. Großmutter verabreichte Arnika bei Magenbeschwerden. Arnika verursachte Brechreiz. Zerstoßene Chinarinde wendete sie bei Fieber an, löffelweise gab es Baldrian zur Beruhigung (wir träufelten es dem Nachbarn aufs Fensterbrett, und aus der ganzen Gegend kamen die Katzen, die Baldrian über alles lieben, und veranstalteten vor seinem Fenster nächtliche Konzerte). Sennesblätter trieben Harn und Schweiß, aus Schafgarbe bereitete Großmutter einen Tee, den sie bei Erkältungen anwendete. Ohne Zucker, sonst half er nicht. Es war schrecklich. Aber in ernsten Fällen halfen Großmutters Aufgüsse tatsächlich genausogut wie Medizinen aus der Apotheke.

Sie konnte auch Warzen wegzaubern, indem sie Knoten in einen Faden machte und diesen bei Neumond, allerlei Sprüche auf plattdeutsch murmelnd, unter der Regenrinne vergrub.

Für den täglichen Gebrauch hatte sie ihr Plattdeutsch zuerst mit allerlei Berlinerisch vermischt, verwechselte auch mir und mich – wie Siegfried –, damit es echter klang. Aber dann besann sie sich, daß es im Plattdeutschen dafür nur jeweils eine Form gibt, nämlich «mi» und «di», und so verwendete sie, wenn sie Hochdeutsch sprach, schließlich nur noch mich und dich.

Das fiel mir alles wieder ein, während wir die Barelle, das alte Benzinfaß, aufstellten. Ede, mein Vater, hatte immer nur gelacht, wenn ich ihm erzählte, mit welchen Zaubertränken Großmutter mich wieder verfolgt hatte. Er fuhr seine Taxe, war viele Stunden von zu Hause fort und deshalb seltener in Gefahr.

Schnüffelpaule hatte recht: Der Luftbrücken-Job warf uns in unseren übrigen Beschäftigungen zurück. Friedrich fragte eines Abends: «Hast du mal bei dir über den Zaun gekuckt?»

«Wozu? Und vor allem: wann? Wenn ich nach Hause komme, ist es fast dunkel. Außerdem bin ich so müde, daß ich nur den einen Wunsch habe, mich hinzulegen.»

«Laß ihn doch», sagte Gigi.

Friedrich winkte ab: «Nee, Gigi, halt dich da raus. Im Ernst», er wandte sich wieder mir zu, «bei euch sieht es aus, daß einer Sau grausen kann. Meterhohe Meldebüsche zwischen den Kartoffeln. Alles verkrautet. Vogelmiere. Da könnt ihr Tarzan drin rumhüpfen lassen, und ihr seht ihn nicht einmal.»

«Laß doch», sagte Gigi wieder, aber Friedrich war nun einmal in Fahrt: «Und Schachtelhalm. Wie in der Steinzeit. Du kannst mal'n Fest für Neandertaler geben, die würden sich wohlfühlen in eurem Garten. Der Rest sind Brombeeren. Wenn ihr die nicht ausrottet, überwuchern sie alles. Das geht irre schnell!»

Ich steckte meine Nase in den blauen Kaffeepott, den Gigi auf den Tisch gestellt hatte. «Ist doch gut gegen Diebe», muffelte ich.

«Ach», sagte Friedrich, «ach ... Dabei wolltest du doch sogar euer Trümmergrundstück kultivieren. Was ist daraus geworden? Auch nichts.»

«Friedrich», sagte ich, «laß gut sein. Du weißt, das ist nicht zu schaffen. Wir schinden sechs Tage die Woche in Gatow. Und das Trümmergrundstück ... Wir haben Leuten aus der Siedlung angeboten, sich einen Garten anzulegen. Sie haben aufgegeben. Es ist eine Heidenarbeit, die Trümmer wegzuräumen.»

«Du siehst doch, er schafft es nicht», sagte Gigi.

«Er schafft überhaupt nichts, dein Freund», brummte Friedrich. «Ich habe es dir immer gesagt, Gigi, Karl ist zu weich. Er bringt nichts zustande.»

Ich stand auf. «Das geht wohl ein bißchen weit, wie?»

Friedrich sah mich stumm an. Gigi versuchte, mich wieder auf den Stuhl zu ziehen.

«Setz dich doch wieder hin. Er meint es nicht so.»

Aber ich hatte die Nase voll. Ich ging. Die sollten mir doch mal den Hobel blasen. Ausgerechnet Friedrich! Wie sollte ich das alles bewältigen? Buseberg half manchmal, wenn ich sonntags im Garten arbeitete. Aber viel schaffte er auch nicht mit seiner einen Hand. Schnüffelpaule war verduftet. In der Nacht vom Sonnabend auf den Sonntag schob ich auch noch Wache. Alleine. Kein Wunder, daß der Schachtelhalm wucherte.

Friedrich wurde immer wunderlicher. Nicht nur, daß er sich zum Richter aufschwang. Auch sonst war er ein ziemlicher Spinner. Aus einem Gasrohr und zwei Trichtern hatte er ein schwenkbares Horchgerät konstruiert und im Garten hinter seiner Laube aufgestellt. Er behauptete, damit könne er Diebe so früh aufspüren, daß er rechtzeitig Alarm geben könne. Dann sollten wir alle aus den Betten springen und die Diebe fangen. Er hatte eine Bahnwärter-Tute um den Hals hängen, auf der wollte er das Signal blasen.

Ich erzählte das Siegfried. Der faßte sich an den Kopf. «Tülütütü», sagte er.

Ich hätte gerne gewußt, wie Friedrich die Motorengeräusche der anfliegenden Rosinenbomber ausschalten wollte. Sie kamen inzwischen alle zweieinhalb Minuten.

Trotzdem wurde Friedrich sehr bewundert. Kaum einer ließ es sich entgehen, das Horchgerät anzustaunen, und Friedrich wurde nie müde, die Wirkungsweise seiner Wunderwaffe zu erklären.

Möglicherweise sprach es sich sogar herum, daß unsere Kolonie über ein Langfinger-Spürgerät verfügte. Wir blieben weiter von Dieben verschont.

Es war nun schon egal, die Gartenmelde würde weiterwuchern zwischen den Kartoffeln. Ich ging ins Sanatorium *Waldesruh*, um Minnamartha zu besuchen. Draußen im Park wehte Septemberkühle, zwar sah ich ein paar Schwesternhauben über den ordentlich gestutzten Hecken schweben, aber Minnamartha würde wohl nicht mehr auf ihrer Lieblingsbank sitzen. Ich ging also in den Empfang, in der Ecke der ziemlich großen Halle saß einer, Typ *elderly statesman*, mit gestreiften Stresemannhosen und dunkler Jacke, eine Brille auf der Nase, einen Stapel Mappen vom *Lesezirkel daheim* vor sich auf einem kleinen Tisch, aber er las nicht. Im Mund hielt er eine halb gerauchte Zigarre, aber sie brannte nicht. Wäre auch ein Wunder gewesen, Rauchen war hier verpönt. Links saß hinter einem Schreibtisch, durch den man unter der Platte in der Mitte durchschauen konnte, eine Pflegerin. Jedenfalls nahm ich flüchtig die Haube wahr, mir fielen jedoch ihre Füße unter dem Schreibtisch auf, sie steckten in stabilen Bergschuhen, Haferlschuhen, und die Frau hatte braune Strümpfe an, worüber sie noch ein Paar braune Strümpfe trug. Das zweite Paar war bis zu den Knöcheln heruntergerollt. Das war auch das Interessanteste an der Schwester, die Augen schauten durch dicke, randlose Brillengläser, die schmalen Lippen unter einer großen Nase brachte sie kaum auseinander, als sie fragte:

«Sie wünschen?»

Ich brachte mein Anliegen vor, sie sagte: «Moment mal» und klotzte in ihren Haferlschuhen nach hinten, wo sie hinter einer Tür verschwand. Der Mann mit der Zigarre bewegte sich nicht, er starrte mich an. Ein Irrer?

Die Tür ging wieder auf, die Schwester kam raus, hinter ihr noch eine Schwester, und hinter der eine Ärztin, ohne Haube, weißen Mantel an, ein Stethoskop um den Hals. Die drei bauten sich vor mir auf, komischerweise der Größe nach, warum mir das auffiel, weiß ich auch nicht, aber ich las damals Kriminalromane, die von den Amisoldaten weggeworfen wurden, vielleicht beobachtete ich deshalb scharf.

«Herr Kaiser?» fragte die Ärztin, «Herr Karl Kaiser?»

«Ja.»

«Ihre Frau Mutter ist leider ...» Sie machte eine Pause, um mir Zeit zu lassen, das Schlimmste anzunehmen, ich nahm es auch an: Minnamartha also tot, gestorben, hier in diesem Sanatorium Waldesruh, ich hatte sie nicht besucht am letzten Sonntag, hätte ich es doch bloß getan! In diesem Augenblick fuhr sie fort: «Sie ist leider im Oskar-Helene-Heim, ein Unfall, Armbruch, aber es ist nicht schlimm, sie kommt morgen schon wieder hierher zurück.»

Ich war wütend. Warum hatte ich nichts erfahren? War das nicht wichtig, wurde Angehörigen so was nicht mitgeteilt? Ein Saftladen. Ich sagte laut: «Ein schöner Saftladen!»

Die Ärztin bot mir einen Stuhl an, was die Haferlschuh-Schwester zum Anlaß nahm, auch in ihren Bürosessel zu sinken. Ich blieb stehen, trotz des angebotenen Stuhls, die Ärztin sagte: «Ich verstehe Ihre Aufregung», aber ihrem Gesicht war anzusehen, daß sie diese Aufregung keineswegs verstand, es war eine Redensart, die sie oft anwendete. Ich ließ mir erklären, daß der Unfall vor drei Tagen geschehen war, draußen im Park (da liefen doch genug weißgekleidete Sumpfhühner herum, damit so was *nicht* passierte!), nahm einen Zettel entgegen mit Minnamarthas Zimmernummer im Oskar-Helene-Heim. Dann ließ ich die drei stehen, sah aus dem Augenwinkel, daß der Stresemann-Onkel sich immer noch nicht rührte, ging hinaus und wartete auf den Bus.

Im Oskar-Helene-Heim gab es statt Treppen Rampen, auf denen sich Spasties und Eingegipste in Rollstühlen bewegten, von Krankenpflegern geschoben. Minnamartha war vergnügt, sie lag in einem Dreierzimmer, mit noch zwei älteren Damen, eine hatte das dick bandagierte Bein mit einer Art Galgen hochgeschnallt. Minnamarthas linker Arm war in Gips. «Ist nicht schlimm», lächelte sie. «Ich bin gestürzt.»

Es war also wirklich nicht schlimm, aber man hätte mich wenigstens benachrichtigen können. Ich ging wieder hinaus und kaufte in der Halle Blumen, Minnamartha freute sich darüber. «Es sind die gleichen Blumen wie damals, als das Baby Arthur starb», sagte sie. «Ich war erst fünf, aber ich sehe es vor mir wie heute. Sie hatten ihn in einen Sarg gelegt, einen kleinen weißen Sarg. Er war mein kleiner Bruder. Über Nacht stand er draußen im Flur, und als wir ihn morgens ansahen, er sollte ja gleich beerdigt werden, da waren die Zähne durchgebrochen. Vorne. Alle Zähne. In der Nacht. Als er gestorben war, hatte er noch keine Zähne. Stell dir das mal vor. Er hatte, glaube ich, Diphtherie.» Sie sah über ihre Brille hinweg: «Ja, bestimmt. Diphtherie. Kinder starben damals oft an Diphtherie. Es gab noch kein Serum, wie heute. Darum habe ich immer Angst gehabt, daß du auch Diphtherie kriegst.»

Ich hatte keine Diphtherie bekommen, wenn mir auch Dr. Erdmann, unser Arzt, mehr als einmal mit dem Löffelstiel die Zunge heruntergedrückt hatte, um meine chronisch vereiterten Mandeln anzuschauen. Bis sie herausgeschält wurden. Als ich dreizehn war. Dieses Krankenzimmer trug dazu bei, daß ich mich erinnerte, wie ich in dem Operationsstuhl gesessen hatte, eine Schale unters Kinn geklemmt, und der Arzt mit Instrumenten, Drahtschlingen, einem Skalpell, in meinem Schlund herumfuhrwerkte. Dann lagen zwei zerfurchte, dunkele, blutige Klumpen in der Schale, und ein paar Tage lang bekam ich Vanilleeis und Erdbeereis, obwohl Krieg war und es so was eigentlich gar nicht mehr gab.

Minnamartha deutete auf ihren Gipsverband. «Ich muß die Finger bewegen, sagt der Arzt. Wegen der Durchblutung.»

Ich verließ die Krüppelburg, gegenüber war ein U-Bahn-Eingang, aber die Bahn fuhr wieder einmal nicht, wegen Stromsperre. Doch ein Bus brachte mich schließlich zur Postdamer Straße, von da waren es nur ein paar Schritte zu Harros Kneipe unter dem Bülowbogen, wo

Schnüffelpaule demonstriert hatte, wie er zu seinem Namen gekommen war.

Trotz der frühen Stunde stand Harro schon hinter dem Tresen, ein paar Stammgäste hingen auf den Hockern, nur die Mädchen waren noch nicht da.

Harro polierte Gläser. «'ne Molle und 'n Korn?»

«Ja.»

Es gab nur zwei Dünnbier pro Person und einen Schnaps damals.

Bei Harro schienen diese Gesetze nicht zu gelten. An dem Abend neulich jedenfalls ...

«Wo ist Schnüffelpaule?»

Ich deutete nach oben. «Weg. Per Luftbrücke.»

Harro nickte. «Er hält es nirgends lange aus.»

«Woher kennt ihr euch?»

Harro winkte ab. «Strafkompanie. Rußland.»

Ich fragte nicht weiter. Inzwischen hatte ich genug über diese Einrichtung erfahren, Strafkompanien waren Einheiten, die dem sicheren Verheizen von Unerwünschten dienten. Wer aus dem Schlamassel entkommen war, fühlte wenig Neigung, idyllische Frontgeschichten loszuwerden.

Der Laden füllte sich allmählich, vertraute Gesichter, niemand fragte, was ich hier wollte. Eins der Mädchen kam, sie hatte eine papageiengelbe Boa um den mageren Hals. Ich lud sie zu einem Bier ein. «Wo ist Schnüffelpaule?» fragte auch sie. Ich erzählte ihr die gleiche Geschichte, und daß wir zusammen in Gatow gearbeitet hätten.

«Biste da noch?»

«Ja.»

«Warum tuste det?»

«Warum nicht? Irgendwas muß der Mensch tun.»

Sie legte mir tröstend den Arm auf die Schulter. «Haste ooch wieder recht.»

Die Typen hier in Harros Kneipe waren zwar eine Wucht, aber ohne Paule gefiel es mir trotzdem nicht. Ich trank aus, zahlte.

«Gehste schon?» fragte das Mädchen. Sie schien es zu bedauern.

Ich ging zur Potsdamer Straße, zur Bushaltestelle. Die Stadt lag fast im Dunkeln. Viele Leute brannten Kerzen, um Strom zu sparen. Schleierhaft blieb, woher sie die Kerzen hatten. Es kam doch nichts nach Berlin hinein. Sie mußten sie zu Anfang der Blockade im Osten gekauft haben, als man noch keinen Personalausweis vorzulegen brauchte.

Helles Licht verbreitete nur die S-Bahn. Ihr Stromnetz wurde aus dem Osten gespeist. Aber die Züge waren fast leer. Die Westberliner weigerten sich, mit der Ost-S-Bahn zu fahren.

Der Bus war überfüllt. Ich quetschte mich auf die Plattform. «Vorrßehn, bitte!» sagte der Schaffner. Er drückte aufs Summer-Knöpfchen. Das Bus fuhr ab. Links und rechts Ruinen, aufgestapelte Mauersteine. Davor und dazwischen immer wieder Behelfsläden, auch in den Ruinen. Einige Häuser, deren Mauern stehengeblieben waren, hatten die Bewohner wieder notdürftig instand gesetzt. An einer Ecke, wo eine Laterne brannte, standen ein paar Menschen vor einer großen Anschlagtafel. Wer Glück hatte, fand vielleicht einen Zettel, der ein Zimmer versprach. Ob es dann noch zu haben war, entzog sich allerdings dem Willen des Obdachsuchenden. Andere Zettel, wußte ich, priesen *französischen Unterricht* an oder vermittelten einen Sparofen im Tausch gegen ein Ölgemälde.

Kolonnenstraße. Ich stieg aus. Hier war der Tanzschuppen, der *Blaue Elefant*, in dem Muchenfritz und der geleckte Harry verkehrten. Ich ging rein. Es war noch ziemlich leer ... Dieses komische bläuliche Licht brannte. Ich setzte mich in eine Ecke. Die Kellnerin lächelte. Es sah aus, als ob sie eine Zahnlücke hatte, aber als sie sich seitwärts wendete, aus dem direkten Licht raus, war doch ein Zahn da. Dieses ultraviolette Licht wurde von künstlichen Zähnen nicht reflektiert.

Ich bestellte ein Bier. Einige Paare schlurften auf dem Parkett. Der Schlagzeuger mit der Pickelfresse war ziemlich müde heute. Einer trat ans Mikrofon und sang: «Dankescheen, bittescheen, wiedersehn. Kommen Sie hier, trinken Sie Bier. Großer und kleiner und nichts verstehn ... *I'd wish I could* sprechen Sie Deutsch.»

Die Amis kamen jetzt in Zivilklamotten in die Tanzschuppen. Entsprechend hatten die Kapellen ihr Repertoire geändert. «Wir sitzen alle in einem Boot.» Blockade. Es durfte fraternisiert werden.

Helga kam rein. Mit einer Freundin. Beide hochtoupiert. Ob sie wieder trockene Schrippen drunter hatten?

Die Mädchen setzten sich an meinen Tisch. «Ihr habt ja janz schön aufgemischt, neulich», sagte Helga. «Kaufste uns'n Drink? Frollein, zwei Coke mit Rum!» Sie sah mich an wie ein Wundertier. «Det hat sich bei Fritz Muchow noch niemand getraut.»

«Dann wurde es ja Zeit. Wo ist der Typ? Kommt er noch her mit dem Schmalzharry?»

Sie kicherte. «Und mit deiner Freundin, wa?»

Ich sah sie an. Sie machte eine versöhnliche Geste. Die beiden Cola-Rum rollten an. «Weißte denn nicht? Alles vorbei. Muchow hamse jeschnappt, und die andere Knalltüte ooch. Harry den Schmalzijen. Weißte, was se jemacht ham?»

«Keine Ahnung.»

«Tanz mal mit mir. Denn vertüdder ick dir det.»

Wir gingen aufs Parkett. Ich sah, wie ein Ami mit Bürstenhaarschnitt sich Helgas Freundin schnappte. *Get your kicks – at two-sixty-six.* Wir tanzten in einer Ecke, bewegten uns kaum von der Stelle. Helga erzählte: «Die beiden waren nämlich Spezialisten, weißte. Für Kellereinbrüche. Sie ham Ruinenkeller ausgeräumt. Immer in der Nacht, bei Stromsperre, wa? Und wat se jefunden ham, det hamse verscherbelt. Hier auch. In diesem Schuppen. Immer saßen verdächtige Macker an unserem Tisch, die kooften det Zeug. Mann, du ahnst nicht, was man in die Keller noch allet findet. Seife, und zu fressen, Konserven, und Schnaps und Betten und Anziehsachen, wat die Leute so retten wollten. Aber viele sind wegjemacht, oder tot sind ooch viele, um die Keller kümmert sich keener. Da hamse 'n Jeschäft draus jemacht. Manchmal mußten se mit Spitzhacke ran, aber meistens steht ja uff die Mauern jemalt, wo der Luftschutzkeller is, da brauchen se nur 'ne Eisentür aufbrechen, und schon warnse drin. Diß hamse alles mit den Auto von Harry wegjekarrt, der hat ja'n Fuhrjeschäft, kriegt sogar Benzin zugeteilt. Also eenmal, in de Großgörschenstraße, hamse ooch wieder rumjewühlt uffn Ruinengrundstück, plötzlich kommt 'n Jeep von de Amis. Die zwee ham noch rumjefaselt, det sei der Keller von ihre Tante und so wat, aber die Amis ham jar nich hinjehört.»

«Und nun?»

«Nu sind se im Knast. Die Schwester von Harry hat mir det allet erzählt. Grade neulich.»

*Gonn'a-take a sentimental journey* ... spielten sie jetzt, phantastisch langsam. Die Amis tanzten, als ob sie alten Kaugummi an ihren Kreppsohlen kleben hätten. Ich brachte Helga an den Tisch, ließ zwanzig Mark in die Bier- und Cola-Pfützen flattern. «Kauft euch noch'n Drink», sagte ich. «Und: Danke!»

Bei Gigi und Friedrich brannte noch Licht. Ich klopfte. Gigi machte auf. «Du?»

«Wundert dich das?»

«Ja. Komm rein.»

Friedrich saß am Tisch, in seiner alten Militärjacke, die aufgeknöpft war. Drunter trug er eine graue Wollweste. Vor ihm stand eine Flasche mit echtem Whisky. Ballantine. Woher kam die nun wieder?

«Ein lieber Gast», sagte Friedrich. «Setz dich. Trink einen mit.» Gigi setzte sich auch wieder, nachdem sie ein Glas für mich geholt hatte. Sie wickelte sich in eine Decke. Es war bitterkalt bei ihnen, der September machte sich bemerkbar. Bald würde Reif draußen auf den Beeten liegen. Gigis roter Haarschopf war zerzaust, sie hatte tiefe Ringe unter den Augen.

«Bist du krank?» fragte ich. Sie schüttelte den Kopf. «Ich war in Schöneberg», sagte ich. «In dem Tanzschuppen. *Blauer Elefant.*» Ich trank ihnen zu. «Fritz Muchow ist verhaftet. Harry auch.»

Sie winkte ab. «Interessiert mich nicht.»

«Das interessiert dich nicht? Dafür warst du doch ganz schön im Gange mit den beiden Nulpen. Weißt du, weshalb sie im Knast sind?»

«Interessiert mich nicht!»

«Mich aber», sagte Friedrich.

Ich sah ihn an. «Kellereinbrüche. Sie haben Ruinenkeller ausgeräumt.»

«Eigentlich nützlich», sagte Gigi. «Das Zeug verrottet in den Kellern. In Tausenden Kellern. Niemand kümmert sich drum.»

«Es ist Diebstahl», sagte ich.

Gigi winkte ab: «Was bist du auf einmal so pingelig? Wenn wir nicht dauernd was organisieren würden, wären wir schon verhungert. Der Heizer klaut, der mir die Kohlen runtergeschmissen hat, er hat damit sogar die Amis beklaut oder die Engländer oder was weiß ich. Du klaust, wenn du mit Paule Holz holst und Teerbrocken, da beim OKH. Oder meinst du, dir gehört das? Alle klauen, und wer nicht klaut und schiebt und schmuggelt, der geht unter. Und dein Freund Rabumm klaut Mehl, wenn in Tempelhof ein Sack aufplatzt, und bei Coca-Cola klauen sie Zucker, und in der Spinne (sie meinte damit die Spinnerei in Zehlendorf-Süd) klauen sie Garn und verscheuern und vertauschen es, und die beim Horse Platoon rabotten, klauen Zigaretten und Kleider, und die netten, ehrlichen Mädchen, die nicht klauen, haben Zimmer gemietet in den Siedlungshäusern und lassen sich von den Amis pimpern, und dafür kriegen sie Zigaretten und zu fressen, und wenn sie gut sind, sogar einen Kaninchenpelz. So sieht das doch aus.»

«Ja, ja, so sieht das aus», sagte Friedrich. «So sieht es wirklich aus.»

Ich trank. Wo hatten sie den Whisky her? «Jedenfalls: Die zwei, das waren ganz schön schräge Burschen», sagte ich.

«Für dich vielleicht», sagte Gigi. «Uns haben sie immer was mitgebracht. Was, Friedrich?»

Friedrich nickte.

«Und auf die Pelle sind sie mir auch nicht gerückt. Ein paarmal bin ich mit ihnen tanzen gegangen. Was ist denn schon dabei? Du bist ein eifersüchtiger Arsch, Karl.»

«Moment mal», sagte Friedrich, «du mußt Karl auch verstehen. Die Familie ist futsch, bis auf Minnamartha, seine Alte, und die ist im Sanatorium. Du bist der einzige Mensch, Gigi, den er hat. Und er bringt dir Vertrauen entgegen.»

«Mann», sagte Gigi, «was du faselst. Ich mag Karl, das weiß er auch. Aber ich bin ein freier Mensch. Verdammt noch mal, ich will meine Freiheit haben. Ist denn das zuviel verlangt?»

«Du hast sie ja nicht», sagte Friedrich. «Ich hänge dir am Bein. Wie ein Klumpen. Ich bin zu nichts mehr nütze, und ich werde dir immer am Bein hängen. Mein Leben lang.»

Gigi sprang auf, umarmte ihren Bruder. «Du doch nicht», sagte sie. «Du bist mir keine Last. Du bist doch mein Bruder.»

Friedrich machte sich los. «Setz dich man wieder», sagte er. «Da, die Decke ist runtergefallen.»

Ich hob die Decke auf, wickelte sie wieder um Gigis Beine. Friedrich fuhr fort: «Wir werden alle diese Fragen, diese Probleme, nicht von heute auf morgen lösen. Wir müssen Geduld haben. Schließlich haben wir einen Krieg verloren. Aber ihr seid beide noch jung. Ich habe acht Jahre verloren. Erst aktiver Soldat, dann der Krieg. Und mein Bein ist im Arsch. Aber ich werde auch wieder anfangen. Jetzt habt verdammtnochmal Geduld.» Er stand auf. «Gute Nacht.» Er humpelte ins Nebenzimmer. Wir hörten, wie er zu Bett ging.

«Er hat recht», sagte Gigi leise. «Aber es ist so schwer. Sei mir nicht böse.»

Wir tranken den Whisky in kleinen Schlucken. Gigi beugte sich über den Tisch und küßte mich, und es war wie das erste Mal.

«Geduld», sagte sie. «Viel Geduld. Du mußt auch Geduld haben. Mit mir.»

Sie kam mit für diese Nacht in die Ede-Laube, die Laube Nummer vierzehn. Es war sternklar draußen. In der Ferne brummelten die Flugzeuge. Busebergs schienen etwas zum Heizen zu haben, es roch nach Rauch, und Wölkchen quollen aus ihrem Schornstein. Frau Buseberg arbeitete jetzt im Kohlenkontor der Hedwigshütte A.G. Vielleicht konnte sie da ein bißchen Kohle organisieren.

Am nächsten Morgen hatte Gigi auch bei uns ein kleines Feuer gemacht. «Ich muß gehen», sagte sie. «So gerne würde ich mit dir Kaffee trinken. Aber es ist schon zu spät. Übrigens: Kannst du mir eine von Schnüffelpaules Decken geben?»

«Ich habe versprochen, sie für ihn aufzuheben», sagte ich, noch halb im Schlaf.

«Er kommt doch nicht wieder. Ich wollte mir eine Hose draus nähen. Für den Winter.»

«Meinst du wirklich? Vielleicht kann ich Amihosen organisieren. Das ist doch besser, als wenn du dir aus der alten Decke was schneiderst.»

«Ich habe auch nur so gedacht. Es wird sicher kalt.»

«O. k. Nimm sie dir.»

Sie küßte mich und zottelte mit der Decke ab. Ich stand auf, holte Wasser von der Pumpe draußen. Dann zog ich mich an. Das Kaffeewasser kochte immer noch nicht. Ich öffnete die Ofenklappe und pustete ins Feuer. Ein bißchen half es. Etwas Neskaffee hatte ich noch. Ich schüttete ihn in die braune Henkeltasse, echt Bunzlauer, leider war der Henkel längst abgebrochen. Wasser drauf, umrühren. Es roch gut. Fast wie «im Frieden». Wir sagten immer noch «wie im Frieden». Siegfried hatte einmal gesagt: «Frieden, das riecht einfach gut.» Die Studenten, die im Mittelgang der U-Bahn-Wagen standen, ihre ernsten, alten Gesichter über den steifen Kragen gefärbter Uniform-Jakken: Rochen sie gut? Sie rochen nach Armut, Schweiß, billigem Linoleum-Öl, sie hatten den Geruch mitgebracht aus der alten Humboldt-Universität hierher, in den «westlichen» Vorort, wo eine neue Universität entstand.

«Dafür haben sie Geld», erboste sich Ernie Puvogel, ein Mann zwar, der ohne Universität ausgekommen war in seinem Leben, das Anpassung war, aber auch bei diesem relativ geringen Bildungsstand fiel ihm auf, daß außerhalb unserer Kolonie mit anderen, ein bißchen größeren Summen gerechnet wurde: «Millionen!» sagte er. «Wenn nicht Milliarden.» Er meinte die Summe, die von der Ford Foundation stammte, die «Freie Universität» sollte es nun werden hier draußen, denn Humboldt, einst Symbol für den Geist der Aufklärung, roch inzwischen auch schlecht: nach Sowjets, Kommunisten, kurzum: nach «Osten». Barfuß waren die Russen, damals Verbündete der

Amerikaner, zur Oder marschiert, um den Faschismus niederzuwerfen. «Und nun stinken sie den Amis», schloß Puvogel seine politisch-philosophischen Ausführungen zur gegenwärtigen Weltlage.

Wir hatten ja soviel Glück: Die Weltlage fand hier bei uns statt, in Berlin. Und sie war zu riechen: Faul und muffelig und arm roch alles, was aus dem Osten kam, der Westen aber duftete nach Doughnuts und Neskaffee und Rasierwasser und Virginia-Tabak. Eine einfache, leicht zu überblickende Gesamtlage. Westberliner, wollt ihr besser riechen? Dann steht zu jener Freiheit, die euch der Westen bringt. Wir werden es schaffen, daß sogar eure Studenten duften. Und ganz am Schluß ihr selbst! Das begreift ihr doch? Das kapieren sogar die Kommißköpfe aller westlichen Nationen, die im Alliierten Kontrollrat sitzen.

Bevor die endgültige Duftsättigung stattfand, gestatteten die Sieger den Besiegten ein wenig Unterhaltung. *Entertainment*. Die Filmateliers arbeiteten wieder. Hildegard Knef kam als Alraune in die Kinos, verführerisch schön: Es gibt wieder deutsche Mädchen, appetitlich auferstanden aus den Trümmern. Unsere Hilde! «Se kiekt immer, als ob se bald weenen will», sagte Schnüffelpaule, der ewige Nörgler. Aber wer will auf Displaced Persons hören, wenn es um wiedererwachenden Nationalstolz geht? *Alraune!* (Der Stoff zu diesem Film, tantiemenfrei und daher schon mal unverdächtig, war vom Kontrolloffizier keine Sekunde lang beanstandet worden.)

Wir hatten sie ja, die süßen Mädchen, wir brauchten nur in die Kiste zu greifen. Vergeßt Goebbels und sein Gejaule im Sportpalast. Was gab es denn vorher in der Arena der Großstädter? Sonja Henie, den Eislaufstar! *Häseken* genannt. Wie liebten wir sie! Her mit Häseken!

Ein bißchen anrüchig war er noch, der Sportpalast, überdies fehlte auch das Dach, wegen Bombenschaden. Also stellten wir Häseken auf die Operettenbühne, ließen sie auftreten in der *Gräfin von Monte Christo*.

Auch Operetten sind unverfänglich, überlegte sich der Kontrollrats-Offizier, Häseken kann den zu demokratisierenden Deutschen nicht schaden.

Nächster Schritt? Nur Mut! Vielleicht eine Erfolgskomödie aus den USA? *Drei Mann auf einem Pferd!* Barlog inszenierte das Stück in seinem Schloßpark-Theater, wie es die Sieger nicht für möglich gehalten hätten: Er machte richtiges, wunderbares, bestes Theater.

Jedenfalls, soweit man den Kritiken in den Zeitungen glauben konnte. Die Tausendschönchen gingen nicht ins Theater. Die Gefahren der Darstellung von Schicksalen auf der Bühne erreichten sie höchstens in ihrer Jugend, wenn sie schulklassenweise in *Minna von Barnhelm* getrieben wurden. «Theater? Für was?» fragte Experte Siegfried. Bei uns gab es jeden Tag eine neue Inszenierung. Oder mehrere. Wir spielten alle mit.

Ich schlürfte den wohlriechenden West-Kaffee in kleinen Schlukken. Verrückte Gedanken am Morgen! Wahrscheinlich hatte ich einen Rausch vom Koffein! Ein bißchen mehr Sinn für Realität, Karl Kaiser! Brauchst dich ja nur umzusehen:

Beim Schützenhaus an der Machnower Straße hatten die Russen einen neuen Schlagbaum errichtet und damit einen weiteren Schleichweg in die Zone vernagelt. Das war keine fünf Minuten von uns. Am Bahnhof Düppel war es sogar den Ukrainern zu gefährlich geworden, sie liefen dort dauernd in Kontrollen. Auf dem Königsweg patrouillierten Streifen. Wir waren vollauf damit ausgelastet, unseren Poms zu veredeln, Brennholz zu besorgen, uns in überfüllte Verkehrsmittel zu drücken.

In der *Siedlung* sah es eher noch schlechter aus. Die Ex-Nazis hatten keine Arbeit, vegetierten mit Karte drei dahin, viele waren zu Einsätzen abgeholt. Die Frauen gingen immer noch Steine klopfen. Trümmer gab es ja genug. Einen Augenblick lang hatten sie in ihren verschuldeten Häusern aufgeatmet, als das Geld eins zu zehn umgestellt und ihre Hypotheken damit reduziert wurden. Aber dann verlangte der Staat Hypotheken-Gewinnabgabe, und sie zahlten genausoviel wie früher und mußten das Geld herbeischaffen. Auch ich zahlte weiter für unsere Ruine, denn das Haus war ja belastet gewesen, bevor es zerbombt wurde.

Viele hatten aus diesem Grund an Ami-Flittchen vermietet. Wenn wir von der Arbeit kamen, sahen wir, wie die aufgetakelten Schönen ihre Hündchen ausführten, Kaninchenmantel, die *Lucky* schräg in der Schnauze, der knallrot bepinselten. Militärisch gerade die Strumpfnähte, das machten nur die Nylons für Dolores, oder für Annemarie und Helga und Bärbel und Gertrud, Namen, mit deren Aussprache die Texas-Boys vom *Horse Platoon* und die GI's von *Hell on Wheels* und den *First Parachuters* sich schwer taten, vertrauter war ihnen jene Region nackten Fleisches, die zwischen oberem Nylonrand und Höschen klaffte. Und die Coca-Abfüller staunten, wie viele gebrauchte Präservative in den leeren Flaschen steckten, zusammen mit aufgeweichten Zigarettenkippen.

Ich sah Siegfried den Weg entlangkommen, zog meinen US-Anorak an, ging raus. Schloß die Laube ab. Ein neuer Tag hatte begonnen. Wir fuhren nach Ruhleben, wo der Lastwagen auf uns wartete.

Minnamartha war tatsächlich einen Tag später aus dem Unfall-Krankenhaus ins Sanatorium Waldesruh zurückgekehrt, ich besuchte sie, der Stresemann-Onkel in der Halle war nicht mehr da, und eine etwas freundlichere Schwester hatte Dienst.

Der Arm war noch in Gips, aber Minnamartha hatte keine Schmerzen mehr. Es ging ihr überhaupt gut. «Nur mit dem Anziehen hapert es», sagte sie. «Die Frau von nebenan muß kommen und mir das Korsett zumachen.»

Auch Werner Pethmann besuchte mich wieder. «Rabumm», rief er über den Gartenzaun. Ich riß gerade Unkraut aus, weil ich fast nicht mehr glaubte, daß die Kartoffeln dazwischen noch vorhanden waren. Das Kraut wurde schon trocken. Bald konnte die Ernte beginnen. Rabumm brachte ein Säckchen Mehl mit. «Bei euch platzen wohl viele Säcke auf?» fragte ich, während wir in die Laube gingen. Rabumm lachte. «Es macht sich», meinte er.

Der Mann war wieder richtig elegant, grünes Hemd auch diesmal, Schlips um, US-Anorak. Ganz in Schale. Wo die Jungs das immer alles herorganisierten? Aber ich selbst tat ja nichts anderes. Meinen Anorak hatte ich den Engländern abgeschnorrt. Und wo Typen wie Fritz Muchow ihre Bomberjacken herhatten, wollte ich gar nicht wissen. Ich mußte an Gigis nächtlichen Vortrag über unsere Ehrlichkeit denken.

«Wo ist denn Müffelpaule, oder wie der heißt?» fragte Rabumm.

«Schnüffelpaule. Ab durch die Mitte. Mit DC-2 nach Wunstorf.»

«Wieso?»

«Was weiß ich? Er ist kein seßhafter Typ. Dem brannte es längst unter dem Hintern.»

«Schade. Schien ein geschickter Macker zu sein. Ich bin an einen Haufen Zeltplanen gekommen. Deutsche. Diese Dreieck-Dinger, weißt du? Ich dachte, er könnte mir die verkloppen.»

«Tut mir leid.»

Werner Pethmann brachte Nachrichten von Klassenkameraden mit. Die meisten waren durchgekommen. Wulle Schnief allerdings, einen der besten Kumpels, hatten die Iwans geschnappt, weil sie dachten, er sei *Werwolf*. Klaus Mahlbusch studierte Geologie an der TH. Drei von den Jungs waren in den Polizeidienst eingetreten. Rabumm spielte auch mit dieser Idee: «Es hat Zukunft.»

«Ich weiß nicht. Mir stinkt das alles noch nach Befehlen und Uniform. Ich kann mich damit nicht anfreunden.»

«Was willst du denn machen? Wenn die Blockade vorbei ist, sitzt du da.»

Das war richtig, darüber dachte ich auch jeden Tag nach, wenn ich in Gatow auf die nächste Bristol wartete. Aber erst einmal war ja die Blockade noch nicht vorbei. Wahrscheinlich stand uns ein mieser Winter bevor.

«Ich warte noch ab. Bei der Polizei kriegste auch wieder nichts zu fressen. Und ich nehme auch nicht an, daß sie euch die Revierstuben heizen werden.»

«Ich glaube, ich gehe trotzdem», sagte Rabumm. «Die Jungs, die da sind, sagen, sie sind zufrieden.»

Wir wurden uns nicht einig an diesem Tag. Rabumm verabschiedete sich. Demnächst würde ich ihn also in Polizei-Uniform wiedersehen. Aber es war immerhin interessant, daß andere Leute an ein *normales* Leben dachten. Immer mehr waren es! Vielleicht war unsere Partisanen-Einstellung hier draußen nicht mehr ganz zeitgemäß? Doch wie sollten wir das ändern?

Ich sprach mit Friedrich darüber, und auch Friedrich neigte dazu, ein paar Gedanken an eine geregelte Zukunft zu verschwenden: «Sie werden eines Tages Versehrte umschulen. Im Westen tun sie das längst. Ich kann sicher eine Arbeit finden, wo ich ein bißchen Geld dazuverdiene. Außerdem meint der Arzt, daß sich das Bein bessert. Es wird steif bleiben, aber ich werde damit gehen können. Dann gehe ich in die Elektrobranche. Bei Siemens läuft schon wieder einiges.»

Ich wußte das, wir verluden täglich Siemens-Produkte in die Maschinen, die nach Wunstorf zurückflogen. Damit das möglich war, klebten sie drüben brav ihre kleinen *Notopfer Berlin*-Marken auf die Briefe.

«Es hat sich vieles normalisiert», sagte der leicht zufriedenzustellende Buseberg.

Gemessen an Skagerrak hatte er recht.

Frau Buseberg kam vorbei, um mitzuteilen, daß sie zwei Karten für den *Brigittentag* habe. Wie es denn Minnamartha gehe, man könne sie doch abholen und mitnehmen?

Ich rief in der Klinik an und erheischte die Erlaubnis, denn der Brigittentag war wirklich ein Ereignis! Meine Kindheit war verlaufen mit dem jubelnden Ausruf: «Huch, Brigitte! Ullstein-Schnitte!» In der *Berliner Hausfrau*, einem Magazin, das der Ullstein-Verlag in hoher Auflage herausbrachte und das zur Lieblingslektüre Minnamarthas gehörte, empfahl die lächelnde, ewig jung bleibende Frau Brigitte allen möglichen modischen Firlefanz, den die geschickte, mit Nähmaschine ausgerüstete Hausfrau sich selber schneidern konnte. Dem Heft lagen die passenden Schnittmusterbogen bei.

Nach dem Krieg gab es keine *Berliner Hausfrau* mehr, laut Kontrollratsbestimmung mußte auch dieses Magazin, wie alle anderen, die in der Nazizeit erschienen waren, eingestellt werden. Frau Brigitte aber erstand bald wieder auf, um keine Stunde gealtert, und empfahl neue, zeitgemäße Ullstein-Schnitte, die darauf hinausliefen, daß die Hausfrau aus alten Militärdecken Röcke, Trümmerfrau-Hosen und hübsche Tändelwesten schneidern konnte, im Sommer sogar flotte Fähnchen.

Manchmal, wenn Siegfried und ich mit der U-Bahn nach Ruhleben unterwegs waren, unterhielten wir uns darüber, wie es wohl «drüben» aussah. Wir stellten uns vor, wie sie jetzt in Frankfurt oder München oder Hamburg beim Frühstück saßen, duftende Brötchen, echter Bohnenkaffee, Vier-Minuten-Ei, Schinken, Käse. «Sie haben sicher alle möglichen Sorten Aufschnitt», sagte Siegfried, und sein Blick war nach innen gerichtet, als ob er eine Welt auf einem anderen Stern beschrieb. «Und Semmeln und frisches Landbrot, und Butter die Menge. Und Kondensmilch!»

«Ich kann mir noch genau vorstellen, wie das geschmeckt hat», sagte ich. «Aber es sich vorzustellen, ist nicht annähernd so, wie wenn man es tut.»

Siegfried nickte. «Du gehst in ein Geschäft, und du kannst kaufen, was du willst. Sogar Kondensmilch. Und Mostrich. Und Pflaumenmus. Und auch Erdbeer-Konfitüre.»

«Und die Mädchen haben Schuhe mit hohen Hacken an oder Sandalen mit Korksohlen, und schöne, neue Kleider, die nach Laden riechen, und sie waschen sich mit duftender Seife. Und wir könnten uns Anzüge kaufen aus Diolen, mit Ewig-Bügelfalte.»

«Woher haste nun das wieder?»

«Ist doch der neueste Schrei im Westen. Frag mal unsere Kumpels auf dem Flugplatz. Die wissen genau Bescheid!»

«Worum die sich alles kümmern!»

Waren es Gerüchte? Die Berliner Zeitungen schrieben nicht, wie gut es den Westdeutschen ging. Der von RIAS Berlin geschaffene

Blockade-Mensch war ein pfiffiger Asket im Arbeits-Overall. Hatte das zu sein. *Any problems?* Im Rahmen der Umerziehung des durch nazistisches Ideengut verseuchten Deutschen gab es für Berlin ein Sonderprogramm.

Wie trotzdem die Ballen bunter Kleiderstoffe nach Berlin kamen, aus denen sich die Mädchen ihre hübschen Kleider schneiderten, blieb ein Rätsel. Wie so vieles, was in dieser Zeit geschah.

Frau Brigittes Schnittmusterbogen waren zwar weniger reichhaltig als früher, dafür nahm sich die Ullstein-Tante aber auch seelisch-geistig der Berliner Hausfrau an. Die bunten Brigitte-Nachmittage und die Sonntags-Matineen im Steglitzer Titania-Palast, einem früheren Prachtkino, erfreuten sich ungeheurer Beliebtheit.

Ich nahm frei, organisierte ein Taxi, lud Frau Buseberg ein, die mit einem Hütchen, auf dem kleine Möwen nisteten, derart verkleidet war, daß ich sie kaum wiedererkannte, und dann holten wir Minnamartha ab. «Was für eine nette Idee», rief Minnamartha. Sie hatte ihren Arm in der Schlinge, der Gips war herunter, und trug ebenfalls einen dem Ereignis angemessenen Hut, ein braunes, topfförmiges Ding, wie sie Landstörzer im Dreißigjährigen Krieg bevorzugt haben. Sogar der Taxifahrer, ein älterer Mann mit grauem Schnurrbart und Lachfältchen, schaute etwas erstaunt in den Rückspiegel und zwinkerte mir zu. Ihm wird alles klargeworden sein, als wir uns dem Titania-Palast näherten, denn dort waren mehrere hundert kokett gekleidete Hausfrauen mittleren Alters unterwegs, auf ihre Drahtlöckchen hatte sie Hüte in Form von Blumentöpfen, Fliegenden Untertassen, Dreispitzen, Lettow-Vorbeck-Südwestern, Schwälbchen-Turtelplätzen und blühenden Gärten gestülpt. Ich hatte Schwierigkeiten, noch eine Karte zu ergattern. Nur weil ich Begleitperson einer pflegebedürftigen Dame war, bekam ich per Gnadenakt einen Klappsitz, eine Reihe hinter Frau Buseberg und Minnamartha.

Der Titania-Palast füllte sich schnell. Ein Meer von Löckchen und Hüten und geblümten Kleidern und Mänteln, die über dem Schoß lagen. Dann raschelten aller Blockade zum Trotz Hunderte von Fondant-Tüten, Schokolade-Packungen. Die Berlinerinnen machten es sich gemütlich.

Das Licht ging aus. Ein Conferencier begrüßte «im Namen Frau Brigittes», die so klug war, selbst nicht zu erscheinen, damit niemand sie mit ihrem Foto verglich, alle die lieben Hausfrauen, die man so recht unterhalten wollte, ihnen zur Freude, um die immer noch ernsten Zeiten vergessen zu machen, in der Hoffnung darauf natürlich auch, daß es die *Berliner Hausfrau* – und: huch, Brigitte! Ullstein-Schnitte! in der alten, reichen Form bald wieder geben würde.

Die Direktion hatte eine besondere Überraschung parat: Zweihundert Ullstein-Schnitte wurden ausgelost, die Damen brauchten nur am Ausgang zum Schluß des Brigitten-Nachmittags ihre Eintrittskarten vorzuweisen, und sie würden sofort erfahren, ob sie gewonnen hatten oder nicht.

Nun aber los! Die Vorhangbeleuchtung verblich, dann teilte sich die Samtportiere, auf der Bühne war die Fassade des *Weißen Rössls am Wolfgangsee* aufgebaut, und schon sprang, in ein strammes Dirndl keck geschnürt, Brigitte Mira hervor. Die Damen seufzten, Hutgarnituren zitterten, als streiche eine Brise vom Wolfgangsee durch den Saal, das Orchester setzte ein, und die beliebte Diseuse sang Melodien aus den Operetten von Ralph Benatzky und Jean Gilbert.

Ach, all die bekannten Sachen! *Was kann der Sigismund dafür, daß er so schön ist,* hörten wir und *Am Sonntag will mein Süßer mit mir segeln gehn, sofern die Winde wehn* ... Robert Gilbert, der Sohn des großen Operettenkomponisten, trat auch auf und las – kurz natürlich, denn das war anspruchsvoll – aus seinem soeben erschienenen Gedichtband *Meckern ist wichtig – nett sein kann jeder!* das Stempellied im Berliner Dialekt:

> Keenen Sechser in de Tasche,
> bloß'n Stempelschein.
> Durch die Fenster der Kleedasche
> kiekt de Sonne rein ...

Das verstanden sie! Beifall!

Aber noch stand die Hauptüberraschung aus. Plötzlich intonierte die Kapelle: *Das kann doch einen Seemann nicht erschüttern,* der Conferencier befleißigte sich artistischer Verrenkungen, und dann trat *er* auf, kam *er* auf die Bühne:

«Heinz – Rühmann!»

Was war der dünn geworden. Ja, auch ihm sah man die schwere Zeit an! Der Beifall rauschte auf, Hunderte von Hausfrauen lächelten, mit echten Zähnen, Goldzähnen und Ersatzkassen-Gebissen, manches Hütchen verrutschte. Und dann sang er, *seinen* Seemann, den nichts erschüttern konnte, keine Angst, keine Angst, Rosmarie, mit Drei-Männer-Chor im Hintergrund, der in Matrosenanzügen steckte.

Das war denn ja auch das Lied unserer Zeit. Brigitte hatte ins Volle getroffen! Dank dir, Brigitte! Dank euch, ihr Brüder Ullstein!

Minnamartha und Frau Buseberg waren glücklich, Minnamartha gewann sogar am Ausgang einen Schnittmusterbogen für flotte Kittelschürzen, wie sie die Hausfrau jetzt trug (und immer getragen hatte).

Die beiden Frauen strotzten vor Abenteuerlust. Auf dem Rückweg gingen wir noch ins Café Dorfaue*konditern*, und auch dort erregten die neuen – oder jedenfalls neu garnierten – Hütchen der Damen großes Aufsehen.

Dann bekamen wir keine Taxe, sie standen nur für genehmigte Krankentransporte zur Verfügung, und wir mußten uns in einen Bus quetschen, der Richtung Wannsee fuhr, aber das alles machte den Damen heute nichts aus.

Wir gaben Minnamartha wohlbehalten im Sanatorium ab. Dann gingen Frau Buseberg und ich durch den Wald nach Hause, hinter dem Gasthaus *Mutter Mochow* den Karnickelberg hinunter, über die Gleise bei Bude 18, zurück zur Laubenkolonie Tausendschön.

«Da hat doch Ihre Frau Mutter mal richtig was jehabt», sagte Frau Buseberg und nahm am Gartentor ihren Vogelnest-Hut ab, um ihren Mann nicht zu erschrecken.

Als wenn die Laubenpieper den scheidenden Sommer festhalten wollten, dachten sie sich Anlässe zum Feiern aus. Buseberg meldete die glückliche Heimkehr seines Sohnes Harald, der lange als vermißt gegolten hatte. Als wir Kinder waren, hatte ich Harald öfter einen Groschen geschenkt, und er hatte mich sonntags in die Busebergsche Laube eingeladen, wo ich die Holzhand des Vaters schnüren durfte, die mit einer Ledermanschette am Armstumpf befestigt wurde.

Harald war in Frankfurt/Oder von den Russen entlassen worden. Kahlgeschoren saß er jetzt in Busebergs Küche und klapperte mit seinen Albinowimpern. Er war dünn, steckte immer noch in seiner russischen Entlassungshose, trug ein schlotterndes, gelbliches Makohemd mit Kragenknopf und durchsichtige Plastikhosenträger, deren Herkunft schleierhaft blieb. Auf der linken Seite funktionierte der Verstell-Mechanismus nicht richtig. Wenn Harald aufstand, zog er mit der linken Hand die Hose hoch.

Gigi, Friedrich, Ernie Puvogel und ich nahmen in Busebergs Küche einen zur Brust. Harald berichtete, wie die Russen ihn noch in den allerletzten Kriegstagen geschnappt hatten. Er war mit einer Volkssturmeinheit zur Verteidigung der Ruhlsdorfer Schweinemästerei eingesetzt worden. Sie hatten Panzerfäuste und dänische Karabiner mit fünfzehn Schuß Munition, hockten in den Schweinekoben, die zwar längst von ihren früheren Bewohnern, den bekannten Ruhlsdorfer Mastschweinen, geräumt waren, aber immer noch stanken. Vor sich hatten sie zwar freies Schußfeld, die Rieselfelder. Aber auch die anrollenden T-34 hatten ein schönes Ziel: die Gebäude der Schweinemästerei, die wie auf dem Präsentierteller dalagen. Zuerst schmissen Ratas, russische Doppeldecker-Tiefflieger, Splitterbomben in den Hof. Dann entfaltete sich die Panzerbrigade der Roten Armee wie beim Manöver. Aus allen Rohren feuernd, rollten sie auf Busebergs Stellung zu.

«Wir verzischten uns», erzählte Harald, «aber da war ein blöder Heini von Panzerleutnant, so'n schneidiger Arsch, der uns mit seiner Null-Acht wieder in die Bude reinhetzte. Alles brannte schon, wir sahen nichts mehr vor Rauch. Ich bin durch den Jauchegraben gekrochen, glücklicherweise war der ziemlich trocken, und seitwärts raus. Ich dachte immer noch, wenn ich auf Richtung Stahnsdorf und Teltow zurück könnte, schaffe ich es. Aber wie ich aus dem Dampf rauskam, schrien sie schon ‹*Stoy*›. Russische Infantrie. Aus war's.»

Zusammen mit Hunderten anderer deutscher Gefangener waren sie dann südlich um Berlin herummarschiert. «Sie bewachten uns kaum. Das brauchten sie auch nicht mehr. Wir waren vollkommen fertig. Dauernd filzten sie uns. Zu fressen gab es nur jeden zweiten Tag, dünne Wassersuppe. Aber die hatten selbst nicht viel mehr. Mit ihren Panjepferden fuhren sie mitten mang uns, Troika bespannt, drei Pferde, eins im Bügel, die anderen beiden links und rechts, aus der Spur. Aber auch deutsche Bespannung, zwei Pferde an der Deichsel, das waren Wagen, die sie erobert hatten. Panjepferde sahen wir und viel Hannoveraner und Ostpreußen und Haflinger. Die hatten sie schon hier requiriert. Einmal sah ich einen Offizier auf einer Trakehnerstute, das Elchgeweih auf der Hinterhand eingebrannt. Es ging alles durcheinander. Die Kochgeschirre nahmen sie uns auch ab. Ich sage euch, unsere Leute haben sich um ne olle Konservenbüchse geprügelt. Und Dünnschiß hatten wir. Aber wenn de dich in'n Graben hocktest, kriegteste gleich eins übergezogen mit'm Kolben oder mit ner Peitsche. Sie hatten Fahrräder auf die Panjewagen geschnallt und Klaviere und Kommoden. Es war irre!»

Harald stand auf und zog links die Hose hoch. «Wie wir das überlebt haben, weiß ich immer noch nicht. Unseren schnieken Panzeroffizier haben wir nicht wiedergesehen. Hoffentlich haben sie dem eins vorn Latz gehauen, dem Arsch. Ohne den hätten wir sicher türmen können. Dann kamen wir nach Erkner, stellt euch mal vor, alles zu Fuß. Und auf den Landstraßen war immer noch Zivilbevölkerung unterwegs, mit Handkarren, voll bepackt, die Russen kamen dann und schmissen alles in den Dreck, dann nahmen sie sich, was sie brauchen konnten, und die Leute sammelten den Rest wieder auf und zogen weiter. Frauen hatten Fotos von ihren Männern: Wer hat Unteroffizier Soundso gesehen? Zuletzt stationiert in Rostow ...Mann, alles Orte von Sondermeldungen von früher. Und jetzt? Nur Scheiße.»

«Trink mal ein'n», sagte Friedrich.

«Ja, setz dich wieder», sagte Vater Buseberg.

Sie hatten dann Harald und Hunderte von anderen Kriegsgefangenen in Güterzüge verladen und nach Osten kutschiert. Harald hatte das Glück, daß er in Frankfurt/Oder in ein Massen-Auffanglager kam. Sie rasierten ihm eine Glatze und setzten ihn als Krankenpfleger ein. Drei Jahre lang war er nicht aufgefallen. Er entwickelte sich zum perfekten Sani. Dann bekam er Typhus und kratzte beinahe ab. Als er wieder kriechen konnte, stellten ihm die Russen einen Entlassungsschein aus und schoben ihn ab. «Da bin ich nun. Und die Haare werden auch wieder wachsen», meinte er und strich sich über die weißblonden Stoppeln.

«Haste Schwein gehabt», sagte Mutter Buseberg. «Mensch, Junge! Det de wieder da bist. Ich muß direkt flennen!» Sie trocknete sich mit dem Schürzenzipfel die Augen.

«Nun weint man nicht», sagte Buseberg, «der Lümmel hat es ja geschafft. Prost!»

Wir wurden lustig. Buseberg holte sogar seine Quetschkommode vor, aber es fehlte uns an Liedern zu diesem Anlaß. Wir einigten uns schließlich auf «Märkische Heide – märkischer Sand / sind des Märkers Freu-heu-de – sind sein Heimatland!» Und ließen den brandenburgischen Adler hoch aufsteigen über Sumpf und Sand und über Ruhlsdorfs Schweinemästerei und den Oderbruch und Sagan und Treuenbrietzen und den Fläming und die Rüdersdorfer Kahlberge.

Alles schon Erinnerungen. Wir kamen nicht mehr raus. Westberlin war eine Konservenbüchse, mit Dreck gefüllt, in dem sich die Würmer von Wand zu Wand bohrten.

«Trotzdem!» sagte Buseberg. «Hoch die Tassen! Harald ist wieder da. Man muß die Feste feiern, wie sie fallen.»

«Mein Jotteken», meinte Frau Buseberg, «so'n Glück!» Und Ernie Puvogel, der mit der Organisation Todt Bunker gebaut hatte, bemerkte: «Ick sage euch, am Atlantikwall war's auch nich immer gemütlich.»

Ich sah, wie Harald ihn erstaunt ansah. An den Atlantikwall hatte er sicher in den letzten drei Jahren nicht gedacht.

Harald erholte sich schnell. Er bekam als Spätheimkehrer Lebensmittelkarte eins, und Frau Buseberg tat alles, um ihn aufzupäppeln. Sie gewann Ernie Puvogel als Komplizen, Ernie besorgte manches nebenbei.

Man kann nicht sagen, daß Harald Speck auf die Rippen bekam. Aber langsam sah er nicht mehr wie ein Gespenst aus. Wir besorgten ihm auch neue Klamotten, Gigi nähte ihm aus einem Arbeitsdienst-Mantel ein Paar Hosen, allerdings mit einem merkwürdigen Schnitt, weil sie an den Hosenbeinen Stoffteile einsetzen mußte, wo durch die Ärmellöcher des Mantels größere Flächen fehlten. Friedrich hatte eine alte Hundeleine gefunden und arbeitete Harald daraus einen Gürtel, damit er die Plastik-Hosenträger loswurde. Ich erinnerte mich an meine weitere Familie, von der ich in den Nachkriegstagen wenig gehört hatte. Meine Kusine Mathilde, die in Lichterfelde-Süd bei den Amis, *Quartermaster*, arbeitete, mußte doch was organisieren können! Sie wohnte jetzt in Steglitz in der Filandastraße. Ich pilgerte hin.

Mathilde hatte eine richtige, heile Wohnung gefunden, die sie allerdings mit sieben anderen Mietern teilte. Ein bärtiger Holzhackertyp machte mir auf, mit Nickelbrille, Soldaten-Unterhemd, es fehlte nur noch, daß er eine Erkennungsmarke um den Hals baumeln hatte. Aus der Küche roch es gut.

«Zu Mathilde wollense?» Er lachte unbegründet. «Hinten rechts, da wohntse.»

Ich klopfte an.

«Herein?»

Mathilde lag im Bett, amerikanische Magazine über die Steppdecke verstreut, und rauchte. Ihre zu groß geratenen Brüste wabbelten unter einem Hauch von Nachthemd, wie es wohl wenige Berlinerinnen zur Zeit ihr eigen nennen durften. Auf dem Kopf hatte sie Papierschleifen mit roten Gummis, eine Art Ersatz-Lockenwickler. «Ach, du bist es», sagte sie. «Setz dich. Hier aufs Bett.» Das war ein guter Vorschlag, denn die Stühle im Zimmer waren mit Klamotten bedeckt. Es roch nach Parfüm. Sie bot mir eine Zigarette an. «Erst schenkt er ihr 'ne Chesterfield – dann macht er seine Schwester wild», machte sie den alten Witz. «Was führt dich zu mir?»

Ziemlich geschraubte Ausdrucksweise! Ich erzählte ihr von Harald Buseberg.

«Der weißblonde? Der Albino? Wo der Vater ne Holzhand hat?»

«Eben der. Er ist aus Gefangenschaft zurück. Aus russischer. Man muß was für ihn tun.»

Mathilde wälzte sich auf die Seite, wie der olle Seelöwe, den wir früher immer im Zoo angeschaut hatten. Ihre Brüste gerieten ins Wogen, sie schob den linken Unterarm darunter, bis sie sich in der neuen Lage eingependelt hatten.

«Was für ihn tun», sagte Mathilde. «Weißt du, für wen man alles was tun muß? Mein Vater, dein Onkel Hubert, muß jeden Morgen um sechs im Tiergarten sein, aufräumen. Brauerei ist ja nicht mehr, wo er Fachmann wäre, kannst du dir denken, nicht? Und ich jobbe beim Quartiermaster, für einmal zu Fressen mittags, und manchmal schenkt mir'n Ami 'ne Stange Zigaretten oder einen Doughnut, aber meistens auch nur, wenn er mit mir pennen will!»

«Und?»

«Was heißt und?» Mathilde sah mich böse an und stieß Rauchwolken aus. «Will ick mit jedem pennen? Die soll'n sich ihre Pimmel in Dollars einwickeln. 's gibt ja genug Nutten, die mit denen ins Bett kriechen. Muß ich ja nicht auch noch, wie? Vielleicht komme ich auch ohne Kaninchenmantel durch den Winter!»

«Ist ja nicht so gemeint.» Ich stand auf und sah aus dem Fenster. Gepflegte Steglitzer Gegend. Vorgärten mit Eisengittern. An den Hausmauern Spuren von Geschoß- und Bombensplitter-Einschlägen. Die Fenster verglast mit zu kleinen Glasscheiben, Leisten dazwischen. Auf den Trottoirs nur alte Frauen. Ich sah Mathilde an, die ein Schmollmündchen machte.

«Irgendwas muß man für den Jungen tun.»

«Faß dir mal an die eigene Neese», sagte Mathilde. «Wie's blühende Leben siehst du auch nicht aus. Was tust du eigentlich?»

Ich erzählte ihr von Gatow, von dem Auslade-Job.

«Komm mal wieder näher», sagte sie. Sie klopfte mit ihrer Hand aufs Bett. Ich setzte mich auf die Kante. «Früher haben wir alle mal gedacht, daß aus dir was wird», sagte sie. «Du warst immer ein intelligentes Bürschchen. Wir haben oft über dich geredet. Wenn der's nicht schafft, dann keiner, haben wir gesagt. Ich dachte immer, du würdest studieren. Na gut, das sehe ich ein. Das geht nicht. Aber du könntest doch Journalist werden oder so was?»

Mathilde zeigte mütterliche Anwandlungen. Sollte ich jetzt an den weichen Pfühl ihrer Brüste sinken und ein bißchen weinen? «Zeitungen gibt's gerade wenig», sagte ich. «Außer dem dünnen Wurschtblatt von den Amis und dem Schrumpf-*Telegraf* und dem Schrumpf-*Tagesspiegel*. Dankeschön!»

«Aber der RIAS», sagte Mathilde unerschrocken. «Du könntest zum RIAS gehen. Als ‹speaker›.» Sie flocht, seit sie bei den Amis arbeitete, amerikanische Brocken in ihre Sprache. «Oder ins Research-Department. Sie suchen Leute. Ich weiß es.»

«Da muß ich einen Fragebogen ausfüllen, vierhundert Fragen.»

«Das mußte ich auch.»

«Ich war in der Hitlerjugend.»

«Das waren alle. Ich war beim BDM. Es hat nichts geschadet. Ich habe es hingeschrieben, und es war erledigt.»

«Und du meinst, sie brauchen mich da? Beim RIAS? Ausgerechnet mich?»

Sie wedelte mir mit ihren blutrot bemalten Fingernägeln vor der Nase. «What knows a stranger?» sagte sie. Zu deutsch: Was weiß ein Fremder. Aber Deutsch verlernte Mathilde wohl gerade.

Schließlich lotste ich ihr heraus, daß sie beim Quartermaster ein paar Leute zum Kohlenschippen brauchten. Vielleicht sei das etwas für Harald? Falls er nicht zu schwach war, wegen der russischen Gefangenschaft.

Ein Herzchen, meine Kusine. Ich verabschiedete mich. Sie schenkte mir eine Stange Zigaretten und zwei Paar Nylonstrümpfe «für meine Freundin».

Wir brachten Harald Buseberg tatsächlich beim Quartermaster unter. Schwere Arbeit, aber es gab auch gut zu essen, und manchmal konnte er ein paar Stücke Koks mausen. Die Busebergs standen sich in puncto Kohleversorgung richtig gut: die Mutter bei Hedwigshütte, wo sich immer einige Schaufeln Grus in die Markttasche räumen ließen, und jetzt Harald an einer, wenn auch kleinen, Koksquelle. Sie würden ganz gut über den Winter kommen. Aus Dankbarkeit für den Hinweis luden Busebergs Mathilde und mich zu einem neuen Umtrunk ein. Mathilde kam, aufgetakelt wie ein Viermastschoner für großen Törn. Ums Handgelenk trug sie eine Micky-Maus-Uhr, ein neues Geschenk eines ihrer transatlantischen Verehrer, den sie wahrscheinlich genausowenig ans Höschen ließ wie die anderen Quartermaster-Burschen. Falls ihr ganzes Halbjungfrauen-Gefasel stimmte.

Mathilde besichtigte meine Laube. Rümpfte die Nase. Sagte aber nichts. Sie sah die Peking-Ente an. «Die hast du gerettet? Wo ist denn der Schnabel?»

«Der liegt noch unter den Trümmern», sagte ich. «Aber ich suche natürlich weiter.»

Diesmal gab es bei Busebergs Stachelbeerwein, eigener Anbau. Sie ließen die Beeren in Tonkrügen gären und versetzten das Gebräu dann mit Weinstein und reinem Alkohol. Das Getränk war von verheerender Wirkung. Mathilde verabschiedete sich ziemlich schnell «wegen Bauchweh». Als ich eine Stunde später nach Hause ging, saß sie bei mir auf dem Klo, die Tür halb offen, das Höschen unterhalb der Knie zwischen den Beinen gespannt.

«Was hast du für Freunde», beschwerte sie sich. Als Hintergrundmusik brummelte und knarzte es hörbar in ihren Därmen. «Haben die Eingeweide aus Gußstahl? Wie hältst du das nur alles aus!»

Ich machte die Klotür zu und überließ Mathilde ihrem Schicksal. Ziemlich angeschlagen kam sie dann ins Zimmer. «Kann ich bei dir übernachten?» fragte sie. «Ich bin einfach zu schwach, um nach Hause zu fahren.» Ich sagte ihr, das Feldbett von Vetter Millie stünde noch auf der Veranda. Wenn ihr das recht sei . . .

Ihr war alles recht. Sie saß in Großmutters Sessel und paffte und zog einen Flunsch.

Ich ging zu Willi Reh und besorgte ein paar Eier. Aber Mathilde lehnte jede Nahrungsaufnahme ab. Wir hörten AFN. Dann machte ich ihr das Bett und schlüpfte selber zwischen die Laken auf meiner Chaiselongue. Bald war ich eingeschlafen, wachte aber bald wieder auf, weil etwas wie eine heiße Lawine über mich wallte. Es waren Mathildes Brüste. Sie kroch zu mir auf die Chaiselongue. «In der Veranda ist es zu kalt», flüsterte sie.

Am Morgen stand Gigi vor unserem Lager. Sie hatte sich ausgedacht, mir Kaffee zu kochen. Ausgerechnet an dem Tag, wo Mathilde dageblieben war! Gigi riß mich an den Haaren. «Was ist das wieder für 'ne Sauwirtschaft?» schrie sie. «Wer ist die Zicke?» Mathilde sprang nackend aus dem Bett, auf einmal war nur noch Busen in unserem Blickfeld. «Selber Zicke», rief sie. «Mensch, Karl, was hast du für'n Umgang? Nicht mal *overnight* kann man hierbleiben.»

Sie suchte ihre Sachen zusammen und drehte Gigi ihre rückwärtigen Partien zu.

«Soll ich Ihnen in den Hintern treten?» fragte Gigi unterkühlt.

Mathilde drehte sich nicht einmal um, krempelte in aller Gemütsruhe einen Strumpf über das Bein.

«Es ist meine Kusine», sagte ich.

Gigi klopfte sich mit dem Knöchel an die Schläfe. «Das willst du mir verbumfideln? Was? Kusine!»

«Es stimmt», sagte ich. «Mathilde!»

Mathilde zog sich weiter an. Dann schüttelte sie eine Zigarette aus der Packung. «Soll sie denken, was sie will», sagte Mathilde. «Ich gehe!» Sie dampfte ab, wir hörten ihre Absätze auf dem Gartenweg klappern.

Ich versuchte ein Lächeln. Langsam wurde ich wach, mir stiegen jetzt die Parfümwolken in die Nase, die von Mathilde stammten.

«Es war nichts», sagte ich. «Sie ist wirklich meine Kusine. Du kennst sie doch! Mathilde!»

Gigi schnüffelte. Dann drehte sie sich um und ging. Sie schmiß die Tür hinter sich zu, daß ich dachte, die Laube stürzt ein.

Ich mußte mich beeilen. Gleich würde Siegfried mich abholen. Ich fuhr in meine klammen Klamotten. Siegfried kam auf einen Augenblick rein. Er schnüffelte auch. «Haste hier'n Puff?» fragte er. Und wackelte mit den Ohren, als ich sagte, meine Kusine sei hiergewesen.

Das Gespräch mit Mathilde in der Filandastraße ging mir im Kopf herum. Ich war also die große Hoffnung der Familie. Immer noch? Alle diese Mitglieder einer westpreußischen Großsippe, die sich in den zwanziger Jahren über diesen Vorort verteilt hatte, waren anscheinend damit beschäftigt gewesen, unseren sozialen Aufstieg zu beobachten. Erst Edes Taxigeschäft, dann der Erwerb des Einfamilienhauses. Sie schienen das für eine Garantie genommen zu haben, daß so was auch ihnen selbst eines Tages widerfahren könnte. Zwar war nichts von unserem Wohlstand übrig, aber sie schienen angenommen zu haben, oder immer noch anzunehmen, daß der Aufstieg jetzt mit mir weitergehen würde. «Edes Kleiner», «Menschlein», wie sie mich nannten, – ja, aus dem würde was werden!

Sie warteten schon ziemlich lange. Mathilde hatte formuliert, was sie alle dachten: Ich mußte es zu was bringen. Journalist werden. Sie hofften, daß ich einen Traumberuf ergreifen würde. Journalist war in ihren Augen ein Traumberuf. Ein Mann, der in der Zeitung schrieb! Den Namen konnte man gedruckt lesen: «Mal sehen, was Karl Kaiser heute wieder vom Stapel gelassen hat.»

Schön. Sicher war ich auf dumpfe, fast unwirkliche Weise in ein Spiel verstrickt, das hieß: «Wie überlebe ich in der Blockade?» Es schien jedoch, von außen betrachtet, nicht auszureichen. Mir war das immer noch nicht klar geworden, trotz der vielfältigen Demonstrationen von Zukunftshoffnung, die ich allenthalben erlebte. Manchmal gibt es Augenblicke, da ist es, als wenn man mit einem Schiff aus der Nebelbank auftaucht, man sieht wieder den Horizont, die Sonne und nachts die Sterne am Himmel, die Wegweiser sind. Wenige Worte, ein einziger Satz im richtigen Augenblick können einem diese Klarheit verschaffen, besonders, wenn man jung ist und noch empfindsam genug, um solche Zeichen zu erkennen.

In meinem Fall war Kusine Mathilde gewiß ein sonderbares Medium. Aber hatte diese reichbrüstige Vorstadtgöttin nicht ausgesprochen, was sie alle dachten? Jene wenigstens, zwischen denen ich groß geworden war? Die es nicht mehr selbst sagen konnten, weil es sie entweder nicht mehr gab oder weil einer vom anderen isoliert lebte, in seiner Einsamkeit, die unsere bloße Beschäftigung mit dem Überleben verursachte? Vielleicht war der Augenblick gekommen, daß ich mein Leben von einem anderen Ansatzpunkt angehen mußte. Wie aber?

Erkenntnisse haben die Eigenschaft, daß ihre Ingredienzien sich schon nach kurzer Zeit verflüchtigen. Ich war schnell wieder in meinen aus bequemem Überleben bestehenden Tageslauf verwickelt, erinnerte mich zwar an meine Gedankengänge, aber daß sie mich weiter beeindruckten, kann ich nicht behaupten.

Der nächste Vorfall von Bestrebungen, ein *normales* Leben herbeizuführen (was war denn das wirklich?), gestaltete sich zu einem prallen Vorort-Ereignis. Siegfried kündigte, während wir in Gatow beim rabotten waren, seine Verlobung mit Wanda Puvogel an:

«Ich habe ernste Absichten mit sie.»

«O. k., Siegfried», sagte ich, «du mußt es ja wissen. Was versprichst du dir davon?»

Siegfried hielt mit einer Hand sein mir zugewendetes Ohr fest, um es am Zucken zu hindern. «Ich kann es nicht so sagen», meinte er. «Aber es ist doch Quatsch, alleine zu leben. Du kennst Wanda nicht. Du hast immer noch 'ne Wut auf ihr, weil sie dir mal mit dein olles Persil in die Pfütze jehauen hat, und ich sage dich, du bist nämlich ein ganz nachtragender Kerl. Sie ist lieb. Zwar kein Kirchenlicht, aber das bin ich ja auch nicht. Und wir zwei zusammen ... Vielleicht ist das nich übel. Was meinste?»

Er sah mich erwartungsvoll an, nur einen Augenblick lang, denn sonst hätte er sich vielleicht beide Ohren festhalten müssen.

Ich war bestimmt die ungeeignetste Instanz. Was sollte ich Siegfried antworten? «Sicher hast du recht», sagte ich vage. «Ich kenne ja Wanda eigentlich gar nicht. Aber du bist ja noch ziemlich jung. Meinst du ...»

«Ach», sagte Siegfried, «meine Mutter war siebzehn, als sie geheiratet hat, und stell dir mal vor, da war ich schon auf der Welt.»

Ernie Puvogel richtete die Verlobungsfeier aus. «Wie findest du das, Karl» fragte er, während er seine Laden-Baracke ausräumte, um Platz für Tische und Stühle zu schaffen. Eine Antwort erwartete er wohl nicht, denn er fuhr gleich fort: «Du solltest dich auch umsehen. Was ist denn mit deiner Gigi?»

Darauf blieb wiederum ich ihm die Antwort schuldig, denn als *meine* Gigi konnte ich ja Stacks wirklich nicht bezeichnen, und nach Mathildes busenreichem Auftritt hatte sie nicht mehr mit mir gesprochen.

Während Vater Ernie räumte und das Fest vorbereitete, stand Wanda vor der Tür, einem Turm sehr ähnlich, nur manchmal schaute sie zu uns herein, dann bewegten sich ihre Augen in dem etwas aufgedunsenen Gesicht flink hin und her. Der Tag kam heran, als Gäste dieses bedeutenden Festes rückte der harte Kern der Laubenkolonie an: Willi Reh, Busebergs mit Sohn Harald, der seine Austrocknung infolge der Kriegsgefangenschaft so weit überwunden hatte, daß er mich, wie einst in Kinderzeiten, mit feuchtem Händedruck und nervösem Flackern seiner weißblond gesäumten Augenlider begrüßte, dann Friedrich und Gigi (sie übersah mich erst einmal), ein paar Verwandte der Familien von Braut und Bräutigam, die wir flüchtig vom Sehen kannten. Darunter auch Ernie Puvogels Bruder, er war Zauberer und trat auf Jahrmärkten auf, mit seiner schönen jungen Begleiterin, die in seiner Haupt-Nummer als zersägte Jungfrau fungierte.

Ich hatte die beiden einmal bei einer Wohltätigkeits-Veranstaltung im ehemaligen Rex-Kino gesehen. Zauberer Puvogel hatte die üblichen Tauben aus seinem Zylinder flattern und meterlange Chiffontücher sich zu prächtigen Blumengirlanden entfalten lassen. Seine zersägte Jungfrau mußte jeder verehren, sie war eine blasse, überschlanke Schönheit mit schweren schwarzen Haarflechten und großen braunen Augen, die voll Tränen zu stehen schienen, dazu einem üppigen, roten Mund und herrlichen Zähnen, die sie gern zeigte.

«Ihr kennt euch?» fragte Zauberbruder Puvogel, «dies ist Amaryllis. Sie kommt aus Kaukasien, und ihr Vater war Medizinmann eines

Bergstammes.» Die unwahrscheinliche Schilderung ihres Lebenslaufes bekräftigte Zauberer Puvogels Jungfrau mit einem Lächeln, vor dem alle Zweifel verstummten.

Schließlich erschien das Brautpaar, Hand in Hand, beide lächelnd wie Modelle für ein zinsbegünstigtes Ehestandsdarlehen. Siegfried trug einen blauen Nadelstreifenanzug, die Hose war in der Kniegegend ausgebeult und der Stoff hell gescheuert. Die Jacke ging nicht zu, die Ärmel endeteten auf der Hälfte des Unterarms. «Geborgt», flüsterte er. Wanda trug einen knöchellangen, meergrünen Plisséerock und eine weiße Bluse, die eine bedeutende Fläche ihres athletischen Brustkastens freiließ, während die Brüste kräftig nach außen drängten und den Stoff zu sprengen versuchten. Im Genick richtete sich ein Rüschenkragen frei nach Maria Stuart auf, wie wir es im Theater der Jugend gesehen hatten.

Alle waren beeindruckt. Willi Reh bekam einen seiner bedeutenderen Hustenanfälle, griff aber trotzdem sofort nach einer Zigarre, die Ernie Puvogel, der Brautvater, ihm zur Feier des Tages anbot. Überhaupt hatte Ernie aufgefahren, daß wir für Stunden das kärgliche Blockade-Dasein vergaßen: Büchsen mit Corned Beef in olivgrünen Blechdosen, aus Vorräten der US-Armee stammend, Weißbrot, Margarine, zwei halbmeterlange Schlackwürste, Büchsen mit Ölsardinen, Kartoffelschnaps, ein paar Flaschen Dornkaat «wie im Westen», Batterien Erdbeersekt, Eierlikör für die Damen, und fürs Brautpaar eine Torte, ganz von weißem Zuckerguß überzogen, mit der Inschrift *Dem glücklichen Paar*. Der Zauberer hatte zudem ein paar Flaschen seiner Reklame-Sektabfüllung beigesteuert, die Flaschen trugen goldene Etikette mit dem flott gestalteten Aufdruck *Extra Cuvée Magier*.

Wir setzten uns und leerten ein erstes Glas Erdbeersekt. Der Zauberonkel stand auf und klopfte an sein Glas: «Meine lieben Brautleute», sagte er und schaute Siegfried und Wanda an, die auch im Sitzen Händchen hielten, «meine lieben Brautleute! Wenn wir uns heute hier versammelt haben, um eure Verlobung zu feiern, so wollen wir nicht vergessen, euren Mut zu loben, daß ihr in so ernsten Zeiten ein Bündnis für das Leben eingehen wollt. Denn die Verlobung» – er schaute streng in die Runde – «ist ja das feste Versprechen für jenes Bündnis, das Ehe heißt.»

Die zersägte Jungfrau schaute zu ihm auf, als wollte sie ihrerseits einen Blick vom Zauberer erhaschen, der ein Versprechen bedeutete. Aber der Redner hütete sich, in ihre Richtung zu blicken. «Auch ich», sagte er, «habe in schweren Zeiten immer versucht, mir und dem

Leben treu zu bleiben. Im Krieg habe ich im Fronttheater mitgewirkt», er blickte in die Runde, merkte, daß seine Zuhörer von diesem Thema wenig hielten, und machte einen kühnen Sprung:

«Mein Gott! Wie klein sie war!»

Wer? Onkel Zauberer sah Wanda an. Also mußte er sie meinen. Und tat es auch: «Wie viele Male habe ich sie auf meinen Knien gewiegt, unsere Wanda, die nun hier als Braut sitzt, an der Seite dieses tüchtigen jungen Mannes! Wie oft habe ich ihr vorgezaubert. Und wie hat sie mich mit einem Lächeln belohnt!»

Onkel Zauberer war selbst am meisten gerührt durch die Schilderung einer Idylle, die Außenstehende sich nur schwer vorstellen konnten. Er zog ein Tüchlein aus seiner Brusttasche und betupfte mit dem Zipfel seine Augenwinkel. Aber er hatte wohl sein Zauberjackett an, das andere Ende des Tuches steckte immer noch in der Tasche, und als er jetzt daran zog, wurde es länger und länger. Er schaute erstaunt an sich herunter. Zog weiter. Gigi brach als erste in Lachen aus. Dann lachte die ganze Tischrunde, am Schluß sogar Wanda, und der zersägten Jungfrau liefen Tränenbäche aus den braunen Augen.

Was blieb ihrem Meister übrig, als auch zu lachen? Er wickelte sein Tuch auf, es war insgesamt etwa fünf Meter lang, und sagte geistesgegenwärtig:

«Nun, es ist ja auch ein fröhlicher Anlaß. Ein Fest, das so heiter beginnt, soll man nicht durch ernste Worte in andere Bahnen lenken. Nehmen wir es» – er ergriff sein Glas mit Erdbeersekt – «als gutes Omen. Unser Brautpaar lebe hoch! hoch! hoch!»

Wir schrien alle «hoch», ergriffen unsere Gläser, die Brüder Puvogel küßten Wanda, einer links, einer rechts, Amaryllis näherte sich Siegfried mit schubladenweit aufgerissenem Vampyrmund. Buseberg griff blitzschnell unter den Stuhl, wo er seine Quetschkommode versteckt hatte, und intonierte: «Hoch, ein dreifach Hoch, ein dreifach Hoch dem Sanitätsgefreiten Neumann ...» Alle klatschten. Buseberg spielte weiter, der Zauberer setzte sich und sah Amaryllis an, und Amaryllis beugte sich zu ihm und flüsterte ihm etwas ins Ohr, was niemand verstand, aber der Onkel Zauberer leckte sich zufrieden die Lefzen, wie eine Katze, der soeben eine Maus versprochen worden war.

Ernie Puvogel strahlte, Frau Buseberg weinte ein bißchen, ihr Mann strapazierte die Quetschkommode, und das Brautpaar hatte die Blicke ineinander versenkt. Gigi warf mir über den Rand ihres Glases einen eisenharten Blick zu. Die anderen Frauen am Tisch, aus der

Verwandtschaft, lächelten. Die Männer hatten begehrliche Blicke auf Amaryllis geheftet. Willi Reh und Friedrich rauchten Zigarren.

Jetzt nahte der Augenblick, den die wackeren Blockierten den neuesten Hollywoodfilmen abgeschaut hatten. Ernie Puvogel drückte Siegfried ein riesiges Messer in die Hand, die Wanda ihm führte, und dann schnitten sie die Verlobungstorte an. Allgemeine Aaahs und Ooos, Buseberg spielte einen Tusch. Puvogel nahm das Messer, wischte es flink an der Tischdecke ab und begann, Scheiben von der ersten Salami zu säbeln.

Das war das Signal für alle, sich von Puvogels reichhaltigen Vorräten zu bedienen. Auch die erste Lage Schnaps rollte. Von einem Plakat an der Barackenwand lächelte uns eine kühle Blonde an, im weißen Kleid, das durch viele Fliegenschisse gepunktet war. Um ihren Kopf rankte sich der Spruch, der mich stets an meinen frühen Pfützensturz erinnerte: «Persil bleibt doch Persil!»

Spät in der Nacht, als Gigi und ich den sturzbetrunkenen Friedrich mehr heimwärts trugen als führten, schimmerte noch Licht durch die Ritzen von Puvogels Barackenwänden, und die Feiernden gröhlten den Text zu Busebergs musikalischer Umrahmung, die den Anfang wieder aufnahm: «Ein dreifach Hoch – dem Sanitätsgefreiten Neumann ...»

Wir brachten Friedrich ins Bett.

«Gute Nacht», sagte Gig kühl.

Ich ging noch einmal zu Puvogels Festbaracke zurück, sang mit den anderen die Strophe von der Nahkampfsocke, die der Sanitätsgefreite Neumann erfunden hatte, und heftete auch meine begehrlichen Blikke auf den sinnlichen Mund der zersägten Jungfrau Amaryllis.

Der Sommer war vorbei. Es war Zeit, daß die Kartoffeln herauskamen. Schnüffelpaule fehlte mir. Ich hackte die Stauden aus, sammelte die Ernte in einen Spankorb. Schleppte die Last in die Veranda, lagerte sie in eine Kiste im Verandakeller ein, der unter der Falltür im Zementfußboden verborgen war.

Ich erinnerte mich, wieviel Ede über den Kartoffel-Anbau gewußt hatte, wohl noch aus westpreußischen Zeiten. Jetzt hatten wir ja *Sieglinde*, eine feine, mittelfrühe Salatkartoffel, die dem Kartoffelkäfer standhalten sollte. Wir hatten auch keinen Befall festgestellt, obwohl dieser Schädling, auch Coloradokäfer genannt, im Krieg Verheerungen unter der deutschen Kartoffel angerichtet hatte. Man sagte, die Amis hätten ihn aus Flugzeugen abgeworfen.

*Sieglinde* brachte ich nun wohlbehalten ein. Gute Ernte sogar, gemessen daran, daß ich das von Ernie Puvogel beschaffte Saatgut in ungedüngte Erde gesenkt hatte.

Früher hießen die Sorten Richters Imperator, Saxonia, Early Rose, Schneeflocke, lange Johannis oder Magnum Bonum, eine Sorte sogar Rio Frio.

Irgendwo mußte noch ein Buch in der Laube liegen, *Die Kartoffel und ihre Kultur,* herausgegeben zur Kartoffel-Ausstellung in Altenburg 1876. Ede und Minnamartha hatten oft darin gelesen, und natürlich auch Großmutter:

«Um die Kartoffel haben sich viele Männer verdient gemacht», zitierte sie, «nicht nur Drake, der sie nach England gebracht hat, und Preußens Friedrich.»

Ich erinnerte mich, daß Großmutter mir aus dem alten Buch die Namen berühmter Kartoffelzüchter vorgelesen hatte, ein Herr Dolkowski aus Galizien züchtete neue, immer ertragreichere Sorten, und auch ein Herr Richter aus Zwickau, der vielleicht für die *gelbfleischige sächsische Zwiebel* verantwortlich war.

Ach, damals war es noch eine Freude, den Geheimnissen der Kartoffeln auf den Grund zu gehen! Jetzt verursachte die reife Sieglinde mir Kreuzweh. Ich hätte ja Gigi bitten können, mir zu helfen. Doch nach dem kühlen Abschied neulich, bei Siegfrieds Verlobung, schienen mir solche Anträge nicht angemessen.

Am Abend hatte ich meine Ernte eingebracht, einsam, wie Robinson auf einer Insel. Ich kochte eine Handvoll Sieglinde und aß sie mit Salz und den 62,5 Gramm Butter, die ich auf einen neuen Abschnitt der Lebensmittelkarte bezogen hatte. Es war ein köstliches Mahl, ich fragte mich, wie aus dieser glatten, rundlichen Knolle so etwas Schreckliches entstehen konnte wie das Poms-Kartoffelpulver.

Mein Blick fiel, während ich aß, auf die Etagere mit den Büchern, die noch von unseren frühen Zeiten her dort standen. Zwischen der Goethe-Biographie eines gewissen Herrn Llewes und einem einzelnen Band Heine im Schnörkel-Einband der Jahrhundertwende entdeckte ich es: Das Kartoffelbuch! Ich stand auf, holte es, und während ich weiter Sieglinde in Salz stippte, las ich:

«Die Kartoffeln finden mannigfache Verwendung als Nahrungsmittel für Menschen und Tiere, in der Technik besonders zur Spiritusfabrikation und zur Gewinnung von Stärkemehl, aber auch in der

Bierbrauerei, zur Herstellung von Stärkezucker, Stärkesirup, als Zusatz zum Brot etc.; zerriebene rohe Kartoffeln sind ein vortreffliches Mittel gegen Skorbut und äußerlich bei Verbrennungen. Das Kraut wird als Futter benutzt; man hat es auch zur Papierfabrikation, als Tabaksurrogat und Arzneimittel empfohlen. Der Wert der Kartoffel als Nahrungsmittel beruht fast nur auf ihrem Gehalt an Stärkemehl, und es besitzen in dieser Hinsicht 3109 g Kartoffeln denselben Wert wie 1162 g Weizenbrot (Kostmaß eines arbeitenden Mannes für einen Tag); wenn aber ein arbeitender Mann die für ihn täglich erforderliche Menge eiweißartiger Körper (die er sich in 614 g Ochsenfleisch verschafft) in Gestalt von Kartoffeln decken sollte, so müßte er in runder Zahl 10 kg Kartoffeln genießen, und da dies unmöglich ist, so erhellt, wie beschaffen die Ernährung derjenigen Leute ist, die sich überwiegend mit Kartoffeln sättigen müssen. Der Instinkt, der die Auswahl der Nahrungsmittel regelt, bewirkt einen verhältnismäßig geringen Verbrauch von Kartoffeln auf der Tafel der Wohlhabenden; wo aber Armut die Beschaffung von Fleisch und Brot unmöglich macht, wo, wie in Irland, im Erzgebirge und einem Teil Schlesiens, die Bevölkerung auf den fast ausschließlichen Genuß von Kartoffeln angewiesen ist, da beweisen die abnorm große Sterblichkeit und die zahlreichen Krankheiten die Folgen dieser Ernährungsweise.»

Traurig. Mein Keller voll Sieglinde würde also hauptsächlich zu meinem frühen Tod führen! Das Problem war demnach, täglich 614 Gramm Ochsenfleisch zu beschaffen! Auf die Kapazität der Luftbrükke umgerechnet, hätten dann die Piloten wahrscheinlich nichts anderes zu tun, als frisch geschlachtete Ochsen nach Berlin zu fliegen.

Doch ehe sie das schafften, mußte ich mich wohl an die Tröstungen Sieglindes halten. Ich erinnerte mich, wie Großmutter die rohen Kartoffeln zerrieben und herrliche Puffer daraus in der Pfanne gebacken hatte, ganze Stapel, die wir mit Zucker bestreut oder mit Apfelmus bestrichen verzehrten. Einmal kleisterte sie mir den Brei auch aufs Bein, als ich versehentlich in einen Waschkessel mit kochender Seifenlauge gestiegen war. Das Bein heilte prächtig, ich mußte dem Verfasser des Artikels zustimmen, wenn er dieses Hausmittel bei Verbrennungen empfahl. Und ich war nun sicher, daß zerriebene Kartoffeln auch bei Skorbut halfen. Wenn es so weiterging, hatte ich bestimmt Gelegenheit, auch das noch auszuprobieren!

Mein neuerworbenes Wissen allerdings erinnerte mich auch, daß hinter der Laube dreiundzwanzig ordnungsgemäß versteuerte Tabakpflanzen mit ihren Blättern wedelten, die Hinterlassenschaft Schnüffelpaules, der ich nun auch erntend nähertreten mußte, und das Buch über Behandlung und Pflege von Tabak wartete auf mich. Sicher würde ich vollauf damit beschäftigt sein, die Tabakblätter zu trocknen und zu fermentieren. Langsam entwickelte ich mich zum ausgebildeten Ökonomen.

Ich ging hinaus und wusch meinen Teller unter der Pumpe ab. Bei Busebergs drüben kräuselte sich schon wieder eine Rauchwolke über dem Schornstein. Die hatten es warm! Bald würde ich wohl den Kirschbaum fällen müssen.

Ich ging hinein, schloß die Tür ab, schaute, was der Sparofen machte: Ein bißchen Glut war noch vorhanden. Die Wärme allerdings, die das Öfchen von sich gab, war kümmerlich. Ich zog mich aus und schlüpfte zwischen die klammen Laken. Beim Schein einer Kerze las ich noch ein bißchen im Kartoffelbuch.

Um diese Zeit begann eine merkwürdige Geschichte die Runde zu machen. 1945, bei der Sprengung eines Bunkers im Führerhauptquartier *Wolfsschanze* in Masuren habe man versäumt, rechtzeitig alle zu warnen, die noch im Bunker waren. Ein Soldat sei verschüttet worden, den man erst jetzt durch Zufall beim Wegräumen der Trümmer entdeckt habe. Nach drei Jahren! Der Mann, so wurde gesagt, hatte überlebt. Im Bunker waren Vorräte die Hülle und Fülle gestapelt, Verpflegung einer Division für Wochen und Monate. Auch Bier, Wein, Mineralwasser seien dagewesen sowie Konserven aller Art, Primuskocher, Trockenspiritus, Decken, Uniformen, Stiefel, Wäsche – alles im Überfluß, sogar Tausende von Taschenlampenbatterien und Blendlaternen zu Hundert, Ersatz-Glühbirnen, was man nur wollte. Luft kam auch durch die Trümmer hinein in die riesige Gruft, die der Mann alleine bewohnte.

Mit viel Phantasie bemächtigten sich Journalisten dieser Geschichte, von der immer unklar blieb, ob sie wirklich geschehen war. Ein paar Reporter wollten den Geretteten interviewt haben, der blaß, fast blind und dem Irrsinn nahe ausgebuddelt worden war. Sie ließen den Mann – angeblich – reden, stellten ihre Spekulationen an, und es gab sogar ein paar undeutliche Fotos, auf denen ein Lebewesen, mit dunklem Bart, langen Haaren, gekleidet in Unterhemd, graue Militärhosen und Knobelbecher, aus Betontrümmern hervorkroch und verlegen grinste. Auf anderen Bildern hielt er die Hand vor die Augen, weil – logisch – nach drei Jahren Bunkerdasein das Tageslicht ihn blendete.

Ausgefeilt fand ich den Fall in einem Exemplar von *True Story* geschildert, das englische Soldaten in Gatow weggeworfen hatten.

Die Geschichte füllte viele Seiten des Magazins.

Ich übersetzte Siegfried die wichtigsten Passagen. «Da fehlt mich die Phantasie», sagte Siegfried. «Ich kann es mich einfach nicht vorstellen. Nimm mal an, du bist da unten drin. Du drehst durch, oder? Eines Tages öffnest du mit dem Bajonett nicht mehr Konservenbüchsen, sondern rennst es dich in den Bauch oder schlitzt dich die Halsschlagader damit auf. Ich denke auch in so einem Riesenlager, in so 'nem Bunker, liegen Schußwaffen rum. Du kannst dir mit einer Null-Acht umbringen, mit einer Pistole. Oder mit Gewehr achtundneunzig. Oder kannst dir und ein bißchen von dem Laden mit ein paar Panzerfäusten in die Luft jagen. In die schlechte Luft, die sicher da unten war.»

Siegfried sah das so. Puvogel, bei der *Organisation Todt* gedrillt, meinte, er hätte versucht, sich einen Weg freizusprengen. Wenn es kein Dynamit da unten gab, dann doch genug Pulver aus Patronen, mit dem sich handliche Sprengladungen basteln ließen, die man mit Hilfe der Taschenlampenbatterien sogar elektrisch zünden konnte. Vielleicht hätte er sich so einen Weg nach draußen gesprengt. Oder die Explosionen in den Bunkertrümmern hätten Leute aufmerksam gemacht. Es krochen ja genügend Altmetallsammler auf solchen Trümmerstätten herum, die dann was gemerkt hätten.

Auch an der Wolfsschanze? Vielleicht war das Führerhauptquartier von russischen Posten bewacht?

Die Sache beschäftigte uns ungemein. Buseberg meinte: «Man kann überleben. Schlimmer als Skagerrak ist das auch nicht.» Willy Reh sagte: «Hauptsache, man ißt viel Fett. Wenn der Mensch unterirdisch lebt, braucht er Fett.» Woher er diese Weisheit hatte, verriet er nicht.

Ich stellte mir ganz für mich selbst vor, wie ich in solcher Ausnahmesituation reagieren würde. Es war ja ein modernes Robinson-Ereignis, und mit Willenskraft müßten, so meinte ich, alle Probleme zu meistern sein. Aber Robinson hatte immerhin Tag und Nacht erlebt, er konnte auf seiner Insel frei herumgehen, die wilden Ziegen begleiteten ihn. Im Bunker eingeschlossen, blieben als Haustiere wahrscheinlich nur Spinnen und Kellerasseln, vielleicht ein paar Ratten. Es war anzunehmen, daß es Ratten nicht viel ausmachte, wenn sie in einem zertrümmerten Bunker eingeschlossen waren, solange sie zu fressen hatten. Sie dachten nicht an eine Familie da draußen, an die

Sonne, die rot hinter Kiefern unterging, an die masurischen Seen, deren Oberfläche ein sanfter Ostwind kräuselte, nicht an Kaffeehäuser, in denen sich Menschen trafen, an Frauen, die sich ihr Haar zurückstrichen, bevor sie einen Brief aus der Handtasche nahmen, mittels dessen ein Mann ihnen ewige Liebe versprach.

Nun, an Frauen dachte Robinson vielleicht auch manchmal, das mußte man also weglassen. Zuerst galt es, den Schock zu überwinden, mit der Situation fertig zu werden: Du bist *vielleicht* verschüttet. Am Anfang willst du es nicht glauben. Der Staub, der deine Höhle nach der Sprengung erfüllt hat, verzieht sich. Du prüfst in allen Richtungen, ob sich ein Ausweg auftut. Aber du stößt überall an Betontrümmer, bis du *weißt*: Es gibt keinen Weg nach draußen. Diese Suche hat vielleicht tagelang gedauert, zwischendurch bist du erschöpft irgendwo niedergesunken, hast geschlafen. Vielleicht hast du lange Zeit im Dunkeln getastet, bis du eine Taschenlampe, Wachslichte gefunden hast, du warst so glücklich, eine Schachtel Streichhölzer, ein Feuerzeug in deiner Tasche zu entdecken. Die Kerzen bleiben brennen, also kommt Luft in dein Verlies. Du stellst fest, daß du nicht weißt, wieviel Zeit schon vergangen ist. Deine Dienstuhr ist stehengeblieben. Wie also die Zeit feststellen? Suchte man noch nach dir? Oder hatte man dich aufgegeben? Oder hatte überhaupt niemand gemerkt, daß du noch da drin warst?

Du registrierst die phantastischen Vorräte, die für dich erreichbar sind, weißt, daß du lange Zeit überleben kannst, da unten. Immer wieder prüfst du, ob irgendwoher ein deutlicher Luftzug herkommt, dir einen Weg nach draußen zeigt, den du vielleicht mit den Mitteln, die du findest, noch erweitern kannst. Du denkst dir alle möglichen Methoden zur Zeitmessung aus. Doch sie müssen hier sämtlich versagen. Jetzt kommt es darauf an, dir ein Programm auszutüfteln, mit dessen Hilfe du leben kannst. Alles, was du tust, ist eigentlich unnütz, du mußt dir Illusionen schaffen, ihnen nachleben. Und hier liegt das Problem: Wieviel Phantasie kann ein Mensch aus dem Nichts entwikkeln? Wie lange reicht sie? Wie lange reicht Hoffnung? Ist es nicht doch an einem gewissen Punkt leichter, sich auf einen Haufen Panzerfäuste zu setzen und sich in die Luft zu sprengen?

Die Sache beschäftigte uns auch, weil es, zu einer brutalen Formel zusammengestaucht, unsere Situation war, in dieser blockierten Stadt. Wie lange würde man darauf verzichten können, sich aus diesem Kessel zu bewegen? Reduziert bis aufs Überlebens-Notwendigste weiterzumachen, während der Westen Deutschlands sich längst seinem Wirtschaftswunder hingab, während auch die Menschen in der Zone zu einigermaßen normalem Leben zurückkehrten? Eine C-47 schleppte lumpige drei Tonnen Fracht nach Berlin hinein, die größere C-54 (von denen es wenige gab) zehn Tonnen. Tropfen auf den heißen Stein. Fast zwei Millionen Menschen steckten in dem Kessel. U-Bahnen wurden in Gang gehalten, Autobusse fuhren, Lastwagen transportierten die eingeflogenen Güter, und jeden Tropfen Benzin und Diesel-Treibstoff mußten die Flugzeuge ebenfalls heranbringen. Das Kraftwerk Reuter verbrauchte die Kohlen, die eine Maschine heranbrachte, in wenigen Minuten. Wo war der Ausweg? Wie viele Wochen reichte meine Ernte an Sieglinde-Kartoffeln bei sparsamster Einteilung? Und die paar Tomaten, und ein paar elende Boskop-Äpfel?

Ich ging wieder in die Filandastraße zu Mathilde, redete mit ihr über alle diese Dinge.

«Du siehst den Wald vor Bäumen nicht», sagte sie. «Die Amis werden das schon machen. Sie haben jetzt B-29 in England, mit Premierminister Bevins Genehmigung. Sie erhöhen die Kapazität.»

Mathilde hatte gute Nerven. Die Nerven eines Menschen, der täglich eine reichhaltige Mahlzeit von den Amis aufgetischt bekam. Auf 700 Kalorien zusätzlich hatte sie Anspruch. Die brauchte sie auch, für die Menge Brust. Wenn ich in ihrem Zimmer saß, ging sie rauchend im Morgenrock umher, oder sie lag auf dem Bett, einen Arm immer unter der Pracht, mit der sie eine hervorragende Karriere bei den sexuell ausgehungerten G.I.s hätte machen können. Und ich war gar nicht so sicher, ob sie nicht gelegentlich ihr Arsenal zur Verbesserung ihrer Lebensverhältnisse einsetzte.

«Übrigens», fragte sie, «wer war denn die Bohnenstange da neulich? Die einfach reinkam und meckerte?»

Ich erklärte es ihr: «Du kennst doch Gigi noch. Als Kinder haben wir zusammen gespielt.»

«Haste was mit ihr?»

«Nicht direkt.»

«Die ist ja hart wie Nägel. Warum suchste dir nicht was Sanfteres?»

Ich erklärte Mathilde, daß die Auswahl nicht besonders groß war in der Kolonie Tausendschön, daß ich Gigi wahrscheinlich liebte.

«Mumpitz», sagte Mathilde. «In deinem Alter. Es laufen doch genug andere rum. Du könntest an jedem Finger zwei haben. Ich nehme dich mal mit. Zum Tanzen.»

«War ich schon. Einer fiel eine Schrippe aus den Haaren.»

Mathilde lachte. «Da sagst du, es geht uns schlecht. Solange sie sich noch Schrippen auf die Birne schnallen können, haben wir immer noch zuviel.»

Sie schnippte mir gekonnt eine Lucky hinüber: «Spaß beiseite. Das ist genau, was ich sage. Du mußt was Vernünftiges tun. Sieh mich an. Ich komme gut rum, und ich vervollkommne noch mein Englisch. Die Amis geben was auf mich.»

Ob das wirklich nur an ihrem Englisch lag? Sie fragte, ob es mit Harald Buseberg auch weiter geklappt habe. Ich sagte ja, danke, er schippe immer noch Kohlen. «Na siehste», meinte Mathilde. «Für den Anfang doch gut, was? Du wirst sehen, wenn er ein bißchen Fuß gefaßt hat, macht er auch was Vernünftiges.»

Was nur, um Himmels willen, war *was Vernünftiges?*

«Letzte Rooosee ... dieses Sommers ...» sang Buseberg zum Schifferklavier. Wir saßen um den Herd, den Frau Buseberg bei vorsichtiger Dosierung mit Kohlengrus von Hedwigshütte in Gang hielt. Auch Busebergs hatten ihre Kartoffeln geerntet und eingekellert, kahl lag draußen vor dem Fenster der Garten. Zum Gartentor führte ein schnurgerader Zementweg, den Buseberg mit Hunderten grüner Flaschen eingefaßt hatte, die Hälse in die Erde vergraben.

Ich hatte eine Postkarte von Ingeborg, meiner Kusine vom Lande, die ankündigte, sie werde uns demnächst besuchen. Busebergs wollten genau wissen, wie es denen denn gehe auf dem Land? Ingeborgs Vater, mein Onkel Willi, sei doch Ortsbauernführer gewesen?

Ich erzählte ihnen, daß sie auch dort die Äcker in eine LPG, eine Landwirtschaftliche Produktionsgenossenschaft verwandelt hätten. Onkel Willi war klapperdürr geworden. Er arbeitete, wie alle anderen im Ort, acht Stunden am Tag, für zwei Mark zwanzig brutto die Stunde.

Von dem einst so schönen Hof, wo ich meine Ferien früher verbracht hatte, war, ihren Briefen zufolge, wenig übrig. In den Ställen, wo die edlen dreijährigen Wallache gestanden hatten, wurde durch die LPG eine Hühnerzucht eingerichtet. Meine Tante Anna, Ingeborg und ihre Schwester Johanna betreuten sie. Auch gegen Stundenlohn.

Das Eier-Soll war genau festgelegt, die Hennen saßen in Legemaschinen. Aber die Futterbeschaffung funktionierte nicht immer, dann legten die Hühner Windeier oder überhaupt nicht, und die Frauen mußten sich vor dem Leiter der LPG, einem in Moskau geschulten Altkommunisten, verantworten. Auch Henneke, der Held der Arbeit, konnte hier nicht helfen. Wo keine Körner sind, da sind auch keine Eier.

Im Rahmen der Planwirtschaft hatten sie überdies auf Roggen umgestellt, obwohl das da alles Zuckerrübenboden war, und so fiel die Ernte schlecht aus: Plansoll wieder untererfüllt! Der LPG-Leiter hatte Angst, daß er abgelöst wurde. So mußten die ehemaligen Bauern von ihren kleinen Äckern und Gärten, die ihnen für den Eigenbedarf verblieben waren, die zum Soll fehlenden Mengen herbeischaffen.

«Denn hamse für sich selber auch nischt zu fressen», bemerkte Buseberg richtig.

«Wohin soll das führen?» sagte Frau Buseberg. «Wenn schon die Bauern nichts mehr haben!»

Harald, der in einer Zeitung aus Vorblockade-Zeiten las, brummte: «Bauer . . . ganz schön blöde! Wie kann man nur Bauer werden?»

«Du halt dich da raus», schimpfte Buseberg. «Früher war das ein anständiges Leben. Ich wünschte, ich wäre auf dem Land geblieben.»

«Dann wärste jetzt russisch. Oder wieder mal polnisch», meinte Harald schadenfroh.

«Kinder», sagte Frau Buseberg, «müßt ihr denn immer streiten? Ich mach uns mal 'nen Gerstenkaffee.» Sie hatte Kartoffelkuchen gebakken. Harald aß geistesabwesend, während er weiter in der alten Zeitung las. Er hatte allerhand an Kenntnissen nachzuholen, im Lager in Frankfurt/Oder hatte es außer gelegentlich dem *Neuen Deutschland* keine Zeitungen gegeben. Frau Buseberg hatte die *Westpresse* für ihn aufgehoben, ganze Stapel, und sie sah mit Ungeduld zu, wie Harald sie studierte, denn jede Zeitung, die er durchgelesen hatte, wurde von ihr verwendet, um damit Kohlengrus-Briketts herzustellen, die langsamer – und infolgedessen länger – brannten als das lose Grus.

Zum Abschied schenkte sie mir ein paar Eier. «Hast du nicht mal wieder Hühnerfutter?» fragte sie.

Ich bedauerte. Seit Schnüffelpaule sich in Gatow in die Lüfte erhoben hatte, machte hier niemand mehr in Körnern.

Allerdings hatte ich nicht mit Ingeborgs Tüchtigkeit gerechnet. Ein paar Tage später kam sie mit einem Koffer, der fast aus den Nähten platzte. Sie hatte einen Zentner Gerste durch die Kontrollen geschmuggelt.

«Ingeborg, wie hast du das geschafft?»

Ingeborg lachte. «Auf der falschen Seite ausgestiegen», sagte sie. «Da war ein Tunnel. Ich rein, niemand hat mich gesehen.»

Sie sah immer noch aus wie früher, als Rabumm und ich mich in sie verliebt hatten, tief in der Uckermark, mit lackschwarzem, dichtem Haar, ein paar Löckchen auf der Stirn, langen Wimpern. Aber dünn war sie geworden. Und ihre Füße steckten nicht mehr in Schnürstiefelchen, sondern in Igelit-Pantoffeln mit Holzsohle. Ihr Pullover war aus Wollresten jeder möglichen Farbe gestrickt, ein Ringelpullover, der lustig aussah, und in den Rock war eine breite Passe eingesetzt, um ihn zu verlängern. Wahrscheinlich hatte sie ihn schon im Krieg, als Halbwüchsige, getragen.

Onkel Willi, Tante Anna und Johanna, Ingeborgs Schwester, ließen grüßen. Onkel Willi hatte sogar eine bescheidene Speckseite mitgeschickt, und die Tante ein paar Eier.

Die größte Not war wieder einmal abgewendet. Wir machten ein fast üppiges Feuer im Herd, füllten die Röstpfanne mit Gerste und fabrizierten Ersatz-Kaffee. Ein bißchen Nescafé hatte ich immer noch, Süßstoff sogar jede Menge aus Paules Vorräten. Mit dem Speck brieten wir Kartoffeln, machten Spiegeleier. Ingeborg hatte Hunger. «Ich war den ganzen Tag unterwegs», sagte sie. «Der Zug kommt nicht voran bei den dauernden Kontrollen. Ein Glück, daß ich durchgekommen bin.»

Auch Ingeborg wollte nicht in die kalte Veranda. So kam es, daß ich die Chaiselongue nun mit Kusine Nummer zwei teilte. Wäre ich doch noch so verliebt in sie gewesen wie damals, während der großen Ferien! Jetzt war es eine Gemeinschaft zur Erhaltung der Körperwärme.

Gigi fragte: «Wen hast du denn da nun schon wieder? Auch eine Kusine?»

«Stimmt», sagte ich. «Eine vom Lande.»

«Tolle Abwechslung», sagte Gigi. «Auch große Brüste?»

Langsam rückte Ingeborg mit dem Plan heraus, daß sie erst mal hierbleiben und später in den Westen gehen wollte. »Wie willst du das hinfummeln?» fragte ich. «Niemand bekommt eine Zuzugsgenehmigung. Also können wir auch keine Lebensmittelkarten für dich auftreiben. Und in den Westen kommt auch niemand. Hier kommt keiner raus. Außer Kindern.»

«Aber du hast mir doch erzählt, daß sie Flüchtlinge ausfliegen. Viele sind rausgekommen.»

Ich winkte ab. «Dafür mußt du erst ins Aufnahme-Lager. Es dauert ein paar Wochen, bis du anerkannt wirst und einen Flüchtlingsausweis bekommst.»

«Scheiße», sagte Ingeborg. «Dann bleibe ich einfach hier. Bei dir.

Ich probiere es. Wir werden schon nicht verhungern. Wie geht es Tante Minnamartha?»

Ich erzählte ihr von meiner Mutter, daß sie gut aufgehoben war in dem Sanatorium, wo es immerhin für die Patienten genug zu essen gab.

«Suchen die niemand als Pflegerin?»

«Schon. Mit Aufenthaltsgenehmigung. Und gelernte Krankenschwestern.»

«Mist. Und Mathilde? Kann die mich nicht bei den Amis reinbringen?»

«Gib es auf.»

«Muß ich zurück?»

«Ich weiß nicht.»

Ingeborg verscheuerte geschickt ihre Gerste, sie brannte erst alles zu Kaffee und erzielte so höhere Preise. Sie brachte auch die Laube auf Vordermann, ich hatte nicht geahnt, in welch einem Verhau ich die letzte Zeit gelebt hatte. Sie lockte sogar Puvogel ohne Gegenleistung ein paar Pakete Waschpulver heraus, aus seinem «Reptilienfonds», wie er es nannte.

Puvogel war ein anständiger Kerl. Wenn es in der Kolonie mal wirklich nicht weiterging, zauberte er irgend etwas aus seinen Schwarzvorräten.

Ingeborg erntete auch den Tabak, gerade rechtzeitig, bevor er im ersten Frost zugrunde ging. Ich gab ihr das Buch über die Behandlung von Tabak. Sie entrippte die Blätter, schnitt die Stiele zu Machorka, zog Strippen auf der Veranda und trocknete den Tabak. Dann fermentierte sie ihn in einer alten Keksbüchse, sie preßte die Blätter mit Backsteinen, legte ein paar geschnorrte Bauernpflaumen mit in den Blechkasten, weil das – ein Rezept von Siegfried – dem Tabak angeblich ein zusätzliches Aroma verlieh, röstete die Blätter vorsichtig im schwach beheizten Backrohr unseres Kohleherdes. Ich mußte ihr ein Messer schärfen, mit dem sie den Tabak schnitt.

Sie wußte eine Stelle, wo die Amis, aus der Kaserne kommend, ihre halbgerauchten Zigaretten aus den Autos schmissen. Geduldig sammelte sie die Kippen, pulte den Tabak heraus. Auch auf Raucherkarte nahm sie jetzt Tabak. Aus all diesen Ingredienzen stellte sie eine Mischung her, mit der wir gut gegen die kursierenden echten und nachgeahmten *Amis* und *Aktiven* konkurrieren konnten.

Jedenfalls sprach sich die vorzügliche Mischung von *Ingeborgs*

*Krüllschnitt* bei Pfeifenrauchern herum, und wieder hatte sie Tauschware.

Willi Reh rauchte nur noch Ingeborgs Tabak, weil der angeblich seinem Lungensteckschuß besser bekam. Er zeigte sich dankbar. Auf der Suche nach Brennmaterial hatten zwar die Leute jenen Machnower Busch, in dem Buseberg Vater einst mittels Holzhand einen Räuber niedergestreckt hatte, längst in eine kahle Wüste verwandelt. Jeder Haselnußzweig war in die Öfen gewandert. Mitten in diesem Gelände gab es einen kleinen See. Willi Reh entdeckte, daß die Ufer mit Bohlen und Pfählen befestigt waren, halb verschüttet inzwischen und unter überhängendem Unkraut verborgen. Bei mehreren nächtlichen Ausflügen barg er diese Bohlen. Er gab Ingeborg reichlich davon ab. Bald hatten wir in der Veranda einen schönen Stapel Holz liegen. Es war zwar naß und manchmal angefault, aber bis zum Winter würde es sicher trocknen.

Ingeborg schrieb in die Ostzone. Sie deutete mit vorsichtigen Worten an, daß alles in Ordnung sei, aber die Angelegenheit sich noch eine Weile hinziehen würde. Die Eltern sollten sie überdies beim Leiter der LPG entschuldigen, sie sei krank geworden, eine langwierige Sache, chronische Bronchitis. Reiseunfähig.

Die Symptome hatte sie sich von Willi Reh schildern lassen und teilte sie getreulich in ihrem Brief mit. Es klang so ernst, daß ich fragte, ob Onkel Willi und Tante Anna nicht Angst um sie bekommen würden. Aber sie sagte, so sei es alles verabredet, die wüßten schon, wie es gemeint war.

Aufs Land zurückgehen würde Ingeborg also wohl kaum. Vielleicht gab es Möglichkeiten, ihr Phantomdasein in Laube vierzehn zu legalisieren? Schnüffelpaule fehlte mir. Er hätte Rat gewußt.

Ingeborg hatte sich mit Wanda Puvogel angefreundet. Wanda war dafür so dankbar, daß sie ihren meergrünen langen Verlobungsrock kurzerhand quer zerschnitt und Ingeborg die obere Hälfte schenkte. So trugen Wanda und Ingeborg jetzt manchmal den gleichen kurzen Plisseerock.

Überhaupt war keine Textilie vor dem Mädchen sicher. Gigi konnte froh sein, daß sie die Decke erbeutet hatte. Jetzt hätte sie es nicht geschafft. Ingeborg schneiderte einen alten Wandbehang zu einem Kostüm um. Es sah abenteuerlich aus, wenn sie es anzog, über ihren Körper krochen Schäferinnen in bäuerlicher Tracht und viele Schafe, denn das Thema des Wandbehangs war *Schäferinnen im Gebirge* gewesen. Sie luchste den Amibräuten aus der Siedlung Fallschirmseide ab, für Blusen, und brachte die pomadige Mathilde dazu, aus US-Beständen Stoff für einen Wintermantel zu organisieren.

Mathilde lüftete sogar ihr Geheimnis, daß sie mit einem Ami gut stand, der einen PX-Ausweis besaß, den Schlüssel zu unvorstellbaren Herrlichkeiten, an die eigentlich nur die Besatzer kamen. Die für sie bestimmten PX-Läden waren auch jetzt immer gut gefüllt. So gab es auf einmal Schokolade in unserer Laube und Kakaopulver und vakuumverpackten Kaffee. Alles nur in kleinen Mengen, aber es machte unser Leben luxuriöser.

Die Vorratshochrechnung für die eingelagerten Sieglinde allerdings ging, seit zwei Menschen davon aßen, nun nicht mehr auf. Jedoch fiel mir rechtzeitig ein, was Großmutter in dieser Situation gesagt hätte:

«Kommt Zeit, kommt Rat.»

Das erfüllte zwar nicht die hohen Ansprüche, die Mathilde (und anscheinend die weiterhin unsichtbare Großfamilie) an mich stellte, aber es brachte uns voran. Vielleicht sogar über den Berg, wer weiß? Die Frage war dann, was wir hinter dem Berg machten! Aber das konnten sich ja Lucius D. Clay und Bürgermeister Friedensburg und Ernst Reuter auch schon ein bißchen überlegen.

Ingeborg hatte sich einen Plattenspieler beschafft, einen kleinen, schwarzen Kasten, noch zum Aufziehen, der Tonabnehmer wog fast ein Kilo. Nadeln entdeckte sie in einer Küchenschublade bei uns in der Laube. Die mußten schon zwanzig Jahre da liegen, aus Zeiten stammen, bevor wir ins Haus umzogen. Sie schleppte stapelweise Schellackplatten an, es waren die letzten Tage dieser zerbrechlichen Scheiben, bevor die Langspielplatte aus Amerika herüberkam. Eine Sinfonie war auf mindestens zwölf Platten überspielt, die Tonwiedergabe für heutige Begriffe, wo ganze Elektronic-Decks nötig sind, um eine einzige Platte wiederzugeben, miserabel. Aber niemand wird uns allen je wieder jenen Klang der Schellack-Platten herbeizaubern, wenn Ingeborg *Shoe Shine Boy* abspielte, oder *Mein kleiner grüner Kaktus – steht draußen am Balkon.*

«Weißt du noch, Ziethens Verlobung?» fragte Ingeborg, «da haben wir das auch gespielt.»

Sie hatte zwei Brüder, die Ziethen und Blücher genannt wurden. Einmal, während der Ferien, hatten wir Verlobung gefeiert, Ziethen hatte während eines Ernteurlaubs als Soldat das Mädchen Margot erfolgreich umworben. Ich mochte mich nicht so gerne an diese Ferien erinnern, denn damals war Rabumm mit mir aufs Land gereist, und wenn ich ehrlich war, hatte er mir Ingeborg ausgespannt. Falls er mich wieder besuchte, ging vielleicht die Geschichte von vorne los? Gut, die Kinderzeit war vorbei. Aber es war schön, daß Ingeborg hier war und daß ich nicht alleine in dieser mit Erinnerungen vollgestopften Laube saß. Ich wollte das ungestört erleben, solange es eben anhielt.

«Was macht Margot?» fragte ich, während Ingeborg den Plattenspieler wieder aufzog.

«Sie ist das Bürofräulein von der LPG. So was brauchen sie jetzt, ein Haufen Papierkrieg ist zu erledigen. Sie hat von Ziethen Nachricht. Er ist übrigens jetzt mit Blücher zusammen im selben Lager, stell dir das mal vor! Durch Zufall! Vielleicht werden sie bald entlassen.»

Ingeborgs Brüder waren gleich nach Stalingrad in russische Gefangenschaft geraten. Sie hatten es immer fertiggebracht, im selben Regiment, zeitweise sogar in der selben Kompanie zu sein. Blücher war ein Meister der «Eingaben». Gewiß war es auch kein Zufall, daß sie jetzt im selben Lager steckten. Sie hatten es sich wieder einmal zu richten gewußt. Wenn sie Glück hatten – aber das erfuhr man natürlich nicht aus ihren Briefen –, arbeiteten sie auch in Rußland in der Landwirtschaft.

«Hast du was gehört? Was sie tun?»

«Nichts. Sie sind südlich des Ladogasees, wenn wir die Andeutungen richtig verstanden haben. Vater hat sich erkundigt beim Roten Kreuz, die haben das auch bestätigt.

Bergwerke sind da nicht. Also arbeiten sie vielleicht draußen, im Wald, oder sogar doch in der Landwirtschaft. Jetzt ist es schon der vierte Winter. Wegen dem Winter mache ich mir Sorgen. Da ist es ja viel kälter als hier. Manchmal minus fünfzig Grad. Kannst du dir das vorstellen?»

Dagegen waren unsere Probleme natürlich ein Klacks.

Sie hatte Rudolf Schock erwischt, der *Mamatschi, schenk mir ein Pferdchen* sang. «Hör auf», rief ich. «Hör bloß auf!» Der Apparat stieß wimmernd ein paar letzte Töne aus.

«Was ist?» sagte Ingeborg erstaunt. «Ist doch schön. Liebst du das nicht? Mamatschi . . .»

«Fang du nicht auch noch zu singen an», sagte ich. «Leg lieber noch mal *Shoe Shine Boy* auf.»

«Oder die Rückseite?»

«Was ist da drauf?»

Ingeborg sah mich, auf dem Boden kniend, von unten herauf an: «*Big Apples*, d-dum-du-dum ...»

«Wunderbar.» Ich zog sie hoch. Wir tanzten Bi-Bop. Ingeborg verlor keine Schrippe aus der Frisur.

Rabumm tauchte in den nächsten Wochen nicht bei uns auf. Eine Tatsache, die ich mit Dankbarkeit begrüßte. Ingeborg hatte sich nach ihm erkundigt, ich hatte ihr berichtet, daß Rabumm in Tempelhof Flugzeuge entlud, und sie hatte weiter kein Interesse an diesem Thema gezeigt.

Dieser September 1948 war wunderschön. Wir nahmen, als wir die viele Arbeit satt hatten, die Räder, fuhren hinüber nach Wannsee, den Glienicker Berg hinauf und durch den Laubwald. Gegenüber der Pfaueninsel stellten wir die Räder ab. Das kleine Fährboot fuhr wieder oder immer noch. Ein alter Mann, Pfeife im Mundwinkel, stakte uns hinüber. «Viele kommen nicht mehr», sagte er. «Die Menschen haben was anderes zu tun. Und dann die Flugzeuge von der Luftbrücke. Soviel Lärm. Auf der Havel landen Schwimmflugzeuge. Sehen Sie da drüben» – er deutete mit der Hand über die Wasserfläche – «dort, mitten in der Havel, verläuft jetzt die Grenze. Dahinter ist alles Zone. Sie schauen immer mit Feldstechern rüber. Russen und Vopos. Und Wachboote fahren. Es ist nicht mehr wie früher.»

Wir legten an, sprangen auf den Steg. Die Insel war ein Rausch von spätem Sommer, halb verwilderter Rot- und Weißdorn duftete. Das Schloß lag verlassen da, man konnte nicht hinein, auch hier auf der Pfaueninsel hatten die Amerikaner ihre *Off Limits*-Schilder aufgestellt. Im Wirtschaftsgebäude lebte eine Familie in einsamer Idylle, ihre Hühner flatterten auf der Insel umher. «Wie sie da die Eier finden», wunderte sich Ingeborg als echte Bauerntochter.

Wir gingen um die Insel, vorbei an den Blockhäusern, in denen zu Zeiten der Königin Luise die russischen Gärtner gewohnt hatten. Eine unwirkliche Welt. Mit Gratis-Ausblick auf die Landschaft unserer Kindheit. Dort hinten lagen Schwielow und Glienicke, weiter noch Rathenow, Neuruppin, Rheinsberg. Fehrbellin, wo einst der Große Kurfürst und sein Prinz von Homburg gesiegt hatten.

Auch die Pfaueninsel mit dem romantischen, zweitürmigen Schlößchen, einer Schöpfung jener Wilhelmine Encke, Mätresse eines Friedrich Wilhelm, von der Minnamartha so gerne las, war vergessen. Unberührt, mit glattem Wasserspiegel, lag die Havel immer wieder vor unseren Augen. Zum erstenmal seit vielen hundert Jahren fuhr kein Schiff, kein Boot auf ihr. Kein Lastkahn, keine *Zille* brachte Nahrungsmittel oder Kohlen nach Berlin. Kein Segelboot schnitt die Wellen eines Schleppers, eines Vergnügungsdampfers der Teltower Stern- und Kreisschiffahrt. Nichts. Sogar die Vopos mit ihren Patrouillebooten, von denen der Fährmann erzählt hatte, blieben unsichtbar.

Ein paar Schritte von hier ging früher die Sakrower Fähre auf die andere Havelseite hinüber. «Im Luch sind sie jetzt wahrscheinlich beim Torfstechen», ließ Ingeborg ihrem praktischen Sinn weiter Lauf. «Stell dir mal vor, wir könnten da rüber und Torf holen. Da wäre mir für den Winter nicht bange.»

In der Luchgegend hatten sie früher immer mit Torf gefeuert. Zum ersten und einzigen Mal in meinem Leben war ich mit Struchen Johann zum Torfstechen ausgezogen im Kriege, als der Schul-Ernteeinsatz mich in jene Gegend verschlagen hatte, aus der Fritz Muchow zu stammen behauptete: in die kaschubischen Lande hinter Stolp, in Pommern.

Wir hatten den Torf in Ziegeln ausgestochen, tief unten im teilweise überschwemmten Graben stehend, die Ziegel zu Meilern geschichtet, kunstvoll mit vielen Lücken, damit der Wind sie trocknen konnte, die Torfziegel eingefahren und im Schuppen gestapelt. Dabei hatte ich die einzige warme Jacke des Bauern, meines Arbeitgebers Struchen Johann, unter vielen Schichten Torf vergraben, und es hatte ziemlichen Ärger gegeben.

Erinnerungen über Erinnerungen.

«Gehen wir?»

Der Fährmann wartete noch auf uns. Weitere Besucher hatten seine Dienste nicht in Anspruch genommen. Er stakte uns zurück. Die Sonne vergoldete die Stämme der Kiefern. Das Laub der Buchen bekam schon einen hellen Stich. Bald würde es die glühenden Farben des Herbstes haben, der hier immer so lange dauerte. Berlin war eine Stadt, in der man die Jahreszeiten miterlebte.

Ein großes Ereignis stand bevor. Der *SC Laube*, ein Fußballverein, den mehrere Laubenkolonien zusammen gegründet hatten, sollte gegen die *Zehlendorfer Brummer* spielen. Siegfried war einer der großen Macker in unserem Verein. Er hatte sich auch als kaltblütiger Torwart große Verdienste erworben. Wir sahen den Jungs öfter beim

Training auf dem Feld zu. Siegfried war professionell gekleidet, mit Schiebermütze und Handschuhen. Aber die anderen! Zusammengestoppelte Dresses, miserable Stiefel. Die Zehlendorfer Brummer waren besser dran. Ihr Präsident, «Sternchen» Siegel, früher Pferdehändler, Verfolgter des Naziregimes, ein flinker, listiger Mann, besaß seit geraumer Zeit ein Sportgeschäft. Den Grundstein zu seinem Nachkriegs-Reichtum hatte er gelegt, als er unserem Fischhändler ein Beutepferd vor dem Wagen einfach ausspannte. Sternchen Siegel hatte erkannt, daß es sich um einen Traber handelte, darauf war der Fischhändler nicht gekommen. Siegel nahm den Gaul in die Mache, und bald lief er in Hoppegarten und errang Sieg um Sieg. Sternchen Siegel teilte getreulich die Gewinne mit dem Fischhändler, beide waren zufrieden.

Das Sportgeschäft war eine Folge des Reichtums, den der Traber einbrachte. Die Brummer wählten Siegel einstimmig zu ihrem Präsidenten, und Siegel rüstete sie, auch jetzt in Notzeiten, aufs beste aus.

An Fußballstiefel kamen die Laubenpieper schwer. Willi Reh, in Lederarbeiten versiert, und Buseberg erklärten sich bereit, die vorhandenen Stiefel instandzusetzen. Wir sollten ihnen Lederabfälle bringen.

Jetzt zeigte sich, daß die praktische Ingeborg das Vertrauen der Laubenpieper bereits in hohem Maße besaß. Siegfried machte ihr klar, daß die Mannschaft unbedingt neue Dresses brauchte und Stutzen. Und nur Ingeborg, meinte er, könne das organisieren.

Wieder stellte sich als nützlich heraus, daß sich Ingeborg mit den Ami-Mädchen in den Siedlungshäusern gut stand. Innerhalb einer Woche trommelte sie einen regelrechten Fan-Klub für die Laubenmannschaft zusammen. Auch die Geschwister Fanselow, die ich seit Kindertagen kannte, machten mit. Agathe Fanselow war eine Pionierin der Fraternisierung. Sie hatte sich 1945 als erste einen Ami an Land gezogen. Ihr Bruder Gustavchen arbeitete in einer Amiküche.

Die Fanselow-Geschwister stellten sich voll in den Dienst der guten Sache. Gustavchen brachte seine Amis dazu, daß sie einen nagelneuen Lederfußball stifteten. Agathe sprach mit ihren Freundinnen. Aus der PX kam Wolle (auch Mathilde lieferte übrigens ihren Anteil), und die Mädchen in der Laube und in den Häusern strickten für die Laubenmannschaft schwarzweiße Stutzen. Schwarz-weiß waren unsere Vereinsfarben, die Brummer trugen Rot-Weiß.

Blieb noch das Problem der Dresses. Ingeborg machte die Runde durch Lauben und Siedlungshäuser, bis sie genügend alte Klamotten gesammelt hatte, damit die Mädchen für elf Spieler (und sogar für drei Ersatzspieler) Hosen und Leibchen nähen konnten.

Doch ein neuer Rückschlag drohte: «Kuckt euch das mal an», sagte Willi Reh. In den Händen hielt er die Trümmer von Schuhen. Einige Fußballbotten waren nicht mehr zu reparieren, sie fielen auseinander. «Die können doch nicht barfuß spielen. Was machen wir?»

Nur noch drei Tage waren Zeit bis zum Spiel, die ganze Aktion hatte nicht länger als eine Woche gedauert. Ingeborg faßte einen kühnen Entschluß: «Ich gehe zu Sternchen Siegel!»

«Zu Sternchen Siegel?»

«Das ist doch unser Gegner.»

«Laßt mich mal machen.»

Ingeborg trabte los. Zur Unterstützung nahm sie Agathe Fanselow mit, weil die «so einen Augenaufschlag hat». Es stimmte, Agathe konnte ihre Augenlider aufreißen, daß man meinte, der schwere Kreuzer *Karlsruhe* öffne seine Geschützpforten. Agathe besaß lange dunkle, seidige Wimpern. Bisher hatte sie noch jeden mit diesem Augenaufschlag rumgekriegt. (Fast jeden. Ein US-Sergeant, den sie mit einem Neger betrogen hatte, war immun geblieben und hatte Agathe verhauen.)

Blieb abzuwarten, wie diese doppelte Unternehmung bei Sternchen Siegel wirkte. Einem abgefeimten Geschäftsmann! Und ob er überhaupt Fußballschuhe hatte in seinem Laden? Schließlich gab es ja seit Monaten keinen Nachschub mehr. Wir standen in Puvogels Baracke und besprachen die Möglichkeiten. Puvogel hatte ein paar Flaschen Dünnbier gestiftet. Das Gebräu brachte uns zwar nicht in Stimmung, aber es war besser als gar nichts, zumindest ein Zeichen von Puvogels Anteilnahme. «Wenn se des schaffen», sagte Buseberg. Er hatte seinen eisernen Arbeitshaken an und kratzte sich damit am Kopf. Puvogel meinte: «Ich halte den Siegel ja für irre ausjebufft. Aber wenn unsere Jungs keine Stiebeln kriegen, fällt das ganze Mätsch ins Wasser. Es ist vielleicht ein Punkt. Vielleicht.»

Willi Reh hustete. «Vielleicht», sagte er.

Wanda brachte mehr Bier. Sie sah Siegfried liebevoll an, über dessen Stirn in schneller Folge die tiefsten Sorgenfalten huschten, die ich je bei ihm gesehen hatte. «Ick müßte mir wundern», brummte Siegfried.

Eine Stunde verging. Die müßten doch längst zurück sein! «Ob mal einer kucken geht?» fragte Gigi. Sie war gekommen, weil sie neugierig war. Das bevorstehende Match hatte sogar die feindlichen Mädchen, Gigi und Ingeborg, unter der schwarzweißen Flagge des S. C. Laube geeint. Friedrich hockte auf einem Faß, in dem Puvogel früher seine Matjesheringe gelagert hatte: «Ihr könnt doch da nicht hinrennen», sagte er. «Sternchen Siegel ist schließlich kein Blaubart.»

«Kein was? Bitte keine Fremdwörter», sagte Siegfried. Friedrich war noch dabei, ihm zu erklären, daß Ritter Blaubart ein berühmter Vernascher und Frauenkiller war, als die Tür aufflog und die beiden Mädchen atemlos hereinkamen, jede ein großes Paket auf den Armen.

«Wir haben sie», rief Ingeborg.

«Die Stiebeln!» ergänzte Agathe und schoß ein paar Blicke, daß Puvogel errötete.

Wir umringten die Mädchen, rissen ihnen die Pakete aus der Hand. Fetzten die Umhüllung ab. Da waren sie: fünf Paar nagelneue Fußballschuhe!

«Mööönsch», stöhnte Siegfried.

Willi Reh küßte abwechselnd die eine und die andere. Gigi hielt in jeder Hand einen Schuh, hoch über ihrem Kopf, daß die blitzweißen Schnürbänder flatterten.

«Setzt euch, setzt euch», rief Ernie Puvogel. «Kinder, hier'n Schluck. Erzählt doch mal! Wollt ihr'n Korn?»

Sie wollten. Wir wollten alle. Puvogels Geheimvorräte erlitten eine merkliche Reduzierung an diesem Nachmittag. Die Mädchen berichteten: Sie waren einfach zu Sternchen Siegel in den Laden gegangen. Ingeborg hatte geredet, und Agathe hatte die ganze Zeit hinter ihr mit den Wimpern geklimpert. Schließlich war Sternchen Siegel um Ingeborg herumgegangen, hatte Agathe am Arm gegriffen, sie zum Licht gedreht und gefragt: «Was klappernse denn so mit de Augen, Gnädigste? Sindse nervös?»

«Und wie!» hatte Agathe gesagt und sofort noch zwei Torpedos abgefeuert. Sie sagte wirklich «zwei Torpedos», was den Ex-Seemann Buseberg freute.

Diese Torpedos mußten wohl getroffen haben. Aber Sternchen Siegel hatte keine Fußballschuhe in seinem Laden. Er hatte, der Zeit entsprechend, überhaupt fast nichts da, außer vielen, vielen Jo-Jos aus Plastik und einem unverkäuflichen Rodelschlitten (den im Sommer sowieso niemand haben wollte). Doch er besaß in Steglitz ein Lager, da fuhren sie mit dem Bus hin, und darum hatte es so lange gedauert. Sternchen Siegel war mit ihnen in einen Keller gegangen – «ick dachte schon, jetzt vernascht er uns», war Agathes Kommentar –, und sie gab zu, daß sie «der Stiebel wegen» mitgemacht hätte. Im Keller hatte Sternchen Siegel schweigend fünf Paar Stiefel rausgesucht, die richtigen Größen sogar (wir hatten den Mädchen optimistisch einen Zettel mitgegeben) und daraus zwei Pakete gemacht. Als die Mädchen sich bedankten und fragten, was die Stiefel kosteten, hatte Sternchen Siegel galant seine Hoppegarten-Rennstallmütze gezogen und gesagt: «Es war mir ein Vergnügen, werte Damen!»

Das «Mätsch» fand also statt, am nächsten Sonntag zehn Uhr *Siebenendenweg*, das war unser Sportplatz. Die Laubenkolonie Tausendschön war geschlossen da, dazu viele Fans aus den anderen Kolonien, und die Mädchen aus der Siedlung hatten ihre Amis mitgebracht, die verlegen dasaßen und Kaugummi kauten. Vorne, Reihe eins, residierte Sternchen Siegel im schwarzen Paletot, karierte Schiebermütze auf, und links und rechts von sich – Agathe und Ingeborg!

Die Mannschaften liefen aufs Feld, Anstoß für die *Brummer*. In unserem Tor stand wie ein Felsen Siegfried, im neuen Dress. Die anderen Jungs, die für den S. C. Laube spielten, kannten wir nicht so gut, das war immerhin schon eine Generation nach uns. Siegfried war, als Trainer der Jugendmannschaft und eben in seiner Eigenschaft als Super-Torwart, der einzige «alte Herr», der in der Mannschaft mitwirkte.

Die *Brummer* sahen natürlich ein bißchen schicker aus als unsere Jungs. Sehen lassen konnte sich dank unserer Mädchen der S. C. Laube aber auch! Die Laube-Jungs spielten prima, aber die Brummer hatten einen irre starken Libero, den Sohn des Fischhändlers mit dem Traber. Sie nannten ihn *Heringsbändiger*:

«Los, Heringsbändiger, lauf! Krall dir die Pille!»

Es ging ziemlich wild zu. Dazu brubbelten immerzu die Luftbrükken-Bomber über unsere Köpfe hinweg. Ein Krawall!

Sternchen Siegel genoß es, Held des Tages zu sein, umrahmt von hübschen Mädchen. Ingeborg hatte ihren Ringelpullover an und eine weiße Baskenmütze sehr schräg auf dem Kopf, die sie bei einer Amibraut abgestaubt hatte. Agathe war in eine glänzende schwarze Jacke mit weißen Generalstabsstreifen an den Ärmeln gepreßt, ein wirklich todschickes Ding, und trug um den Hals einen langen Schal in den Vereinsfarben schwarz-weiß. Wo sie den herbekommen hatte? Sie trug kein Make-up, und die schweren, tiefschwarzen Wimpern in ihrem blassen Gesicht hätten sogar die Spieler verwirrt, wenn die nicht von ihrem Spiel so besessen gewesen wären.

Auch Agathes Bruder Gustavchen war mitgekommen. Ein lustiger Fettbrocken in zusammengestoppelter Amikleidung. Zwischendurch, als die Amis wegen der Blockade strenger rationierten, war er mal abgemagert, aber jetzt schien er sich neue Pfade zu den Fleischtöpfen der Sieger gebahnt zu haben. Es würde sich lohnen, die alten Kontakte mit ihm wiederaufzunehmen.

Halbzeit. Es stand zwei zu eins für die Brummer. Eins der Tore hatte Heringsbändiger geschossen, unhaltbar sogar für unseren Siegfried. Die Lauben-Jungs ließen die Köpfe hängen. Es nützte nichts, daß Buseberg sie an Skagerrak erinnerte: «Ihr müßt durchhalten, Jungs. Auch wenn der Feind seine Breitseiten feuert.» Sternchen Siegel rieb sich die Hände, sagte aber nichts zur Sache, schlug nur seinem Mannschaftskapitän auf die Schulter, umarmte den Heringsbändiger. Und gab sich den Rest der Zeit so charmant zu Agathe und Ingeborg, daß wir fast die Wut kriegten. Überdies gab er ihnen aus einem Flachmann zu trinken!

In der zweiten Halbzeit lief das Spiel noch rasanter. Die Brummer wollten es jetzt wissen, mindestens ihren Vorsprung halten, und mehr als einmal ging es vor dem Laube-Tor heiß her. Jetzt lief aber «uns'» Siegfried zu voller Form auf! Kein Schuß kam mehr durch, seine großen Hände angelten sich den Ball, aus der Luft, aus der Ecke, kurz unter der Querlatte, – es war eine Freude! Die Brummer kochten. Heringsbändiger versuchte ein paar rasante Alleingänge. Sternchen Siegel rückte an seiner Mütze und blickte nicht mehr links und rechts, wo die Mädchen saßen.

Noch drei Minuten zu spielen. Heringsbändiger umdribbelte unsere Verteidigung, knallte Siegfried eine Schrumme direkt auf die Pfoten. Siegfried hielt, gab weit nach vorne. Wollte Heringsbändiger wieder ins Blickfeld kriegen. Aber der war umgefallen. Ohne Grund. Jetzt sprang er auf und raste dem Ball hinterher. Durch den plötzlichen Start platzte seine rote Hose. Heringsbändigers blanker Hintern leuchtete. Ein Lachen ging durch die Zuschauer, gefolgt von einem einzigen Schrei: Der Rechtsaußen von S. C. Laube, ein Knabe namens Hans-Jürgen, den kaum jemand kannte, schoß ein zum Ausgleich:

2 : 2!

Abpfiff. Unentschieden. Ein faires Spiel. Wir fanden uns sehr anständig, weil wir die Mannschaft des großzügigen Sternchen Siegel nicht besiegt hatten.

Sternchen Siegel lud uns in die nahe Waldklause ein. Er kannte natürlich den Wirt, wir bekamen einen prima Korn und Schultheiss Patzenhofer aus Vor-Blockade-Beständen.

So begossen wir die neue Freundschaft.

Wir versprachen Heringsbändiger, daß die Mädchen ihm eine neue Hose nähen würden, bis zum nächsten Spiel. Ehrenwort!

Sternchen Siegel hatte die Mütze aufbehalten, den Schirm hatte er fast über die Augen gezogen, wahrscheinlich, weil Agathe Fanselow schon wieder einen neuen Torpedo-Angriff fuhr. Er trank uns zu. «Haben gesehen, junge Leute», sagte er, «was braucht der Fußball? A Mäzen. Bin ich schon der Mäzen von de Brummer, was soll ich nich sein a bißchen auch von euch? Machen wir feine Spiele, Siegel wird euch liefern die Botten. Ist gefällig?»

«Klar», sagte Siegfried und schlug Sternchen auf die Schulter. Hans-Jürgen, der Torschütze, hatte seine Blicke auf Agathe geheftet und sah nichts und hörte nichts. Heringsbändiger fragte mich, ob er denn mal kommen dürfe, zu uns in die Laubenkolonie. «Klar», sagte ich. «Wenn's gefällig ist?»

Als wir alle spät in der Nacht nach Hause gingen, setzte Nieselregen ein, und ein scharfer, kühler Wind wehte aus dem Westen.

Der Sommer war vorbei. Endgültig.

# Herbst und Winter

Mark Brandenburg, du sandige
du havelwellenbrandige
schlackwurstije Natur

*Robert Gilbert*

«Wer von de falsche Seite durcht Jitter kiekt, der meent, de Welt is unendlich jroß.» Schnüffelpaule hatte wahrscheinlich Erfahrungen als Knastologe. Sein Ausspruch fiel mir nun ein, als ich wie alle Tausendschönchen auf die fast abgeernteten Gärten vor den Fenstern unserer Lauben schaute.

Unsere Behausungen sahen verwittert aus. Kein Grün vom wilden Wein mehr versteckte die Risse in den Dachpappe-Verkleidungen der Wände, die abblätternde Farbe an Fenster- und Türrahmen.

Wir starrten auf unserer Insel, die immer mehr zerbröselte, und dachten, wie Schnüffelpaule, daß draußen die Welt unendlich groß sei. Nur die Amis blieben die frischen Jungs, als die sie 1945, kaugummikauend, ein Bein aus dem Jeep baumelnd, in Berlin eingerückt waren. Sieger. AFN tönte rund um die Uhr Optimismus – sie hatten niemals Stromsperre.

Minnamartha allerdings hatte herausgefunden, daß die Amerikaner zu Beginn der Blockade die Stadt hatten aufgeben wollen: «Stell dir vor, aufgeben! Sie wollten einfach abhauen. Die in Washington jedenfalls waren schon entschlossen. Nur General Clay ... mit dem konnten sie das nicht machen. Er hat einfach mit der Luftbrücke ...»

«Baby Lift.»

«Ja, so ein amerikanischer Ausdruck. Wie du sagst. Er hat den Befehl gegeben, und es gab kein Zurück mehr. Er war der einzige, der keine Angst vor den Russen hatte, vor dem Marschall mit den vielen Orden.»

«Sokolowskij.»

«Ja, Sokolowskij. Aber dahinter steckt ja Stalin!»

Meine Mutter diskutierte die Probleme der geteilten Stadt mit Leidenschaft. Die Schwestern mußten ihr zuhören, sie hielt die Weißbehaubten am Kittel fest. Minnamarthas frühere Vorliebe für die Skandalgeschichten des preußischen Hofes hatte auf einmal einem regen Interesse für die Gegenwart Platz gemacht.

Kein Zweifel, Minnamarthas Nervenschwäche, die sie einst ins Sanatorium gebracht hatte, war neuer Lebenslust gewichen. Es würde bald ein Problem werden, sie noch länger im Haus Waldesruh zu halten, wo sie versorgt war.

Sie erzählte von unseren Ausflügen in Friedenszeiten: Die Dampferfahrt nach Werder, zur Baumblüte, von jenen abenteuerlichen Expeditionen nach Beelitz, wenn die Bauern Ende Mai den berühmten Beelitzer Spargel stachen.

Eine kleine, vergnügliche Welt für die Großstadtmenschen, die uns nun hundertmal vergrößert erschien, seit wir sie nur noch nach Überwindung zahlloser Hindernisse erreichen konnten. Zum Vergnügen fuhr jedenfalls keiner mehr in die *Zone*, in überfüllten Zügen, von Vopos und Markgraf-Polizisten gefilzt.

«In Saarmund», erinnerte sich Minnamartha, «lebte deine Großtante Martha. Weißt du das noch?»

«Tante Martha? Gewiß. Und Onkel Hugo, oder?»

Die beiden hatten irgendwas zu tun mit jenem uralten Mann, vielleicht Tante Marthas Vater, der in einer windschiefen Kate in Philippsthal gewohnt hatte, am Rande des Moores. Ich erinnerte mich, daß der Fußboden im hinteren Teil des Hauses abgesunken war, eine schiefe Ebene, und Tische und Stühle, die in dem Zimmer standen, hatten verschieden lange Beine.

Philippsthal! Hatte nicht Schnüffelpaule gesagt, er wüßte dort jemand mit Zuckerrüben? Zu blöd, daß Paule nach Westen gemacht war. Wie kamen wir jetzt an die Rüben? Ich mußte das mit Ingeborg besprechen.

Inzwischen hatte Minnamartha von Saarmund weitererzählt: «Da fließt die Nuthe, als Kinder habt ihr immer drin gebadet. Du und dein Vetter Millie, wir haben ihn ja so oft mitgenommen, weißt du noch? Ede hat sich in die Nuthe gestellt, weil es Wirbel gab, da solltet ihr nicht hineingeraten. Die Wirbel ziehen einen ja hinunter. Es war alles Moorgegend, da wurde auch Torf gestochen. Und Kühe hatten sie. Morgens um fünf fuhr schon der Milchwagen. Ja, die Leute haben hart gearbeitet damals. Nicht wie heute, wo sie alle schnell Geld verdienen wollen. Mit schwarzem Markt. Die Leute auf dem Land hatten es immer schwer. Onkel Hugo war ja schon pensioniert. In letzter Zeit hat er nur noch seine Vereine im Kopf gehabt. Kriegerverein. Und Kyffhäuserbund. Du weißt das nicht so, warst ja zu klein. Er war ein Vereinsmeier. Am Kyffhäusertag war er immer ganz aufgeregt. Sie hatten auch Fahnen. Dann sind sie zur Garnisonkirche in Potsdam. Kannst du dich erinnern: In der Kirche hingen die alten Fahnen von Friedrich dem Großen. Die bei Leuthen dabei waren und Kunersdorf. Manche ganz zerfetzt von Kugeln. Da sind sie hin, Onkel Hugo immer vorneweg. Ich glaube, er hat auch mal die Fahne getragen vom Kyffhäuserbund. Tante Martha war ja ganz verzweifelt. Ich vermute, in der NSV war er auch, hat kassiert. Und gesammelt. Ede hat immer über ihn gelacht. Tante Martha war fromm. Hat alles für den Pfarrer getan in Saarmund, die Kirche saubergemacht, und wenn Taufe war, hat sie das Taufbecken mit Wasser gefüllt, ich sehe sie noch, mit einer ollen Milchkanne, und nachher ist das Wasser dann geweiht.»

Minnamartha war Ludendorff-Anhängerin gewesen und stand kirchlichen Einrichtungen skeptisch gegenüber, auch wenn sie sich längst vom Tannenberg-Kult abgewendet hatte, einer Art germanisch angehauchter früher Hippie-Bewegung. Minnamartha hatte den profanen Milchtopf in Erinnerung behalten, der als Weihwasser-Behälter mißbraucht worden war, von Tante Martha.

«Onkel Hugo hin, Onkel Hugo her», fuhr sie fort, «man mußte froh sein, daß Martha einen Mann bekommen hat. Sie hat sich als junges Mädchen ein Auge ausgestochen, mit der Schere. Sie hat geschneidert und ist auf die Schere gefallen, stell dir mal vor. Ja, sie hatte nur ein Auge. Man sah das nicht mehr so im Alter, außer, sie schaute einen plötzlich an. Onkel Hugo hat sie trotzdem geheiratet, dafür muß man dankbar sein. Er war lange beim Militär, Zwölfender, so nannte man alle, die sich für zwölf Jahre verpflichtet hatten. Wurde dann Beamter. Ja, er hatte eine gute Pension. Und die Vereine werden ihm auch was gegeben haben. Also hatten sie ihr Auskommen. Schöne Wohnung in Saarmund, erinnerst du dich? Ich glaube drei Zimmer, mit Bad. Stell dir das mal vor! Auf dem Dorf! Aber es war nahe bei Potsdam, da zogen schon Städter hin, Rehbrücke war Bahnstation, Vorortbahn. Sogar Berliner zogen dahin. Also mit Bad! Auch schöne alte Möbel, Tante Martha war ja nicht so dumm wie unsere Oma, die alles im Stich gelassen hat in Dubberow, als sie aus dem Korridor wegging. Nee. Martha hat alles mitgenommen, Vertiko, Schränke, Betten. All die guten teuren Sachen. Mein Gott, wo mögen unsere Möbel geblieben sein? Oma hat alles verschenkt. Sicher haben die Russen sie jetzt. Die Russen haben ja alles mitgenommen. In der Siedlung haben sie die Möbel aus den Fenstern geworfen, was heil war, haben sie aufgeladen. Bei deinem Freund Othmar haben sie die Betten aus dem ersten Stock geworfen. War natürlich alles hin. Im Haus hatten sie dann Flöhe, alles voll dunkler Punkte, das ist Flohschiß. Es hörte erst auf, als die Amis kamen mit ihrem DDT. Man muß ja noch froh sein. Auf den Dörfern hatten sie Läuse.

Ein Monolog, wie Minnamartha ihn zu halten liebte. Ausflüge in die Vergangenheit. Die mir aber immer mehr klar machten, daß wir gerade dabei waren, alles zu verlieren, was wir besessen hatten.

Und wenn das Wort damals nicht gar zu abgegriffen gewesen wäre, so hätten wir zugegeben, daß gerade unsere *Heimat* flöten ging. Dagegen konnten RIAS und AFN, der QUARTERMASTER in den Telefunken-Gebäuden, die jetzt MC NAIR BARRACKS hießen, dagegen konnten Ernst Reuter und General Clay und all die schönen Rosinenbomber nicht an.

Nach solchen Nachhilfestunden in Heimat- und Familienkunde ging ich immer ziemlich zerknirscht in die Kolonie Tausendschön zurück. Ingeborg, die inzwischen meine Mutter auch besucht hatte, wußte, was ich fühlte. «Es geht uns allen so», sagte sie tröstend. «Was meinst du, wie es bei uns zu Hause aussieht? Die Eltern schaffen das nie mehr. Sie machen weiter. Irgendwie. In der LPG. Sie hoffen, daß es wieder anders wird. Daß sie ihren Hof wiederkriegen. Das sind doch alles Illusionen. Deshalb will ich in den Westen. Wir sind jung, Karl. Wir können neu anfangen. Wir müssen überhaupt anfangen. Das hier ist doch nicht für die Ewigkeit.»

«Aber es ist Berlin. Und wir alle gehören nun einmal hierher.»

«Sicher. Für mich bedeutet das aber nicht dasselbe, siehst du das ein?»

«Ich sehe es ein. Aber du mußt auch meinen Standpunkt sehen.»

Ingeborg küßte mich. «Ich habe ja Geduld», sagte sie. «Du hast mit mir auch Geduld. Wir haben haufenweise Geduld. Die Amerikaner haben Geduld. Und sogar die Russen, denn sonst hätten sie den Sack schon ganz zugeschnürt.»

«Viel fehlt ja nicht mehr.»

«Nee, viel nicht. Bei uns zu Hause brennen jetzt die Kartoffelfeuer ...»

«Das Kraut liegt noch da. Wir könnten ja auch ...»

Ingeborg war begeistert: «Karl, ich habe eine Idee. Wir sagen es den anderen, und die ganze Kolonie macht Kartoffelfeuer.»

«Da müssen wir noch ein bißchen warten. Viele haben Spätkartoffeln, die sind noch nicht raus. Und wenn es bis dahin regnet, ist unser Kraut verfault und brennt nicht mehr.»

«Vielleicht wird es was. Es wäre doch schön. Ich spreche mit den anderen. Übrigens, Ernie Puvogel war hier. Er will, daß wir Sonntag mit ihm nach Tegel rausfahren.»

«Wieso das?»

«Der Zauberer hat eingeladen. Wir sollen Fisch bei ihm essen. Dann ist Feuerwehrfest. Es ist aber schwierig zu finden, es heißt Saatwinkel, und man muß bis Borsig fahren, und dann ist es noch ziemlich weit. Kennst du dich aus?»

«Ich glaube schon. Ist die zersägte Jungfrau auch da?»

«Amaryllis? Interessiert die dich?»

«So was ist doch selten. Hast du schon mal eine zersägte Jungfrau gesehen?»

Ingeborg lachte, und das sah reizend aus, weil sie mit der rechten Mundhälfte anfing, und dann erst folgte die linke. «An Jungfrauen glaube ich nicht», sagte sie. »Jedenfalls nicht an so reife, wie Amaryllis eine sein will. Ich wette, die hat was mit dem Zauberer.»

«Das meine ich auch.»

«Weißt du, wie der Zersäge-Trick funktioniert?»

«Keine Ahnung. Aber der olle Magier hat bei der Verlobung erzählt, er zersäge sie nicht, sondern schiebt scharfe Eisenplatten in Schlitze.»

«In Schlitze?»

«Von einem Kasten, wo sie drin ist.»

«Wir werden ja sehen. Er hat auf dem Feuerwehrball eine Bude, da führt er das vor. Deswegen sollen wir ja auch kommen. Am Nachmittag gehen wir alle auf den Ball.»

«Willst du?»

Ingeborg sah mich an. «Oh, jaaaaa!»

Ich ging zu Puvogel hinüber. Wanda säbelte hauchdünne Scheiben von einem winzigen Stück Schinken. «Westfälischer», sagte sie. «Willste kosten?»

Verblüfft ob so ungewohnter Großzügigkeit nahm ich die quadratzentimetergroße Probe, wälzte sie im Mund, bis ich sie mit einer Geschmackswarze in Deckungsgleichheit gebracht hatte.

«Vorzüglich.»

Wanda grinste.

Puvogel dekorierte, auf einer Leiter stehend, eine Papiergirlande quer über den Ladentisch.

«Was soll das?» fragte ich.

Puvogel, auf der Leiter, drehte sich zu mir um, rollte in seinem Igelgesicht die kleinen Augen. Mit der Aussprache haperte es, weil er Blaupinnen im Mund hatte: «Habbe ich ffunnen», sagte er, «ffm Laubmffst. Ffieht doch fföhn auß.»

Puvogel dekorierte seinen Laden *nur so*? Das war doch kaum zu glauben! Ich hielt die Leiter. «Da steckt doch was dahinter», sagte ich, während Puvogel das Girlandenende mit den Blaupinnen befestigte, er trieb jede Pinne mit einem einzigen Hammerschlag ins Holz. Dann stieg er herab, betrachtete sein Werk: «Nichts steckt dahinter», sagte er. «Die Girlande lag noch rum. Ist doch schön, nicht? Rot und gelb und blau.»

Ich kapierte das immer noch nicht. «Wieso plötzlich?» Auch Wanda schaute die Girlande an. Die beiden sahen aus wie Pinguine im Zeichentrickfilm. Puvogel sagte: «Kuck dir mal die Baracke an. Schäbig, wa? Ich kann das nicht mehr sehen. Die Bruchbude zerfällt. Also schmücke ich sie. Vielleicht macht das den Leuten Freude.»

Es war ihm also ähnlich ergangen wie mir, als ich entdeckt hatte, wie verkommen die Lauben in den kahlen Gärten aussahen. «O. k.», sagte ich, «o. k., Puvogel. Sie haben recht. Ich sehe es ein. Schönheit muß her.»

Puvogel strahlte. «Nicht wahr?» sagte er. «Schön ist sie, die Girlande. Wir hatten solche am Tanzplatz, erinnerst du dich? Beim Laubenfest.»

Ich fragte Puvogel, ob es ernst sei mit dem Sonntagsausflug. «O jaaa», sagte auch Puvogel, mit noch mehr Verzückung im Gesicht, als er schon für seine Girlande investiert hatte: «Mein Bruder meint, er fängt ein paar Fische, die will er mittags für uns braten, und dann gehen wir alle zum Feuerwehrfest.»

«Wanda? Kommst du mit? Und Siegfried?»

«Wir haben was anderes vor», sagte Wanda und beugte sich tief über ihren westfälischen Zwergschinken.

Ernie Puvogel rollte die Augen.

«Sie ist eingeladen. Siegfried auch. Also wenn sie nicht wollen? Ingeborg kommt doch mit? Und vielleicht Gigi?»

«Gigi weiß ich nicht. Sie kommt selten. Ich glaube, sie hat was gegen meine Kusinen.»

«Haha», machte Puvogel. «Du hast auch ein bißchen viel davon. Kommen noch welche? So'ne wie Mathilde? Mann, hat die Titten! Sie kam ja schon immer her wie se klein war. Süßes Kind. Aber daß die mal so'ne Apparate kriegen würde?» Puvogel faßte sich an die Brust. «Also Gigi meinste nich? Dann sind wir drei.»

«Wie kommen wir hin?»

«Wir nehmen die Räder. Havelchaussee hoch, und denn sind wir bald da.»

«Ist ein schönes Ende.»

«Besser als loofen. Von Borsig ist es noch eine Stunde.»

«Dann müssen wir aber um zehn weg.»

«Abgemacht.»

Ich hatte nicht damit gerechnet, daß man mich für den Sonntag in Gatow einteilen würde, und mußte einen komplizierten Tausch mit ein paar Kumpels vornehmen. Sie sahen jedoch ein, daß es für mich wichtig war, als ich ihnen von der zersägten Jungfrau erzählte. Erwarteten allerdings detaillierte Berichte. Unser Kolonnenführer meinte: «Also, mal anjenommen sie ist wirklich Jungfrau, Mann, denn schmeiß ick 'ne Lage.» Und ein anderer Kumpel schlug vor: «Wenn se zersächt is, kannste uns die untere Hälfte mitbringen.»

Mit diesem Auftrag ausgestattet, schwang ich mich am Sonntag aufs Rad. Vor mir fuhr Ingeborg, hinter mir Puvogel. Es war ein heißer Septembertag, und wir gerieten schnell ins Schwitzen. Ingeborg trug selbstgeschneiderte Shorts und einen Pullover, den sie sich allerdings bald über den Kopf zog, um ihn an den Lenker zu hängen, und drunter trug sie einen schwarzen Büstenhalter. Woher sie den wieder hatte! Es war natürlich kein frivoles Spitzending, sondern eher etwas für den Strand. Im Sommer war sie nie so rumgelaufen!

Ernie Puvogel hinter mir keuchte. In seiner Organisation-Todt-Hose mußten inzwischen hohe Temperaturen herrschen.

Auf der Havelchaussee fuhr Ingeborg immer noch vorneweg, Puvogel holte auf und hielt sich neben mir. Der Schweiß troff ihm von der Stirn. «Schöner Ausblick», keuchte er. Damit meinte er aber nicht die Havel, die zu unserer Linken durch die Kiefern schimmerte, sondern Ingeborgs lange, blasse Beine, und was man sonst noch von ihr sah. Es war eine ganze Menge. Mit meinen Kusinen hatte ich wirklich Glück.

Puvogel führte Proviant und Limonade mit. Das brauchten wir auch. In Schildhorn machten wir Pause. Wir setzten uns auf die Klappstühle in einem verwaisten Gartenlokal. Ingeborg standen jetzt auch kleine Schweißtropfen auf der Stirn. Puvogel zog sein Hemd aus. «Mann, sind Sie aber dick», sagte Ingeborg, indem sie die Wülste betrachtete, die Puvogel über Krieg und neueste Notzeiten gerettet hatte.

«Ich habe dir doch von Rabumm erzählt», sagte ich. «Der ist auch richtig dick.»

Spielte ich mit dem Feuer? Ingeborg zeigte sich plötzlich interessiert: «Wieso ist er dick? Rabumm, meine ich?»

«Er lädt in Tempelhof Mehl aus. Wenn ein Sack reißt, klauen sie das Mehl. Er kocht jeden Tag zweimal Mehlsuppe. Habe ich dir das nicht erzählt?»

«Ich finde Leute toll, die dick sind. *Heutzutage!*»

Ernie Puvogel lächelte geschmeichelt.

«Vielleicht kommt Rabumm mal wieder vorbei», sagte ich.

Ingeborg zeigte keine Reaktion.

Wir stiegen wieder auf die Räder. Bald kreuzten wir die Heerstraße, auf der englische Lastwagenkolonnen rollten, fuhren am *Faulen See* entlang. Zwischen Charlottenburger Chaussee und Nonnendamm wußte Ernie Puvogel einen Schleichweg entlang der Bahn. Der Weg hörte jedoch an der Spree auf, und wir mußten die Räder über die Eisenbahnbrücke schleppen. «Ist aber'n jewaltiger Abschneider», tröstete Ernie uns.

Es dauerte trotzdem noch eine halbe Stunde. Ziemlich außer Atem kamen wir beim Zauberer an. Er besaß eines jener winzigen Wassergrundstücke, wie sie zu Hunderten am Ufer der Havel den Berlinern zur Freizeit-Freude dienen. Am Gartentor hing ein Messingschild, frisch poliert:

Xylander Puvogel
Magier

«Heißt er wirklich Xylander?» flüsterte ich Puvogel zu.

Ernie schüttelte den Kopf: «Er heißt Oskar. Aber er hat gesagt, damit kann er kein Magiker werden.»

Ingeborg hatte ihr Rad schon ins Grundstück geschoben. Zu zwei Dritteln wurde der Platz von der Laube eingenommen. Zum Wasser hin lag ein winziger Rasenplatz, auf dem wir den Zauberer und Jungfrau Amaryllis in entspannter Situation antrafen: Sie schlummerten in Liegestühlen. Amaryllis, ähnlich gekleidet wie Ingeborg, nur daß ihr Büstenhalter weiß war, erwachte mit einem Seufzer. «Ach, ihr seid schon da? Xylandaa! Xylandaa, wach doch uff!»

Xylander Puvogel riß mit einem Ruck seine Augen auf. Dann sprang er elastisch aus dem Liegestuhl und machte eine Verbeugung: «Hohe Ehre», sagte er.

Ernie frottierte sich mit seinem Hemd die Stirn. «Mann», stöhnte er, «det war 'ne Anstrengung. Wer konnte aber auch wissen, daß es so heiß wird?»

«Wohl, wohl», sagte sein Bruder, «aber es ist öfter so im September. Wir sind dann gerne hier draußen. Ein Stückchen Sommer noch.

Herr Karl, nehmen Sie doch Platz. Amaryllis, bring noch einen Liegestuhl für Karls Kusine. Es ist doch» – er wandte sich mir zu – «die Kusine?»

«Ingeborg, ja. Sie haben sich bei der Verlobung ... Ach nein. Ingeborg kam ja später.»

Xylander machte wieder eine seiner graziösen Bühnen-Verbeugungen. Er hatte weiße Seglerhosen an und ein dunkelblaues Turnhemd und trug eine Elbsegler-Mütze auf dem Kopf. «Ihr werdet heute unseren großen Trick sehen», sagte er, «beim Feuerwehrfest. Vorher aber seid meine Gäste. Amaryllis, die Getränke!»

Amaryllis sprang in die Laube. Ich setzte mich in einen Liegestuhl. Zu meinen Füßen, am Steg, lag Zauberer Puvogels Ruderboot. *Amaryllis II* hieß es. Wahrscheinlich hatte der Zauberer selber den Namen auf die Planken gemalt. Links und rechts durch die dürftigen Hecken sah ich, daß auch die Nachbarn noch ihre Boote auf dem Wasser hatten. Die Gärten waren jedoch leer. Entweder verpooften die Leute die schöne Mittagszeit in ihren Lauben, oder aber sie waren nicht heraus ans Wasser gekommen. «Die Fische sind nicht doll», sagte Xylander-Oskar. «Fünfundvierzig haben die Russen alles mit Handgranaten abgefischt. Jetzt gibt es nur kleines Kroppzeug. Aber wir bereiten sie italienisch zu. Mit Olivenöl.»

«Wo hast du Olivenöl her?» wunderte sich Ernie.

«Von den Franzosen. Hier hinten», er zeigte mit dem Daumen über die Schulter, «beginnt der französische Sektor. Wie du vielleicht weißt, kochen die Franzosen mit Olivenöl. Ich zaubere für sie, und sie geben mir Öl. Und allerhand sonst. Weißwein zum Beispiel. Ach, Kusine, helfen Sie Amaryllis? Sie läßt sonst die Gläser fallen.»

Ingeborg stand auf und nahm Amaryllis ein Tablett mit Gläsern ab, die halb voll Orangensaft waren. Der Zauberer hatte anscheinend wirklich seine Beziehungen! Amaryllis brachte eine Flasche Magier-Cuvée mit dem goldenen Etikett. Xylander ließ kunstvoll den Korken knallen und füllte die Gläser mit Sekt auf. «Prost», sagte er. «Eine kleine Erfrischung. Ihr werdet es brauchen können. Wo war ich stehengeblieben?»

«Bei den Franzosen», sagte Ernie. Amaryllis stand vor ihm, nippte an ihrem Glas und warf ihren Schatten auf Ernies weißen Oberkörper. «Ach, ja, die Franzosen», sagte der Zauberer. «Sie laden mich ein, daß ich für die Kinder zaubere. Am vierzehnten Juli, da ist ja ihr Nationalfeiertag, Sturm auf die Bastille, nicht wahr? Ich habe Amaryllis in der Kaserne zersägt. Das war ein Erfolg!»

Amaryllis merkte, daß sie Ernie Puvogel in der Sonne stand. Sie trat einen Schritt zurück und faltete sich graziös zu unseren Füßen auf dem Rasen zusammen.

«Nicht auf den Rasen», sagte der Zauberer besorgt. «Es ist schon kühl von unten. Du wirst dir was holen.»

Ingeborg hatte bereits eine Decke von einem der Liegestühle gezerrt, und auf ihr streckten die Mädchen sich aus. Der Zauberer sagte: «Wo war ich stehengeblieben? Ach ja, bei den Franzosen. Sie holen mich immer wieder. Ich kenne jede Villa in Frohnau. Sehr nett. Sie haben einen Wein ... Ich war ja auch in Frankreich, zweiundvierzig. Aber selten habe ich so was getrunken. Und das fliegen sie nun alles ein.»

Ernie Puvogel staunte: «Den Wein auch?»

Der Zauberer nickte. «Und frischen Knoblauch, direkt aus Paris, oder aus der Provence, und Trüffel. Die Trüffel sind natürlich in Büchsen. Aber besser als nichts. General Ganeval, der französische Kommandant, läßt sich sogar Austern per Flugzeug kommen. Leider war ich bei dem noch nicht eingeladen. Aber die Offiziere erzählen das. Ich habe so manchen Parlewuh-Schißlawäng mit denen, verstehe sie auch ganz gut, die Übung von zweiundvierzig, Frankreich-Feldzug.» Er lachte. «Da staunste, was, Ernie? Ja, dein Bruder hat es zu was gebracht. Während du die Schippe geschwungen hast bei der OT, habe ich die Frontsoldaten unterhalten. Mit Zaubertricks! Und jetzt unterhalten wir die Sieger, nicht wahr, Amaryllis?»

Amaryllis riß ein Auge auf, schloß es aber gleich wieder. Sie wußte, daß der Zauberer heute mit der geringsten Dosierung von Anteilnahme zufrieden war. Trotz Sonne und Wassergrundstück schien mir auch Amaryllis ziemlich bleich. Wie sie das machte, obwohl sie in der Sonne lag?

Wir tranken unsere Gläser aus. Der Zauberer trieb die Mädchen in die Laube, damit sie die Fische vorbereiteten. Er ging zum Wasser und zog unter dem Bootssteg ein paar Flaschen hervor, die er, an Strippen gehängt, zum Kühlen hinabgelassen hatte. «Kuckense mal», sagte er, indem er mir das Etikett einer Flasche zudrehte, «bester Chablis. Dreiundvierziger. Da werdense aber staunen. Na, bonjour. Denn wollen wir uns mal einen genehmigen. Würden Sie die Güte haben und einen Korkenzieher aus der Laube holen?»

Puvogel hatte einen am Taschenmesser. Der Zauberer öffnete eine Flasche, stellte die anderen in einen Eimer mit kaltem Wasser, holte Gläser. «*Santé*!» sagte er.

«Prost.»

Es war ein herrlicher Wein. Die Sonne spiegelte sich auf dem Wasser, die Inseln vor uns, Marienwerder, Baumwerder, Scharfenberg, schienen zu schweben. Amaryllis kniete vor einem aus Mauersteinen improvisierten Herd, in dem sie ein winziges Feuer entfacht hatte, und briet in einer Pfanne die Fische. Die Flasche mit Olivenöl stand daneben im Gras. Ingeborg verteilte die Teller. Eine Strähne aus ihrem Haar hatte sich gelöst, sie versuchte, sie mit der Hand zurückzustreichen, aber vom Orangensekt und vom Chablis beschwipst, gelang ihr das nicht. Der Zauberer hatte seine Mütze schräg aufgesetzt und sah Ingeborg an wie ein Sperber, der sich auf Kaninchen stürzen will. Ingeborg merkte es und lachte. Sie kniete sich neben Amaryllis und gab ihr aus ihrem Glas zu trinken.

«Vorzüglich», meinte Ernie und spießte Fische auf seine Gabel. «Meine Verehrung, Xylander.» (Man merkte ihm an, daß es ihm schwerfiel, seinen Bruder bei diesem exotischen Vornamen zu nennen.)

Xylander lächelte stolz. «Das kriegt ihr nur bei mir», sagte er. «Und nun, wenn ihr gegessen und getrunken habt, zum übrigen Programm des Tages. Kinder, wir fahren mit dem Boot zum Fest!»

Es folgte ein hektischer Aufbruch, das weiße Kaninchen, das sie fürs Vorprogramm brauchten, war verschwunden.

«Amaryllis», brüllte der Zauberer aus der Laube, «komm sofort her! Du hast den Stall offen gelassen!» Amaryllis verschwand auch in der Laube. «Wo ist es denn nur», hörten wir sie, «das süße kleine Ding? Komm, komm ...»

«Das süße kleine Ding wird einen Teufel tun, verdammtnochmal», wütete der Zauberer, «du bist eine olle Schlampe. Wo ist das Kaninchen? Wenn es weg ist!»

«Liebling», rief Amaryllis, «so komm doch. Herrchen ist ganz bisibisiböse!»

«Bisiböse! Hah!» Xylander kam in Fahrt: «Ich zersäge dich wirklich, du ...»

Bevor er aber neue Titel für seine Assistentin erfinden konnte, rief die: «Hach, hier ist es ja! Du böser Liebling ...»

Der böse Liebling hatte sich unter der Chaiselongue versteckt. Jetzt saß er auf dem Arm der zersägten Jungfrau und blinzelte aus roten Albinoaugen in die Sonne. «Merde!» sagte der Zauberer. «Schließ die Laube ab. Und nun ins Boot. Allemann!»

Wir waren zu fünft, das Boot lag tief im Wasser, aber Ernie und sein

Bruder trieben es mit kräftigen Ruderschlägen nach Norden, dem Festplatz entgegen. Amaryllis saß am Steuer, das Kaninchen auf dem Arm. «Wir müssen es immer mitnehmen», sagte sie entschuldigend. «Die andern Zauberutensilien läßt Xylander in unserer Bude, wenn das auch gefährlich ist. Aber das Kaninchen ist so anhänglich. Es heißt der Kleine Klaus. Süß, nicht? Es ist nämlich der Sohn vom Großen Klaus. Der war auch Kaninchen bei uns. Aber er ist schon gestorben. Nehmen wir jedenfalls an. Er war schon alt. Eines Tages ist er verschwunden. Hoffentlich wurde er nicht gegessen.»

«Das hätten wir gerne selber getan», sagte der Magier sarkastisch.

«Wie kannst du nur so denken», schmollte Amaryllis. Ernie Puvogel lachte unangebracht.

Vom Festplatz her dröhnte laute Musik. Als wir anlegten, sahen wir, daß auf der Wiese zwischen den Buden eine Riesen-Drehorgel aufgestellt war, barock verschnörkelt, mit Girlanden aus Glühbirnen und einem mechanischen hölzernen Kapellmeister, der den Taktstock schwang. *Unter'n Linden, unter'n Linden, da spazier'n die Mägdelein ...* spielte sie. Wir gingen zu Puvogels Bude hinüber, die mit einem Schild *Xylander, der größte Zauberer aller Zeiten* einlud. Darunter stand kleiner: *Amaryllis, die zerstückelte Jungfrau.* Jetzt wußten wir es genau: Sie wurde nicht zersägt, sondern zerstückelt.

Ingeborg hatte sich bei mir eingehakt und preßte meinen Arm: «Bist du auch scharf drauf?»

Ich nickte.

Hinter Xylander und Amaryllis stiegen wir über eine Treppe in die Zauberbude. Es war fast dunkel hinter der Bühne, die mit einem Vorhang vom Zuschauerraum abgeschlossen war, aber ich sah in der Ecke einen schwarzen Kasten aufrecht stehen, fast so groß wie eine Telefonzelle. Ich ging darauf zu. «Nicht berühren», warnte der Zauberer. «Alles sehr heikel. Empfindlich!» Ernie meinte: «Und da hat die Amadingsbums drin Platz? Da muß ich mir aber verwundern.»

Amaryllis hatte inzwischen den Kleinen Klaus in einen anderen hier vorhandenen Käfig gesperrt und reichte ihm eine Mohrrübe. Das Kaninchen mümmelte teilnahmslos. Ich war unentschieden, ob es Glück gehabt hatte, weil es bei Zauberers gelandet und somit seiner eigentlichen Bestimmung für den Kochtopf entgangen war.

«Wir bereiten uns jetzt auf die erste Vorstellung vor», sagte der Magier. «Hier sind drei Freikarten. Seht euch ein bißchen um, und dann kommt wieder.»

Wir verließen das Magierpaar und den Kleinen Klaus. Inzwischen hatte sich die Festwiese mit vielen Leuten gefüllt. Wir kauften Lose bei der Bude mit den Plüschteddys und den Sammeltassen. Wer ein Los mit irgendeiner Stadt zog, gewann. Trier stand drauf oder Karlsruhe oder Hameln. Bei uns stand auf allen Losen:

«Leider nichts. Die Feuerwehr dankt.»

Ingeborg wollte unbedingt mit der *Spinne* fahren, einem hydraulischen Karussell, bei dem die Gondeln zusätzlich auf- und niederschwebten. Wir setzten uns hinein. Die Spinne fuhr rückwärts, damit hatten wir nicht gerechnet. Mir war sofort schlecht. Auch Puvogel sah grün um die Nase aus. Nur Ingeborg machte es Spaß. Sie stieß Ur-Schreie aus (die damals noch nicht so hießen), buffte uns in die Rippen und fand alles wunderbar. «Noch mal», rief sie. Aber Ernie und ich verzichteten. Wir ließen Ingeborg alleine mit der Spinne fahren.

Gegenüber war ein Schnapsladen, da gab es *Bommi mit Pflaume.* Am Fuß des Glases schwamm eine mit Bommerlunder getränkte Backpflaume, die man mit einem Plastikspieß – in Form eines stark verkleinerten Kavalleriesäbels – herausangeln mußte. Bommi mit Pflaume war die allerneueste Erfindung. Das Zeug machte ziemlich schnell betrunken. Neben uns standen drei Mädchen. «Gerda», sagte die eine zur Verkäuferin, «ick schmeiße 'ne Lage Pflaume. Machste mit?»

Gerda machte mit. «Det sind die Meechens aus mein'n Frisörsalong», erklärte sie. «Schließlich is nur eenmal Feuerwehrball, wa? Heute sind wa aba mal lustig!»

«Haste recht», meinte die eine Frisöse, sie hatte blonde Haare wie Werg und trug einen Mittelscheitel, «aber nu zisch mal die Pflaumen rüba, du Pflaume!»

Gerda kicherte und schob den Mädchen ihre Gläser hin. Die zweite Frisöse war klein, hatte Löckchen und einen reifen, sehenswerten Pikkel auf der Nase. Sie stieß mit den beiden anderen an. Die dritte, eine klapperdürre Latte mit riesigen Händen und schwarzem Wuschelkopf, verdrehte ihre Augen, als sie trank, und rief affektiert: «Göttlich!»

Die Kleine fragte: «Soll ich nun mit dem Säbel in die Pflaume stechen?»

An diesem Punkt wurde Puvogel unruhig, er wendete sich zu dem Mädchen und sagte: «Wenn Sie damit nicht zurande kommen, kann *ich* ja mal gerne in Ihre Pflaume pieksen!»

Das Gespräch war unter die Gürtellinie abgeglitten. Die Frisösen amüsierten sich.

Ich blickte hinüber zur Spinne und sah, daß Ingeborg bei der zweiten Runde nicht alleine geblieben war. Ein flotter Schaukelbursche hatte sich zu ihr in die Gondel geschwungen und hielt sie umschlungen.

Ernie war ins Schäkern mit den Pflaumen-Mädchen vertieft, sie piekten jetzt gegenseitig jeder in den Gläsern der anderen nach den Pflaumen, und die Verkäuferin zog weitere Jahrhundert-Pflaumensprüche ab, wie: «Manche Pflaumen sind saftiger als manche.»

Ich sah, daß Ernie über diese Weisheit nachdachte, und rammte ihm den Ellbogen in die Seite: «Kuck mal. So'n Knülch hat Ingeborg aufgegabelt.»

Ernie blieb ruhig. «Stehe für Rollkommando jederzeit zur Verfügung», sagte er. «Aber jetzt muß ich mich um die Pflaumen kümmern.»

Die Mädchen umringten ihn. Ich ging zur Spinne hinüber. Die Fahrt war beendet. Ingeborg und ihr neuer Galan stiegen aus. «Das ist Horsti», sagte Ingeborg. Horsti schüttelte mir die Hand. Blieb neben Ingeborg stehen. Gesprächig schien er nicht zu sein. Wir gingen wieder zur Bommerlunder-Bude, wo Ernie Puvogel inzwischen die nächste Runde ausgegeben hatte. Er lud auch Horsti, Ingeborg und mich ein. Ingeborg sagte:

«Nachher, Ernie. Wir müssen jetzt zum Zaubern.»

Unsere neuen Bekannten, die drei Frisösen und Horsti weigerten sich, uns zu folgen. «So'n langweiligen Scheiß, Mönsch ...» sagte die lange Latte. «Olle Kaninchen außn Zylinda!»

«Er hat auch 'ne zerstückelte Jungfrau», lockte Ernie. Aber die drei Mädchen und Horsti winkten endgültig ab. So gingen nur wir drei in die Zaubervorstellung.

Amaryllis war indisch verkleidet, mit Schleiergewändern und einem Turban auf dem Kopf, an dem mit einer Agraffe eine Pfauenfeder befestigt war.

«Die sollte se sich mal in'n Arsch stecken», raunte der von Bommi mit Pflaume geschädigte Ernie.

«Ruhig», mahnte Ingeborg, «Sie sind mir aber einer!»

Puvogel hockte sich ergeben auf eine Bank. Xylander begann mit allerlei Mumpitz, goß Wasser in eine zusammengefaltete Zeitung, die trocken blieb, holte das Kaninchen aus dem Zylinder, zerbrach Eier in der Pfanne, holte sie heil wieder heraus und zog sein kilometerlanges

Taschentuch aus der Brusttasche, das ihm bei Siegfrieds und Wandas Verlobung soviel Schwierigkeiten bereitet hatte. Das Zelt war voll, ältere Leute meistens, die Jugend schien nicht viel vom Zaubern zu halten. Es gab höflichen Beifall. Amaryllis knickste und führte Gummimenschen-Kapriolen vor, stand auf einem Bein, verschränkte das andere im Genick, machte Schritte wie der Storch im Salat, versuchte einen Spagat.

Ernie schaute mal mit dem einen Auge, mal mit dem anderen, traute sich aber nicht, weitere Bemerkungen zu machen. Xylander blickte von Zeit zu Zeit dämonisch ins Publikum, er hatte die Augen dunkel umschminkt und erzielt die gewünschte Wirkung. Hinter uns sagte eine Frau zu ihrem Begleiter: «Der kiekt wie'n Rosinenbomber mit Landescheinwerfern.»

Schließlich bereiteten Xylander und Amaryllis als Höhepunkt der Vorstellung den Trick mit der zerstückelten Jungfrau vor. Eine liebliche und zugleich erregende Musik perlte aus einem Trichtergrammophon. Amaryllis zerrte unter Verrenkungen und Sprüngen den schwarzen Kasten auf die Bühne. Xylander öffnete ihn, demonstrierte, daß er absolut leer war, ohne doppelten Boden, ohne Spiegel. Dann schloß er Amaryllis darin ein. Ihr einer Fuß schaute unten, ihre eine Hand oben aus einem Loch im Kasten, zum Beweis, daß sie wirklich darin steckte. Dann nahm der Magier einige gut schaufelgroße Bleche zur Hand, die Amaryllis vorher auf dem Zaubertischlein bereitgelegt hatte, befleißigte sich nun seinerseits vieler Verbeugungen, wies die Bleche vor, die zwar flexibel, aber doch ziemlich stabil zu sein schienen, und jagte diese Bleche eins nach dem andern mit Faustschlägen in dafür vorgesehene Schlitze des schwarzen Behältnisses. Er drehte den kleinen Kasten dann um und hämmerte auch von hinten ein paar Bleche hinein. Es war deutlich zu sehen: Amaryllis mußte jetzt in etwa fünfzehn Einzelteile zerstückelt sein. Die Zuschauer hielten den Atem an. Jetzt zog der Magier, wieder unter Verrenkungen und ins Publikum geschleuderten Blicken, die Bleche eins nach dem anderen heraus. Er öffnete die vorderen Klappen. Aus dem Kasten stieg – die unversehrte Amaryllis! Nicht nur das! Sie hatte sich in dem Behälter auch ihrer Oberkleidung entledigt und trug nur noch ein knappes, mit Straß besetztes Höschen und an den Brustwarzen silberne Bommeln! Puvogel benutzte sofort beide Augen. Beifall brandete im Zelt auf.

«Det muß er mir zeigen», rief Puvogel. «Det muß ick unbedingt wissen.»

«Was?»

«Na, wie det geht. Erst in Stücke, und denn wieder zusammenjesetzt. Und dies oben ohne!»

Wir traten ins Freie. Rot ging die Sonne im Tegeler See unter. Ernie sinnierte: «Die Troddeln an die Brüste. Wie se das jemacht haben?»

«Sei'n se doch nicht so ein Dämlack und fallen se nicht auf solche Fisematenten rein», sagte Ingeborg. «Die Bommeln an den Brüsten kann sie doch drunter gehabt haben.»

Puvogel sah sie an, als habe sie Heiligstes in den Schmutz gezogen. «Det gloobe ick nich», sagte er. «Nee, det gloobe ick nich.»

Das Fest lief jetzt mit Volldampf, die Buden erstrahlten im vollen Licht. Sie bezogen den Strom allerdings nicht aus dem Netz, sondern von einem Dieselaggregat, das die Franzosen zur Verfügung gestellt hatten. Die Beziehungen der Feuerwehr zu den Besatzungstruppen waren vorzüglich.

Die Orgel dröhnte jetzt Melodien aus *Frau Luna*. Sie hatten ziemlich den ganzen Paul Lincke auf Walzen. Wir mußten noch ein bißchen Zeit totschlagen. Der Zauberer wollte insgesamt sechs Vorstellungen geben. Während Ernie Puvogel darauf bestand, wieder bei Bommerlunder-Gerda vor Anker zu gehen, schlenderten Ingeborg und ich zum Ufer hinunter. Wir setzten uns ins Boot. Unter dem Sitz fanden wir noch eine Flasche Chablis. Der Magier würde uns verzeihen!

Wir hatten keinen Korkenzieher. Ich drückte den Korken in den Flaschenhals. Wir wickelten uns in eine Decke, tranken. Schauten auf den hell erleuchteten Festplatz. Hinten zeigte ein heller Schein am Himmel, wo sie bei Flutlicht den neuen Flugplatz Tegel planierten. Im nächsten Monat sollten dort auch Luftbrückenflugzeuge landen. Jetzt zogen sie fern von uns, im Süden, nach Tempelhof, wir sahen ihre Landescheinwerfer, wenn sie über die Havel kamen. Es war ein bißchen wie damals am Uckersee bei Ingeborgs Dorf, wenn wir im Morgengrauen mit Ziethen und Blücher zum Entenschießen gegangen waren, und doch war alles ganz anders, hier auf der Insel. *In Berlin entscheidet sich die Freiheit der Welt. – Frontstadt Berlin.* Wie müde man all dieser Schlagzeilen wurde, wenn man selbst drinsteckte!

Der Kahn schaukelte sanft. Nach einer Weile kam Ernie. «Ihr habt's gemütlich», meinte er. «Störe ich?»

«Aber nicht doch», sagte Ingeborg. «Wir sind doch Verwandte. 'n Schluck?» Sie streckte ihm die Flasche entgegen.

«Nee, nee», winkte Puvogel ab. «Mann, dieser Bommi mit Pflaume! Der schafft einen vielleicht!»

«Sind die Mädchen wiedergekommen?»

«Die eine. Der lange Lulatsch. Die säuft wie'n Kanalrohr.»

Ernie ließ sich auf dem Steg nieder. «Also, meine Alte, sie ist ja leider lange tot, die konnte auch trinken. Mannometer! Aber was die Bohnenstange geschluckt hat ... Immer noch so'n Bommi rein, und die Pflaume hinterher. Und die Sprüche, die sie gekloppt hat!»

«Warum hast du sie nicht mitgebracht?»

«Was soll Ernie Puvogel mit 'ner Braut? Nee, Kinder, laßt mich mal. Zu des bin ich zu alt.»

«Aber Herr Puvogel», sagte Ingeborg, «Sie und alt!»

Ernie seufzte. «Glaubt mir man, ihr junges Jemüse. Einmal ist Feierabend im Leben. Stellt euch vor, ich finge jetzt wieder an, mit 'ner Neuen. Die ist dann Wandas Stiefmutter, und vielleicht isse nur ein bißchen älter als Wanda.»

«Das macht doch nichts. Wenn Wanda den Dingsbums heiratet ...»

«Siegfried.»

«Ja, Siegfried. Wenn sie den heiratet, ist sie aus dem Haus. Und dann sitzen Sie alleine da, mit dem Laden und allem.»

Noch wußten wir nicht, daß schon die nahe Zukunft auch Ernie Puvogels Leben verändern würde. Wir hatten die Rechnung ohne Sternchen Siegel, den Fußball-Mäzen, gemacht. Nach dem Treffen auf dem Sportplatz am Siebenendenweg hatten wir die Epoche Siegel als abgeschlossen empfunden. Daß dem nicht so war, sollte sich bald zeigen.

«Nichts mehr drin», sagte Ingeborg. Sie warf die leere Chablisflasche in den Tegeler See.

Schließlich kamen auch der Magier und Amaryllis mit dem Kleinen Klaus. «Ab geht's», sagte Xylander-Oskar wohlgelaunt. «Ernie, an die Riemen! Und, Amaryllis, mach die Laterne am Bug an. Es ist Vorschrift.»

Unser Boot glitt über den nächtlichen See. Die Lichter des Festplatzes blieben zurück. Die Orgel schwieg. Aber die Feuerwehrkapelle spielte zum Tanz: *I found my thrill – on Blueberry Hill ...*

Mit den Rädern brauchten wir vier Stunden bis nach Hause, was auch daran lag, daß Ernie im Dunkeln gegen eine Kiefer radelte.

«Immer Ärger mit das junge Gemüse», sagte Ernie am nächsten Tag. «Wissnse, was die jemacht ham?»

«Wer denn?»

«Wer! Wanda, mein Liebling! Und Siegfried. Jepennt habense zusamm, und noch hier uff de Mehlsäcke! In diesem Laden, man stelle sich das vor. Und wenn sie nu anjebrütet is? Das Kind macht sich noch unglücklich!»

«Die sind doch beide erwachsen. Und dazu verlobt. Sicher heiraten sie.»

«Needoch!» Puvogel schwitzte schon wieder. «Det seh ich aber anders, Karl. Meinst du nicht, die haben sich bloß verlobt, weil se denken, daß se dann in Ruhe pimpern können? Ich habe ja nie gedacht, daß Wanda sich dafür ... die sollte sich zu schade sein. Was hat er schon, der Siegfried? Das kommt davon, wenn die Kinder ohne Mutter aufwachsen! In dieser Kolonie geht es ja auch zu ... Lauter Kinder ohne Eltern, denken, sie sind erwachsen, aber was sind sie? Grün hinter den Ohren. Apropos grün: Weißte, wer hier war? Heringsbändiger. Ja, der von den Zehlendorfer Brummern. Was denkst du, was er mir liefert? Salzgurken. Eingelegte grüne Gurken. Bekommt er noch schwarz aus dem Spreewald. Mensch, ist doch 'ne Masche, was? Der hat auch Sorgen, der Heringsbändiger. Seine kleine Schwester, die ist erst sieben, hat Mäuse. Weiße Mäuse. Hat se jezüchtet. Und nun vermehren sie sich. Er will, daß wir Mäusefutter besorgen. Die Kleine hat schon vierzig Mäuse. Und die eine Maus, die alte, ist schon wieder trächtig. Und die große Schwester vom Heringsbändijer, die is zwanzig, hat 'nen Braten in der Röhre, und sie weiß nich von wem, sie sagt es war aufm Sportfest, und da hat sie mit mehreren jefummelt, und nu weiß sie nich, wer der Vater ist. Eine Welt is dat! Und meine kleine Wanda immer mitt'nmang!»

Ernie war echt verzweifelt über soviel Sittenlosigkeit um ihn herum. Tröstlich blieb, daß er die Gurken bekam. Ich empfahl ihm, dem Heringsbändiger zu raten, sich an Sternchen Siegel zu wenden, dem Verhüter großen Unheils, wie er durch seine Fußballstiefelspende gezeigt hatte. Wanda ließ sich nicht blicken. Wahrscheinlich saß sie in Puvogels Laube und plärrte.

Der Briefträger schob sein Rad den Weg entlang. Als er mich aus Puvogels Baracke kommen sah, rief er: «Postkarte! Von Schnüffelpaule!» Wie üblich hatte er gelesen, was draufstand, das waren wir gewohnt.

Schnüffelpaule schrieb:

Lieber Karl, habe dir nich vergessen u. auch damalig. Versprechung, mit euch auf Zuckerrüben zu gehen, nach Philippsthal. Leider aber vahindert. Kontaktmann heist Schlanstedt, Jrüße von Paule sagste. Ihr müßt mit Räder gehen u. hinten mang'n Machnower Busch durch, den kleenen Weg, den kennt keener. Aba Obacht! In Liebe Euer Paule.

p. s. Hoffe bald wieder bei euch zu kommen.

Auf der Vorderseite war in Buntdruck eine Kaffeehausterrasse abgebildet, mit der Aufschrift: *Gruß aus Hannover. Am Kröpke.*

Ich ging bei Gigi und Friedrich vorbei. «Paule hat geschrieben», sagte ich. «Wegen den Zuckerrüben. Stellt euch mal vor, das hat er nicht vergessen. Der Mann in Philipsthal ... Aber lest mal selbst. Wollen wir uns nicht ein paar Rüben holen?»

Gigi, blaß und schön, sah mich mit ihren grünen Augen an. «Kommt Ingeborg mit?»

«Was weiß ich. Gut wäre es. Dann können wir mehr Zuckerrüben ranholen. Spielt das eine Rolle?»

«Eine Rolle?» Gigi stand auf, stemmte die Hände in die Hüften. «Deine Turteltaube vom Land kannste dir an die Mütze stecken, Karl! Meinst du, ich will zukucken, wie ihr euch anhimmelt?»

«Mal sachte mit die jungen Pferde», griff Friedrich ein. «Hier geht es um die Zuckerrüben. Euer Privatleben könnt ihr hinterher wieder fortsetzen.»

«Ich denke nicht daran. Nein! Ich denke nicht daran!» Gigi setzte sich wieder hin, stützte das Kinn auf. «Diese Schnecke! Die ... die ...»

«Meinst du Ingeborg?»

«Wen denn sonst? Von wem spreche ich wohl? Von deiner Wärmflasche. Hau sie von der Pritsche, du Arsch. Und schick sie hin, wo der Pfeffer wächst!»

«Was regst du dich denn auf? Wo soll sie bleiben? Außerdem ist sie ...»

«Ich weiß schon. Deine Kusine! Das kannste mal einem ohne Hutkrempe erzählen. Waschlappen! Da schreiste immer, wie du mich liebst und all son'n Quatsch, und denn liegst du mit der auf der Chaiselongue. Jaaah! Ihr habt nichts miteinander! Natürlich nicht! Ihr wärmt euch bloß. Dir gehört doch der Piepel abgehackt!»

«Nun ist aber Feierabend», rief Friedrich. «Gigi, hast du ne Macke? Er kann machen, was er will!»

«Tut er ja auch. Der Schleimscheißer. Kuck ihn dir an. Karl Kaiser! Der Mann ohne Rückgrat! Verkasematuckelt Landeier am laufenden Band. Spezialist! Held der Arbeit. Mach ruhig so weiter. Kannst dir ja die andere Kusine, die mit den Wackeltitten, auch noch quer über denen Wanst schnallen.»

«Einen Wanst hat er ja nun wirklich nicht», wagte Friedrich einzuwenden. Damit lief er Gigi ins Dauerfeuer: «Du halt dich da raus», rief sie und fuchtelte ihm unter der Nase. «Der liebe Friedrich, der immer alle Seiten sieht. Du bist auch so'n Schlappschwanz. Mannometer, ihr könnt 'ne Firma aufmachen. Für lebende Wärmflaschen. Pfeifenheini und Co. Ihr fallt mir auf'n Wecker, merkt ihr das nicht? Zieh dir deine Nahkampfspange durch die Nase und tret auf dem Spandauer Wochenmarkt auf. Als Rarität! Mit Pauken und Gesang!»

Friedrich rollte mit den Augen. «Womit haben wir das verdient?» fragte er. «Es muß die wahre Liebe sein.»

Gigi zog einen Dauerflunsch.

«Was ist nun mit den Rüben?» fragte ich. «Die Adresse haben wir. Es wäre doch schade ...»

Gigi sah mich schräg an. «Also gut. Wo ist der Heimat-Atlas? Aber das sage ich dir, wenn es nicht um die Rüben ginge, könntest du mir mal den Hobel blasen.»

Sie sah Friedrich an: «Du auch.»

«Selbstverständlich», sagte Friedrich. «Der Atlas liegt da drüben.»

Es war *Harms Heimat-Atlas für die Unterstufe*, mit Karten im großen Maßstab. Genau das, was wir brauchten.

«Soll er nicht Ingeborg dazuholen?» wagte Friedrich zu fragen.

«Nee, nee», sagte Gigi. «Das kann er ihr ja nachher alles verklickern.»

Wir beugten uns über den Atlas und legten die Route fest. «Den kleinen Weg, den Paule meint, kenne ich», sagte Friedrich. «Er führt zwischen den Häusern beim Machnower Busch durch, und sie haben da keinen Schlagbaum, weil der Busch eigentlich schon Ostzone ist. Nur kommen da nie Patrouillen hin. Aber auf der Straße, wenn ihr aus dem Weg rauskommt, müßt ihr aufpassen.»

«Und wie kommen wir über den Teltowkanal?»

«Erst in Machnow, bei der Schleuse. Da sind aber fast immer Kontrollen.»

«Schlecht.»

«Wir können ja nicht mit den Säcken voll Zuckerrüben durch den Kanal schwimmen.»

«Ihr müßt warten, bis kein Posten zu sehen ist.»

«Das kann lange dauern.»

«Anders geht es nicht.»

«Und weiter?»

Wir tüftelten uns einen Weg aus, der uns sicher erschien. Jeder wußte ein bißchen. Früher waren wir immer nach Gütergotz zum Baden gefahren. Bis da kannte ich mich aus.

Friedrich wußte in der Nuthe-Gegend Bescheid, darüber wußte ich weniger, weil ich damals zu klein gewesen war, als «Ede in den Wirbeln stand», wie Minnamartha berichtete.

«Verschiebt es noch ein paar Tage und versucht, mehr über die Straßensperren rauszukriegen», sagte Friedrich. «Vielleicht weiß deine Kusine was, die andere? Wenn sie bei den Amis arbeitet ...»

«Die Tittentante», schmollte Gigi. Aber da es um Höheres ging, nämlich Zuckerrüben, bekam sie keinen neuen Wutanfall.

Ich ging in unsere Laube. Ingeborg saß an unserer alten Singer-Nähmaschine und nähte aus blutrotem Samt ein Kleid. «Wo hast du den Samt her?»

«Eingetauscht. Von Agathe Fanselow. Er ist schon ein bißchen alt. Gustavchen hat ein Sofa geschlachtet, das im Keller stand.»

«Ein Sofa?»

«Wer braucht schon so'n altes Ding!» Ingeborg sah mich strahlend an. «Es gibt zwei Kleider. Eins für mich und eins für Agathe. Samt ist schön warm. Für die Ärmel war es zu wenig Stoff. Ich nehme die Ärmel von deiner Oma ihrer alten Leinenbluse. Die sind noch gut. Du wirst sehen ...»

«Woher hast du Omas alte Leinenbluse?»

«Karl, du weißt gar nicht, was für Schätze in deiner Laube liegen. Du mußt mal in die ollen Kartons kucken, die unter der Chaiselongue ...»

«Schon gut. Wir müssen Zuckerrüben holen. Machst du mit?»

«Wer kommt sonst noch mit?»

«Gigi.»

«Aua!» Ingeborg trat kräftig in die Nähmaschine.

«Hör doch mal einen Augenblick auf. Sie hat alles eingesehen ...»

«Und freut sich, daß ich mitkomme, was? Das hast du dir fein ausgedacht. Vielleicht schmeißt sie mich in den Teltowkanal.»

«Lies mal die Postkarte hier. Was Schnüffelpaule geschrieben hat. Weißt doch! Der hier in der Veranda gewohnt hat.» (Ich hatte Ingeborg viel von Schnüffelpaule erzählt.) «Wir müssen einfach hin. Gigi sieht das ein.»

Ingeborg las Paules Karte. «In Hannover ist er?»

«War er. Wer weiß, wo er jetzt steckt. Aber ich habe auch das Gefühl, er kommt mal wieder.»

«Muß ein komischer Bursche sein. Na gut. Wenn das Paules Testament ist, mache ich mit. Aber wir riskieren allerhand!»

Auch Ingeborg war dafür, daß ich versuchte, bei Mathilde Näheres über die Vopo-Kontrollen zu erfahren. Mathilde hockte in ihrer Bude in der Filandastraße in einem Sessel, ein Amihemd als Morgenrock an, die nackten Beine gegrätscht. Ich fragte Mathilde, ob sie etwas über die Sperren herausbekommen könnte, und sie versprach mir, sich drum zu kümmern. Morgen abend würde sie vorbeikommen und mir Bescheid sagen.

Mathilde machte Spiegeleier, beugte sich über den Kocher, wobei sie die Unterkante ihres weißen Hinterns entblößte. Wir klöhnten. Von alten Zeiten. Mathilde wußte sogar eine weitere Version von Großmutters Fahrt nach Berlin, damals, als sie aus dem Korridor anreiste. Nicht nur zwei Kisten mit Räucherspeck hatte Oma nach diesen Quellen mitgeführt, sondern zusätzlich noch zwei ganze geschlachtete Schweine und zweiundzwanzig Hühner. «Stell dir mal vor!» Mathilde piekte mit der Gabel die Eigelb kaputt, «zweiundzwanzig Hühner!»

«Lebende?»

«Was weiß ich. Gerupft, ausgenommen. Ist ja egal.»

«Und wer hat das alles wirklich aufgefressen?»

«Was weiß ich. Das ist ja schon ein bißchen her. Achtzehn, glaube ich. Aber solange ich denken kann, hat immer einer den anderen beschuldigt. Gib deinen Teller. Als Oma zu uns kam, war jedenfalls alles weg. Die Schweine. Und die Hühner auch.»

«Das höre ich zum erstenmal. Minnamartha hat nur immer von den beiden Kisten Speck erzählt. Gib mal das Salz.»

«Sie hat mehr angeschleppt. Darauf kannst du dich verlassen. Opa war Gutsverwalter, bevor er starb.»

«Ich denke, Bahnhofsvorsteher?»

«Das war vorher. Sie hatten eine Menge Geld gespart, und auch sonst alles. Opa hatte mal Lungenentzündung als junger Mann, war immer ein bißchen kränklich.»

«Woher hast du das?»

«Oma hat es mir erzählt. Du warst noch zu klein, darum hat sie es dir nicht gesagt.»

«Aber dir? Weil du zwei Jahre älter warst?»

«Bin. Und außerdem sind es vier Jahre, Karl.»

«Oh. Nun, gut. Entschuldige. Und weiter?»

«Weil er so kränklich war, hat er sich was geholt. Als er mal im Winter so lange auf den Zug warten mußte. Er hat sich neu erkältet, und ein paar Wochen später war er tot. Oma wäre im *Korridor* geblieben, wenn Opa nicht gestorben wäre. Aber ich sage dir, alles war weg, als sie zu uns kam. Sie hat ja mal bei uns gewohnt, mal bei euch, hat dir das Minnamartha nie erzählt?»

«Ich weiß nicht ... Vielleicht. Ich kann mich nicht erinnern.»

Mathilde sammelte die Teller ein, einen Oberarm fest an den Busen gepreßt, der in dem Amihemd weniger zur Geltung kam als sonst. Dafür klaffte das Hemd vorne auf, rutschte hinten hoch, – eine dufte Schau! Sie erzählte weiter: «Mit euch zusammen hatten sie ein Schwein gefüttert, als Oma kam. Ede und Hubert hatten es aus der Stettiner Gegend geholt, von einem Regimentskameraden von Ede, glaube ich. Das Biest war ziemlich mickerig, und Oma regte sich auf, daß es Stehohren hatte. ‹So'n Borch mit Stehohren taugt nuscht nich›, sagte sie immer. Sie haben es trotzdem geschlachtet, und es hatte Würmer in den Därmen, lange, dicke Spulwürmer. Darum war es nicht fett geworden. Die Därme bewegten sich von selbst, weil die Spulwürmer zappelten.»

«Haben sie es weggeschmissen?»

«Wo denkst du hin. Die Zeiten waren schlecht, wie heute. Zu fressen gab es nichts. Sie haben die Därme gereinigt, und Oma hat eine vorzügliche Wurst gemacht. Jedenfalls hat sie allen geschmeckt. Oma war doch so heikel, Kaninchen mochte sie nicht, aber die Wurst hat sie gegessen! Mit Majoran, gut gewürzt. Dann war der olle magere Borch irgendwann alle, aber es wurde auch besser. Nur verziehen –» Mathilde preßte ihre Brüste hoch und der Hemdsaum hob sich – «verziehen hat man ihr nie, daß die Schweine alle waren und die zweiundzwanzig Hühner und der Speck. Ja, was in Hungerzeiten passiert, merken sich die Menschen.»

Der Hemdsaum fiel. Ich verabschiedete mich.

Mathilde ließ sich von einem Ami mit dem Jeep bei uns vorbeikarren, einem dieser *freshest boys*, für die der AFN erfunden worden war. Er warf eine kleine Flasche Whisky und eine Stange Zigaretten ab, ging mit großen Schritten in der Laube hin und her, beäugte abwechselnd Ingeborg und Mathilde und sagte: «*Dam'n, we've got no dam'n fuckened news about these fucking Russians, wo do not know all their fuckin' control points around this crap of a fuckin' City.»* Was so viel hieß wie: Die Amis wußten auch nicht, wo die Russen überall Kontrollen vornahmen. «Danke», sagte ich. «*Thank you.*»

«Tut mir leid», sagte Mathilde, «sie wissen ooch nichts.»

Die beiden gingen, der Jeep preschte durch die Laubenkolonie, verschwand drüben zwischen den Siedlungshäusern.

«Was hat er gesagt?» fragte Ingeborg. «Was heißt das denn: ‹dam'n fucking› und all der Quatsch?»

Ich übersetzte es ihr wörtlich.

«Ach so», sagte Ingeborg. «Ich dachte, er redet von den Straßensperren.»

Wir suchten ein paar Säcke zusammen und fuhren los. Niemand hielt uns auf. An der Schleusenbrücke über den Teltowkanal standen zwei Russen, die uns «*Tjob twoij matj*» hinterherriefen. Wenn es nicht schlimmer wurde ... Gigi und Ingeborg, anfangs kühl zueinander, fuhren jetzt nebeneinander her und schwatzten. Mit mir sprachen sie nur, wenn sie nicht wußten, wo es weiterging. Wir fuhren durch Stahnsdorf, wo sie Transparente mit Parolen über Soll-Erfüllung im Rahmen des Sozialismus aufgehängt hatten, bogen ab nach Gütergotz. Kaum ein Mensch, ab und zu ein russischer Lastwagen, der im Zickzack über die Chaussee ratterte. Gütergotz hieß jetzt wieder Gütergotz. Die Nazis hatten es zwischendurch in Güter*felde* umgetauft, weil die Endung *-gotz* slawisch war, und das war nach dem Einmarsch in die Sowjetunion vorübergehend nicht gefragt. Ein Prinzip hatte nie hinter der Sache gesteckt. Auch Potsdam ist slawisch und bedeutet *unter den Eichen*. Aber Potsdam war schwerer abzuschaffen als Gütergotz.

Jetzt war slawisch wieder modern. Die Russen sicherten den Wenden im Spreewald und in der Lausitz ihre Eigenständigkeit zu. Und Gütergotz hieß eben wieder Gütergotz.

Hinter den letzten Häusern sahen wir unseren Badesee liegen, der mir jetzt winzig vorkam. Ich wollte diese Wahrnehmung den beiden Mädchen mitteilen. Aber die waren weit voraus. Sie bogen schon in die Saarmunder Chaussee ein. Eigentlich müßte es in den Wäldern Pilze geben. Doch Gigi und Ingeborg würden wohl kaum zu überreden sein, mit mir Pfifferlinge zu suchen.

Vor der Schenkendorfer Kreuzung hielten sie an.

«Was ist?»

«Da vorne tut sich was. Ich glaube, eine Kontrolle. Was machen wir?»

«Umgehen.»

Ich hatte mir die Wege aus dem Heimatatlas herausgezeichnet. Jetzt holte ich das Papier hervor. «Wir können durch den Wald in Richtung Rehbrücke. Dann auf die Nudower Chaussee und weiter.»

«Durch den Wald?»

«Wollt ihr euch lieber filzen lassen? Und vielleicht ein bißchen einsperren?»

Wir stiegen wieder auf die Räder. Der Wald wollte kein Ende nehmen. Dann knickte der Weg ab, wie ich es erwartet hatte, und wir waren nur noch einen guten Kilometer von Philippsthal entfernt.

Wir fuhren in den Ort. Es war alles noch wie früher, das Schloß stand da, ein sehr kleines Schloß, heruntergekommen jetzt, ein Pfeiler der Toreinfahrt war umgewalzt.

Dann die Bauernhäuser mit ihren Strohdächern. Moos wuchs darauf. Nirgends eine Spur von Leben. Das Dorf schien ausgestorben. Auch Vieh war nicht zu sehen. Keine Gänse am Dorfpfuhl. Kein Schwein auf dem Hof, keine Kuh auf der Koppel.

«Unheimlich», sagte Gigi. «Hier wollt ihr Zuckerrüben hamstern?»

«Wenn es doch Paule gesagt hat!»

Wir stellten die Räder ab, hinter einem Schuppen, damit sie von der Straße nicht zu sehen waren, und gingen zum nächsten Haus. Ich klopfte an die Tür. Nichts. Ich drückte die Klinke. Die Tür ging auf. Wir kamen in eine Art Wohnküche. Ein Herd, der ein bißchen Wärme verbreitete, ein zwei Meter langes schwarzes Ofenrohr, das sich mit einem Knick zum Schornstein in der Ecke hinüberschwang. Ein Tisch, mit Wachstuch bedeckt, das brüchig war. Küchenstühle, deren weißlich-gelbe Farbe abblätterte. Eine Katze stand von einem Stuhl auf, räkelte sich, sprang auf den Fußboden und strich uns um die Beine. Licht bekam der Raum nur durch ein Fenster neben der Tür, in der Giebelseite des Hauses. Rechts und an der hinteren Wand führten Türen in weitere Räume. Die rechte war nur angelehnt. Ich öffnete sie. Eine alte Frau lag im Bett, das ans Fenster gerückt war. «Kommense man rein», sagte sie. Wir gingen in die Stube. Ich erklärte ihr, daß wir Schlanstedt suchten. «Jetzt sind alle auf dem Feld», sagte die Frau. Klare blaue Augen in einem schönen Greisengesicht mit vielen kleinen Falten musterten uns. «Schlanstedt wohnt im Schloß. Ihr seid aus der Stadt?»

«Ja. Wir kommen ... Wieso wohnt Schlanstedt im Schloß?»

«Er ist nicht von hier. Er hat jetzt hier das Sagen ...» Sie schaute uns wieder an. Augenscheinlich war es keine Empfehlung, daß wir mit Schlanstedt zu tun hatten. Wir bedankten uns und verließen die Kate.

Es war kalt draußen, Gigi hatte die Ärmel ihres Pullovers über die Hände gezogen. «Schöner Mist», sagte sie. «Was machen wir jetzt?»

«Wir gehen zum Schloß. Sicher kommt mittags jemand zurück.»

«Das sind noch Stunden. Bis dahin sind wir schon erfroren.»

«Vielleicht finden wir jemand. Los. In der Gegend herumlungern können wir nicht.»

«Hast du nicht 'ne Tante in Saarmund?» fragte Ingeborg.

«Tante Martha. Und Onkel Hugo. Minnamartha hat mir gerade von ihnen erzählt. Aber ob es die noch gibt? Die waren schon vor dem Krieg steinalt. Außerdem hieße das wieder, daß wir uns der Gefahr aussetzen, kontrolliert zu werden.»

«Also kommt. Gehen wir zum Schloß.»

Wir schoben die Räder, auf einem Feldweg, der hinter den Häusern zwischen den Viehkoppeln entlang führte. Beim Schloß lag ein verwilderter Park, mit kahlen Bäumen, deren Äste schwarz in den Himmel ragten, und verfilztem Unterholz. Wir mußten zur Straße zurück. Schoben die Räder durch die ehemalige Toreinfahrt mit dem umgekippten Pfeiler. Der Eingang war hinten, eine schwere Eichentür unter einem gläsernen Vordach, dessen Scheiben nur noch in Resten vorhanden waren. Die Tür war verschlossen.

«Wir können probieren, ob wir Schlanstedt auf den Feldern finden», schlug Gigi vor.

«Wo? Außerdem kennen wir ihn nicht.»

«Also warten wir.»

Wir setzten uns auf einen Holzstoß. Ein paar müde Sonnenstrahlen fielen in diese Ecke des Hofes. Aber sie wärmten kaum mehr.

Gegen Mittag, wir waren inzwischen total durchgefroren, bog ein Mann in blauer Arbeitskluft auf dem Fahrrad in den Hof ein. Er trug eine feldgraue Schirmmütze, tief in die Stirn gezogen, so daß sein braungebranntes Gesicht kaum zu erkennen war. Als er abstieg, lächelte er und zeigte blendendweiße Zähne. «Nanu, Besuch?» sagte er. «Wer seid ihr denn?»

«Wir kommen von Schnüffelpaule. Das ist Gigi, und das ist Ingeborg.»

«Von Paule? Mann, lebt der noch? Und du, wer bist du?»

«Karl Kaiser.»

«Westberlin, wat?»

Wir nickten. «Sind Sie Herr Schlanstedt?» fragte ich.

«Klar. Wat denn sonst. Kommt erst mal rein. Ihr müßt ja Eisblöcke sein.»

Schlanstedt schloß die Tür mit einem riesigen Schlüssel auf. Wir gingen ein paar Stufen hoch und kamen in einen kleinen Saal mit Stuckdecke. Ein Kachelofen verbreitete Wärme. In der Mitte des Saales stand ein großer Eßtisch mit acht verschnörkelten Stühlen drum herum. In eine Ecke war ein schäbiger hellbrauner Schreibtisch gerückt. Papiere bedeckten die Tischplatte.

«Setzt euch. Gleich kommt Anna. Sie macht uns was zu essen. Ihr eßt doch mit? Und nu mal raus mit der Sprache.»

Schlanstedt nahm die Mütze ab. Seine Stirn war schneeweiß. Wir erzählten ihm von Schnüffelpaule und daß er uns die Postkarte geschrieben hatte wegen der Zuckerrüben.

Schlanstedt kratzte sich am Kopf. «Die Rüben sind noch in der Erde. Ihr müßt sie euch selbst rausmachen. Wenn Schnüffelpaule sagt, ihr sollt Rüben haben, dann ist das in Ordnung. Wir haben zwar auch eine LPG hier und dürfen nichts abgeben. Aber von meinem privaten Acker bekommt ihr welche. Ist doch klar. Wenn Paule das gesagt hat. Paule ist mein Freund. Wir haben zusammen gegen den Faschismus gekämpft. Aber das wißt ihr sicher alles. Jetzt leite ich die Sektion Philippsthal von der LPG. Aber auch das wißt ihr ja wohl von Paule?»

«Eigentlich nicht. Er hat nicht viel erzählt.»

«Ja, das ist typisch für Paule.»

Gigi und Ingeborg schauten mich an. Wir hatten uns schön in die Nesseln gesetzt. Ein strammer Kommunist, Funktionär einer LPG, sollte uns Zuckerrüben geben. Was gegen die Bestimmungen war. Wenn er uns auffliegen ließ? Aber wir konnten nicht mehr abhauen.

Anna polterte herein. Sie hatte ein mageres Sommersprossengesicht, aber ihr Körper glich eher einem riesigen Medizinball. Sie war rundum kugelrund. «Mannche», rief sie, «dat sind mich doch verhungerte Stadtjören. Schlanstedt, hamse denn nischt anjeboten? Speck? Wat Ordentlichet?»

«Wir sind eben erst reingekommen. Laß man, Anna. Sie werden schon nicht umkippen. Aber daß wir bald was auf den Tisch kriegen.»

«Nu, hab ich noch was Eisbein, kann ich schnell machen, bißchen was Kraut unten aus dem Fäßchen, is jefällich? Und mache ich Bratkartoffeln dazu.»

«Prächtig. Beeil dich.» Schlanstedt setzte sich an seinen Schreibtisch und wühlte in den Papieren. «Anna ist aus Ostpreußen», sagte er. «Peitschendorf an der Pissa. Eine Seele. Wenn ich die nicht hätte!»

«Wieso sind Sie in dem Schloß?»

«Die Russen hatten es beschlagnahmt. Dann stand es leer. Wir haben das Sektionsbüro von der LPG hineingelegt. Zuerst hatten wir Flüchtlinge. Aber das Kaff hier ernährt kaum die Menschen, die übriggeblieben sind. Ihr seht ja die Häuser. Ziemlich ärmlich, was?»

«In der Stadt ist es noch schlimmer.»

«Ich weiß. Aber es ist die Schuld eurer Leute in Bonn. Und der Amerikaner. Knechte des kapitalistischen Ausbeuter-Systems.»

Wir ließen uns auf diese Diskussion nicht ein. Schlagworte gegen Schlagworte. Was käme schon dabei heraus?

Anna rief die Mädchen: «Marjellches, jeht mir bißchen zur Hand. Wer will mit mir dem Kraut holen?»

Ich saß alleine auf der Ofenbank. Schlanstedt fragte mich über Schnüffelpaule aus. Ich erzählte ihm, wie Paule in die Laube gezogen war und was wir zusammen erlebt hatten. Schlanstedt amüsierte sich. «Er ist der Alte», sagte er. «Paule ändert sich nie. Wirst sehen, der denkt sich was ganz Tolles aus. Wenn's mal nichts mehr zu organisieren gibt, geht Paule glatt unter. Der ist eine Lebensversicherung in Notzeiten! Aber» – Schlanstedt betonte das Wort – «aber politisch total zurückgeblieben.»

«Wieso?» fragte ich.

«Er hätte in die SED eintreten müssen. Zu uns kommen, in den Arbeiter- und Bauernstaat. Hier gehört er hin. Er hat jahrelang gegen den Faschismus gekämpft. Und der Kampf ist noch nicht beendet. Viele Kriegsverbrecher leben unter uns. Getarnt. Besonders bei euch im Westen. Sie sitzen in der Regierung, in der Justiz, überall. Hier haben wir fast reinen Tisch gemacht. Aber wir brauchen jeden alten Antifaschisten.»

Anna und die Mädchen kamen mit dampfenden Schüsseln. Wir setzten uns und aßen. Schlanstedt unterhielt uns mit LPG-Statistiken: Wieviel sie hier produzierten, wieviel Kühe sie wieder hatten mit welcher Milchleistung, zu wieviel Prozent sie ihr Soll erfüllten oder übererfüllten. «Nur die Bauern», sagte er, «die Bauern machen noch nicht recht mit. Sie hängen zu sehr am Alten. Würden am liebsten weiterwursteln auf ihren Klitschen. Wie früher. Handtuchgroße Felder, lange Wege. Unrationell. Die passen sich schwer an. Dabei haben sie jetzt jeden Freitag ihr Geld, genug zu essen, Aussicht, in einer demokratischen Republik zu leben. Ihr werdet sehen, in einem Jahr sind wir soweit. Dann haben wir hier einen selbständigen Arbeiter- und Bauernstaat.»

Anna beschränkte sich darauf, erneut ihre Verwunderung auszudrücken, wie dünn und blaß die *Stadtmenscher* seien. «Solltet hierbleiben», sagte sie. «Wir würden euch schon aufpäppeln. Mannche, daß es so was noch jibt! Nu eßt mal.»

Schlanstedt sagte: «Nachher zeige ich euch, wo ihr eure Rüben rausmachen könnt. Ich schlage aber vor, daß ihr die Nacht hierbleibt. Ihr kommt sonst ins Dunkle. Die Kontrollen sind dann scharf. Morgen vormittag kommt ihr sicher gut durch. Aber» – er sah uns durchdringend an – «wenn sie euch kontrollieren, kein Wort, wo ihr die Rüben her habt, klar? Ihr habt sie geklaut. Kein Name!»

«Geht in Ordnung, Sie können sich drauf verlassen.»

«Gut. Anna, räum ab. Kommt jetzt mit. Habt ihr Säcke?»

Schlanstedt führte uns zu einem Schlag hinter dem Park. Wir machten Rüben raus. Die Blätter waren feucht und rochen wie verfaulter Kohl. Wir drehten sie ab. Sackten die Rüben ein. Schleppten die Säcke zum Schloß. «Ihr könnt sie in den Schuppen stellen», sagte Schlanstedt. «Und geht in die Stube. Ich lasse auf.» Damit schwang er sich wieder aufs Rad und fuhr davon. Auch Anna war wieder fort.

Im Schloß gab es ein riesiges Badezimmer mit Jugendstilkacheln und einer Badewanne, in der eine Robbenfamilie Platz gehabt hätte. Das Badezimmer war ungeheizt. Die Ecke des Badeofens sah nicht so aus, als sei er in letzter Zeit benutzt worden. Wir fanden ein Stück Kernseife und schrubbten uns die Hände, die vom Rübenziehen schwarz waren. Wir setzten uns wieder in die Stube. Als es dunkel wurde, kam Anna, die sofort im Kachelofen Torf nachlegte, dann fuhr auch Schlanstedt mit seinem Rad in den Hof. «Anna, mach mal 'n Kaffee», sagte Schlanstedt. «Kinder, is det kalt heute. Habt ihr die Rüben raus?» Anna tischte selbstgebackenes Brot, Butter und Wurst auf. «Mannche, probiert dat man», forderte sie uns auf. «Is jute Wurst. Ärstklassich. Von unsere letzte Schlachtung.»

Schlanstedt berichtete von frühen kommunistischen Zeiten: «Vater war'n Roter. Wurde gleich arbeitslos in der Krise. Mutter ging malochen in eine Darmhandlung. Die Därme kamen mit dem Fett dran, und die Frauen mußten sie säubern. Manchmal gingen wir Kinder Mutter abholen, meine Schwester und ich. Sie war niedlich, und alle Leute waren nett zu ihr. Wir schnallten unsere Schulranzen auf, als wenn wir eben vom Unterricht kämen. Die Ranzen waren aber leer, und Mutter warf uns große Fetzen von Fett rein. Die Arbeiterinnen wurden kontrolliert, aber an unsere Ranzen dachte keiner. Mit dem Fett kochten wir zu Hause. So kamen wir über die schlimmste Zeit. Ich habe noch Ernst Thälmann reden hören. Die Gendarmen suchten ihn bereits, aber er tauchte immer wieder auf mit seiner blauen Schirmmütze, und wenn die Polente kam, war er verschwunden.» Er sah uns prüfend an: «Das sind vielleicht gar keine Geschichten für euch. Ihr tanzt Boogie-Woogie und kaut Kaugummi. Kinder des Kapitalismus.»

«Ich bin auch vom Land», sagte Ingeborg. «Und Gigi hier und Karl, wir leben alle in einer Laubenkolonie. Wissen Sie ja. Und das waren alles auch Kommunisten früher.»

Ich trat ihr unter dem Tisch gegen das Schienbein. Wenn Schlanstedt weiterforschte, saßen wir in der Tinte. Ingeborgs Vater Ortsbauernführer. Kaisers Kleinkapitalisten mit eigenem Siedlungshaus. Gigis Bruder Kriegsheld mit Nahkampfspange und Deutschem Kreuz in Gold. Buseberg Held von Skagerrak. Puvogel bei der Organisation Todt. Das alles waren gewiß keine Geschichten für den Sektionsleiter einer LPG!

Ich fragte Schlanstedt, was wir ihm für seine Zuckerrüben schuldeten. Er winkte ab. «An Westberliner dürfen wir nichts verkaufen», sagte er. «Also vergessen wir das.»

«Marjellches», wendete Anna sich an die Mädchen, «was wollt ihr denn machen mit die Rüben?»

«Melasse kochen», sagte Gigi.

«Nee, was nich! Dat jibt doch man nur en Klacks.»

«Besser als nichts. Wir haben ja nichts.»

«Nee», wunderte sich Anna, «wat is dat nun fier aine Welt. Missen die Kinderchens immer noch hungern, so lange is der Kriech schon vorbai, und immer noch nichts fier zu frässen.»

Schlanstedt lachte. «Du wirst es nie begreifen, Anna. Und Heldin der Arbeit wirst du auch nicht werden, bei deiner miserablen politischen Einstellung.»

«Was haißt miserabel», erboste sich Anna. «Die Politik macht ihr Lorbasse. Is ja auch danach! Nu hol ich eich man von dem ullen Kartoffelschnaps, kennt eich die Nase bejießen. Wird noch seiin das Beste!»

Wir tranken volkseigenen Kartoffelschnaps, aber lustig wurden wir davon nicht. Alles blieb doch ziemlich unheimlich, und es war gar nicht sicher, ob wir bei dieser Unternehmung heil davonkommen würden. Schlanstedt merkte unsere Stimmung nicht oder wollte sie nicht merken. Er erzählte, wie er zusammen mit der Nachbar-LPG eine MAS aufgebaut hatte, eine Maschinen-Ausleih-Station, mit Traktoren und schweren ZT 300-Raupen, die ihnen das Brudervolk in der Sowjetunion zur Verfügung gestellt hatte. «Die Bauern hier haben allerdings keine Ahnung von Maschinen», sagte er. «Sie haben immer mit Pferden gearbeitet. Die Kleinen haben sogar ihre Milchkuh vorgespannt. Ein Mähbinder war das Höchste. Wir mußten uns Mechaniker aus der Stadt holen. Nach Überwindung der Anfangsschwierigkeiten funktioniert jetzt auch unsere MAS. Das ist Übererfüllung des Plans!»

Anna gähnte. «Die Kinder missen ins Bett, will ich mainen», sagte sie. «Schlanstedt, brabbel nich soviel, se verstehn das ja doch nich, sind ja aus der Stadt. Kinder, kommt, is unjehaizt, aber werd ich eich scheene Wärmflasche machen.»

Anna führte uns eine dunkle Treppe hinauf und in einen eiskalten Raum. Das Licht war kaputt. Aber durch die Fenster fiel genug Helligkeit, daß wir ein riesiges Himmelbett sahen. Es stand anscheinend als einziges Möbel im Raum. «Mißt ihr alle zusammen drin schlafen», sagte Anna. «Jeht man schon rein. Werd ich eich jleich bringen die Wärmflasche.»

Sie ging. Wir zogen unsere Stiefel aus und krochen unter die klammen Tücher. «Nee, nich zwischen uns», flüsterte Ingeborg. «Gigi kommt in die Mitte. Du geh man nach außen, Karl.» Gigi kicherte.

«Wie ihr wollt», sagte ich ergeben.

Anna kam wieder und schob uns eine kupferne Wärmflasche ans Fußende. «Nu schlaft mal scheen», sagte sie. «Wird schon alles jutjehn.»

Wir blieben noch lange wach und tuschelten miteinander. Die Nacht war ziemlich hell. In ein paar Tagen mußte Vollmond sein. In dem alten Schloß knackte und raschelte es. Wahrscheinlich gab es Mäuse. Nun, das war unsere geringste Sorge.

In der Frühe um sechs weckte uns Anna. «Schlanstedt is schon wech. Er mußte auf Nudow machen, sacht eich scheene Jrüße, und ihr sollt mal wiederkommen. Ich muß auch wech. Kaffee is aufm Herd. Ich hab eich bißchen Wurst ainjepackt. Schließt ab und lecht den Schlissel auf den Balken ieber die Tier vom Holzschuppen. Und viel Jlick!»

Wir stolperten hinunter. Schlürften den heißen Kaffee. Dann

schlossen wir ab, hievten die Säcke auf unsere Räder und zockelten los.

Wieder benutzten wir den Waldweg, um die Kreuzung mit der Sperre zu umgehen. Wir kamen unbehelligt bis zur Schleuse. Sie war von Russen bewacht. Sie ließen uns passieren. Vor dem kleinen Weg zum Machnower Busch stand allerdings ein Auto mit Vopos drin. «Was nun?» fragten die Mädchen.

«Wir warten. Irgendwann hauen die ab.»

«Und wenn nicht?»

«Dann gehen wir erst, wenn es dunkel ist. Durch die Gärten.»

«Ist das dein Ernst?»

«Wie sonst?»

«Mit den Rädern? Und den schweren Säcken?»

«Es wird uns nichts anderes übrigbleiben.»

Wir fuhren zurück bis zu einer alten Müllkute und versteckten uns. Zwischen den Häusern war es uns zu unsicher. Leicht konnte uns jemand verpfeifen. Ab und zu schlenderte einer von uns vor zur Straße, um auszukundschaften, was die Vopos machten. Das Auto stand immer noch dort. Wir mußten also wirklich warten, bis es dunkel wurde.

«Wir gehen dann sofort los, bevor der Mond aufgeht», sagte Ingeborg. «Und die Leute in dem Haus dürfen nichts merken. Gott sei Dank hat ja keiner mehr Hunde.»

Als es dunkel genug war, fuhren wir los. Wir entdeckten ein Haus, in dem nur oben im Dachgeschoß ein einziges Licht brannte. «Vielleicht geht es hier», flüsterte Gigi. «Wie machen wir es? Karl, du als erster?» Ich nickte. Vorsichtig kletterte ich über den Zaun. Die Mädchen wuchteten mir den ersten Sack rüber. Ich schleppte ihn durch den Garten, am Haus vorbei nach hinten. Nichts rührte sich. Ich holte den zweiten Sack. Dann den dritten. Schließlich die Fahrräder. Auch die Mädchen kletterten über den Zaun. Gigi hatte sich Annas Wurst vorne in die Bluse gesteckt.

Der hintere Zaun hatte Stacheldraht. Es war schwierig, hinüberzukommen. Als Gigi hinuntersprang, gab es ein scharfes, zischendes Geräusch. «Das war die Hose», sagte Ingeborg. Gigi langte mit der Hand nach hinten. «Mann, ich stehe im Freien!»

«Macht nichts, das kann man wieder nähen», sagte ich. «Jetzt schnell weg. Die Säcke auf die Räder. Kommt schon!»

Als wir losfuhren, sahen wir, wie hinter dem Haus Lichter die Straße entlangglitten. Das Vopo-Auto. Fünf Minuten früher hätten sie uns erwischt.

Friedrich war heilfroh, daß wir wieder da waren. «Das war das letzte Mal», sagte er. «Es ist zu gefährlich!»

Inzwischen hatte er Frau Buseberg ausgehorcht, wie man aus den Zuckerrüben Melasse kochte, hatte auch einen alten Einmachkessel aufgetrieben und Holz organisiert. Unter der Pumpe bei Friedrich und Gigi stand eine alte Badewanne. Wir warfen die Rüben hinein und wuschen sie. Dann wurden sie geschnitzelt. Mühsam. Friedrich hatte den Kessel bis zum Einsatz, auf dem sonst die Weckgläser standen, mit Wasser gefüllt. Oben drauf kamen die Rübenschnitzel. «Wir kochen sie so lange, bis das Wasser verdampft ist», sagte er. «Gigi, wir brauchen ein Tuch zum Durchtreiben.» Wir stellten einen Hocker mit den Beinen nach oben auf den Tisch, banden ein Küchenhandtuch an und quetschten die erste Ladung durch. Dann kochten wir in einem zweiten Topf weiter. Das Ergebnis hätte einen Zuckerfabrikanten zum Weinen gebracht. Aber wir sahen es wie Gigi:

«Kostet mal. Unheimlich süß.»

Willi Reh steckte seine Nase in den Kessel. «Was soll denn das sein?» Die Mädchen gaben sich Mühe, ihm zu erklären, was wir machten. «So was», sagte Willi. «Im Krieg haben wir das zu Hause auch gehabt. Aber det Zeug sah ganz anders aus.»

Vielleicht hatten wir doch etwas falsch gemacht? Schnüffelpaule fehlte auch hier. Der hätte sicher Bescheid gewußt. Willi Reh stellte sich neben das Feuer, wärmte sich den Bauch und hustete ein bißchen. Friedrich goß ihm einen Schnaps ein.

Wir waren die große Attraktion der Gegend, später kam auch Heringsbändiger, mit Agathe Fanselow. Heringsbändiger war schick in Schale, schwarze Seidenjacke, auf die in Silber der Namenszug *Artie Shaw* aufgestickt war, Erinnerung an den großen amerikanischen *Big-Band-Leader*. Auch Agathe Fanselow trug Schwarz, wie meistens, und warf Blicke, mal auf Willi Reh, mal auf den Kochtopf.

«Willst du deine Fußballhosen endlich flicken lassen?» fragte Ingeborg. Heringsbändiger winkte ab: «Nich doch. Ich wollte Siegfried treffen. Wo ist er? Sternchen Siegel sagt, wir sollen Kontakt halten. Für Freundschaftsspiele. Eins will er im Schnee halten. Im Winter eben. Wenn es geschneit hat.»

«Ist ja 'ne Idee.»

«Siegfried ist wahrscheinlich bei Puvogels. Vorne in der Baracke. Weißt ja.»

«Da ist er aber nicht.»

«Dann in ihrer Laube.»

Agathe fragte: «Werden das Bonbons?»

«Karamellen», sagte Gigi. Es sah auch fast so aus. Allerdings wurden es Karamellen mit leichter Trübung durch Rübenteile. Außer es gelang uns, den Kochvorgang doch noch im Sirupstadium zu unterbrechen.

Heringsbändiger und Agathe zogen wieder ab, auf der Suche nach Siegfried. Sie blieben nicht die letzten Besucher an diesem denkwürdigen Tag. Gigi, die aus dem Fenster schaute, rief: «Ich denke, ich kriege mich nicht mehr ein! Karl, deine Kusinensammlung wird vollständig. Ich hab's ja gewußt.»

Ingeborg sah mich fragend an und lief auch ans Fenster. «Es ist Mathilde, mit einem Mann», sagte sie. Da klopfte es schon an die Tür.

Mathilde schaute streng aus einem Fuchsfell, das sie sich um den Hals drapiert hatte. Um den Kopf trug sie einen Turban, ähnlich wie die zerstückelte Jungfrau beim Feuerwehrfest, allerdings ohne Agraffe und Pfauenfeder. Ihr Rock war der engste, der seit den zwanziger Jahren in Berlin gesichtet wurde. Hinter ihr stand Mathildes Vater, Onkel Hubert, in seinen Manchesterhosen von Bierbrauerzeiten her, eine blaue Schirmmütze auf dem Kopf und eine warme Marine-Jacke an. «Hello-ho-ho», rief Mathilde, *«what's cooking?»*

Ich machte eine Geste zu Gigi hinüber. Die Beantwortung dieser Frage fiel in ihr Ressort. Aber Gigi schwieg und warf Odaliskenblikke. Onkel Hubert gab allen die Hand. Ein kräftiger Händedruck, schließlich hatte er einige Jahrzehnte lang engen Umgang mit Bierfässern gepflogen. Morgen würde wieder so ein Tag sein, an dem wir unsere Quetschungen bejammerten.

«Eure Oma hat die Melasse immer anders gekocht», sagte er, verstummte aber, als er Gigis Blicke sah.

Mathilde gab sich freundschaftlich, übersah, daß Gigi stocksteif blieb, als sie ihr einen Kuß auf die Wange hauchte. Sie umarmte Ingeborg, warf sich auf einen Stuhl und zündete eine Zigarette an.

«Ihr könnt alle mal zuhören», sagte sie. «Euer Onkel Hubert hat eine Idee.»

Onkel Hubert rückte seine Mütze nach hinten, dann wieder in die Stirn. «Jo», brummelte er. «Sozusagen. Also, ich komme an Bärme.»

«Bärme? Was ist das?»

«Bärme ist Hefe», belehrte uns Mathilde.

«Jo», fuhr Onkel Hubert fort. «Bärme. Also ... es sind größere Mengen. Um nicht zu sagen, sehr große Mengen. Ich habe mal einen gekannt nach dem Krieg, der machte künstliche Leberwurst draus. Brotaufstrich.»

«Mann», sagte Gigi, «so 'ne Pampe will doch keiner mehr fressen.»

«Da haste aber 'ne Ahnung», mischte Friedrich sich ein. «Wenn jetzt der Winter kommt und es gibt immer noch nischt, dann sollste mal sehen!»

«No», sagte Onkel Hubert. «Es hat noch zwei Schwierigkeiten.»

Mathilde paffte. «Erzähl es ihnen schon», forderte sie ihren Vater auf. «Alle müssen mitmachen.»

Onkel Hubert setzte sich. Nahm die Mütze ab. Heiß schien ihm zu werden, er öffnete seine Matrosenjacke. «Die Bärme liegt bei Ludwigslust», sagte er, «ich habe zwar Papiere, gültige Ost-Bescheinigungen, aber ich weiß trotzdem nicht, ob es klappt.»

Willi Reh hustete und fragte: «Hat es Chancen?»

«Na, und ob. Sonst hätte ich ja nicht davon angefangen. Die zweite Schwierigkeit ist ...», er blickte hilfesuchend auf Mathilde, die aber Rauchkringel zur Laubendecke blies, so daß er sich entschloß, selber fortzufahren: «Wir brauchen den Keller.»

«Welchen Keller?» fragte ich. «Den unter unserer Veranda? Aber der ist winzig!»

«Nein, den Trümmerkeller. In der Siedlung. Von eurem Haus.»

«Auf dem liegen Klamotten. Tonnenweise.»

«Vielleicht kann man sie wegräumen?»

«Wer? Ich?»

«Alle zusammen. Ihr arbeitet alle in der Wurstfabrik gegen Bezahlung. Zuerst räumen wir die Klamotten weg, das muß in ein paar Tagen geschehen sein, denn dann rollt die Bärme.»

Gigi rührte in der Melasse. «Dann rollt die Bärme», wiederholte sie. Schüttelte den Kopf.

«Manche von uns haben Jobs. Ganz gute. Mit Fressen mittags. Ich bin in Gatow und entlade Flugzeuge, wie du sicher weißt. Und so machen es einige hier. Dagegen ist deine Wurschtfabrik eine unsichere Kiste.»

«Ich weiß. Aber wenn wir nichts riskieren ...» Onkel Hubert setzte uns die Sache noch einmal auseinander. Alles klang sehr überzeugend, vorausgesetzt, die Berliner kauften den Leberwurst-Ersatz. «Es ist Brauereihefe, außer mir kommt keiner ran», suggerierte uns

Onkel Hubert weiter den Plan. Er mußte seinen Knösel mit Machorka stopfen, um seine Nervosität zu überwinden.

«Was springt dabei nun wirklich heraus?» fragte Friedrich, der bisher stumm zugehört hatte. Onkel Hubert nannte verlockende Prozente, auch nach Abzug der Unkosten.

Friedrich packte zu: «Dann kannst du doch den Überschuß an alle verteilen.»

Onkel Hubert schaute verblüfft. Mathilde stieß eine Rauchwolke aus den Nüstern und machte: «Püh!»

Friedrich griff nun auch psychologisch ein, indem er die Flasche Korn auf den Tisch stellte, Gläser verteilte. «Dufte», sagte er. «Ihr habt den Plan und die Bärme. Die Hefe. Vielleicht. Kann auch sein, die Markgrafpolizei schnappt sie euch weg. Oder die Russen brauchen sie zum Bierbrauen. Aber nehmen wir mal an, das gelingt. Die andern hier, die Mädchen und die Jungs, haben den Keller, die Arbeitskraft. Und müssen als Vorleistung erst mal den Keller enttrümmern.»

«Aber die Idee», sagte Mathilde. «Findest du nicht ...»

«Ideen sind viel wert. Wenn man alles hat, um sie zu verwirklichen.»

Es ging noch eine Weile hin und her. Friedrich dozierte, der Onkel hieb ab und zu mit der Faust auf den Tisch, Gigi und Ingeborg wechselten Blicke, Mathilde zog den Fuchs über ihren Busen, rauchte und sagte manchmal: «Püh!» Alle tranken Schnaps.

Ich sagte: «Grundsätzlich: Ihr könnt den Keller haben. Aber jeder, der mitmacht, ist am Gewinn beteiligt.»

Onkel Hubert und Mathilde gaben sich geschlagen. Wir versprachen, unsere Jobs sofort aufzugeben. Übermorgen wollten wir anfangen.

Wir hielten die Sache zwar geheim, aber etwas sickerte doch durch. Buseberg bot sich an, einzusteigen, und auch Siegfried entschloß sich, Gatow und das warme Mittagessen schießen zu lassen, für das zweifelhafte Abenteuer, das unter dem Decknamen *Leberwurst* lief.

Auch die Leute in der Siedlung wurden angesteckt, als wir begannen, die Klamotten von unserem Einfamilienhaus-Keller zu räumen. Nazi-Witwen boten spontan ihre Hilfe an. Wir dankten. Gustavchen Fanselow nahmen wir schließlich in die Leberwurst-Gruppe auf, weil er eine Quelle wußte, aus der er größere Mengen Majoran und Pfeffer zum Würzen besorgen konnte. «Beeilen wir uns lieber», riet Onkel Hubert. «Wenn in Tegel der neue Flugplatz eröffnet wird, sind die Russen wieder sauer und denken sich neue Schikanen aus. Bis dahin müssen wir die Bärme hierhaben.»

Wir schufteten. Mathilde brachte uns Amizigaretten. Onkel Hubert organisierte aus Brauereilieferungen, die nur den sowjetischen Besatzungstruppen zustanden, ein Faß Budweiser Bier, echt aus der Tschechoslowakei. Wir versteckten es nach Einbruch der Dunkelheit im Trümmerkeller und zapften es am nächsten Tag an.

Es wurde eine fröhliche Trümmer-Unternehmung. In Nullkommanichts hatten wir den Keller frei. Solange es Arbeit gab, stritten sich auch Gigi und Ingeborg nicht. Das reine Paradies. Die Mädchen und Willi Reh boten an, daß sie alleine die restlichen Steine aufschichten wollten, damit wir früh am nächsten Morgen mit dem organisierten Zonen-Lastzug Richtung Ludwigslust abdampfen konnten.

Ich zog so ziemlich alles an, was ich in der Laube finden konnte, denn es war zu befürchten, daß Siegfried und ich die Fahrt auf der offenen Plattform des LKW machen würden.

So geschah es auch. Als Siegfried und ich mit unseren Rädern mitten in der Nacht in Kleinmachnow anlangten, wo der Lastwagen uns erwartete, winkte Onkel Hubert uns auf die Ladefläche. Er selbst stieg zum Fahrer ein.

Der Lastzug zottelte los, immer auf Nebenstraßen zuerst. Eine unheimliche Fahrt durch dunkle Vororte, durch Dörfer, die verlassen schienen. Über einen Sandweg erreichten wir die Autobahn, die über Behelfsbrücken teilweise wieder benutzbar war. Auf einem ähnlichen Weg verließen wir sie wieder, als es gerade hell wurde. Wir froren. Taumelten hin und her, wenn der Lastzug durch Schlaglöcher fuhr.

Der Fahrer kannte seinen Weg. Keine Kontrolle hielt uns auf. Wir trafen fast niemanden. Schließlich bogen wir in einen Fabrikhof ein. Der Lastzug hielt vor der Rampe eines Lagerhauses aus gelben Ziegeln. Hinten stand ein weiteres Ziegelgebäude mit großen Fenstern, die zum Teil vernagelt waren. Es wurde von einem Schornstein überragt. Anscheinend eine Brauerei.

Onkel Hubert kam zu uns nach hinten. «Los, macht Dampf», sagte er. «Wir müssen uns mit dem Aufladen beeilen. Dann geht es sofort zurück.»

Ein Mann in blauer Arbeitskluft, eine speckige Militärmütze auf dem Kopf wie Schlanstedt, grüßte und schloß das Lagerhaus auf.

Der Fahrer stieg auch aus. Er und der Lagerverwalter unterhielten sich plattdeutsch.

Im Lagerraum standen Hunderte von dünnwandigen Fässern. Statt mit Faßreifen waren sie mit Weidenruten gebunden. Sicher fielen sie leicht auseinander. Wir rollten sie vorsichtig auf den Lastwagen und den Anhänger. Es war eine schwere Arbeit. «Das soll Leberwurst werden? Mir laust der Affe», sagte Siegfried.

Auch der Fahrer, der Lagerverwalter und Onkel Hubert packten mit an. Onkel Hubert schien die Schinderei nichts auszumachen. Er arbeitete endlich wieder «in seinem Fach».

Wir waren überraschend schnell fertig. Der Fahrer knallte die Klappen hoch, bedeckte die Ladung mit alten Planen. Dann gingen wir zum großen Gebäude hinüber, wo die Wohnung des Lagerverwalters und ein kleines Büro lagen. Seine Frau hatte Kaffee gekocht. Es gab sogar Pfannkuchen. Die Frau trug abgeschnittene Wollstrümpfe über die Unterarme gezogen, nur die Fingerspitzen schauten heraus. Sie sah uns mißtrauisch an und sagte kein Wort.

Onkel Hubert zog ein Bündel Geldscheine aus der Tasche.

Der Lagerverwalter zählte sie nach und schloß sie in einem schmalen, dunkelbraunen Schrank weg.

«Tempo, Tempo», drängte der Fahrer. «Beeilt euch.»

Wir tranken den Kaffee aus, schleckten uns den Zucker von den Pfannkuchen von den Fingern und stiegen wieder auf den Lastwagen.

Die Tour war so berechnet, daß wir bei Einbruch der Dunkelheit nach Berlin zurückkamen. Wahrscheinlich wußte der Lastwagenfahrer einen Geheimweg in den Westsektor, den er unkontrolliert passieren konnte.

«Schlupft unter die Plane», schärfte Onkel Hubert Siegfried und mir ein. «Was immer geschieht oder was ihr hört: Bleibt mit den Köpfen unten. Ist das klar?»

Der Lastwagen ratterte vom Brauereihof. Bevor wir untertauchten, sahen wir noch den Verwalter und seine Frau in der Tür des Büros stehen, klein, unbeweglich, mit wachen Augen, die Hände vor den Bäuchen verschränkt. Es roch scharf nach Teer, der Lastwagen fuhr mit Holzgas. Wieder wurden wir durchgerüttelt. Auch unter der Plane war es nicht warm. Eiskalter Wind zog durch alle Ritzen. Wir konnten nicht einmal rauchen. Siegfried und ich rückten nahe aneinander. Auch das half nicht viel. Wir dösten vor uns hin. Schliefen ein bißchen.

Manchmal, wenn der Lastzug abbog, fuhr er langsam. Dann merkten wir, daß wir wieder auf der Autobahn rollten.

Wir schliefen wieder ein. Wachten auf, weil der Lastzug anhielt. Der Holzgaser tuckerte. Russische Stimmen: «*Pascholl. Propusk.*»

«Scheiße», murmelte Siegfried. Ich legte ihm die Hand auf den Mund. Dann klappte eine Tür, der Lastzug fuhr weiter. Es war gutgegangen. Die Papiere, die Onkel Hubert besorgt hatte, schienen wirklich erstklassig zu sein.

Wieder verließen wir die Autobahn. Wir spähten vorsichtig unter der Plane hervor. Bald mußten wir in Berlin sein. Draußen war es schon dunkel. Der Fahrer schien in immer kleinere, immer schlechtere Straßen einzubiegen.

Als wir den nächsten Blick riskierten, sahen wir, daß wir schon durch Westberlin fuhren. Aber der Fahrer hielt immer noch nicht.

Endlich ein Ruck, der Wagen stand.

«Kommt raus», rief Onkel Hubert. «Wir sind da!»

Wir bogen unsere Knochen gerade und sprangen vom Lastzug. Lachten uns an. «Gelungen», sagte Siegfried. Onkel Hubert haute uns auf die Schulter. «Düwel nich ees, ook», sagte der Fahrer.

Wir gingen in den Keller, wo Onkel Hubert uns ein Budweiser zapfte. Dann luden wir die Fässer ab. Als wir fertig waren und die Bärme in der neuen Leberwurstfabrik verstaut hatten, wurde es schon wieder hell.

Auch der Lastwagenfahrer nahm ein Bündel Scheine entgegen, quittierte, indem er zwei Finger an den Mützenschirm legte. Der Lastzug verschwand. Wir gingen in Richtung Kolonie. Onkel Hubert bog rechts ab, über die Bahngeleise. «Die Fahrräder müssen wir morgen holen», sagte er.

Ingeborg hatte sich auf der Chaiselongue breit gemacht. Ich legte mich neben sie und schob sie sanft zur Seite. «Pfui, bist du kalt», murmelte sie im Schlaf.

Vom ersten Tag an wurde unsere künstliche Leberwurst ein Riesenerfolg. Heringsbändiger schaltete sich in den Vertrieb ein. Wir verkauften achthundert Portionen täglich. Die Wurst war sehr streichfähig. Sie bestand aus einer dunkelgrauen Schmiere, die stark nach Majoran roch und schmeckte. Unsere Abnehmer mußten über gewaltige Illusionskraft verfügen, um eine Verwandtschaft mit Leberwurst zu entdecken.

Friedrich malte ein Schild: *Huberts Leberwurst-Ersatz ist der beste.* Wir befestigten es außen am Trümmerkeller.

Onkel Hubert hatte recht behalten:

Mit Ansprachen, Lobeshymnen und Reden der Stadtkommandanten und der Bürgermeister wurde der Flughafen Tegel eröffnet. Der erste Rosinenbomber schwebte am 29. Oktober 1948 ein. Einen Tag später verschärften Russen, Volkspolizei und die Ostberliner Markgraf-Polizei (nach dem Polizeipräsidenten drüben genannt) ihre Kontrollen. Wir wären mit unserer Bärmefuhre nicht mehr durchgekommen.

Gigi, Ingeborg, Willi Reh, Buseberg, Onkel Hubert und ich arbeiteten jetzt in der Wurstfabrik. Wir rührten wieder einmal in Pampe. Streckten, veredelten, salzten, würzten die Hefe mit Majoran. Gustavchen lieferte pünktlich.

Dreimal am Tag fuhr Heringsbändiger mit seinem Fuhrwerk vor. Er hatte jetzt einen ziemlich müden Gaul, seit Sternchen Siegel ihm den Traber ausgespannt hatte. Wir beluden sein Gefährt mit der portionsweise abgepackten Kunstleberwurst.

Abends rechnete Heringsbändiger ab. Das Geschäft florierte.

Onkel Hubert ertappten wir manchmal, wie sein Blick über die Fässer streifte.

«Was sinnierst du?» fragte ich.

«No, ich bin beim Überschlagen. Ist ja schön, daß unser Geschäft so gut läuft. Aber wenn es so weitergeht, ist die Bärme im Februar alle. Neue bekommen wir nicht. Dann müssen wir schließen.»

«Es ist auch die Frage, wie wir das hier durchhalten, wenn es noch kälter wird.»

Damit die Hefe nicht aufging, durften wir nicht heizen. Im Keller war es eiskalt.

Ich riet den Mädchen, sich abgeschnittene Strümpfe über die Arme zu ziehen, wie ich es bei der Frau vom Lagerverwalter gesehen hatte. Sie befolgten meinen Rat. Von Tag zu Tag wurden sie pummeliger, weil sie immer mehr Kleidungsstücke unter die schwarzen Arbeitskittel zogen, die Onkel Hubert besorgt hatte. Um die Köpfe trugen sie Schals gewickelt, ihre Füße steckten in klobigen Holzschuhen.

Weil wir wenig zu heizen hatten, wurde es auch in den Lauben nicht mehr warm. Manchmal gingen wir zu Busebergs, uns aufwärmen. Der Kohlengrus, den Frau Buseberg von Hedwigshütte herbeischleppte, half ihnen weiter. Und die Koksstücke, die Harald Buseberg bei den Amis organisierte.

Zu essen gab es immer weniger. Die SPD-Zeitung *Telegraf* veröffentlichte eine Liste, aus der hervorging, was die Alliierten monatlich einfliegen mußten, um die zwei Millionen Westberliner zu ernähren:

19000 Tonnen Mehl
3400 Tonnen Fleisch/Fisch
1800 Tonnen Fett
2500 Tonnen Zucker
3600 Tonnen Nährmittel
300 Tonnen Käse
27000 Tonnen Kartoffeln
330 Tonnen Kaffee-Ersatz
43000 Tonnen Gemüse

Puvogel stellte Schiefertafeln vor seiner Baracke auf. Wanda beschriftete sie, den Zuteilungen entsprechend, wenn neue Zuteilungen eintrafen. Wir lasen in ihrer runden Schrift:

Trockengemüse, Abschnitt P 1 + 2 + 3 + 4 + 5

1 Kuchenbrot 475 g auf 500 g W = Abschnitt der Brotkarte in Verbindung mit Sonderabschnitt B der Fleischkarte

1 kg Essiggemüse und 62,5 g Trockengemüse auf Abschnitt K 2 und K 6 der Kartoffelkarte

Wanda schrieb auch auf die Tafeln, wann es Strom gab:

Plangruppen A, E, N 9–11 und 20–22 Uhr.

Wir bestürmten Puvogel, doch mehr Lebensmittel zu organisieren. Puvogel sagte: «Das einzige, was ich ohne Marken abgeben kann, ist dies hier. Schaut.»

Er wickelte etwas wenig appetitlich Aussehendes aus einem Papier. Es war unsere eigene Ersatz-Leberwurst!

«Vielleicht sollten wir mit Westmark heizen», sagte Ingeborg. «Davon haben wir genügend.»

Ich hatte Lust, ihr über den Mund zu fahren, sie lebte unangemeldet bei uns, ohne Lebensmittelkarten. Aber hatte es Sinn? Ich schwieg.

Frau Buseberg schlug vor, sie wolle unsere Kohlenkarten mitnehmen. Pro Kopf gebe es insgesamt 12,5 Kilo Kohlen und zwei Kasten Holz. Vielleicht könne sie ein bißchen was drehen.

Das war auch nötig, denn Ingeborg bekam ja auch keine Kohlenkarte und keinen Brennholzbezugsausweis.

Wir schauten uns wieder den Kirschbaum im Garten an, entschlossen uns aber, ihn als eiserne Reserve stehenzulassen. Ein bißchen Holz hatten wir noch beim Enttrümmern gefunden. Es reichte, um auf dem Sparofen Kaffee zu kochen.

Wer ans Stadtgas angeschlossen war, hatte eine zusätzliche Heizquelle. Optimistisch hatte die *GASAG* im ersten Kriegsjahr einen Strang zur Kolonie gezogen. Aber die Abzweigungen wurden nicht mehr gebaut, und so waren nur wenige Lauben an das Netz angeschlossen. Auch Gas gab es nur stundenweise, und der Verbrauch war stark eingeschränkt. Man mußte aufpassen, daß es nicht abgedreht wurde, während man kochte, und die Hähne blieben dann auf. Es gab in den Siedlungshäusern einige Unfälle deswegen während des Winters.

«Vielleicht wird es bald besser», sagte Friedrich. «Ich habe im RIAS gehört, daß sie in Tegel das neue GCA-Schlechtwetter-Landesystem installiert haben. Sie können bei jedem Wetter landen. Auch bei Nebel.»

«Das freut mir aber», sagte Siegfried. «Ich hingegen überlege, ob wir nicht einen Baum klauen sollen.»

«Ist das dein Ernst? Die Polente ist scharf auf Baumdiebe. Sie verhängen hohe Geldstrafen.»

Siegfried lachte: «Geld haben wir ja!»

«Denkst du, die lassen dich dann mit dem Baum abzischen?» fragte Gigi. «Den bist du auch los. Übrigens geht das Gerücht, die Forstverwaltung verkauft vielleicht Bäume. Im Grunewald. Man muß sie selbst fällen, zersägen und abtransportieren.»

«Wenn wir darauf warten, erfrieren wir inzwischen», sagte Siegfried. «Und dann müssen wir uns erst einen Handwagen borgen, und dann fällt der auseinander, und unserer ist es nicht. Den Ärger sehe ich doch allen kommen. Nee, ich glaube, wir klauen einen Baum aus dem Fenn. In der Nacht. Da kommt keiner hin, und wir können das Holz unterm Bahndamm durch abschleppen.»

Buseberg meinte: «Die Streifen gehen drüben am Waldrand. Sie hören euch sägen, und schon haben sie euch beim Schlafittchen.»

«Auch da weiß ich was», sagte Siegfried. «Wir sägen nur, wenn ein Rosinenbomber über uns wegdröhnt. Das ist in der Tempelhof-Anflugschneise alle drei Minuten. Es dauert ein bißchen länger, bis wir den Baum kleinhaben, aber es ist sicher. Also, ich verflüme mir. Zu Wanda. Ihr könnt euch ja det überlegen.»

«Paule», sagte Gigi, «Paule hätt's gemacht.»

Die Folge dieser Bemerkung war, daß wir uns wieder eine Nacht um die Ohren schlugen. Siegfried, die Mädchen und ich schlichen zum Fenn. Wir suchten uns eine Kiefer aus, gerade groß genug, daß wir sie in einer Nacht abtransportieren konnten. Siegfried hatte die Säge geschärft. Wir wechselten uns ab. Wenn ein Flugzeug anflog, fingen wir rasend schnell zu sägen an, hörten sofort auf, wenn das Geräusch verebbte. Wer nicht sägte, stand Schmiere. «Sollen wir den ganzen Baum zerkleinern und dann abtransportieren?» fragte Gigi. Siegfried war dafür. Ich gab zu bedenken, daß wir dann leichter erwischt werden könnten. Wir sollten jeweils vier handliche Rollen absäbeln, die Säge verstecken und mit dem Holz abhauen. Was wir hatten, hatten wir. Ingeborg war auch dafür. «Aber schmeißt den Baum erst mal um», sagte sie, praktisch, wie sie als Landkind nun einmal war.

Es gab einen gewaltigen Krach, als der Baum fiel. Obwohl gerade eine DC 4 über unsere Köpfe orgelte, schien es uns, als müßte man es bis Schlachtensee gehört haben. Wir nahmen die Säge und liefen zurück bis zum Bahndamm. Aber alles blieb ruhig. Wir wagten uns wieder ins Fenn. Der Baum sah riesig aus. «Damit werden wir heute nacht nicht fertig», sagte ich.

Siegfried beruhigte uns:

«Ihr werdet sehen, in drei oder vier Stunden haben wir ihm weg.»

Wir warteten aufs nächste Flugzeug und sägten weiter. Zwei kürzere Rollen für die Mädchen, zwei längere für uns.

«Weißt du noch, wo der Fuchsbau war?» fragte Siegfried.

«Ja.»

«Versteck die Säge da.»

Die Fuchslöcher waren in der Nähe. Ich ließ die Säge verschwinden. Dann hoben wir uns die Holzrollen auf die Schultern und trotteten zurück zur Kolonie.

Viermal mußten wir gehen. Wir gerieten in Schweiß. Jedesmal ließen wir einen Schal, einen Pullover in der Laube. Beim vierten Mal waren Siegfried und ich im offenen Hemd unterwegs. Wir schafften es. Die schöne Krone mit ihren armdicken Ästen mußten wir jedoch liegenlassen.

Das Holz stapelten wir in unserer Veranda. «Ihr müßt es hier drin zersägen und kleinhacken», sagte Ingeborg. «Es ist nicht gut, wenn zu viele Leute davon wissen.»

«Warum habt ihr denn bei Busebergs davon gequatscht?»

«Busebergs sind zuverlässig. Die sagen nichts.»

«Außerdem wissen sie ja gar nicht, ob wir es wirklich gemacht haben.»

«Das kriegen sie schon raus. Wenn Buseberg euch morgen so verquiemt in der Leberwurstfabrik sieht, denkt er sich seinen Teil.»

«Was heißt verquiemt?» sagte Siegfried. «Verquiemt sind wir überhaupt nie!» Die Mädchen lachten.

Wir besprachen, daß Siegfried das Holz mit uns kleinmachen und seinen Anteil nach und nach unauffällig in seine Laube tragen würde.

«Du solltest auch Wanda nichts davon erzählen», sagte ich.

«Ist schon gut», meinte Siegfried. «Aber genaugenommen kann uns jetzt niemand mehr was beweisen. Es wird ja nicht die Polente das Holz zum Fenn zurücktragen und am Stumpf probieren, ob es der Baum ist.»

«Jemand kann uns gesehen haben.»

«Glaube kaum. Seid man friedlich. Geht ins Bett. Gute Nacht.»

Am nächsten Tag schlichen Gigi und ich wieder zum Fenn. Wir hatten eine kleine Säge mit und einen Sack und wollten noch ein paar Äste von der Krone holen. Aber die Krone war verschwunden!

«Wie kann sie einfach weg sein? Niemand hat uns gesehen. Hier zum Fenn kommt auch niemand.»

«Denkst du», sagte Gigi. «Das trockene Holz, das früher hier lag, ist ja auch verschwunden. Also hat es jemand geholt. Und du wirst sehen, wir werden nicht die einzigen bleiben, die Brennholz organisieren. Armer Baum. Armes Fenn.»

Ich wickelte die Säge in den Sack. «Hauptsache, wir überstehen das irgendwie.»

Gigi machte sich los. «Ich weiß es nicht», sagte sie. «Manchmal ist es ziemlich schwierig. Meinst du nicht?»

Wir stolperten über den dunklen Weg, schlüpften unter dem Bahndamm durch. Dann ließen wir uns Zeit. Schlenderten über das Feld, wie wir es lange nicht getan hatten. Die Kolonie Tausendschön lag im Dunkeln. Kein Licht war zu sehen. Nur die Landescheinwerfer der Flugzeuge blinkten alle drei Minuten am Himmel.

Die Leberwurstfabrik nahm uns voll in Anspruch. Onkel Hubert hatte neues Einwickelpapier organisiert. Es war mit Tannenzweigen und Lichtern bedruckt. «Mönsch», sagte Siegfried, «bald ist ja Weihnachten!»

Ingeborg sagte: «Ich wollte doch noch, daß wir Kartoffelfeuer machen!»

«Dazu ist es zu spät.»

«Vielleicht nicht. Das Kraut liegt überall in den Gärten. Und geregnet hat es nicht. Ich frage alle.»

«Die kriegst du nicht in Gang.»

«Wieso nicht? Jeder bringt ein bißchen was zu trinken mit. Wir rösten Kartoffeln im Feuer.»

«Quackes», sagte Siegfried. «Wer will denn das?»

Ingeborg ließ sich nicht beirren. «Es ist doch ein Fest!»

«Finde ich auch», meinte Gigi unerwartet. «Ich gehe mit dir in die Lauben, alle einladen. Wir machen es Sonntag. Wenn es schön bleibt.»

«Nun geht man wieder an die Wurst», sagte Onkel Hubert.

Wir wickelten Portionen in Weihnachtspapier. Bald kam Heringsbändiger mit dem Pferdewagen, die Ware abholen.

Die Mädchen redeten so überzeugend mit den anderen Tausendschönchen, daß alle versprachen, am Sonntag zu kommen. Vorher wollten sie schon das Kartoffelkraut aus ihren Gärten auf den Platz vor Puvogels Baracke karren. Auch früher hatten da die Laubenfeste stattgefunden, mit italienischen Eisverkäufern und Würsten, die hoch oben an einer mit Schmierseife eingeriebenen Stange hingen. Die Jungs mußten raufklettern, um eine Wurst zu erwischen. «Und denn Onkel Pelle, weißte noch?» erinnerte sich Siegfried. «Onkel Pellte hatte so'n Hut auf, 'ne Melone. Und machte Späße, wa? Weißte noch Onkel-Pelle-Witze?»

«Einer fällt mir ein. Warum essen die Märker keine sauren Gurken?»

«Weiß nich. Warum?»

«Weil sie dann den Kopf nicht mehr aus dem Glas kriegen.»

«Haa-ha! Das soll'n Onkel-Pelle-Witz sein? Biste sicher?»

«Ganz sicher.»

«Und da ham wer drüber jelacht? Müssen ja goldene Zeiten gewesen sein!» Siegfried wackelte mit den Ohren.

Gigi lud auch Agathe Fanselow und Gustavchen ein, und die erzählten den Ami-Mädchen, daß ein Fest geplant war. Heringsbändiger versprach, mit Sternchen Siegel zu kommen. Onkel Hubert meldete, auch Mathilde würde teilnehmen. Alle wollten zum Fest beisteuern.

Es blieb schön.

Sonntag früh ging ich zu Puvogel. Vor dem Laden türmten sich die Kartoffelkrauthaufen. Buseborg bog mit seiner Karre um die Ecke und brachte mehr.

«Ist es trocken?»

«Es geht. Brennen wird es. Ich glaube auch, heute wird es warm. Wenn die Mittagssonne noch draufknallt, haut es hin.»

Wir halfen Puvogel, alles vorzubereiten. Zwei Tische wurden als Bar aufgestellt. Wanda schleppte Gläser herbei. Wo sie die auftrieb? Wir stellten einen Waschbottich auf zwei Brauereistühle und füllten ihn mit Wasser, zum Gläserspülen. «Buseberg, vergiß nicht deine Ziehharmonika», sagte Puvogel. «Übrigens, wißt ihr, wen ich noch eingeladen habe? Meinen Bruder Xy ... dingsbums.»

«Mit Jungfrau?»

Puvogel lächelte. «Klar wie Kloßbrühe!»

Wanda, in einem Anfall von Fraulichkeit, die niemand bei ihr vermutet hätte, schlug vor, die Girlande aus dem Laden über die *Bar* zu drapieren. «Ausgezeichnet», schwärmte Buseberg. «Ich hole zwei Bohnenstangen, die rammen wir links und rechts in die Erde. An denen hängen wir die Girlande auf.»

So wurde es gemacht, die Girlande flatterte in der Brise, die von Osten wehte, und es sah direkt schön aus. Ingeborg brachte ihr Trichtergrammophon und ihre Schellackplatten mit *Shoeshine Boy* und *Mamatschi*. «Für größeres Publikum geeignet», sagte sie, als sie meinen skeptischen Blick sah. Siegfried brachte einen Beutel Kartoffeln. «Hol mal 'ne Schüssel», sagte er zu Wanda. «Da können alle ihre Kartoffeln reinschütten, und die rösten wir dann in der Asche.»

Ingeborg brachte ein paar Pfund Sieglinde. Auch Gigi und Friedrich kamen mit Kartoffeln. Puvogel stellte ein großes Glas saure Gurken auf den Tisch, aus Heringsbändigers neuer Lieferung. Es sah üppig aus.

«Was ist denn mit Leberwurst?» fragte Siegfried. Ich hob abwehrend die Hände. «Bloß nicht!»

Puvogel grinste. «Ich verstehe dich gar nicht», sagte er. «Die kannste wohl nicht mehr sehen?»

Da hatte er allerdings recht.

Am Nachmittag, gegen vier, kamen die ersten Gäste. Buseberg empfing sie mit Ziehharmonikamusik. *Berliner Jungen, die sind richtig,* spielte er, und *Durch Berlin fließt immer noch die Spree.*

Niemand ließ sich lumpen. Die Mädchen aus der Siedlung brachten ihre Amis mit, sie stifteten großzügig Whisky, Kaugummi und Zigaretten. Die Bräute hatten sich in Schale geworfen, unter ihren Kaninchenmänteln trugen sie seidene Kleider, schicke Blusen. Heringsbändiger stiftete eine große Schüssel Kartoffelsalat. «Mit echter Ersatz-Majonnäse», sagte er. Die Laubenpieper brachten Kartoffelschnaps und bisher sorgfältig gehütete Weinflaschen. Als der Zauberer eintraf und fünf Flaschen Magier-Sekt ablieferte, rief Puvogel: «Helft mir mal. Das gibt 'ne Kalte Ente!»

«Augenblick», rief Frau Buseberg. «Wir haben ja ein Bowlengefäß. Harald, hol doch mal das Ding von Oma. Weißt doch, das wir zur Hochzeit gekriegt haben.»

«War ich doch nicht dabei», muffelte Harald.

«Wahrscheinlich nicht», meinte Buseberg. «Hau schon ab!»

Harald trollte sich und holte das Bowlen-Gefäß, Kristall, geschliffen, mit passenden Henkelgläsern. Amaryllis, in einem zweireihigen blauen Mantel mit blanken Knöpfen, unter dem ein Schottenrock hervorsah, küßte Puvogel. «Wie schön», sagte sie mit feuchten Augen. «Diese Girlande!»

«Nicht wahr», sagte Puvogel stolz und rieb sich den Mund, «noch aus Friedenszeiten.»

Onkel Hubert und Mathilde kamen auf Rädern. Mathilde rutschte der Rock beim Absteigen hoch. Weil sie dazu eine Bluse mit gewagtem Ausschnitt trug, war sie einen Augenblick lang nur in der Körpermitte von Stoff umgeben. «Wie 'ne Zigarre mit Bauchbinde», sagte Friedrich. Agathe Fanselow und Ingeborg trugen ihre roten Samtkleider. Gigi steckte in einem engen Schlauch aus grüner Häkelwolle und hatte ihre roten Haare zu einem schicken Bubikopf gestutzt. Sie küßte mich. Ich liebte sie mehr denn je und hielt sie ein paar Sekunden lang fest. Sie ließ es sich gefallen. «Oller Döskopp», flüsterte sie.

Zum Schluß kam Gustavchen mit Sternchen Siegel. Sie schleppten ein großes Paket.

«Wird sein a gute Gelegenheit», sagte Sternchen Siegel, «aufzubrauchen e bißchen Ware von de Friedenszeit. Hat er nich jescheut Mühe und Arbeit, euer Mäzen. Bitte zu öffnen de Verpackung.»

Alle drängten sich um den Tisch, als Wanda und Agathe die Strippen lösten. Zum Vorschein kam ein Karton mit der Aufschrift *Nicht stürzen.* Als Agathe den Deckel hob, riefen alle «*aah!*» Im Karton befanden sich fünf Flaschen echter Cognac, eine Salami, ein ganzer Katenschinken, ein großes Stück Emmentaler, zwei Königskuchen in

Zellophan und eine große Dose Nescafé. Der deutsche Teil der Zuschauer war erschüttert. Die Amis standen verlegen grinsend in der zweiten Reihe. «Ein Hoch Sternchen Siegel», rief Friedrich. «Buseberg, Tusch!»

Buseberg nahm die Quetsche und spielte wieder den Anfang vom Sanitätsgefreiten Neumann. Alle klatschten. Als Ruhe eintrat, fragte Sternchen Siegel bescheiden: «Hab ich was gehört, entzünden wir Feuer?»

Buseberg intonierte *Das ist die Berliner Luft, Luft, Luft.* Puvogel zündete den ersten Kartoffelkraut-Meiler an. Er hatte Petroleum darübergegossen. Im Nu stand der Haufen in hellen Flammen. Sternchen Siegel schnappte sich Agathe und tanzte zu Busebergs Ziehharmonikaspiel. Fast alle tanzten. Hinter der improvisierten Bar standen Puvogel und Gustavchen. Siegfried und Wande sah ich eng umschlungen am Rand des Platzes Verrenkungen üben. Ingeborg und Heringsbändiger legten eine flotte Sohle aufs Parkett, das aus märkischem Sand bestand. Ich tanzte mit Gigi, spürte ihre kleinen Brüste und war glücklich.

Gustav und Puvogel öffneten Flaschen, brauten die Kalte Ente, schenkten ein. Cognac, Whisky, Kartoffelschnaps, Korn. Was jeder haben wollte. Bald flammte der zweite Haufen Kartoffelkraut auf, dann der dritte. Wenn Buseberg eine Pause machte, kurbelte Ingeborg das Grammophon an. So wurde das Musikprogramm ziemlich gemischt. Ein Ami, der Radio in seinem Chevi hatte, fuhr den Schlitten an den Rand des Festplatzes. Er ließ die Tür auf und stellte laut AFN ein.

Wir tanzten und tranken. Sternchen Siegel schwang unermüdlich das Tanzbein, eine Hand fest auf Agathes Hintern gepreßt. Sie überragte ihn um Haupteslänge, und die Federboa, die sie um den Hals geschlungen trug, kitzelte ihm in der Nase. Gustavchen sah manchmal zu den beiden rüber und rieb sich die Hände. «Ein schönes Paar», flüsterte er mir zu. «Siehst du das? Agathe hat ihn an der Angel!»

Agathe und Sternchen Siegel? Was Gustav sich ausdachte! Ich brachte Gigi, die mit Wanda Kartoffeln in die Asche legte, ein Glas Whisky. Gigi nahm einen großen Schluck, reichte Wanda das Glas. Wir ließen es kreisen zwischen uns dreien. Es dauerte nicht lange, und ich mußte Gustavchen bitten, es wieder zu füllen.

Es wurde dunkel. Die Kartoffelfeuer lohten zum Himmel. Ab und zu pellte sich jemand eine heiße Kartoffel. Besonders die Amis waren scharf drauf. Sie tanzten jetzt mit ihren Mädchen Boogie-Woogie nach AFN-Musik, die immer wieder im Motorenlärm anfliegender Maschinen unterging. Zeitweise war nur das Brummeln der Flugzeuge zu hören, aber alle tanzten weiter. Es sah grotesk aus. Über den Feuern standen Rauchwolken, die kerzengerade nach oben stiegen, in den nächtlichen Himmel.

Ingeborg hatte recht gehabt: Mit den Tausendschönchen konnte man Feste feiern.

Mathilde entwand sich den Armen eines baumlangen Amis. Sie war erhitzt. Kam an die Bar: «Gebt mir mal 'nen Schluck Kalte Ente», sagte sie. «Mann, der Knilch will mir dauernd an die Möpse.»

«Wohin soll er sonst bei dir?» fragte ich.

«Dir knall ich gleich eine», sagte Mathilde. Aber sie mußte lachen. Gleich darauf hing sie wieder dem Riesen am Hals. Ich sah, wie er ihr mit einer Hand in den Ausschnitt grapschte. Er grinste zu mir herüber. Mathilde sah schmachtend zu ihm auf.

An einem Feuer standen Onkel Hubert, der auch heute seine blaue Mütze trug, Friedrich und Willi Reh. Alle drei waren schon ziemlich betrunken. Gegen die Musik aus dem Autoradio sangen sie laut nach der Melodie von *Küß mich noch mal* ihren eigenen Text: «Leck mich am Arsch ... so wie beim ersten Mal ...» Sie lachten und fanden sich einmalig. Ihr Lied hatte viele Strophen. Jede Strophe hatte denselben Text.

Ingeborgs Samtkleid besaß vorne viele Knöpfe. Wenn mich nicht alles täuschte, war Heringsbändiger gerade tätig, ihr während des Tanzens die mittlere Region unauffällig aufzuknöpfen. Viel mehr nahm ich nicht wahr. Gigi hing an mir wie eine Klette. Wir tranken Whisky aus demselben Glas, wenn wir an den Tischen vorbeitanzten. Sie gab mir Zungenküsse, ich sah ihre beiden grünen Augen nur noch als ein einziges Riesenauge. Um mich herum verschwamm alles. Manchmal sahen wir im Dunkeln, außerhalb des Lichtscheins, den die Kartoffelfeuer warfen, Pärchen, die knutschten. Buseberg hatte wieder zur Quetschkommode gegriffen und spielte *Leb wohl, du kleiner Gardeoffizier*. Die Amis fanden das *great*. Sie kamen mit ihren Mädchen aus den dunklen Ecken und tanzten Schieber zu Busebergs Spiel. Puvogel schob Frau Buseberg vor sich her, als sei er ein Arbeitselefant. Der Zauberer und Amaryllis wiegten sich mit knappen Schritten. Amaryllis behielt auch während des Tanzens ihre Zigarette im Mundwinkel. Sie hatte Schuhe und Strümpfe ausgezogen und tanzte barfuß. Auch ihren Mantel hatte sie abgelegt. Manchmal machte sie sich vom Zauberer los, raffte die Röcke und tanzte alleine vor dem einen Feuer. Alle anderen hörten dann zu tanzen auf, scharten sich um sie und klatschten den Takt. Sternchen Siegel sah zu Agathe auf, und sie feuerte ihre berühmten Blicke zu ihm hinunter.

Amaryllis tanzte wie eine Elfe. Bald gaben alle anderen das Tanzen auf und sahen nur noch ihr zu. Immer schneller spielte Buseberg, höher raffte Amaryllis die Röcke, zeigte Bein. Von den Amis ging schon einer in die Hocke. Da riß Amaryllis mit einem Ruck ihren Rock herunter, es war ein Wickelrock, blitzschnell ging das, sie schleuderte ihn zum Zauberer. Der fing ihn auf, war einen Augenblick verdutzt. «Amaryllis», rief er, ließ den Rock in den Sand fallen. Wollte auf Amaryllis zugehen, sie von der Tanzfläche ziehen. Aber Mathildes baumlanger Ami, der neben ihm stand, hielt ihn zurück. «No», sagte er. *«Definitely no.»* Xylander Puvogel zuckte mit den Schultern. Entfernte sich. Amaryllis tanzte, tanzte ... Die Glut von unserem letzten Feuer strahlte sie an. Ich drehte mich um und sah, daß Xylander sich ein Wasserglas mit Cognac vollgoß.

Plötzlich schrumpfte das Feuer zu einem winzigen Haufen Glut. Buseberg hörte auf. Amaryllis sank zusammen, wo sie getanzt hatte. Die Menschen wendeten sich ab. Der Zauberer kam, half Amaryllis auf. Sie zog ihren Rock an, verlangte Strümpfe und Schuhe. Die Gäste standen noch eine Weile herum, tranken einen letzten Schluck. Es war sehr dunkel. Puvogel hatte Windlichter angezündet und auf die Tische gestellt.

Einer nach dem anderen ging. Mathilde sah ich schemenhaft am Rand des Festplatzes hocken. Sie kehrte uns ihren Hintern zu und pullerte in den Sand. Der baumlange Ami, der mit uns am Tisch stand, grinste. Er ging zu Mathilde hinüber, die gerade aufstand und sich den Rock herunterzog. Dann verschwanden beide in der Dunkelheit.

Ingeborg flüsterte mir zu: «Ich gehe mit zu Heringsbändiger.» Heringsbändiger schüttelte mir die Hand.

Am Ende war, wie immer, der harte Kern übrig: Puvogel, Siegfried, Wanda, Willi Reh. «Haut ab», sagte Puvogel, «aufräumen können wir morgen.»

Gigi und ich hielten uns umklammert. Wir kamen nur langsam voran. Gigi strebte zu ihrer Laube. Ich lenkte sie zu mir hinüber. «Was tust du», murmelte Gigi, «ich wüll zu leiner Maube.» Am Gartentor blieb sie stehen. «Ich wüll ins Bett», sagte sie und begann, sich das Strickkleid hochzukrempeln. Ich hielt ihr die Arme fest. Führte sie ein paar Schritte weiter. «Ich wüll jetzt Hümbeerpulling.»

Dann streifte sie beide Schuhe ab und ging schnurgerade, als habe sie nichts getrunken, auf die Laube zu. Ich ging hinterher. Gigis Schuhe blieben auf dem Gartenweg stehen.

In der dunklen Laube stießen wir überall an. Schließlich saßen wir auf der Chaiselongue. «Du büst ein Schlein», sagte Gigi. «Ich wüll dich nicht lieben ... dann komme ich nicht los von dir. Du büst ein Schlein. Hilf mir mal ...», die weiteren Worte waren unverständlich, weil ihr Knopf im Strickkleid verwickelt war. Sie hatte keinen Büstenhalter an. Für was auch, hätte Schnüffelpaule gesagt. Ich küßte ihre Brüste, während ihre Arme und der Kopf immer noch in dem Kleid steckten. Endlich befreite sie sich. Das Kleid flog auf den Boden. Ich versuchte, ihr das Höschen herunterzukrempeln, aber sie wehrte sich. «Nücht sad Höschen», sagte sie. «Wer sad Höschen stiehlt, ist ein Schlein.» Sie sah mich von ganz nahe an, so daß ihre Augen wieder zu einem einzigen verschwammen. «Ein Schwein, meine ich», sagte sie deutlich. Dann fiel sie hintenüber. Vorsichtig zog ich sie ganz aus.

Ingeborg kam am nächsten Vormittag um zehn. Gigi schlief noch. Ich hatte im Sparofen ein für unsere Verhältnisse wildes Feuer entfacht. Ingeborg hockte sich vor den Ofen. «Mann, das war aber ein Fest», sagte sie.

«Wo ist Heringsbändiger?»

«Der pennt noch. War der duhn! Stell dir vor, er hat die weißen Mäuse rausgelassen von seiner kleinen Schwester. Alle Mäuse! Die sind jetzt überall in der Wohnung. Ich bin heimlich abgehauen. Die Kleine war bei ihrer Oma. Wenn die wiederkommt ... das soll er man alleine ausbaden.»

Wir kochten Kaffee und weckten Gigi. Ob Onkel Hubert schon in der Leberwurstfabrik war? Heute behandelten wir unsere Kunden schlecht. Gigi setzte sich aufrecht hin. Ihre Haut war schneeweiß. Auch die Brustwarzen waren blaß. Sie plierte uns an. «Seid ihr sicher, daß ich hier richtig bin?» fragte sie. Wir lachten. «Ganz sicher», sagte Ingeborg.

Gigi drehte ihren Kopf hin und her. Langsam. «Wieso hast du nicht hier geschlafen?» fragte sie Ingeborg.

«Ich war beim Heringsbändiger.»

«Du? Warum?»

«Es hat sich so ergeben nach dem Fest!»

«Nach welchem Fest?»

Ingeborg setzte sich neben sie, reichte ihr eine Tasse Kaffee. «Gestern», sagte sie. «Nach dem Fest.»

Gigi fuhr sich durchs Strubbelhaar. «Ach, du liebe Güte», sagte sie. «Das ist ja eine schöne Schweinelei.»

Wir marachten in der Leberwurstfabrik weiter. Gigi und Ingeborg waren jetzt dick befreundet. Beim Wurstabpacken schwatzten sie miteinander, daß Onkel Hubert manchmal sagte: «Nu is aber to veel, Mächens. Denkt an die Wurst!»

Buseberg brachte stets die neuesten Nachrichten. Er erzählte, daß Bürgermeister Friedensburg angeordnet hatte, in Westberlin nach Braunkohle zu schürfen.

«Das ist doch 'ne Ente», sagte Siegfried. «In Berlin Braunkohle?»

«Sie sind auf drei Flöze gestoßen. Und er sagt auch, sie wollen an ihren Bohrturm eine Leuchtschrift machen, *Grube Götz von Berlichingen*. Damit die im Osten es lesen können.»

«So'n Quatsch», sagte Gigi.

«Möglich ist es schon», sinnierte Onkel Hubert. «Im *Telegraf* stand, sie wollen Torf stechen. In Spandau.»

«Wie soll der denn so schnell trocknen? Gleich ist Winter.»

«Das weiß ich auch nicht. Vielleicht lassen sie es.»

«Haltet euch man an die Tatsachen», schlug Ingeborg vor. «Der Magistrat hat Holz freigegeben für die Bevölkerung. Jemand muß aufs Bezirksamt gehen, Anrechtscheine holen.»

Am nächsten Morgen stand uns eine Überraschung bevor. Als wir zur Leberwurstfabrik kamen, wartete Onkel Hubert vor der Tür. «Es ist eingebrochen worden», sagte er. «Das Schloß ist geknackt.»

«Ist was weg?»

«Nein. Was sollen sie hier klauen? Die Bärme? Kommt rein. Schaut euch die Bescherung an.»

Wir stolperten hinter ihm in den Keller. Es gab gerade Strom. Beim Schein der Birne, die von der Decke hing, sahen wir, daß einige Fässer umgestürzt waren. Die Hefe lag im Dreck. Das Budweiser-Faß war zertrümmert, in all dem Schmutz lagen Bogen von Einwickelpapier verstreut. «Und hier», sagte Onkel Hubert, «die größte Sauerei.»

Er leuchtete mit der Taschenlampe in ein halbvolles Faß.

Jemand hatte hineingeschissen.

«Pfui Deibel», sagte Gigi. Sie hielt sich die Nase zu. «Wer war denn das?»

Onkel Hubert zuckte mit den Schultern. «Ich weiß es nicht.»
Siegfried fragte: «Was machen wir?»
«Aufräumen», sagte Onkel Hubert. «Was sonst? Wir müssen weitermachen.»
Zusammen mit Siegfried rollte er das verunreinigte Faß nach draußen. Sie schleppten es hinten an den Zaun in die Brennesseln. «Da waren bestimmt noch zweihundert Portionen drin», sagte Ingeborg. «So eine elende Schweinerei.»
Wir machten die Fabrik sauber. Mittendrin ging das Licht aus. Stromsperre. Buseberg setzte unsere Petromaxlampen in Betrieb, bei deren Schein wir weiterarbeiteten.

Mittags kam Heringsbändiger. Wir erzählten ihm, was vorgefallen war.
«Wißt ihr, wer es war?» fragte er. «Habt ihr einen Verdacht?»
Wir zuckten mit den Achseln.
«Die können sich doch denken, daß hier nichts zu holen ist», sagte Onkel Hubert. «Vielleicht war es nur Schikane. Aber von wem?»
«Sollen wir die Polizei verständigen?»
«Wozu? Das hat doch keinen Sinn.»
Heringsbändiger meinte:
«Wahrscheinlich müssen wir hier auch noch Wache schieben.»
«Ich kann ja hier schlafen und aufpassen», schlug Willi Reh vor.
«Du mit deinem Lungenschuß? Kommt gar nicht in Frage. Wenn hier einer schläft, bin ich es», sagte Siegfried.
«Wir überlegen uns das. An die Arbeit jetzt. Heringsbändiger braucht Ware.»
Wir machten weiter, aber noch mehrmals am diesem Tag kamen wir in unseren Gesprächen auf den Vorfall zurück. Wer konnte ein Interesse haben, uns die Fabrik zu versudeln? Leute aus den Siedlungshäusern? Kaum. Die kümmerten sich um nichts. Waren froh, wenn sie in Ruhe gelassen wurden. Betrunkene Amis? Wohl auch nicht. Die hatten zuviel Respekt vor ihrer Militärpolizei.
Onkel Hubert ging fort, um neue Schlösser zu besorgen. Wir wollten die Tür so verrammeln, daß niemand sie aufbrechen konnte. Außerdem wollten wir in der Nacht reihum nachsehen gehen, ob wir etwas Verdächtiges entdeckten: Onkel Hubert, Siegfried, Willi Reh, Buseberg und ich. Wir erzählten Heringsbändiger von unserem Plan. Er erbot sich sofort, ebenfalls eine Wache zu übernehmen. Wer etwas entdeckte, sollte sofort die anderen wecken.
«Kann ich nicht mitgehen? Mit Heringsbändiger?» fragte Inge-

borg. Wir verboten es ihr. «Nichts für Mädchen», sagte Onkel Hubert.

Gigi war wieder mal wütend:

«Nichts für Mädchen!» sagte sie. «Wenn ich das schon höre!»

«Mußte doch verstehn», besänftigte Siegfried sie. «Wenn se dich 'n Veilchen verpassen, sieht det einfach weniger elegant aus als bei uns.»

Buseberg, der indessen weiterarbeitete, murmelte: «Die Saubande, wenn ich die erwisch. Die kriegen aber meinen Haken quer durch die Fresse!»

In dieser Nacht schlief ich schlecht. Wälzte mich auf der Chaiselongue. Ingeborg wachte auf. «Denkst du an den Einbruch?» fragte sie schlaftrunken.

Ich machte mir Gedanken, ob die anderen bei ihren Streifgängen etwas entdeckt hatten. Ich sollte die letzte Streife gehen, um halb sieben, bevor es hell wurde. Aber sie würden mich ja wecken, wenn etwas los war auf dem Trümmergrundstück.

Sechs Uhr. Ich stand leise auf und zog mich an. Es war lausig kalt hier drin, die Nachtkühle drang durch die dünnen Wände, und es zog von den Fenstern her.

Ich ging hinaus, zur Siedlung hinüber. Kein Laut. Kein Licht. Ich prüfte die Kellertür. Die Schlösser waren in Ordnung. Der Lichtkegel meiner Taschenlampe fiel auf die Trümmer. Ich leuchtete das Gebüsch hinten im Garten ab. Prüfte die Kellerfenster. Nichts. Noch einmal machte ich die Runde. Dann ging ich in die Laubenkolonie zurück.

Ingeborg schlief. Ich machte kein Licht. Setzte mich in Omas Sessel. Draußen dämmerte der Morgen. Ich drehte mir eine Zigarette von Ingeborgs Spezialtabak. Zündete sie an. Dann hörte ich ein Geräusch. Plötzlich, am Fenster: War das ein Gesicht? Ich stand auf. Es scharrte leise an der Tür. Dann klopfe jemand vorsichtig. Dreimal. Ich ging zur Tür. «Ist da jemand?»

«Mach auf», flüsterte es draußen. «Ich bin es.»

«Wer ist ich?»

Die Antwort verblüffte mich: «Muchenfritz.»

Ich öffnete. Fritz Muchow stolperte herein, hinter ihm drängte Harry in die Tür. «Ihr?» sagte ich. Sie sahen verstrubbelt aus. Steckten in grauen Drillichanzügen. Von Harrys sorgfältiger Poposcheitel-Frisur keine Spur mehr. Muchow hatte dunkle Bartstoppeln im Gesicht. Sie ließen sich erschöpft auf die Gartenstühle fallen.

«Haste was zu rauchen?» fragte Muchenfritz.

«Hier. Dreht euch eine. Ich mache Feuer. Und einen Kaffee.»

Ich kniete mich vor den Sparofen und steckte Papier und Holz an, das Ingeborg am Abend vorher im Ofen geschichtet hatte. Setzte Kaffeewasser auf.

Die beiden rauchten.

Im Nebenzimmer regte sich Ingeborg unter den Bettüchern. «Was ist?» murmelte sie.

«Muchenfritz und Harry sind da.»

Ingeborg war sofort hellwach. «Was? Wo kommen die her? Ich denke, die brummen!»

Muchenfritz ging an die Tür, die brennende Zigarette im Mund. «Entschuldige», sagte er. «Wir erklären euch alles.»

Ingeborg sprang aus dem Bett, warf unseren alten Gemeinschaftsbademantel über. «Das ist doch nicht möglich», sagte sie.

Muchenfritz lachte.

Wir tranken Muckefuck. Zogen den beiden ihre Geschichte aus der Nase. Sie waren getürmt. Aus Moabit. Aus der Haftanstalt.

«Über die Mauer?»

«Nee. Beim Außenkommando. Wir waren in Lübars. Beim Bauern. Rübenziehen.»

«Seid ihr wahnsinnig?»

Muchenfritz zuckte die Achseln. Harry grinste. «Habt ihr wat zu essen?» fragte er. «Wir haben mächtig Kohldampf. Seit zwei Tagen haben wir nischt gefressen.»

«Wir machen Mehlsuppe», sagte ich. «Ingeborg, lauf aber erst zu Gigi und Friedrich rüber. Sie sollen kommen. Und Buseberg auch!»

Muchenfritz sprang auf. «Halt mal», rief er, «was soll das? Wollt ihr uns verschaukeln? Sie bleibt hier.»

«Von Verschaukeln ist keine Rede», sagte ich. «Wir wollen gemeinsam besprechen, was wir mit euch machen.»

«Was ihr mit uns macht?» fragte Harry patzig. «Wir bleiben hier. Basta. Und wenn ihr krumme Touren macht, kriegt ihr eins in die Fresse, damit das mal klar ist.»

«Beruhige dich», sagte Muchenfritz. «Schwörst du, daß ihr uns nicht verpfeift?»

«Wir verpfeifen euch schon nicht», sagte ich. «Ingeborg, geh jetzt.»

Muchenfritz setzte sich wieder hin, aber als Ingeborg zur Tür ging, sprang Harry auf. «Ich komme mit», sagte er. Ingeborg hatte Angst. Sie stand bei der Türe, hielt den Bademantel mit verkrampften Händen zusammen. «Hock dich wieder hin», sagte Muchenfritz zu Harry. «Es wird hell. Du kannst nicht draußen herumrennen.»

«Und wenn sie uns verpfeift?»

«Sie wird schon nicht. Wenn sie es tut, werden wir Karlchen Kaiser hier ein bißchen beschädigen, verstehste?»

«Geh», sagte ich zu Ingeborg. Sie verschwand durch die Tür.

«Haste jehört, ja?» fragte Harry mich.

Ich nickte: «Ruhig Blut.»

Die beiden ließen mich nicht aus den Augen. Endlich kam Ingeborg mit Friedrich und Gigi. «Ich konnte es nicht glauben», sagte Gigi. «Ihr beiden? Seid ihr wirklich getürmt?»

«Du siehst es doch», sagte Friedrich. «Sie haben ja noch die Klamotten an. Buseberg kommt auch gleich.»

Harry sprang wieder auf. «Ihr habt uns doch verpfiffen, Mann! Fritz, komm, hauen wir ab!»

«Niemand weiß, daß ihr hier seid. Gebt jetzt Ruhe. Wir werden gemeinsam beraten, was sich tun läßt.»

Ingeborg zog sich an. Dann setzte sie die Suppe auf. Inzwischen verschlangen Fritz und Harry gierig den Rest unseres Kuchenbrotes. Muchenfritz tauchte seine Brotscheiben in den Muckefuck. Mampfte und schlürfte. Viel war von seiner einstigen Eleganz nicht übrig. Auch seine Selbstsicherheit war ihm abhanden gekommen. Er schaute uns an wie ein gefangenes Tier. Der Gefährlichere war ohne Zweifel Harry. Ihm war anzusehen, daß er abrupt reagierte. Und im Zweifelsfall kam es ihm sogar auf ein Menschenleben nicht an. Buseberg trat ein, mit angeschnalltem Patent-Arbeitshaken.

«Wat habt ihr denn da für zwei seltene Vögel gefangen?»

«Schnauze», sagte Harry. «Keiner macht sich hier lustig!»

Buseberg sah ihn an. «Nun mal sachte, Kleener. Sonst stoß ick dir vor'n Napfkuchen, daß dir die Rosinen rausfallen. Kannste alles haben. Geht blitzschnell.»

Harry sah ihn wütend an und stopfte sich den Rest Brot in den Mund. «Wo ist die Suppe?» schrie er.

«Dauert noch», sagte Ingeborg.

Muchenfritz sagte: «Harry, nun hab doch Geduld. Wir müssen sehen, wie wir aus dem Schlamassel rauskommen.»

«Mit den Pfeifenheinis?» Harry verstummte sofort, als Buseberg einen Schritt auf ihn zutrat. «Mir kommt da ein Verdacht», sagte Buseberg. «Seid ihr in die Leberwurstfabrik eingebrochen? Gestern Nacht?»

«Leberwurstfabrik?» fragte Harry höhnisch. «Ick höre immer Leberwurstfabrik? Wo gibt es denn heutzutage Leberwurst in Berlin?»

Muchenfritz schaute von einem zum anderen. Buseberg fuhr fort:

Vielleicht ist eucht das nicht vorgekommen wie eine Leberwurstfabrik. Wart ihr in einem Keller in der Siedlung? Wo Hefefässer standen?»

Muchenfritz beugte sich tief über seine Tasse. «Nee», sagte Harry frech. «Hefe ham wa nich jesehen. Meinste, wir sind Bäcker?»

«Klar wart ihr in der Fabrik», sagte Gigi. «Ich weiß es. Und wir würden gerne wissen, wer von euch beiden ins Faß geschissen hat.»

Harry grinste. Muchenfritz wurde immer kleiner. «Was ihr alles wissen wollt», sagte Harry. «Steckt doch die Nase in die Scheiße. Denn kriegt ihr es vielleicht raus.»

Etwas Blitzendes fuhr durch die Luft. Harry schrie auf. Ließ seine Kaffeetasse fallen. Hielt sich den Kopf mit den Armen. Buseberg hatte ihm eins mit dem Arbeitshaken gewischt. «Meine Feinde erkenne ich an ihren Tränensäcken», sagte er. «Und jetzt wollen wir mal eine deutlichere Sprache reden. Eine, die ihr versteht.»

Muchenfritz war aufgestanden und in die hinterste Ecke zurückgewichen. Friedrich zog ihn wieder zum Tisch.

«Erstens», sagte Buseberg, «gebt ihr zu, daß ihr getürmt seid?»

«Ihr Ärsche», jaulte Harry, «das haben wir ja schon.»

«Gut. Zweitens: Gebt ihr zu, daß ihr in den Keller eingestiegen seid?»

«Wenn das der Keller ist? Wo sollten wir hin?»

«Prima. Drittens: Wer von euch hat in das Hefefaß geschissen?»

«Ich», sagte kleinlaut Muchenfritz. Er sah Gigi an: «Ich wußte nicht ...»

Gigi ging auf Muchenfritz zu und klebte ihm eine. «Arschriese», sagte sie.

Buseberg setzte sein Verhör fort. «Viertens», sagte er, «was wollt ihr hier? In Karl Kaisers Laube?»

«Sie sollen uns verstecken», sagte Harry, «bis wir weiter können. Wir brauchen auch Kleider. Und Geld. Und was zu fressen.»

«Habt ihr gedacht, ihr findet Geld im Hefekeller?»

«Ja. Aber da war nischt. Wir brauchen Geld, weil wir Ausweise kaufen müssen.»

«Ihr denkt, Geld bekommt ihr hier?»

«Warum nicht?» sagte Harry mit neuer Keckheit. «Wenn nicht, werdet ihr sehen ...»

«Laß doch», murmelte Muchenfritz, «damit kommst du nicht weiter.»

«Ich nicht weiter?» trumpfte Harry auf. «Wenn die nicht mitspielen, werden wir ...»

«Nichts werdet ihr», sagte Buseberg und wedelte mit seinem Haken vor Harrys Nase. «Außer, euch blutige Köpfe holen. Aber postwendend.»

«Sie sollen verschwinden», sagte Ingeborg. «Sie sollen schnell abhauen. Ich will sie nicht mehr sehen.»

«Geben wir ihnen eine Chance?» fragte Friedrich.

«Wofür», sagte ich. «Damit sie über andere Leute herfallen? Du siehst doch, sie sind gefährlich.»

Harry wurde klein. Er verlegte sich aufs Bitten. «Laßt uns hier, bis es wieder Abend ist», schlug er vor. «Dann verzischen wir uns.»

«Nichts da», sagte Buseberg. «Gigi, nimm mein Rad und hole Onkel Hubert.»

Gigi verschwand. Buseberg befahl den beiden, sich auf Stühle an die Wand zu setzen. «Karl, durchsuche sie», sagte er. Ich tastete ihre Taschen ab. Harry hatte einen Schraubenschlüssel. Als Waffe gut zu gebrauchen. Ich nahm den Schraubenschlüssel an mich.

«Was haben Sie sonst noch?»

«Nichts.»

Gigi kam nach einer Viertelstunde mit Onkel Hubert zurück. Onkel Hubert stapfte in die Laube. Schob die Mütze nach hinten. «Wo sind die Kanaillen?» Bevor wir es verhindern konnten, hatte er die beiden gepackt und schlug sie mit den Köpfen zusammen. «Ins Faß scheißen! So! Ich werde euch lehren, anderen Leuten in die Fässer zu kacken. Und einzubrechen!»

Wir hielten Onkel Hubert fest. Die beiden fielen wie Säcke auf ihre Stühle. Onkel Hubert zog ein großes, blaukariertes Taschentuch aus seiner Manchesterhose und wischte sich den Schweiß von der Stirn. «Ich nehme sie auseinander», sagte er. «Ich mache Hackfleisch aus ihnen.»

Aus Harrys Mundwinkel lief ein dünner Blutfaden.

«Beruhigen Sie sich doch», sagte Friedrich. «Wir müssen überlegen, was zu tun ist.»

«Überlegen?» fragte Onkel Hubert. «Was ist da zu überlegen? Unangespitzt in den Erdboden! Das meine ich!»

«Mein Gott», rief Ingeborg, «die Mehlsuppe!» Es roch brennerig. Onkel Hubert ließ seine Augen zum Sparherd schweifen. «Nimm das doch vom Feuer», sagte er.

Niemand wagte mehr, den beiden Suppe anzubieten.

«Also», meinte Friedrich, «das beste ist denn wohl, wir sorgen dafür, daß unsere beiden Freunde wieder ihr gemütliches Quartier in Moabit beziehen.»

«Das meine ich auch», knurrte Onkel Hubert. Buseberg schlug vor, die Mädchen sollten zu Puvogel gehen, damit er die Polizei anrief. Harry machte noch einen letzten Versuch: «Wenn ihr uns laufen laßt . . .»

«Und wenn wir euch nicht laufen lassen, was ist dann?» fragte Onkel Hubert. «Dann rächt ihr euch, wenn ihr aus dem Knast kommt, oder? Das wolltest du doch sagen.»

Harry schwieg. Onkel Hubert stellte sich vor ihn hin: «Das wolltest du doch sagen, nicht? Du Würstchen! Paß bloß auf, daß du nicht in meiner Leberwurst landest! Dich dreh ich durch den Wolf. Dich zu allererst! Das verändert dein Aussehen ungemein!« Onkel Hubert wendete sich um: «Mädchen, seht, daß die Polizei herkommt.»

Ein Jeep kam. Zwei Lulatsche von der MP und ein deutscher Polizist traten ein. Die MP-Burschen fackelten nicht lange. Sie rissen Harry und Muchenfritz von den Stühlen. Der deutsche Polizist zog Handschellen aus seiner Manteltasche und fesselte die beiden. Dann zog er ein Notizbuch heraus und stellte ein paar Fragen. Übersetzte die Antworten den Amerikanern. Wir gaben unsere Namen an.

«Let's go», sagte der eine Ami. «*Let's kick the shit out of them.*»

Sie gingen. Durchs Fenster sahen wir, wie sie die beiden Jungs auf der hinteren Bank des Jeeps verstauten. Der deutsche Polizist saß zwischen ihnen. Sie stellten ihre Sirene an und brausten davon.

Eine Minute später kam Puvogel, dann folgten Siegfried und Wanda, schließlich Willi Reh. Sie wollten alles genau wissen. Puvogel hatte die Nescafé-Büchse vom Fest mitgebracht, sie war noch halb voll. Gigi riß Glut aus dem Sparofen und machte ein Feuer im Herd. Ingeborg wusch die Kaffeetassen aus und stellte sie wieder auf den Tisch. Wir hatten nicht genug Tassen, zwei mußten aus Zahnputzgläsern trinken. Ingeborg verteilte das Kaffeepulver. Gigi brachte kochendes Wasser.

«Nu erzählt mal», sagte Puvogel, «was war denn eigentlich los?»

Alle redeten, fragten gleichzeitig. Nur Onkel Hubert war zu verstehen, der immer wieder sagte: «Ins Faß hat er jekackt. Die olle Toppsau!»

«Die hätten euch ja was antun können», sagte Wanda.

«Nicht mehr, als ich da war», sagte Buseberg. «Hier, seht meinen Haken. Damit habe ich dem einen Scheißer eins an die Birne geplättet.»

«Wenn sie aber aus dem Gefängnis kommen? Später?»

«Vorläufig brummen die. Ich glaube auch nicht, daß die sich noch mal hertrauen. Von den beiden sehen wir nischt mehr.»

Es war wieder einmal ein Tag, an dem die Leberwurstfabrik spät öffnete. Auch Heringsbändiger ließ sich genau Bericht erstatten. «Die müssen ja noch in der Gegend gewesen sein», wunderte er sich. «Stellt euch vor, sie hätten uns hopp genommen in der Nacht. Als wir nachsehen gingen, ob alles in Ordnung war. Kinder, in Zukunft müssen immer zwei gehen!»

«Es wird nicht wieder passieren», sagte Onkel Hubert. «Die sind wir los. Gewöhnliche Diebe sind nicht so scharf auf künstliche Leberwurst.»

Am nächsten Nachmittag mußten wir auf die Polizei, die Sache zu Protokoll geben. «Laßt den Einbruch weg», sagte Onkel Hubert. «Das macht nur Scherereien. Außerdem haben wir keine Gewerbegenehmigung.»

Ein Polizist tippte unsere Protokolle mit zwei Fingern. Es dauerte ewig. Er vernahm uns einzeln, obwohl wir dasselbe auszusagen hatten ... Die Leberwurstfabrik und den Einbruch und das versaute Faß klammerten wir aus. Wir unterschrieben.

Als wir nach Hause kamen, stand jemand an unserer Gartentür. «Wer ist das denn?» fragte Gigi. «Mensch, das ist doch Schrippenhelga!»

«Wer?»

«Die, mit der du getanzt hast. Der die Schrippe aus dem Haar fiel. Komm, Friedrich. Wir gehen mit rein.»

Schrippenhelga war verschüchtert. Sie sah mickerig aus. Ihre blonden Haare waren ein Wust. Ingeborg machte ihr einen Kaffee. Gigi holte Cognac aus Sternchen Siegels Spende. Langsam taute Schrippenhelga auf. «Ist es wahr, daß die beiden ausgebüchst sind?» fragte sie. «Und daß sie hier bei euch waren?»

Wir erzählten ihr alles.

«Ich wußte, sie würden eine Dummheit machen», sagte Helga. «Sie haben immer gesagt, wenn sie mal geschnappt werden, hauen sie ab. Und sie haben auch gesagt, sie wollten dann zu mir kommen, damit ich sie verstecke.»

«Das haben sie sich wohl nicht getraut.»

«Nee. Über kurz oder lang wäre die Polente auch drauf gekommen. Die suchen doch immer zuerst bei den Freunden.»

«Waren sie denn nicht bei dir?»

«Noch nicht. Vielleicht kommen sie noch. Aber ich weiß nichts. Gestern war ich im Blauen Elefanten. Da hat einer gesagt, sie sind getürmt. Und sie wollen zu euch. Darum bin ich hergekommen. Ist das nicht alles eine furchtbare Scheiße? So nette Jungs. Und nun das.»

«Sie sind ja wieder im Knast. Da sind sie auch am besten aufgehoben. Glaub uns, die würden sofort das nächste Ding drehen.»

«Was wird aber später? Wenn sie rauskommen?»

«Das kann niemand sagen.»

«Ich habe Angst. Trotzdem», sagte Helga. «Kann ich die Nacht bei euch pennen?»

«Wenn du willst», sagte Gigi. «Du kannst mit zu uns kommen.»

Helga blieb drei Tage. Sie half uns Leberwurst einwickeln. Geld wollte sie nicht. «Ich bin so froh, daß ich hierbleiben darf», sagte sie. Die Mädchen wuschen ihr die Haare und drehten ihr Löckchen. Zum Schluß sah Schrippenhelga wieder manierlich aus.

Siegfried brachte sie nach Hause. Sie wohnte in Schöneberg. Der Wirtin, bei der sie ein Zimmer in Untermiete hatte, war nicht aufgefallen, daß Helga drei Tage nicht nach Hause gekommen war.

«Die wohnt vielleicht in einem Verhau», berichtete Siegfried. «Mitten im Zimmer ist ein Vorhang, dahinter ist alles mögliche Zeug gestapelt von der Wirtin. Die ist 'ne richtige olle Hexe, bestimmt achtzig. Und alles verkramt in der Wohnung. Keine Heizung, der Lokus funktioniert nicht, da hast se Einjewecktes drin jestapelt, und 'ne olle schwarze Katze hat se, die sitzt ihr auf die Schulter. Da schleicht se in de Wohnung rum, mit runterjerutschte Strümpfe. Und se riecht wie 'n Rieselfeld. Nee, det die det da aushält, die Helga!»

«Wo soll sie sonst hin? Viele Menschen leben so in der Stadt.»

«Mich wäre das schrecklich», sagte Siegfried, «geradezu schauderhaft.»

Frau Brösicke sagte: «Ich gehe aufs Amt. Wir kriegen Brennholz. Man bekommt einen Baum angewiesen, den man fällen darf. Wer noch 'ne Brennholzkarte hat, soll sie mir geben. Ich mache das schon.»

Wir bekamen zusammen drei Bäume. Sie standen im Grunewald, Jagen 74. «Wißt ihr, wo das ist?» fragte Buseberg. «Das ist fast beim Strandbad Wannsee. Ich habe früher bei der Forstverwaltung gearbeitet. Das ist zu Fuß eine Stunde von hier.»

«Wie bekommen wir denn die Bäume hierher?»

«Mit Handwagen.»

«Puvogel hat einen, und ihr. Aber wie sie aussehen! Das halten die doch nicht aus.»

Onkel Hubert wußte Rat. «Wir fragen Heringsbändiger. Der hat ein Pferd.»

«Aber bloß 'n alten Bolle-Milchwagen. Mit dem können wir kein Holz abfahren.»

«In der Andréezeile wohnt einer aus der Brauerei, hat dann ein Fuhrgeschäft gehabt. Der hat sicher noch einen Gummiwagen. Karl, nimm dein Rad. Wir fahren hin.»

Der Mann hieß Eichelkraut und wohnte in einer Laube fast am Ende der Laubenkolonie Forsthaus. Zuerst dachten wir, das Grundstück sei verlassen. Es war ein Verhau. Eingestürztes Schuppendach, Autoleichen auf dem Hof. Dann kam ein riesiger gelber Köter kläffend auf uns zugestürzt. Eine Tür öffnete sich, ein Mann trat heraus: «Emil», rief er, «Emil, laß das! Komm doch her, du Aaas!»

«Siehste, das ist Eichelkraut», sagte Onkel Hubert.

Der Mann begrüßte uns. Seine grauen Haare waren von einer speckigen Leder-Schirmmütze bedeckt. Er trug eine zerrissene Jacke und darüber eine Schürze, wie sie Möbelträger haben. «Kommt man rin in de jute Stube», sagte er. «Bei mir is zwar nich uffjeräumt, lebe ja alleine. Aber een Schnäpschen habe ich schon für euch.»

Wir setzten uns um den Küchentisch. Bei Eichelkraut war es warm. Zu heizen hatte er anscheinend. Wir bekamen unseren Schnaps. Hubert erzählte, was wir wollten. «Ja», sagte Eichelkraut, «mit die Holzaktion, det is ja so 'ne Sache. Also, zu mir kommen ja einige und fragen. Aber ick habe keen Pferd mehr.»

«Pferd haben wir. Nur der Gummiwagen. Wenn du uns den borgen könntest?»

Eichelkraut rieb sich die Bartstoppeln. «Äußerst jerne. Aber de Luft is aus de Reifen, und ick weeß nich, ob se wieder rinjeht.»

«Das müssen wir eben versuchen. Also wenn es recht ist: Wir bringen eine Luftpumpe mit.»

«Pumpe habe ick. Det is nich det Problem. Wenn ihr wollt, könnt ihr et ja probieren. Kommt ma mit.»

Wir folgten Eichelkraut. Er wühlte in seiner Schuppen-Ruine. Fand eine Auto-Luftpumpe. Wir zogen den Wagen hervor. Das war schwierig, weil das Schuppendach mitkam. Endlich hatten wir ihn draußen. Alle vier Räder waren platt. Wir pumpten. Drei Räder schienen die Luft zu halten. Aus dem vierten zischte sie hörbar wieder heraus. «Et is vielleicht nur et Ventil», sagte Eichelkraut. Er bückte sich, spuckte auf

auf den Daumen und rieb die Spucke auf die Ventilöffnung. Eine Blase bildete sich. «Wat sage ick», meinte Eichelkraut. «Keen Problem.»

Es war aber doch ein Problem, denn nirgends fand sich ein neuer Ventileinsatz. Eichelkraut war verzweifelt. «Ick muß doch een haben», sagte er. «Vielleicht in de Küche? Kommt man wieder rin!»

Auch in der Küche war kein Ventileinsatz. Wir mußten also Heringsbändiger fragen, ob er auch noch einen Ventileinsatz hatte. «Na jut», sagte Eichelkraut, «wann kommt ihr den Wagen holen?»

«Wahrscheinlich Sonntag. Der einzige Tag, an dem wir das Pferd kriegen können.»

«Bongforzionös. Ick warte uff euch.»

Wir verabredeten mit Heringsbändiger, daß wir am Sonntagmorgen in den Grunewald gehen und die Bäume fällen wollten. Heringsbändiger sollte dann am Nachmittag mit Eichelkrauts Gummiwagen kommen und die Bäume abfahren. Es würden wohl drei oder vier Fuhren werden. Vielleicht mehr.

Einen Ventileinsatz hatte er auch nicht. «Ich nehme einen von meinem Wagen», sagte er. Heringsbändiger schlug auch vor, daß wir nicht alle drei Bäume auf einmal fällten: «Wenn es dann mit dem Abfahren nicht klappt, klauen sie euch das Holz.»

Puvogel organisierte unsere Holzaktion. «Wir nehmen ein bißchen von Siegels Schinken mit und Brot», sagte er, «und ein paar Flaschen Schnaps. Na, vielleicht reicht auch eine. Sind die Räder in Ordnung? Wer kommt alles mit? Buseberg, du, Karl, die beiden Mädchen, Siegfried, Willi Reh, Wanda, icke. Macht acht. Soviel Räder haben wir nicht. Sieh, daß du Onkel Hubert seins kriegst. Um die anderen kümmere ich mich.»

Wir brachen um halb sieben auf, noch im Dunkeln. Als wir in den Grunewald kamen, schien es, als sei ganz Berlin zur Holzaktion gekommen. Der Förster sammelte die Berechtigungsscheine ein. Seine Arbeiter bezeichneten die Bäume, die gefällt wurden.

Mit Handkarren und Bollerwagen waren die Leute in den Wald gezogen. Wenigen war es gelungen, ein Fuhrwerk zu organisieren.

«Denn man hau-ruck und mit Spucke», forderte Willi Reh uns auf. Er verstand eine Menge vom Holzeinschlag. Unser erster Baum fiel genau, wie wir ihn haben wollten. Wir begannen, den Stamm zu zersägen. Die Mädchen machten sich mit Axt und Fuchsschwanz über die Krone her. «Nichts darf liegenbleiben», sagte Puvogel. «Die Äste also in kurze Stücke sägen!»

Gegen Mittag hatten wir es geschafft, der erste Baum war zum Verladen fertig. Rings um uns her arbeiteten die anderen «Einschlagberechtigten», wie der Förster uns nannte, karriolten mit ihren Handwagen durch den Sand, luden ihre Beute auf, spannten sich vor, zogen, schoben.

«Die Bäume heizen zweimal», sagte Buseberg, «einmal jetzt und dann im Ofen.»

Der Förster paßte auf, daß sich niemand an Bäumen vergriff, die nicht zum Einschlag freigegeben waren. Wir machten Pause, boten ihm vom Schinken und von Sternchen Siegels Cognac an. «Euch gehts aber gut», meinte der Förster. Er war im Krieg in Rußland gewesen, dann ein Jahr in Gefangenschaft. Da hatte er auch im Wald gearbeitet. Sie hatten ihn früh entlassen, wahrscheinlich, sagte er, aus Versehen.

Der Förster erzählte, die Alliierten hätten vorgeschlagen, daß nach und nach der gesamte Grunewald abgeholzt werden sollte, um die Brennstoff-Versorgung der Bevölkerung sicherzustellen. Der Magistrat hatte einen Gegenvorschlag gemacht, weil die Berliner einstimmig dafür waren, lieber zu frieren, als ihren schönen Grunewald in die Öfen zu stopfen. So wurden nur 120000 Festmeter freigegeben. Der britische Stadtkommandant war wütend. Er ließ Bürgermeister Friedensburg kommen und brüllte ihn an: «*I shall kill you*! – Ich töte Sie!»

«Stellen Sie sich das mal vor», sagte der Förster. «Der Kommandant! Ja, nun muß ich wieder weiter. Schönen Dank auch.»

Wir fällten den zweiten Baum. Ich hatte ein schlechtes Gewissen, wenn ich daran dachte, wie wir die Kiefer aus dem Fenn geklaut hatten.

Es fing an zu nieseln. Das bedeutete: Weniger Flugzeuge konnten landen. Also kam auch weniger Kohle in die Stadt. Und weniger Proviant.

Der Magistrat war nun völlig gespalten, es gab einen Ost-Magistrat im alten Rathaus in Berlin-Mitte und einen West-Magistrat, der mit Bürgermeister Friedensburg im Schöneberger Rathaus residierte. Für den West-Magistrat sollte es bald Neuwahlen geben. Ob Ernst Reuter dann erster Bürgermeister von Westberlin wurde? Die Russen konnten immer noch einen Riegel vorschieben. Stalin hatte befohlen, die Ostmark in allen vier Sektoren einzuführen. Der Westmagistrat und die Kommandanten der Westsektoren weigerten sich. Bei uns galten Ostmark und B-Mark. Der Kurs war ungefähr 3,40 Ostmark für eine Westmark.

Sie versuchten es mit allen Mitteln: Westberliner konnten sich zum Bezug von Lebensmitteln in Geschäften des Ostsektors eintragen lassen. Pro Person sollten sechzehn Zentner Briketts und sechs Zentner Kartoffeln zugeteilt werden. Aber die Westberliner blieben gelassen. Kaum einer machte von dem Angebot Gebrauch.

«Ihr glaubt doch so was nicht?» sagte Buseberg. «Hier, die Wahrheit:» Er entfaltete die jüngste Ausgabe von *Neues Deutschland*. «Zuteilung für den Ostsektor: Zwölf Gramm Süßstoff. Da jeht man hin!»

Heringsbändiger kam mit Eichelkrauts Gummiwagen. «Die Luft hält», meldete er. Wir luden auf. Nicht einmal der erste Baum ging ganz rauf. «Laßt den dritten stehen», sagte Heringsbändiger. «Den holen wir nächsten Sonntag.»

Buseberg fuhr mit zum Abladen. Sie brauchten fast zwei Stunden. Es wurde Nacht, bis wir das Holz abtransportiert hatten. Immer noch sägten um uns herum Leute. Einige fragten, ob Heringsbändiger ihnen nicht auch das Holz abfahren wollte. Wir konnten nichts für sie tun. Am Montag mußte das Pferd wieder vor Heringsbändigers Lieferwagen.

Wir brauchten den zweiten Sonntag, um den letzten Baum zu holen, das Holz zu verteilen, zu stapeln. Aber wir sahen dem Winter etwas ruhiger entgegen. Unsere Veranda glich einem wohlgefüllten Holzschuppen. Die zwei Kästen Holz von Hedwigshütte hatten wir in der Stube neben dem Herd gestapelt. Wenn das Wetter so mild blieb wie bisher, konnte nicht viel passieren.

Am 5. Dezember war Stadtverordnetenwahl in den Westsektoren. Sie verlief ungestört. Wir gingen zusammen nach Düppel und gaben unsere Stimmen ab. Die SPD gewann mit 65,5 Prozent. Ernst Reuter war Bürgermeister.

Die Luftbrücke war inzwischen zur *Operation Big Lift* geworden. Auf dem Flughafengelände Tegel standen noch Sendetürme des Ostberliner Rundfunks. Die Franzosen sprengten sie, «aus Gründen der Flugsicherheit». Prompt vereinnahmten die Russen die Enklave Stolpe im Norden von Berlin. Sie beriefen sich auf ein Abkommen mit den Franzosen, das besagte, dieses Gelände sei nur leihweise für einen Flugplatz überlassen worden. Nachdem der Flugplatz jetzt aber in Tegel gebaut worden sei, entfiele der Grund.

Stolpe wurde wieder der russischen Besatzungszone einverleibt.

Wir waren wütend. Es ging nicht nur um die frischen Eier, die immer noch über Stolpe nach Westberlin gekommen waren. Wie konnte man hundert *Westberliner*, die dort lebten, auf solche Art verschaukeln?

Ingeborg hatte einen Adventskranz gebastelt. Auf Seifenkarte gab es ein paar Kerzen. Es weihnachtete. Trotzdem ging die Arbeit in der Leberwurstfabrik weiter. Sonntags sägten wir Holz.

Der Magistrat rief die Berliner auf, diesmal auf Weihnachtsbäume zu verzichten und sich mit Tannenzweigen zu begnügen. Wir waren einverstanden. Ohnehin war uns nicht sehr weihnachtlich zumute.

Die Amis hauten voll auf die Pauke. Vor ihren Clubs und vor den Kasernen, auch vor dem *Horse Platoon* standen lebensgroße künstliche Rentiere: *Rudolph the Red Nose Reindeer.*

Die Piloten hatten *Santa Claus* an ihre Flugzeuge gemalt. Sie warfen vor der Landung *Shmoos* ab, aufblasbare Gummitiere mit Seelöwen-Schnauzbart. Wer einen fand, konnte sich ein Care-Paket abholen. Wenn die Flugzeuge bei uns hereinkamen, waren sie noch zu hoch. Die Shmoos fanden die Kinder in der Innenstadt. Nur Karl-Heinz, der Torschütze von unserem S.C. Laube, erwischte einen, als er gerade in der Stadt war. Er lud uns zu Plumpudding und Büchsenfleisch aus seinem Care-Paket ein und schenkte Gigi *original amerikanisches Klopapier.*

Heiligabend trafen wir uns alle in Gigis und Friedrichs Laube. Puvogel bereitete einen Punsch. Ich schenkte Gigi einen US-Anorak in ihrer Größe, den mir Mathilde besorgt hatte. Bing Crosby sang *I'm dreaming of a white Christmas,* und der RIAS übertrug eine Ansprache des US-Präsidenten, der sagte:

«Das amerikanische Volk denkt an diesem Weihnachtsfest an Sie und Ihre Angehörigen.»

«Da können wir uns wat für koofen», war Busebergs Kommentar.

Wanda hatte einen ganz kleinen Weihnachtsbaum aus Zweigen gebastelt. Wir steckten die Kerzen an. Buseberg holte seine Quetschkommode und spielte *O du fröhliche* . . . «Det laß dir man für bessere Zeiten», sagte Frau Buseberg. «Und macht die Kerzen aus, die brauchen wir noch. Heute gibt es ja Strom.»

Die Leberwurstfabrik blieb zwischen den Feiertagen geschlossen. Minnamartha besuchte ich am ersten Feiertag. Sie hatte Plätzchen und Pfefferkuchen aus einer Spende des Schwedischen Roten Kreuzes bekommen.

«Nimm dir welche mit», sagte Minnamartha. «Ich kann sie doch nicht alle essen.»

Nach Neujahr machten wir uns an die letzten Hefefässer. Das Ende des *Unternehmens Leberwurst* war abzusehen. Onkel Hubert schränkte die Lieferungen ein und erhöhte die Preise. Huberts Ersatz-Pampe war immer noch ein Schlager.

In den ersten Januartagen kam Rabumm. Ingeborg war gerade nicht da. Ich verschwieg ihm, daß sie in Berlin war. Er brachte neue Nachrichten von unserem Schulfreund Othmar. «Er sieht immer noch aus wie damals», berichtete Rabumm, «blonder Lockenkopf, unverändert. Aber er hat einen Knall.»

«Wieso?»

«Er ist unter die Dichter gegangen.»

Othmar, der Snob, der kurz nach Kriegsende verschwunden war, sollte zurückgekehrt und Dichter geworden sein?

«Nicht direkt», verbesserte Rabumm sich. «Er ist Vortragskünstler, sagt Verse auf. Irre dramatisch. Er tritt barfuß auf, einen Leuchter in der Hand. Vorher und nachher ist Kabarett. Mußt du mal hingehen.»

«Warst du da?»

«Klar. Es heißt *Valeska Haakes Gemüsekeller*. Ein früherer Kaufladen in Halensee. Im *Tagesspiegel* ist das Programm manchmal angekündigt. Irre, sage ich dir.»

«Und wo wohnt Othmar? Wieder hier in der Siedlung? Bei seinen Eltern? Ich hätte ihn doch sehen müssen. Wir haben gegenüber eine Leberwurstfabrik.»

«Eine Leberwurstfabrik? Das mußt du mir erzählen. Othmar kommt aber nicht mehr hier heraus. Er hat eine Freundin, bei der er lebt. In der Stadt. Du wirst sie sehen. Sie weint immer, wenn er auftritt. Aber erzähl mir von der Leberwurstfabrik.»

Ich berichtete Rabumm von Onkel Huberts Unternehmung. Rabumm lachte Tränen, besonders, als ich ihm schilderte, wie Muchenfritz das Hefefaß vollgeschissen hatte.

«Rabumm», sagte Werner Pethmann (alias Rabumm), «das sind Geschichten!»

Er arbeitete immer noch in Tempelhof und kochte sich Mehlsuppe. Ob er nicht auch in die Leberwurstfabrik eintreten könne, fragte er. Das hielt ich nun für keinen guten Plan, schon wegen Ingeborg. Ich sagte ihm, daß die Bärmevorräte zu Ende gingen.

«Schade», meinte Rabumm. «Hätte mich interessiert. Also – bis dann. Vergiß Othmar nicht.»

Ich versprach es ihm.

Außer Gigi und Ingeborg wollte niemand mit mir in *Valeska Haakes Gemüsekeller* gehen. So fuhren wir eines Abends zu dritt mit dem Bus nach Halensee. Der Keller lag in einer Nebenstraße vom Kurfürstendamm, in einem zerbombten Haus. Drin war es ziemlich schummerig, auf roh gezimmerten Tischen standen Kerzen in Flaschen. Das Publikum saß auf Bänken. Es gab nur Punsch zu trinken.

Wir waren ziemlich früh dran. Eine halbe Stunde später war der Keller proppevoll. Ein paar schicke Leute hatten sich herverirrt, der Keller schien *in* zu sein. Manche Besucher sahen gar nicht nach Blockade aus. Wahrscheinlich Schauspieler aus Westdeutschland. Gigi deutete auf ein Mädchen, das ein offensichtlich teures Jerseykleid anhatte. Die Mucke trug eine goldene Armbanduhr, schwere Ohrringe, und noch ein breites goldenes Armband um das andere Handgelenk. «Wo die so was herhat?» flüsterte Gigi. Ihr Macker trug eine teuere Felljacke. Ingeborg sagte: «Die wäre in der Laube aber prima!»

Das Programm begann. Valeska Haake, eine nicht mehr ganz junge ehemalige Tänzerin, trat als Jenny aus Bert Brechts *Dreigroschenoper* auf. Mit rauchiger Stimme sang sie *Und der Haifisch, der hat Zähne* ...Nicht ganz so gut wie Lotte Lenya aus Ostberlin, aber immerhin. Ein Mädchen, das vorher bedient hatte, tanzte eine Bebop-Parodie. Ein Neger trat auf und röhrte *Sixteen Tons*. Dann kam der große von uns erwartete Augenblick. Der Vorhang ging auf. Die Bühne betrat ein Jüngling mit blonden Tituslocken, barfuß, in zerfetzten Hosen, das Hemd offen bis zum Gürtel. Es war wirklich Othmar! Er trug einen fünfarmigen Leuchter mit Kerzen.

«Ist er das?» flüsterte Ingeborg.

«Ja», sagte ich. «Ruhig jetzt!»

Gigi schmiegte sich an mich.

Valeska Haake kündigte an: «Und nun, meine Herrschaften – Otti Drüll!»

Othmar stand wie eine Statue auf der Bühne, den Leuchter in der Hand.

«Ich denke, er heißt Othmar?» fragte Ingeborg leise.

Ich knuffte sie. Sie sollte ruhig sein.

«Otti Drüll», sagte Valeska, «rezitiert jetzt ein Gedicht des im

Krieg verschollenen Dichters Müller-Beelitz: *Spreewald*. Applaus für Otti Drüll!»

Die Leute klatschten.

Als es wieder ruhig war, richtete Otti-Othmar den Blick zur Decke des Gemüsekellers und begann mit Pathos:

Grüß, große Gurke, den Spreewald.
Grüß Cottbus und Lübbenau,
wo Schilfgrün und Himmelblau
zusammengerührt verpulpen.

Ingeborg platzte los.

Alle lachten.

«Ruhe», schrie Othmar wütend. «Ruhe für den Künstler», rief auch Valeska Haake. Ich sah Ingeborg strafend an. Sie preßte sich die Faust vor den Mund. Ihre Augen glänzten. Othmar fuhr fort:

Sauer die Gurken, sauer das Leben.
(Unterdrückter Lacher im Publikum)
Denn neben
Post, Eingelegtem und Wahlpropaganda
wollte meine dicke Tante Amanda
hecklastig durch schmale Kanäle gestakt sein.

«Det kenne ick», rief einer aus dem Publikum. Otti schwenkte seinen Leuchter und rief: «Ruhe da. Wennse keinen Sinn für Kunst haben, verzischense sich doch!»

Es ging weiter:

Da braucht es Muskeln!

Othmar blickte streng ins Publikum, aber niemand wagte diesmal zu lachen. Wir lauschten:

Ein Cottbusser Kahnführer
(oder war er aus Lübben)
meinte spreewäldisch breit:
In der Frühjahrszeit
wären *zwei* Mann bereit
Amanda zu staken

statt nur einer
wie jetzt
in der Erntezeit.
Amanda schwitzt Glas.
Achtzehn Frösche quaken
und behaupten, daß Interlaken
dem Spreewald vorzuziehen sei.
Aber wer reist schon gern in die Schweiz.
Wer reist schon
gern
in die Schweiz?
Bürger und Bauer
ißt immer noch
soviel ich dem Wirtschaftsteil des *Neuen Deutschland*
entnehme
sauere Lübbenauer.
Da verstehe ich Tante Amanda nun wieder.

Othmar hielt inne, vielleicht war das Gedicht zu Ende, vielleicht hatte er nur eine Pause gemacht? Egal, ein Tumult brach los, einige klatschten, andere pfiffen, johlten, warfen Wachsstückchen, die sie von den Flaschenhälsen pulten. Valeska Haake sprang zwischen den Tischen umher und rief: «Aufhören! Aufhören, sage ich!» Othmar stand starr auf der Bühne. Auf einmal schrie er: «Ihr Banausen! Ihr Saftärsche! Idioten!» Er hob den Leuchter und schleuderte ihn ins Publikum. Alle bückten sich. Niemand wurde getroffen. An den vorderen Tischen sprangen einige Zuschauer auf und stürzten auf die Bühne. Sofort war Othmar in ein Handgemenge verwickelt. «Banausen», schrie er weiter. Jemand rief nach der Funkstreife, der Militärpolizei. Ein Mädchen kletterte vorne auf einen Tisch und versuchte, mit Gesten das Publikum zu beruhigen. Sie weinte. War das Othmars Freundin? Gigi liefen die Lachtränen herunter. Ingeborg stand auf der Bank und stieß Indianerschreie aus.

In diesem Augenblick ging die Tür auf, und ein deutscher Polizist kam mit einer englischen Streife ins Lokal. In Sekunden war die Bühne leer. Othmar flüchtete in eine Telefonzelle an der Seite. Aber er hatte zuviel Anlauf genommen. Die Rückwand gab nach. Er fiel in die Küche nebenan. Eine Wolke von Gipsstaub erhob sich. Der Polizist lief mit dem einen englischen Soldaten in die Küche. Mit dem weiß bestaubten Othmar kamen sie wieder heraus. Sie führten ihn ab. Er sah aus wie eine Gipsfigur. Die Freundin klammerte sich an den Polizisten. «Sie können doch nicht . . .» rief sie. «Sie können doch einfach nicht!» Valeska Haake warf sich zwischen das Mädchen und den Polizisten. Othmar sah sich noch einmal um. Tränen hatten Furchen in den Gipsstaub auf seinen Wangen gegraben.

Wir setzten uns wieder. Es sah wüst aus im Keller. Kerzen und Gläser waren umgefallen, Pfützen breiteten sich auf den Tischen aus. Weißer Staub hing in der Luft. Das feine Mädchen rieb an ihrem Jerseykleid herum. Ihr Macker preßte ein Taschentuch vor ein Auge. Valeska kroch auf dem Boden umher und suchte ihren Leuchter.

Ingeborg sagte: «So ein schöner Abend. Warum gehen wir nicht öfter aus?»

Gigi schneuzte sich. Der Mörtelstaub war ihr in die Nase gedrungen. «Das Gedicht möchte ich haben», sagte sie. «Das ist ja wundervoll. Wer ist Müller-Beelitz?»

Ich wußte es auch nicht.

# Frühling

Es war einmal ein Mann,
der hieß Pumpan.
Mücken fliegen ließ er,
Wunderkraft bewies er,
Land und Wasser trugen ihn,
durch die Lüfte fuhr er hin.

*Aus einer märkischen Sage*

Willi Reh fütterte seine Hühner.

«Woher wissen sie denn, daß es besser wird?» fragte er mich oder sich selbst. «Solange Stalin den Daumen drauf hat, denken die doch nicht dran, nachzugeben. Und die Westmächte können uns nicht ewig aus der Luft versorgen.»

«Ich weiß auch nicht», sagte ich. «Aber ich habe so ein Gefühl, als ob alles besser wird. Die Mädchen waren neulich beim Fasching. Im Ballhaus City. Da gab es sogar Sekt. Soviel man haben wollte.»

«Auch gut», sagte Willi Reh. «Wenn es wieder Sekt gibt, haben wir es geschafft. Die Frage ist bloß, ob meine Hühner damit zufrieden sind. Kuck mal hier in den Schuppen. Ein halber Sack Gerste, dann ist Schluß. Sie kriegen schon gestampfte Kartoffeln. Und legen Windeier. Das heißt, im Augenblick mausern sie und legen gar nicht. Aber fressen wollen sie.»

«Vielleicht sind sie als Suppenhühner gut?»

«Nee, nee, so schnell nicht. Sind doch alles gute Leghühner. Leghorn, Ramelsloher, Barnefelder. Wer hat die schon? Und jetzt will ich dir mal sagen, was ein Ei wert ist.»

«Fünf B-Mark.»

«Nicht doch Geldwert.» Willi hustete: «Ernährungswissenschaftlich, sozusagen. Da ist Lecithin drin, für die Nerven. Und die Mineralien! Die kriegste sonst doch gar nicht mehr. Außerdem: 85 Kalorien. Zehn Eier, und du überlebst.»

«Aber wenn du nichts zum Füttern kriegst?»

«Bisher ging es ja. Und jetzt ist Frühling. Bald finden sie wieder was draußen. Ich setze den Käfig um, dann habe ich gleich gedüngtes Land. Für Salat. Und sollst mal sehen, was das für Radieschen gibt.»

Ein Glück, daß er diesen Vortrag nicht Ingeborg hielt. Sie hätte sofort ein paar Hühner angeschafft.

Willi fuhr fort: «Ei hin, Ei her. Hast du gelesen, daß Stalin dem amerikanischen Journalisten Kings ...»

«Kingsbury Smith.»

«Genau. Der. Du weißt von dem Interview, ja? Stalin hat zum erstenmal darauf verzichtet, die Ostmark als Währung für Westberlin ins Gespräch zu bringen.»

«Was heißt das schon. Vorhin hast du doch selbst gesagt, solange Stalin den Daumen drauf hat ...»

«Aber wenn die Zeitungen es schreiben. Und im RIAS war es auch.»

Es war ein typisches Gespräch in diesem Frühjahr 1949. Nach einem ziemlich milden Winter wurden die Tage wieder länger. Wir schöpften neue Hoffnung. Aber zugleich wußte niemand, woran wir *genau* waren. Mehr Flugzeuge und vor allem größere Flugzeuge röhrten über unsere Köpfe hinweg. Die Gärten der Kolonie waren kahl. Schwarz ragten die Äste der Obstbäume. Krähenschwärme versammelten sich und zogen ab nach Osten. Die letzten Äpfel der Vorjahrsernte, die in der Veranda in Torfmull lagen, begannen zu schrumpfen. Ingeborg kochte daraus Apfelmus. Unsere Holzvorräte nahmen ab. Kohlen gab es schon lange nicht mehr. Frau Buseberg, die jeden Tag zur Hedwigshütte ging, verwaltete leere Schuppen. Nicht eine einzige Schaufel Kohlengrus brachte sie mehr nach Hause. Die Alliierten hatten sich geweigert, ihre Vorräte an Heizmaterial für die Zivilbevölkerung zur Verfügung zu stellen. Der Winter sei vorbei, sagten die Stadtkommandanten. Sie hatten gut reden. Harald Buseberg berichtete, die Büros in den McNair Barracks seien derart überheizt, daß die Amis die Türen zu den Korridoren offen ließen. Sie paßten trotzdem inzwischen derart scharf auf ihren Koks auf, daß es Harald nur noch selten gelang, ein paar Stücke zu mausen. An den Toren nahmen die Wachen Stichproben-Kontrollen vor. Wer auffiel, verlor seinen Job und damit das Wichtigste: die tägliche Siebenhundert-Kalorien-Mahlzeit.

Sie hatten Harald wieder gut herausgefüttert. Seine Haare waren gewachsen. Er trug schwarz gefärbte Ami-Klamotten. Immer noch plierte er mit den Augen wie als Kind. Wenn Harald und Siegfried zusammentrafen, gab es eine Menge zu sehen.

Das von Sternchen Siegel geplante Winter-Freundschaftsspiel Zehlendorfer Brummer gegen S. C. Laube war buchstäblich ins Wasser gefallen, es gab viel Regen, aber fast keinen Schnee. Bevor wir uns verabreden konnten, war der Sportplatz am Siebenendweg wieder aufgeweicht. Es wäre ein Schlammspiel geworden.

Sternchen Siegel besuchte jetzt oft die Fanselows. Manchmal kamen sie dann alle miteinander bei uns vorbei. Auch Heringsbändiger ließ sich oft sehen. Es gab inzwischen ein paar öffentliche Vergnügungen, wie den Faschingsball im Ballhaus City. Manchmal gingen einige von uns hin. Aber weil in unseren Köpfen nichts anderes stattfand als die Überlegung, wo wir etwas zu essen herorganisierten, blieb es bei ein paar Versuchen.

Die Mädchen waren noch am unternehmungslustigsten. Agathe Fanselow schleppte sie auf private Parties, die bei Amibräuten stattfanden. Aber auch das ließen sie schließlich wieder sein, denn die Absichten der Amis waren eindeutig, und oft gab es dann Ärger mit den Stammbräuten.

«Sie fassen einen an die Titten», schilderte Agathe so ein Fest in einem der Siedlungshäuser, «und dann wundern sie sich, wenn ihre Schnallen sauer werden. Eine wollte mir neulich eine kleben, und sie hören auch dann nicht, was man zu ihnen sagt, weil sie sich vor Kummer besaufen. Die Ilona – kennst du doch auch? Die beim Kartoffelfest dabei war. Erst hat sie gejault wie ein Schloßhund, dann hat ihr Ami ihr eine geklebt, und dann wollte er mir an die Wäsche. Ich habe ihm aber in die Eier getreten, dann hat er wieder der Ilona eine gefenstert, und dann war Curfew und er mußte zurück in die Kaserne. Na, die Ilona, kannste dir vorstellen. Sie lag auf dem Bett, die Visage verquollen, Lippenstift, alles verschmiert, ein Strumpf zerrissen, und dann fingse an zu kotzen. Ich habe sie gerade noch bis zum Lokus schleifen können, da hatse gekniet und die Kloschüssel umarmt. Richtig mies war ihr. Ich habe sie ausgezogen und wollte sie ins Bett bringen, aber als sie nackend war, mußte sie wieder kotzen. Ich sage euch, mit dem blanken Hintern saß sie da auf dem Terrazzo. Die kann sich ja was holen. Endlich hatte ich sie im Bett. Aber wie sah die Bude aus! Gläser mit Whiskyresten, Coca verschüttet, der Tisch klebrig, Kippen in den leeren Flaschen. Und ein Hecht! Aber ich dachte, wenn ich das Fenster aufreiße, holt die Ilona sich den Tod.» Agathe ruckelte mit den Hüften und zog sich den Rüschenrock runter. «Nee, bei mir nich. Da gehe ich nicht wieder hin. Außerdem» – sie warf einen Rundblick unter ihren langen Wimpern hervor auf uns alle –, «Sternchen Siegel mag es nicht.»

Gustavchen buffte mir in die Seite. «Siehste», sagte er stolz, «ich habe das schon beim Laubenfest zart anjedeutet. Da spinnt sich was an.»

Agathe ruckelte wieder mit den Hüften. «Ach, du ...» sagte sie verschämt.

Als Fanselows gegangen waren, sagte Ingeborg: «Die hat ja vielleicht 'ne Schau drauf. Ich denke, nach dem Krieg hat sie sich von

Negern bumsen lassen? Dafür macht sie jetzt aber ganz schön auf keusche Susanne.»

«Ich glaube auch, daß sie sich Sternchen Siegel angeln will.»

«Ein hübsches Paar. Der kleine Sternchen und die dürre Latte. Ich hoffe, wir sehen die beiden mal beim Boogie-Woogie. Mit Rüberschmeißen und so.»

Mittels Zettelaushang an der Wand von Puvogels Baracke war es uns gelungen, eine zweite Chaiselongue zu erwerben. Ingeborg hatte darauf bestanden. «Nicht wegen mir», hatte sie gesagt. «Ich finde es gemütlicher, wenn wir zusammen schlafen. Aber Gigi ärgert es. Und wo wir doch jetzt Freundinnen sind ... Also: Ende Winterschlaf.»

Heute sollte die neue Chaiselongue eingeweiht werden. Zwecks Demonstration, nehme ich an, holte Ingeborg ihre neue Freundin herüber. Zusammen bauten sie mein Bett in der Wohnstube. «Wirst du dich auch nicht gruseln?» spottete Gigi. «Ohne Ingeborg als Wärmflasche wirst du sicher erfrieren heute nacht. Armer Karl Kaiser! Morgen früh finden wir dich erstarrt, die Augen offen, ein friedliches Lächeln um die Lippen, weil du an uns beide gedacht hast.»

«Bleib doch hier», sagte ich. «Dann ist es nicht so ungewohnt. Kein plötzlicher Übergang.»

«Danke für Backobst», sagte Gigi. «Daß du mich wieder überredest, mit dir zu pimpern, und dann denke ich eine Woche an nichts anderes als an Karl Kaiser!»

«Ist doch nicht schlecht?» Ingeborg und ich sagten es gleichzeitig. Gigi sah uns an: «Eine Verschwörung. Eine lausige Verschwörung. Helft mir lieber mal, den Bettbezug umzudrehen.»

Als wir fertig waren, zog Gigi sich plötzlich aus und legte sich in das neue Bett. «Nu bringt mir mal 'n Schnaps», sagte sie.

Es gab an diesem Abend einen Haufen Theater und viel Gekichere, bis jeder seinen Platz gefunden hatte. Am Tag war es über Null gewesen. Aber in der Nacht sank das Thermometer auf minus sieben Grad. Infolgedessen fror Ingeborg. Sie weckte uns mitten in der Nacht. Kroch zu uns ins Bett. Für drei waren die Chaiselonguen wirklich nicht eingerichtet. Ich stand deshalb auf und legte mich in Ingeborgs Bett. Die Mädchen hatten es jetzt warm. Aber ich fror!

Ich wachte immer wieder auf. Eins der Mädchen im anderen Zimmer schnarchte. Ein rötlicher Schein drang zum Fenster herein.

Dann hörte ich Stimmen. Rufe. Ich stand auf und ging zum Fenster. Puvogels Baracke brannte! Ich rüttelte die Mädchen wach. «Steht auf! Es brennt! Puvogels Baracke brennt!»

Sie waren im Augenblick hellwach. Sprangen aus dem Bett. Liefen zum Fenster. Schnell zogen wir uns an, rannten zum Platz hinüber. Dort versammelte sich schnell die gesamte Laubenkolonie. Puvogel sprang im Feuerschein hin und her. Wanda versuchte, von der Rückseite in die Baracke einzudringen, um Vorräte zu retten. Es hatte keinen Zweck mehr, die Bude brannte wie eine Fackel. Wir bildeten Eimerketten zu den nächsten Pumpen. Aber auch das hatte keinen Sinn.

Jemand hatte die Feuerwehr alarmiert. Von *Horse Platoon* jagte die US-Feuerwehr mit Sirene und Blaulicht heran. Sie mußten einen Schlauch bis zum Hydranten unten am Anfang der Siedlung ausrollen. Als sie zu spritzen begannen, war die Baracke fast niedergebrannt. «So eine Scheiße», sagte Puvogel. «Die ganzen Vorräte. Wenn ich das gewußt hätte. Und die Lebensmittelkarten. Gestern habe ich erst mit Wanda die Bogen geklebt. Für die Kartenstelle. Was werden die sagen?»

«Das ist doch Wurscht. Da mach dir mal keine Gedanken.»

«Ich hätte sie heute abliefern müssen.»

«Sollen die sich doch das Zeug aus dem Feuer holen! Du kannst doch nichts dafür.»

«Es sieht aber vielleicht so aus.»

«Quatsch mit Soße.»

Die Feuerwehrleute löschten weiter. Immer wieder flackerte es auf. Das Petroleumfaß flog mit einem Knall in die Luft. Es gab eine hohe Stichflamme. Wir standen um das Feuer, Eimer in der Hand, die meisten waren nur mangelhaft bekleidet.

«Wo bekommen wir jetzt Lebensmittel her?» fragte Frau Buseberg.

«Das ist doch im Augenblick nicht das Problem», wies Buseberg sie zurecht. «Denk doch an Puvogel. Was der jetzt für Scherereien hat.»

Buseberg hatte einen Eimer an seinem Metall-Arbeitshaken baumeln.

Auch die Zehlendorfer Feuerwehr rückte jetzt an, entrollte einen Schlauch. «Wasser – marsch!» befahl der Brandmeister. Die Dampfwolke über der Brandstelle wurde größer. Sie rötete sich, als die ersten Strahlen der Morgensonne sie trafen. Der Brand glimmte nur noch.

Die Amis rollten ihren Schlauch ein und fuhren ab. Auch unsere

Feuerwehr hörte zu löschen auf. Mit Äxten wühlten die Männer in den Trümmern. Außer Puvogels Kanonenofen, der ausgeglühten Krups-Waage und der Marmorplatte, auf der Wanda Schinken geschnitten hatte, fanden sie nichts.

«War Geld drin?» wollte Friedrich wissen.

Puvogel schüttelte den Kopf. «Das nehme ich abends immer mit in die Laube.» Sein Gesicht war geschwärzt. Er schwitzte.

Alle redeten durcheinander. Ob es Brandstiftung war?

«Vielleicht unsere beiden Ganoven», mutmaßte Friedrich, «Muchenfritz und Harry.»

Buseberg schüttelte den Kopf.

«Nie. Die sitzen noch. Da kannste aber 'n feuchten Pup drauf lassen.»

Der Ausdruck trug Buseberg eine Rüge von seiner Frau ein.

«Mußte denn immer so schweinisch sein?» sagte sie.

Buseberg lachte.

«Ich kann es mir nur so erklären, daß Glut aus dem Ofen gefallen ist», sagte Puvogel. «Wir haben abends noch nachgelegt.»

Willi Reh war auch für Brandstiftung. «Das muß doch einer gemacht haben», sagte er. «Da steckt einer dahinter.»

«Sie hätten es brennen lassen sollen», sagte Harald Buseberg. «Zu retten war nichts mehr. Es war schön warm.»

Siegfried sah ihn empört an und wackelte mit dem Haaransatz.

Die Feuerwehrmänner rollten jetzt auch den zweiten Schlauch ein. Sie ließen zwei Mann als Brandwache zurück und fuhren ab. Die Tausendschönchen verkrümelten sich in ihre Lauben. Weil es keinen Zweck mehr hatte, wieder schlafen zu gehen, kochten wir Kaffee. Ingeborg hatte geistesgegenwärtig ein paar angekohlte Latten von der Brandstelle mitgebracht, die sie jetzt verheizte. So brachte der Barackenbrand uns noch eine warme Stube ein.

In der Leberwurstfabrik erzählten wir Onkel Hubert von dem Unglück. Auch er dachte sofort an Harry und Muchenfritz, sah jedoch ebenfalls ein, daß sie es unmöglich gewesen sein konnten. Onkel Hubert ging hinüber, sich den Schaden ansehen. «Ich habe Puvogel angeboten, daß wir ihm alle helfen», sagte er, als er zurückkam. «Natürlich war er nicht ausreichend versichert. Ich nehme mal das Rad und fahre zu Sternchen Siegel. Vielleicht hat der ein paar Ideen.»

Sternchen Siegel kam, besichtigte die Brandstelle und zog sich mit Puvogel zur Beratung zurück. Anschließend besuchte er uns. «Holt

Friedrich und Stacks» (er nannte Gigi immer bei ihrem Spitznamen). «Wir müssen zusammen nachdenken.»

Die beiden kamen.

«Zuerst wird sein de Überlegung wie helfen wir Puvogel mit de Behörden», entwickelte Sternchen Siegel seinen Plan. «Friedrich wird sich Vollmacht geben lassen von Puvogel mechte ich andeuten und de Sachen regeln. Ist er Kriegsversehrter, also wird man Scheu haben, mit ihm zu meckern. Ingeborg schlage ich vor, organisiert Nachschub für weitere Lebensmittelbezüge, damit die Leute wieder kaufen auf die Karten. Muß Puvogel in seiner Laube machen. Stacks wird vielleicht stöbern in de Lauben, daß se findet eine alte Waage? Mit Gewichte? Für den Anfang.»

Gigi nickte.

«Und nu brauche ich Karl, er wird mit mir gehen zu de Amis.»

«Was da?»

«Gütiger Himmel! Haben se Barackenteile geschichtet überall in de Stadt. Noch von de deutsche Kriegsmaschinerie. Werden se doch in der Lage sein, uns zu beliefern? Bauen wir eben neu. Alles bißchen größer, vielleicht ist die Blockade bald vorbei?»

Sternchen grinste uns unter seinem Mützenschirm an. Einen Augenblick erinnerte er mich an Schnüffelpaule.

«Vielleicht bauen wir *noch bißchen* größer und schließen ein Lokal an. Nu, nich erschrecken, ganz klein nur. Kriegen wir vielleicht bißchen Dünnbier, Coca von die Amis. Und was Schnaps weiß ich auch. Na? Idee?»

Wir waren zu verblüfft, um etwas zu sagen. «Aber die Konzessionen», warf Friedrich ein. «Woher sollen wir die Konzessionen kriegen?»

«Hab ich auch 'ne Idee», sagte Sternchen Siegel und sah Friedrich an. «Werdense doch em Kriegsversehrten nicht verweigern de Konzession?» Er stand auf. «Nu man los. Macht en Tach zu de Fabrik mit de verdammte Wurst. Muß ich auch mit deinem Onkel Hubert reden, Karl. Er soll sehen, daß de Brauerei uns beliefert. No?»

Ich fuhr mit Sternchen Siegel in die Kronprinzenallee, zu den *American headquarters*. Er kannte dort einen Offizier. Nach einer halben Stunde hatten wir ihn weichgeknetet und besaßen eine Anweisung für *Barackenbauteile, neunzig Quadratmeter Grundfläche, aus ehemaligen Beständen des OKW*. Der US-Offizier, ein Emigrant, der gut Deutsch sprach, schüttelte den Kopf. «Wo du immer die Finger drin hast, Sternchen», sagte er. «Damit hätte mir mal ein anderer kommen solle.»

«Für was willste se aufheben, de Teile», sagte Siegel. «Für de neue deutsche Wehrmacht?»

Heringsbändiger mußte wieder sein Pferd herleihen. Von Eichelkraut aus der Kolonie Forsthaus organisierten wir noch einmal den Gummiwagen. Heringsbändiger fuhr Barackenteile. Die Wände waren zum Teil angekohlt, weil ja im Krieg alles gebrannt hatte, und die Bolzen und Muttern zum Verschrauben mußten wir uns mühselig zusammensuchen. Auf den Platten fürs Dach war keine Pappe mehr. «Wird auch organisiert», sagte Siegel. «Weiß ich einen in Reinickendorf, der Pappe hat und Nägel. Wird er uns müssen geben.»

«Wieso müssen?»

«No, habe ich ihm mal das Leben gerettet.»

Heringsbändiger überzeugte den Lagerverwalter, daß er etliche Teile in Reserve bekommen müßte, weil zuviel beschädigt war. «Es wird mich Kopf und Kragen kosten», zeterte der Mann.

«Nur den Kragen», beruhigte Heringsbändiger ihn.

Das Baumaterial türmte sich auf dem Platz der Kolonie Tausendschön. Puvogel war begeistert. Mit Freiwilligen räumte er die Brandstelle auf. Gleichzeitig rollten die ersten Lebensmittellieferungen von den Großverteilern. In Puvogels Laube begann Wanda wieder mit der Zuteilung vom Poms und Trockenei. Gigi hatte eine Waage organisiert. Wir hatten unseren Tisch aus der Veranda hinübergeschleppt, der als Verkaufstheke diente.

Eine Woche nach dem Brand stand Puvogels Baracke wieder, größer, wenn auch nicht schöner. Die Dachpappe wurde geliefert. Buseberg und Puvogel hockten auf dem Dach und nagelten die Bahnen mit nagelneuen Dachnägeln an. Dank Heringsbändigers Voraussicht waren genügend Barackenteile übrig, um einen Verkaufstisch und Regale für innen zu zimmern. Hinter einer Trennwand, im kleineren der beiden Räume, baute Buseberg eine Bar. Es war so schnell gegangen, daß wir Richtfest und Einweihung in einem feierten.

Sternchen Siegel hielt eine kleine Ansprache: «Man muß glauben an de Zukunft», sagte er. «De Leute wollen leben. Deshalb wird es von nun an auch de Gastwirtschaft geben, unter Leitung von unserem lieben, geehrten Friedrich. Auch der Laden vom lieben Herrn Puvogel ist bemessen für de Zukunft. Se werden sehen. Siegel wird sich kümmern.»

Puvogel dankte ihm und allen Tausendschönchen, die geholfen

hatten. «Geduld», sagte Siegel, «wir müssen noch lösen die wichtigste Aufgabe. Welchen Namen werden wir geben dem Gasthaus?»

Alle riefen durcheinander, jeder hatte einen anderen Vorschlag. *Zum grünen Kakadu*, wünschte sich Ingeborg. Buseberg meinte *Tausendschön* sei richtig, oder *Tausendschönchen*. Heringsbändiger wollte, daß es *Zum marinierten Hering* getauft würde, und Wanda Puvogel war für *Blaue Grotte*.

«Moment mal», meldete sich Friedrich, «ich finde, es muß einen richtig duften Namen bekommen. Einen, den sich alle merken. Wegen dem sie uns besuchen. Deshalb schlage ich vor, daß wir die Kneipe *Zur beknackten Maus* nennen.»

Verblüfftes Schweigen. Dann rief Willi Reh: «Mann, det is 'ne Wolke! Anjenommen, wa? Zur beknackten Maus. So wat Schönes habe ich lange nicht gehört!»

«Bravo!» schrie Buseberg.

Das Eis war gebrochen, alle schrien durcheinander, klatschten. Als wieder Ruhe eintrat, sagte Sternchen Siegel: «Hand hoch, wer für Beknackte Maus ist.» Alle hoben die Hände.

«Einstimmig angenommen», sagte Siegel. «Puvogel, denn gieß uns mal einen ein.»

So wurde die *Beknackte Maus* geboren, jene Kneipe, die in Vorort-Kreisen, bei Laubenpiepern besonders, schnell Berühmtheit erlangte. Onkel Hubert hatte einen Vertrag mit seiner ehemaligen Brauerei vermittelt, die Tische und Stühle zur Verfügung stellte. Bald rollte das erste Faß Bier an. Siegfried organisierte aus dunklen Quellen Schilder mit sinnigen Sprüchen und hängte sie an der Wand auf. Auf einem stand:

Arbeit ist der größte Feind der trinkenden Klasse.

Das andere sprach eine Warnung aus:

Hier kocht der Wirt. Essen geht er woanders.

Das dritte war ein Stoßseufzer:

Juta Mond, wenn ick dir seh,
machste mir 'ne jroße Plage,
du bist im Jahr nur zwölfmal voll,
und ick bin's alle Tage.

Auch die Personalfrage löste Siegel. Agathe Fanselow übernahm die Bar. Gustavchen Fanselow ließ seine Ami-Kochtöpfe im Stich und übernahm die schwereren Arbeiten. Später, versprach er, würde er auch kochen. Und Bouletten sollte es geben und Soleier. Allerdings müsse Siegfried dann das eine Schild (Hier kocht der Wirt) wieder abnehmen. Siegfried versprach es.

Wie auf Bestellung kam eine neue Postkarte von Schnüffelpaule. Er schrieb:

> Liebe Leute, befinde mir auf Jeschäftsreise durch die vereinigten Westzonen, beurteile Berlin-Lage optimistisch. Deshalb bereite auch Rückkehr vor, jetreu dem Spruch: Wo man trinkt, da laß dir ruhig nieda – Berlin kriegt Korn und Molle wieda!
> In diesem Sinne Euer Paule (Schnüffel)

Es schien, als ob Sternchen Siegel uns wieder einmal gerettet hätte. Inzwischen gab es 5807 Gewerbetreibende weniger in der Stadt: *Wegen Blockade geschlossen.*

Onkel Huberts Ersatzleberwurst, so viele Monate lang ein Verkaufsschlager, unterlag immer strengerer Rationierung. Die Bärmevorräte schmolzen zusammen. An einem frostigen Vorfrühlingstag verpackten wir die letzten Portionen.

«Was werdet ihr nun machen?» fragte Onkel Hubert.

Gigi wollte mit Mathildes Hilfe versuchen, einen Job bei den Amis zu finden. Siegfried und ich würden vielleicht wieder nach Gatow zurückgehen, Flugzeuge entladen. Für Ingeborg gab es erst einmal nichts: «Die einzige Möglichkeit ist, daß ich mich als Flüchtling registrieren lasse und beantrage, mich nach dem Westen auszufliegen.»

Am Abend fuhr Heringsbändiger vor, um die vorletzte Abrechnung zu machen. Zweihundert Portionen nahm er mit für den nächsten Tag. Einige waren noch in Weihnachtspapier eingewickelt. Damit war das Abenteuer Leberwurst beendet. «Kommt alle morgen früh», sagte Onkel Hubert, «zum Aufräumen.»

Wir waren ein bißchen traurig. «Zwar habe ich mir die Hände und Füße erfroren in dem Eiskeller», sagte Gigi, «aber es war doch eine lustige Zeit.»

«Lustig würde ich nicht gerade sagen», meinte Buseberg.

«Aber schön war's. Und Geld haben wir verdient. Leider können wir uns nichts dafür kaufen.»

«Außer künstlicher Leberwurst», scherzte Willi Reh.

Wir räumten zusammen. Die provisorischen Arbeitstische zerhackten wir und auch die Dauben vom letzten Hefefaß. Die anderen Fässer waren längst, kaum geleert, in die Öfen gewandert. Wir fegten aus. Siegfried trug den Müll hinten in den Garten, um ihn in einer Grube zu versenken. Er kam zurück. «Das Faß», sagte er ohrenwackelnd.

«Was für ein Faß? Es gibt keins mehr.»

«Det mit die Visitenkarte. Von die beiden.»

Tatsächlich, das von Muchenfritz verunreinigte Faß lag ja noch hinten im Garten.

«Schmeiß es auch in die Grube.»

«Jammerschade», sagte Siegfried. «Erst die Bärme, und denn noch das Holz.»

Onkel Hubert lachte. «Seht ihr», sagte er, «an die beiden Knastheinis denken wir immer noch. Dafür haben sie gesorgt.»

«Ob sie noch brummen?»

«Wahrscheinlich.»

Ich fuhr mit Onkel Hubert zu Mathilde. Sie hatte uns zum Essen eingeladen. Siegfried und Buseberg verrammelten die Kellertür, als wir auf unsere Räder stiegen.

Die Straßen waren leer. Außer ein paar Amischlitten und Autobussen gab es keinen Verkehr. In der Filandastraße schlossen wir die Räder an das Vorgartengitter und gingen hinauf.

Mathilde hatte jetzt zwei Zimmer. Der Mieter mit dem Bart, der mir damals geöffnet hatte, war ausgezogen. «Er wohnt jetzt in Britz», sagte Mathilde gleichmütig.

Sie trug heute eine weiße Kittelschürze. Aus der Küche duftete es verführerisch. «Es gibt Gulasch», sagte sie. «Ist euch doch recht? Ich habe es auf westpreußische Art gemacht.»

Es war uns sehr recht. Westpreußische Art hieß nichts anderes, als daß die Fleischstücke in Fett schwammen.

«Wo hast du denn die guten Sachen her?» fragte Onkel Hubert.

«Beziehungen», sagte Mathilde. «Du brauchst keine Angst zu haben. Es ist Rind und Schwein. Kein Pferdegulasch.»

«Hätte ja sein können», sagte ich. «Manchmal fällt unseren Amis im *Horse Platoon* eine Kracke um. Dann gibt es Frischfleisch für die Bevölkerung.»

Mathilde kostete und schmatzte mit ihrem reich bemalten Mund. «Du glaubst so was auch noch, wie? Auch daß die Leute Katzen essen.»

«Wenn sie es nicht täten, würden die Katzen nicht immer so schnell verschwinden. Frag mal Eichelkraut, der hat sicher sein Pferd aufgegessen.»

«Wer ist Eichelkraut?»

Wir berichteten Mathilde, wie wir den Gummiwagen geborgt hatten. «Weißt doch», sagte Onkel Hubert. «Der Eichelkraut, der auch in der Brauerei war. Als Bierfahrer. Er wohnt in der Kolonie Forsthaus.»

«Ach, der.» Mathilde trug den Gulaschtopf in die Stube. Wir folgten ihr. Auch die Kartoffeln waren gar. Mathilde schickte mich, sie abzugießen und zu dämpfen. Sie hatte auch Leipziger Allerlei, gemischtes Gemüse, Bohnen, Mohrrüben und Erbsen. Mit Mehlpampe angemacht. Ebenfalls «westpreußische Art».

Mathilde fragte:

«Die Leberwurstfabrik ist also zu?»

«Mmmh», mümmelte Onkel Hubert. «Ein Jammer, daß wir keine Bärme mehr bekommen haben. Es war ein gutes Geschäft. Wir hätten noch einmal so viel verkaufen können. Am Schluß haben wir rationiert, stell dir vor, sonst hätten wir viel eher Schluß machen müssen.»

«Habt ihr wirklich Geld damit verdient?»

«Aber ja. Alle haben gut verdient. Kannst mir glauben.»

«Und was macht ihr jetzt?»

«Das ist eben die Frage. Der Direktor von der Brauerei hat gesagt, ich soll mich melden. Vielleicht hat er was.»

«Ach, der Quatschkopp. Vielleicht sollst du seine Kaninchenställe ausmisten.»

«Es steckt mehr dahinter. Ich glaube, sie bereiten alles vor für das Ende der Blockade. Was sagen denn deine Amis? Meinen sie, es wird wieder normal?»

«Verschieden. Die meisten jubeln, wenn es neue Luftbrückenrekorde gibt, sie können sich nicht vorstellen, daß es je wieder anders wird. Sie bekommen doppelte Löhnung, Trennungszulage, Übersee-Zulage, Blockade-Zulage und was weiß ich alles. Mußt mal sehen, abends in den Clubs. Die hauen Penunze auf den Kopf, da kannste nur ehrfürchtig staunen. Mit ihren Dollars sind sie sowieso Krösusse hier. Ein Dollar vier Mark zwanzig. Westmark!»

«Und die anderen?» fragte ich.

«Die anderen sehen Zeichen am Himmel. Sie meinen, Stalin macht wirklich einen Rückzieher. Beispiele dafür gibt es. Erst mal, daß er das nicht mehr zur Sprache bringt mit der Einführung der Ostmark in den Westsektoren. Dann haben sie drüben im Ostsektor akzeptiert, daß auch die West-Kennkarten gelten.»

«Aus solchen Gründen heben sie keine Sperren auf.»

«Wenn sie aber merken, es bringt nichts? Außerdem: Früher, als die Vorräte aus dem Westen flossen, kamen die Leute aus dem Osten und kauften bei uns ein. Die Zone und der Ostsektor wurden teilweise mitversorgt, nich?»

«Das ist einleuchtend. Also, was denkst du? Was sollen wir machen?»

Mathilde riet Onkel Hubert dringend, wieder zur Brauerei zurückzugehen, «wenn es so sei». Dann nahm sie mich in die Mangel. Die alte Leier. Was aus mir werden könnte. Wieso ich nichts unternähme?

«Ich finde auch, es wird Zeit», sagte Onkel Hubert. «Die Leberwurst braucht dich nicht mehr.»

Abends ging ich in die *Beknackte Maus.* Neuerdings herrschte Hochbetrieb. Agathe, wie immer ganz in Schwarz, mit Federboa, ihre Blumendrahthaare zu einem Gebilde aufgetürmt, daß Schrippenhelga vor Neid erblaßt wäre, schmiß die Bar wie eine Profi-Barmaid. Sie hatte fünf Hocker organisiert, gebraucht, die Sitzflächen bestanden aus zerfetztem rotem Plastikstoff, aus dem die Füllung quoll, und der Chrom der Beine war angelaufen und blind. Aber sie erfüllten ihren Zweck.

Die meisten Gäste kannte ich nicht. Die Eröffnung der *Beknackten Maus* hatte sich herumgesprochen. Die Leute waren neugierig und kamen. Gustavchen zapfte Bier. Mit einer Kopfbewegung bedeutete er mir, hinten zur Wand zu schauen. Du liebe Güte! Sie hatten das Schild von der Fabrik aufgehängt:

Huberts Leberwurst-Ersatz ist der beste.

«Wat sachste dazu», meinte Gustavchen stolz. «Is doch ein schönes Andenken, oder? Stell dir vor, mal gibt es wieder richtige Leberwurst, und denn hängt det Schild da und die Leute lesen es und denken: Ja, so wars!»

«Optimist», sagte ich. «Gib mir lieber ein Bier.»

Gustavchen wischte sich den Schweiß von der Stirn und zapfte.

Waren denn die Berliner alle verrückt geworden? Dazu noch an ein und demselben Tage? Für den RIAS und die Zeitungen gab es keine Zeit «nach der Luftbrücke». Außer Tonnage-Meldungen und rührenden Details aus dem Leben der Blockierten wußten sie kein Thema.

Agathe Fanselow küßte mich. Ihre Boa kitzelte mich an der Nase. «Wir gehen baden . . .» sagte sie leise.

«Wie?»

«Ba-den! Mann, die saufen hier vielleicht was weg! Wenn Sternchen Siegel nicht nachschiebt, können wir in drei Tagen dichtmachen.»

«Vielleicht können wir uns mit Cocktails retten?»

«Was für Cocktails? Marke Luftbrücke, mit viel Wind im Glas und drei Spritzer Motorenlärm?»

Ich lachte. «Paß auf», sagte ich, «Buseberg braut Stachelbeerwein. Wenn wir den mit Kartoffelschnaps mischen . . .»

«Du olle Sau, is das der Wein, wo mir Gigi erzählt hat, deine Kusine hat Dünnschiß gekriegt? Meinste, die Gäste sollen mir hier in die Bude knöken? Oder abhauen, weil sie Bauchschmerzen kriegen?»

«Frollein, noch 'ne Runde Korn», riefen sie von einem Tisch. Agathe nahm die Flasche, ging hinüber und füllte die Gläser. Gustavchen, im T-Shirt, das seine Fettwülste zeigte, hatte die Hände in die Hüften gestützt. Er sah aus wie ein richtiger Wirt.

Agathe kam zurück. «Du, so verrückt ist das eventuell gar nicht. Wenn man es mischt, kriegen die Leute vielleicht gar kein Bauchweh. Sprichste mit Buseberg?»

Ich ging zu ihm. «Nee, wissense, nee», sagte Buseberg, «wer hätte gedacht, daß ich auf meine alten Tage noch Lieferant für Bars werde. Ob das richtig ist?»

«Faß dir doch mal an 'n Kopp», sagte Frau Buseberg.

«Zwölf Kruken Stachelbeerwein haben wir. Und den Kirschwein auch noch. Wer trinkt denn das alles? Du nicht, ich nicht, Harald nicht. Also verkauf es an Puvogel!«

«Wenn du meinst . . . Aber was soll ich dafür nehmen?»

«Also, das weiß ich auch nicht!»

«Das können wir ja später aushandeln», sagte ich. «Hauptsache, wir probieren erst einmal. Wenn Sie so nett wären, oder Harald, daß wir morgen früh eine Kruke Stachelbeer und eine Kruke Kirsch dahaben?»

«Ist jeritzt», sagte Buseberg.

Agathe ließ es sich nicht nehmen, unseren Mixversuchen beizuwohnen.

Buseberg hatte die Kruken herübergekarrt, Gustavchen und Puvogel stritten sich über die Mischungsverhältnisse. «Haltet mal die Klappe», sagte Agathe. «Alles ist eine Frage des Geschmacks. Wir machen jetzt Tests. Der Schnaps hat fünfundvierzig Prozent, im Cocktail sollten noch zwanzig Prozent sein. Wer kann das ausrechnen?»

«Na, halb und halb», sagte Gustavchen. «Ist doch logisch. So ungefähr jedenfalls.»

Wir gaben uns mit dieser arithmetischen Glanzleistung zufrieden. Füllten Probegläser. Kosteten.

Agathe schmatzte. «Den Kirsch, also den finde ich ausgezeichnet», sagte sie. «Aber der Stachelbeer ... probiert den mal. Auweia, das schmerzt im Schritt. Der zieht einem ja den Schlüpfer aus.»

Wir lachten. Puvogel sagte: «Kann mir nicht passieren. Aber recht hast du. Schmeckt übel.»

Buseberg kostete auch. «Ist doch guter Stachelbeerwein», sagte er. «Wieso, verdammt nochmal, schmeckt das nicht?»

«Probieren wir's mal mit Korn? Das andere war Kartoffelschnaps.»

«Pfui Deixel», sagte Agathe. «Mit Korn wäre es noch schlimmer.»

Wir waren ratlos. «Eine Möglichkeit gibt es noch», sinnierte Agathe. «Wenn wir halb Kirsch, halb Stachelbeer nehmen? Probiert das mal.»

Gustavchen mixte. Wir tranken. Puvogels Augen leuchteten. «Wunderbar», sagte er.

«Wirklich», bestätigte Agathe. «Ganz ausgezeichnet. Aber wir müssen den Kartoffelschnaps nehmen. Korn schmeckt zu sehr vor.»

«Ist sowieso besser. Den können wir leicht besorgen. Ich weiß da ...» Puvogel funktionierte wieder. Er dachte ans Organisieren!

«Sind alle einverstanden?» fragte Agathe. «Dann mach mal 'n Schild. Der Preis? Einsfünfzig das Glas haut hin, was?»

«Halt mal! Wie nennen wir die Cocktails?»

«Für den mit Schnaps und Stachelbeer und Kirsche wüßte ich was», sagte Gustavchen. «*Flotter Dreier!*»

«Bravo!» – «Famos!» – «Genial!» Wir schlugen Gustavchen auf die Schulter. «Nun der andere. Der nur mit Kirsch.»

«Ich weiß was.» Puvogel hob die Hand wie in der Schule.

«Na? Spuck's schon aus.»

«*Agathe halb und halb*», sagte Puvogel zaghaft.

«Mann, das ist gut! Los. Aufschreiben!»

«Darauf trinken wir 'ne Runde», schlug Gustavchen vor.

«Welchen? Flotter Dreier oder Agathe halb und halb?»

«Erst den einen, dann den anderen.»

«Wißt ihr, was 'ne Verfeinerung wäre?» sagte Agathe. «Wenn ihr die Kirschkerne zermalmt und auch in die Kruke haut. Das gibt so'n schicken bitteren Stich. Von der Blausäure.»

«Wir können doch jetzt die Kirschen nicht rausholen und die Kerne zerknacken.»

«Nächstes Mal eben. 'ne Handvoll genügt. Ich sage euch, ihr werdet euch wundern, wie das verbessert!»

Am Abend gab es lieben Besuch in der Beknackten Maus. Zauberer Xylander Puvogel und Amaryllis hatte die Neugier hergetrieben. Amaryllis trug ein Goldlamékleid und eine weiße Pelzstola, Kaninchen auf Nerz getrimmt. Sah fast echt aus. Die Gespräche verstummten, als sie reinkam. Dann pfiff einer von den Jungs am Ecktisch anerkennend. Amaryllis knickste in seine Richtung. Jetzt ging es los: «Mann, 'ne Wolke!» – «Ich wünsch mir viele schlaflose Nächte!» – «Mit dir möcht ick gern bummeln gehn!»

Amaryllis küßte Agathe. «Was habt ihr denn zu trinken?»

Agathe empfahl den Flotten Dreier. Den Halb und Halb hielt sie zurück. Ich glaube, sie wollte zuerst einmal ausprobieren, ob die Gäste den Flotten Dreier ohne Bauchweh überlebten.

Xylander sagte: «Direkt gemütlich ist es hier!» Puvogel strahlte. Amaryllis verbreitete eine sündhafte Parfümwolke.

«Französisch», sagte sie. «Ich kriege es, wenn wir bei den Franzosen auftreten. Das nächste Mal bringe ich dir was mit.»

Gigi und Ingeborg wollten auch die neuen Cocktails probieren. Dann kam Onkel Hubert, und schließlich Sternchen Siegel. Er strahlte. «Nu, was habe ich gesagt?» meinte er. «Wird es werden e Goldgrube.»

Zum Schluß kam Eichelkraut. Agathe flüsterte mir ins Ohr: «Findest du nicht, er riecht komisch?»

Gemessen an Amaryllis waren die Düfte, die Eichelkraut ausströmte, viehisch. Aber er ließ sich nicht davon beirren, daß einige von ihm abrückten. Trank sein Bier. «Wenn ihr was zu fahren habt», sagte Eichelkraut, «ich habe wieder 'n Pferd. Und noch 'n Spezialwagen fürs neue Geschäft.»

«Was ist das denn für 'n neues Geschäft?»

Der alte Eichelkraut zwinkerte: «Sickergruben-Entleerung.»

Sternchen Siegel ging herum und prüfte alles. Wir berichteten ihm von den neuen Cocktails. Ob er probieren wolle? Aber obwohl Agathe persönlich ihm einen Flotten Dreier reichen wollte, mit dem heißesten Augenaufschlag, den sie je plaziert hatte, winkte Sternchen ab:

«Bitteschön, müssen wir erst denken. Sehe ich mich um, ist alles friedlich, aber langweilig für die jungen Menschen. Müßte schöne Wurlitzer-Orgel her, für Musik. Bringt auch weitere Einnahmen. Siegel wird besorgen.»

Neuerdings gab es die aus Kunststoff gepreßten *Single*-Schallplatten aus Amerika. Die Amis hatten in ihren Clubs jene Kästen mit bunten Lichtspielen, die von der Firma Wurlitzer in Chicago gebaut wurden, längst installiert. Mittels Tastendruck konnte man aus fünfzig oder hundert Platten wählen. Es wäre eine Wucht, wenn Siegel so eine Bumsvallera besorgen könnte! Busebergs Quetschkommode hätte dann zwar ausgedient. Aber es waren ja auch andere Zeiten.

Eines Morgens stand Puvogel in der Tür. «Kommt schnell rüber. Mann, ich kriege mich nicht mehr ein!»

Wir folgten ihm in die Beknackte Maus. Friedrich und Gigi waren schon da. Mitten im Raum stand ein riesiger Karton. «Wißt ihr, was gekommen ist? Die Musikmaschine. Was nun?»

«Was nun!» Friedrich grinste. «Auspacken. Wo ist die Steckdose?»

An eine Steckdose hatte niemand beim Bau der neuen Baracke gedacht. Ich holte Gustavchen, während die anderen den Apparat auspackten. Als wir wiederkamen, stand das Monstrum glitzernd da. Friedrich studierte die Gebrauchsanweisung.

«Es ist ganz einfach», sagte er. «Hier oben müssen wir die Platten einhängen. Wo sind die Platten?»

«Hier.» Sie waren in einem zweiten Karton, den bisher niemand beachtet hatte. Wir packten aus. Gigi und Ingeborg lasen die Titel. «Schätze», sagte Gigi. «Kuck mal hier.»

Es war alles da: die geliebten Andrew Sisters. Erste Platten von Elvis Presley: Rock'n'Roll. Lokomotion.

«Phantastisch!»

Gustavchen verlor keine Minute. Er zweigte ein Kabel vom

Hauptstrang ab. Rannte zurück ins Fanselow-Haus und schraubte eine Steckdose los. Im Nu war sie im Lokal installiert. Wir steckten den Apparat ein. Gigi drückte die Tasten. Die Wurlitzer-Orgel schmetterte: *When the Saints go marching in ...*

Die Tür ging auf. «Sternchen!» rief Gigi. Hinter Sternchen stand Agathe.

«No? Schlecht?» fragte Sternchen Siegel.

Die Kneipe war jeden Abend gerammelt voll. Wie Sternchen Siegel vorausgesagt hatte, wurde die Wurlitzer-Orgel eine Sensation. Sogar aus der Siedlung kamen die Leute. Siegels Kicker von den Zehlendorfer Brummern wurden Stammgäste. Agathes Cocktails gingen weg wie warme Semmeln. Buseberg karrte die nächsten Kruken heran. Friedrich als offizieller Besitzer der Beknackten Maus hatte ihm einen guten Preis geboten. Mit Heringsbändiger hatte er ein Abkommen für die Lieferung von Fischbouletten getroffen. Es war allerdings wenig Fisch drin, Gustavchen besorgte von den Amis trockenes Weißbrot, das Heringsbändiger zur Streckung der Boulettenmasse reichlich verwendete. Seine Schöpfung bekam schnell einen Namen von den Stammgästen: *Schrippe mit Sonnenbrand.*

«Große Ereignisse werfen ihre Bouletten voraus», witzelte Heringsbändiger unerwartet. «Ihr werdet sehen, eines Tages gibt es hier richtige Bouletten – aus Fleisch.»

«Falls du sie nicht lieferst, ist sogar das möglich», meinte Willi Reh.

«Laß ihn doch», sagte Ingeborg. «Seid froh, daß wir die Fischdinger haben.» Sie ging zu Heringsbändiger hinüber, setzte sich auf seinen Schoß und sah ihn liebevoll an.

«Wie 'ne Gans, die Weihnachten überlebt hat», brummte Willi Reh.

Onkel Hubert teilte mir mit: «Sie kocht uns noch mal Gulasch.»

«Wer?»

«Mathilde. Sie will uns was mitteilen. Ingeborg soll auch kommen. Sie kommt doch?»

«Wahrscheinlich. Was will Mathilde uns mitteilen?»

«Es ist noch geheim. Sag nicht, daß du es von mir weißt. Sie macht nach Amerika.»

«Nach Amerika?»

«Sie hat sich verlobt. Mit einem Ami.»

«Kenn ich den? Doch nicht der lange Lulatsch vom Kartoffelfest?»

Onkel Hubert winkte ab. «Der doch nicht. 'n Leutnant.»

«Ist der auch da?»

«Nee. Den zeigtse nich vor. Der ist in Frankfurt. Sie fährt hin und heiratet ihn. Dann muß sie warten, bis er sie rüberholen kann.»

«Ist das gut?»

«Frag sie doch selbst. Also übermorgen. Aber erst abends. Um acht. Und vergiß nicht: Ingeborg ist auch eingeladen. Familie, klar?»

«Alles klar.»

Ingeborg ging in der Laube hin und her. «Das ist doch nicht möglich», sagte sie.

«Wieso nicht möglich? Viele Mädchen heiraten Amis, das sollte dir bekannt sein.»

«Aber Mathilde. Ich meine, ich kenne sie ja wenig. Aber die war doch immer so spröde.»

«Nun wohl nicht mehr.»

«Du machst es dir leicht, Karl. Vielleicht steckt was dahinter.»

«Was schon. Möglicherweise ist sie angebrütet.»

«Ach, du liebes bißchen. Was soll ich denn anziehen?»

«Borg dir ein Kleid von Agathe. So 'nen schwarzen Fetzen. Die hat mehrere.»

Mathilde hatte eine vornehme Tafel gedeckt, mit Damast-Tischtuch, zwei Sorten Gläsern, Messerbänkchen, Blumen. Sie trug ein mausgraues Trägerkleid mit Schärpe. Irre schick. Ingeborg sah ein wenig verworfen aus in Agathe Fanselows Kleinem Schwarzen mit Spaghettiträgern. Sie hatte kräftige Schultern. Es fiel mir zum erstenmal auf. Agathe hatte sie reichlich mit französischem Parfüm beträufelt, das Amaryllis gestiftet hatte. «Chanel?» fragte Mathilde mit Anerkennung in der Stimme. «Genau», sagte Ingeborg. «Toll, was? Kann ich dir helfen?»

Die beiden verschwanden in der Küche. Onkel Hubert biß kunstgerecht das Ende von einer Zigarre ab. Er hatte den Anzug an, den er bei Omas Beerdigung getragen hatte und, roch nach Kampfer und Mottenpulver. Um seinen militärisch geschorenen Kopf hatte die Mütze eine ringförmige Druckstelle hinterlassen. Ich hatte mir von Buseberg eine Jacke geborgt und einen Schlips aus Edes hinterlassenen Beständen umgebunden, Baujahr etwa 1936. Wir sahen seltsam aus!

Onkel Hubert trabte im Zimmer auf und ab und rauchte. Leicht schien ihm der Abschied von Mathilde nicht zu fallen, sie war ja alles, was er noch an Familie besaß. Die Mädchen kicherten in der Küche. Dann tischten sie auf. Ich mußte Weinflaschen öffnen. Kallstadter Kobnet. Friedens-Jahrgang. Erstaunlich, was in dieser Stadt alles zum Vorschein kam. Wir tranken.

«Ihr wißt ja sicher schon Bescheid», sagte Mathilde und sah Onkel Hubert an. Er errötete, schwieg aber. Mathilde zeigte ein Foto mit einem blonden jungen Mann in amerikanischer Uniform, kurzer Haarschnitt, wie Onkel Hubert. Der Mann auf dem Foto lächelte. «Das ist Bob. Ihn heirate ich nun», sagte Mathilde.

«Süß», sagte Ingeborg, «wo habt ihr euch kennengelernt?»

«Beim Quartermaster. Er ist dort ... das heißt er war, jetzt ist er in Frankfurt stationiert ...»

«Zeig mal das Foto», sagte Onkel Hubert. Er sah sich seinen zukünftigen Schwiegersohn genau an. «Wieviel verdient er?»

«Och.» Mathilde winkte ab. «Der hat Zaster. Sein Vater hat eine Ladenkette. Und er ist ja Offizier.»

Onkel Hubert gab das Foto zurück. Wir aßen. Die Mädchen schwatzten. Onkel Hubert hüllte sich in Schweigen. Ich sagte auch nicht viel. Mathildes Gulasch war wieder vorzüglich. Hinterher gab es Eis.

Ingeborg stellte tausend Zukunftsfragen. Ich wurde langsam betrunken. Mathildes Brüste waren zur Mitte hin zusammengequetscht. Sie bildeten eine Art nach vorne oben verrutschter Popofalte. Onkel Hubert paffte Zigarren und bediente sich aus einer Flasche Malzwhisky. Kaffee lehnte er ab. Mathilde bot Ingeborg an, sie solle am nächsten Tag mit Gigi kommen und sich Kleider aussuchen. «Alles kann ich ja nicht mitnehmen.»

Endlich standen wir wieder auf der Straße. «Wat schall ick dörtau seggen», sinnierte Onkel Hubert auf plattdeutsch. Er schwankte vor uns her in seinem dunklen Anzug. Die Schirmmütze hatte er sich wieder auf den Kopf gerammt. Als wir uns von ihm trennten, sagte er: «Wenigstens ist es kein Neger.»

Eichelkraut wurde neuer Stammgast in der *Beknackten Maus*. Manchmal hielt der Sickergruben-Wagen schon am frühen Nachmittag auf dem Platz. In der Kneipe verbreitete Eichelkraut seinen unverkennbaren Duft und hielt Reden. Die Gärten, meinte er, hätte man schon im Krieg umwandeln müssen; sie wie Felder bewirtschaften. «Bei uns, se wissen, wo ich her bin? Hinterpommern! – Bei uns haben wir jleich Seradella mit dem Winterroggen jesät. Und Peluschken. Wißt ihr, was Peluschken sind? Die kleinen schwarzen Erbsen. Wurde alles mit verschrotet und fürs Brotbacken verwendet. Es streckt nämlich, und fürs Brot sind Peluschken einzig. Hatten wir einen strengen Winter, einmal, vom janzen Acker nur achtzehn Pfund Roggen. Stellt euch das vor. Aber die Peluschken haben uns jerettet. Die jeh'n nich kaputt.»

Er süffelte seinen Kartoffelschnaps. «Meine Mutter hat das Brot selbst jebacken. So was kriegt ihr hier nich. Die Amis überhaupt, mit ihrem weißen Pappendeckelbrot! Könn'se sich verstecken mit. Alle vierzehn Tage wurde jebacken, die Brotlaibe kamen auf den Heuboden, wo Luft jing, da schimmelte das Brot nicht. Mensch, wenn ich noch mal im Leben so 'n Brot essen könnte!»

Immer drehten sich die Gespräche ums Essen. Der Poms hing uns zum Hals raus. Eichelkrauts Peluschken-Brot wäre uns hochwillkommen gewesen.

Mit Eichelkrauts Gummiwagen fuhren wir wieder in den Grunewald. Auf Brennholz-Karte gab es Stubben zugeteilt. Diesmal mußten wir fast bis zum Großen Fenster, Jagen 101. Kolonnen ehemaliger Nazis gruben die Stubben aus. Früh gealterte, magere Männer. Ihre viel zu weiten Hosen baumelten an schlaffen Hosenträgern. Drei, vier Jahre war es erst her, als dieselben Männer, wohlgenährt, in prächtigen Goldfasan-Uniformen, geholfen hatten, auf sicheren Heimatposten den Endsieg vorzubereiten.

Ich erinnerte mich, wie damals einer dieser Würdenträger meinem Vater gratuliert hatte, daß ich, wegen rassischer Unzulänglichkeit unserer Ahnen verspätet, dem Jungvolk beitreten durfte.

Wir gaben dem Förster, den wir von der ersten Holzaktion kannten, unsere Bezugsscheine. «Seid ihr wieder da», sagte er. «Wie ist es mit einem Cognac?»

Wir hatten eine Pulle Korn mit. Er nahm einen Schluck, dann zeigte er uns, welche Stubben wir aufladen durften. «Schmeißt ruhig ein paar mehr auf den Wagen», flüsterte er. «Ich drücke ein Auge zu.»

Wir ließen uns das nicht zweimal sagen und beluden Eichelkrauts Gummiwagen, daß wir mit anschieben mußten, sonst hätte es das Pferd nicht geschafft, die Fuhre aus dem Sandweg zu ziehen.

«Hüh», schrie Eichelkraut. «Verdammte Kracke. Hat auch nichts mehr in den Knochen!»

Schließlich waren wir auf der Havelchaussee und zockelten heim. Eichelkrauts Sickergrubendüfte machten sich in der frischen Luft weniger bemerkbar. Die Sonne schien.

«Weißte, woran wir nicht gedacht haben?» fragte Buseberg. «Mir fällt das gerade ein, weil ich nächste Woche umgraben will. Wir haben keine Saatkartoffeln!»

Eine Katastrophe. Auch wir hatten unsere Sieglinde aufgegessen. Nicht eine einzige war übrig. «Ob wir noch mal zu Schlanstedt gehen? Nach Philippstal?»

«Ihr kommt nicht mehr durch. Alles dicht.»

«Hinten rum? Durch den Machnower Busch!»

«Sieh dir das mal an. Stacheldraht überall. Keine Maus kommt durch.»

«Was nun?»

Buseberg zuckte die Achseln. «Wir können ja Poms streuen, Vielleicht wächst was.»

Eichelkraut meinte: «Ich komme doch zu vielen Leuten. Wegen der Sickergruben-Entleerung. Wenn ihr wollt, frage ich überall. Möglich, daß ich hier 'ne Handvoll bekomme, da 'ne Handvoll. Zur Saat könnt ihr die Kartoffeln zerteilen. Zwei Augen muß jedes Stück haben, da müßt ihr drauf bestehen. Soll ich fragen?»

«Versuchen kann man es.»

«Mit Gemüse ist es nicht so schlimm. Die Amis haben versprochen, Samen einzufliegen. Stand neulich erst in der Zeitung. Ihr müßt jeden Tag bei Späth vorbeikucken, ob er schon was hat. Alles ist schnell weg, könnt ihr euch ja denken.»

Ingeborg übernahm es, die Samenhandlung Späth zu belagern. Wir gruben den Garten um. Ingeborg ergatterte schließlich ein paar Tüten mit Sämereien. In Kisten zog sie Salatpflänzchen, Radieschen, Kohlrabi. Eichelkraut sammelte handvollweise Kartoffeln bei seinen Sickergruben-Kunden.

Zwischendurch zerkleinerten wir die Stubben. Das Holz gab ein gutes Feuer. Aber es war eine Schinderei. Mit Keilen gingen wir den Stubben zuleibe. Die Säge wurde stumpf.

Onkel Hubert half uns manchmal. Er hatte Mathilde nach Tempelhof gebracht, wo sie mit anderen Ami-Bräuten ausgeflogen wurde. Er zeigte uns einen Luftpost-Leichtbrief, den sie aus Frankfurt geschrieben hatte:

Bob ist rührend. Wir dürfen aber nicht zusammen wohnen, was

alles sehr schwierig macht. Ich teile eine Wohnung mit zwei anderen Mädchen, die noch auf ihre Papiere warten. Bob hat glücklicherweise alles beisammen, auch die Heiratserlaubnis von seinem Kommandeur. Sie brauchen immer noch Sondergenehmigung, wenn sie Deutsche heiraten. Aber bei uns ist es nächste Woche soweit. Bob geht dann gleich zurück in die Staaten. Ich muß noch warten, bis ein Transport mit deutschen Ehefrauen zusammen ist. Ich vermisse euch sehr. Und Berlin. Was macht Karl? Kümmert er sich um seinen Beruf? Hier sagen sie alle, die Blockade ist bald vorbei. Karl soll sich nicht verplempern ...

Ich gab Onkel Hubert den Brief zurück.

«Was sagst du dazu?» meinte er.

«Zu Mathilde? Oder zu dem, was sie über mich schreibt?»

«Beides.»

«Ich weiß nicht. Die Heirat mit dem Ami ist ein Abenteuer, findest du nicht? Und was mich betrifft: Du siehst ja! Ich renne zu Eichelkraut, weil er ein paar Saatkartoffeln organisiert hat. Dann grabe ich den Garten um, hacke Holz. Ich war noch nicht mal in Gatow, um zu fragen, ob ich dort wieder arbeiten kann. Und dies verdammte Fressen organisieren! Du weißt ja, Ingeborg lebt immer noch schwarz hier. Sie hat keine Lebensmittelmarken. Zwar schleppt sie allerhand ran, sie ist ja geschickt. Von Mathilde hat sie noch zwei Büchsen Vakuumkaffee bekommen. Aber satt werden wir davon auch nicht. Wie ist es denn in deiner Brauerei?»

«Wir sitzen rum. Nur ein Kessel arbeitet. Das Malz kommt auch über die Luftbrücke. Mal ist welches da, mal nicht. Aber sie glauben alle, es geht bald wieder richtig los. Dann brauchen sie Leute. Drum haben sie mich wieder eingestellt. Halbes Geld erst mal. Aber ist ja auch nicht schlecht.»

«Ich habe einfach kein Gefühl dafür, ob der Schlamassel bald ein Ende hat, oder ob es ewig so weitergeht. Wenn ich wüßte, daß die Blockade bald vorbei ist, würde ich mir all die Mühe mit dem Garten gar nicht machen. Und würde wirklich auf Mathilde hören und mir was Vernünftiges suchen.»

Onkel Hubert wälzte seinen kalten Zigarrenstummel im Mund. «Ich weiß auch nicht, wozu ich dir raten soll. Mathilde hat sicher recht, auf die Dauer gesehen. Ich meine, du solltest hier noch ein bißchen weitermachen. Abwarten. In ein paar Wochen ist möglicherweise alles anders, und dann legst du los.»

«Und wenn nicht?»
«Dann weiß ich auch nicht.»

Ingeborg rief uns zum Essen.
«Was gibt's denn?»
«Poms mit Trockenei.»
«Ich möchte mal wissen, wie Eichelkraut seinen riesigen Köter ernährt.»
«Das kann ich dir sagen. Er hat ein paar Amivillen mit Sickergruben. Die heben ihm die Küchenabfälle auf. Wahrscheinlich lebt nicht nur der Hund davon.»
«Ich möchte das nicht machen», sagte Ingeborg. «Stellt euch mal vor, immer der Gestank.»
«Schlimmer als Jauchefahren ist es auch nicht. Das solltest du als Landkind wissen.»
«Danke schön. Das ist doch aber ein kleiner Unterschied.»
Onkel Hubert stocherte in seinen bleichen Poms. «Zum Essen sollte man eine Sonnenbrille aufsetzen», sagte er, «damit das Zeug wenigstens nach was aussieht.»
«Was hörst du von zu Hause, Ingeborg?»
«Immer dasselbe. Sie wursteln weiter. Die LPG funktioniert nicht. Sie haben schon den dritten Leiter. Neuerdings sollen sie wieder mehr privates Land bekommen. Was sie darauf anbauen, können sie auf dem freien Markt verkaufen.»
«Wenn wir doch mehr Saatkartoffeln bekämen.»
«Oder Hafer. Heringsbändiger und Eichelkraut würden jeden Preis bezahlen. Die Pferde sehen ja aus! Grauenhaft! Wenn ich an zu Hause denke, wie es früher war . . .»
Ingeborg schaute versonnen auf ihren Teller. «Ziethen und Blücher hatten immer Dreijährige. Selbst im Krieg. Erinnerst du dich, Karl, als du in den Ferien bei uns warst? Die beiden Füchse, die sie zuletzt hatten? Die Jungs sind mit dem D-Zug um die Wette gefahren. Der Weg nach Prenzlau lief parallel zur Stralsunder Bahn. Sie haben gewartet, bis ein D-Zug kam, und dann ab durch die Mitte. Die deutsche Wehrmacht hat die Pferde requiriert. Ganz zum Schluß. Wir hatten kein Pferd mehr im Stall. Die Zugpferde, alles weg. Die Lotte, die ich hatte für den Einspänner, weiß du noch? Sie war schon elf Jahre. Weg! Ein Jammer. Die Kühe haben die Russen sich geholt. Nichts ist trauriger als leere Ställe.»
«In der Brauerei war es dasselbe», erinnerte sich Onkel Hubert.

«Als ich zurückkam, war kein einziger Gaul mehr da. Und was für herrliche Pferde hatten wir!»

«Für die Tiere ist es am schlimmsten. Erkläre mal einem Pferd, warum es nichts zu fressen bekommt.»

Wir kratzten noch das Poms von den Tellern, als Heringsbändiger kam.

«Er ist tot», sagte er.

«Wer?»

«Mein Vater. Heute nacht gestorben. Ich glaube, er wollte nicht mehr. Erst zweiundsechzig.»

«Dein Vater? Er war doch gar nicht krank.»

«Niemand versteht es. Heute früh kam er nicht zum Frühstück, da bin ich in sein Zimmer, und da lag er tot im Bett. Sah ganz friedlich aus. Herzschlag, sagt der Arzt. Ich glaube, er konnte das alles nicht mit ansehen. Wie wir Trockenfisch verkauft haben, die ollen Fischbouletten aus trockenem Brot. Und das Kartenkleben. Da wird man ja verrückt.»

Heringsbändiger setzte sich. Ingeborg streichelte ihm den Arm.

«Es tut mir leid», sagte sie. «Können wir dir irgendwie helfen?»

Heringsbändiger sah mich an. «Du kennst doch einen Beerdigungsunternehmer», sagte er, «hast du mir nicht mal von dem erzählt? Ein Regimentskamerad deines Vaters?»

«In der Spandauer Straße. Ich weiß gar nicht, ob es den noch gibt.»

«Tu mir den Gefallen und geh zu ihm. Frage ihn, ob er einen Sarg hat.» Er strich sich über die Stirn. «Ich weiß nicht mal, was man machen muß, um einen Sarg zu bekommen. Gibt es Bezugsscheine dafür? Vielleicht begraben sie die Menschen in Papiersäcken?»

«Ich kümmere mich drum. Heute nachmittag gehe ich zu ihm. Du hörst dann von mir. Habt ihr eine Grabstelle?»

«Mutters Grab. Auf dem Onkel-Tom-Friedhof. Es ist eine Doppelstelle. Wir haben damals gleich die zweite Stelle dazugekauft.»

Onkel Hubert fragte: «Was wird aus eurem Geschäft? Machst du weiter?»

«Sicher», sagte Heringsbändiger. «Alles geht weiter. Hundert Gramm Trockenfisch auf Abschnitt sowieso. Wie gehabt.»

In der Spandauer Straße gab es den Laden noch:

*Hans Fiebelkorn,*
*Erd- und Feuerbestattungen*
*Beratung für Todesfälle*

las ich. Im Schaufenster war ein prächtiger Sarg ausgestellt, dunkel poliert, mit goldenen Griffen, Damastkissen. Links und rechts je eine künstliche Palme.

Fiebelkorn war ein zusammengeschnurrter alter Mann mit Glatze und tieftraurigem Gesicht, wie es seinem Beruf als Leichenbestatter angemessen war. Ich erkannte ihn nicht wieder, obwohl ich ihn als Kind öfter mit Ede besucht hatte.

Fiebelkorn jedoch erinnerte sich: «Groß bist du geworden. Damals hast du mit den Beinen gebaumelt, wenn ihr hier gesessen habt.»

Er hatte erfahren, daß Ede gefallen war. Ich berichtete ihm von Heringsbändigers Sorgen. «Das machen wir schon alles», sagte Fiebelkorn. Er gab mir Vordrucke mit. «Er soll das ausfüllen und unterschreiben. Für den Rest sorgen wir. Allerdings gibt es zur Zeit Einheitssärge. Fichte. Das Modell im Schaufenster ist unverkäuflich. Er kann sich aussuchen, ob er das Holz auf Eiche poliert haben will. Ist ein bißchen teurer. Vielleicht will er sich Muster ansehen?»

«Ich weiß nicht. Ich kann ihm ja sagen, er soll die Papiere selbst bringen, dann kann er das mit Ihnen besprechen.»

«Den Totenschein. Er soll den Totenschein nicht vergessen», sagte Fiebelkorn. «Miserable Zeiten, ja. Wünschte, ich könnte Ihnen Besseres andienen. Auch im Andenken an Ihren Herrn Vater. Kriegskameraden. Das verbindet. Früher haben wir noch gewitzelt über den Mann, der einen immer einfacheren Sarg will für seine Frau. Die Pointe war: ‹Bringen Sie doch die Leiche vorbei, dann schrauben wir vier Griffe ran.› – Haha. Fanden wir komisch. Und heute?»

Er brachte mich zur Tür. «Zu traurig», sagte er und schüttelte den Kopf.

Es wurde eine schöne Beerdigung, an einem sonnigen Vormittag. Wir trugen Heringsbändiger mit zu Grabe. Schließlich waren die Tausendschönchen seine besten Kunden gewesen. Auch aus der Siedlung waren ein paar Frauen gekommen, die bei ihm den Fisch gekauft hatten. Agathe Fanselow glänzte wieder als Verleiherin schwarzer Kleider. Sie, Gigi und Ingeborg sahen eher wie die Insassinnen eines schummerigen Etablissements aus als wie Trauergäste. Ich hatte mir von Onkel Hubert, dem der Tod des alten Heringsbändigers weniger naheging, die dunkle Jacke des Familienereignisse-Anzuges geliehen. Siegfried trug wieder seinen Verlobungsanzug. Auch Puvogel hatte sich eine dunkle Weste und Jacke zu seinen Organisation-Todt-Hosen geliehen. Wanda war in ein Selbstgeschneidertes aus schwarzem Satin gepreßt, das aus den Nähten zu platzen drohte.

Der Pfarrer hatte eine passende Rede vorbereitet und verglich den Toten mit Petrus, dem Fischer. «Wie der Herr über den Wogen wandelte, so wird nun auch seine Seele über den Wogen wandeln. Gott möge ihr gnädig sein ...»

Sternchen Siegel, im schwarzen Mantel mit Samtkragen, stand neben Heringsbändiger junior. Seine karierte Fußballmanagermütze hatte er unter den Arm geklemmt. «Isses e schöne Rede», murmelte Sternchen. «Hat er verdient, der alte Mann.»

Auf der anderen Seite hatte sich Ingeborg bei Heringsbändiger eingehakt. Sie sah ihn unverwandt an.

Nach der Beerdigung trafen wir uns in der Beknackten Maus. Veranstalteten einen Umtrunk zu Ehren des Toten. «Er war a fainer Mann», sagte Sternchen Siegel. «Hat gesorgt ein Leben lang, daß die Menschen was hatten zu essen. Heutzutage. Muß man bedenken. Prost.»

Heringsbändiger junior stand mit versteinertem Gesicht an der Bar und betrank sich langsam und sorgfältig. Ingeborg wich nicht von seiner Seite. Agathe mischte ihre Cocktails und schaute zu Sternchen Siegel hinüber. Buseberg murmelte: «Er hat ausgesorgt.»

«Wer?» fragte Frau Buseberg.

«Na er. Der alte Heringsbändiger.»

Siegfried strich mit seiner Pratze über Wandas Satinkleid. Puvogel hatte die Daumen in die Löcher seiner geborgten Weste gesteckt und starrte Gigi in den Ausschnitt. Gustavchen und Friedrich, die nicht mit auf der Beerdigung gewesen waren, sorgten für den Biernachschub.

Allmählich stellten sich auch andere Gäste ein. Einer warf Geld in die Music-Box. *I want to hold you so much closer than I dare to ...*

«Siehste», sagte Buseberg, «das Leben geht weiter.» Er war inzwischen ziemlich betrunken und erzählte ein paar jungen Leuten, die sich an seinen Tisch gesetzt hatten, von Skagerrak. Er mußte ihnen erklären, daß es sich um die berühmteste Seeschlacht des Ersten Weltkriegs handelte. Sie hatten nie davon gehört.

Heringsbändiger junior stand weiter wie ein Klotz an der Bar, von Ingeborg betreut, doch die übrigen Trauergäste zeigten langsam eine gewisse Fröhlichkeit. Agathe erreichte durch eine kokette Schulterbewegung, daß ihr ein Träger von der Schulter glitt. Man konnte den

Ansatz der rechten Brust sehen. Gigi beugte sich von hinten über mich und fuhr mir mit der Hand in den Hemdkragen. Agathes schwarzer Fummel wirkte verrucht an ihr. Stinker Eichelkraut stapfte herein. Nach dem dritten Korn bestand er darauf, Heringsbändiger klarzumachen, daß es besser sei, Tote zu verbrennen: «Die Würmer ...» sagte er. «Die Würmer fressen den Leichnam. Wenn er hingegen verbrannt wird ...»

«Halt die Schnauze», sagte Heringsbändiger.

«Halten Sie doch den Mund», sagte Ingeborg. «Sehen Sie denn nicht?»

Eichelkraut wendete sich an Frau Buseberg. «Wat haben die denn?» fragte er aufgebracht. «Hab ick wat Falsches jesacht?»

Schließlich gelang es Ingeborg, Heringsbändiger ein bißchen zu lockern. Die beiden setzten sich mit Sternchen Siegel zusammen, um zu besprechen, wie alles weitergehen sollte. «Die Frage ist: Wird es bald geben die frische Fische oder nicht?» hörte ich Sternchen sagen. Agathe zog empört den Träger ihres Kleides wieder hoch. Gigi meinte, wir könnten auch ein bißchen in meine Laube gehen.

Wir verdrückten uns unauffällig. Gigi stakste neben mir her in ihrem schwarzen Fetzen und erklärte: «Ich habe wenig drunter.»

Ingeborg kam erst am nächsten Morgen, auch noch im schwarzen Kleid. «Er ist ganz Matsch», erklärte sie und meinte Heringsbändiger. «Leute, das hat ihn vielleicht geplättet. Jetzt ist er ganz alleine. Ich glaube, ich muß mich ein bißchen um ihn kümmern.»

«Das habe ich mir schon lange gedacht», sagte Gigi. Sie hatte ein Makohemd von Ingeborg übergezogen und saß in Omas Bommelsessel. Die Melasse von der Stulle tropfte auf den Schenkel.

Der Postbote brachte einen Brief von Ingeborgs Mutter. Ziethen und Blücher waren in Frankfurt/Oder. Sie sollten entlassen werden.

«Dann wird alles anders», sagte Ingeborg. «Hoffentlich sind sie so schlau und drehen was, damit sie in den Westen entlassen werden.»

«Geht das denn?»

«Wie ich die beiden kenne, finden sie schon einen Weg. Hoffentlich sehen sie das richtig. Möglich ist es.»

Alles, oder fast alles schien Sternchen Siegel möglich zu sein. *Mücken fliegen ließ er – Wunderkraft bewies er:* An diese Verse mußten wir denken, wann immer Sternchen unser Leben organisierte.

«Wollt ihr Fahrräder?» fragte er. «Sehe ich doch, habt ihr alte Bökke, die Luft geht raus, werden se demnächst zusammenbrechen.

Siegel wird helfen. Habe ich gekauft hundertfuffzig Fahrräder im Westen, beste Ware. Damit ihr Spaß habt, werde ich euch erzählen, wie se kommen nach Berlin. Erstens habe ich genehmigen lassen de Lieferung nach hier von mehrere westdeutsche und alliierte Instanzen in Westberlin. Für was brauchen Fahrräder? war die Frage, jedoch konnte ich schildern dringenden Bedarf von de Bevölkerung, was bei zwanzig Stunden Stromsperre täglich dasteht vor de U-Bahn und nix geht. Zweite Stufe: Habe ich benachrichtigt den Lieferanten im Westen, daß wer nehmen de Fahrräder. Sofort hat der Mann eingereicht de Warenbegleitscheine bei de westliche Vertretung vom Berliner Magistrat, Verwaltung für Wirtschaft. Nur ein paar Tage, schon war alles geprüft und genehmigt. An de gleiche Stelle sitzt einer, was stempelt de Papiere zusätzlich wegen juristische Gründe, weil, wenn de Fahrräder gehen nach Westberlin haben wir Ausfuhr aus westlichem vereinigten Wirtschaftsgebiet. Nu geht alles nach Frankfurt zu de Amis und Engländer was haben ein Zweimächte-Kontrollamt, zuständig ist de Abteilung Binnenhandel. Se genehmigen alles endgültig. Eiwei, werdet ihr sagen, der Siegel spinnt, weil hat er doch erzählt, daß schon gewesen ist alles befürwortet und genehmigt. Nebbich! Hamwer gewonnen den Krieg oder verloren? Also muß alles werden gestempelt von de Besatzungsmächte. Logisch? Nu hat de Firma von de Fahrräder eingereicht die genehmigten Warenbegleitscheine an einen Spediteur was heißt Brönne, in Frankfurt. Muß er haben gute Verbindungen, der Brönne. Alles läuft über ihn. Is a Geschäft! Kaum hat Brönne de Papiere, schreibt er dem Lieferanten von de Fahrräder, er soll se auseinandernehmen. Für was? schreibt der Lieferant zurück. Kostet das Stück hundertzwanzig Mark, werd ich se zerlegen kostet es mehr. Gut, schreibt Bönne, entweder se fliegen zerlegt, oder se fliegen gar nicht. Schreiben Se an de Verwaltung für Wirtschaft, se schickt Ihnen de Formulare wo Se können beantragen den Preisausgleich. Also vergeht wieder e gewisse Zeit, aber der von de Fahrräder hat Glück, ist auch genehmigt de Auseinandernahme von de Velozipede. Schreibt er mir, se kommen in Stücke. No! Ist mir klar, verkaufen muß ich se zusammengesetzt. Also beantrage ich in Berlin Erstattung von de Mehrkosten, auch gleich von de Luftfracht. Zusammensetzen genehmigense, sagt der Magistrat, aber für de Fracht soll ich warten bis se da sind de Räder. Gut. Ich sehe, e Mezzie wird es nich für Siegel. Aber schreibe ich der Fabrik se soll auseinandernehmen de Dinger und se schicken. Is höchste Zeit, sonst verfallen de Papiere und der Schlamassel geht von vorne los. Se liefern alles auf bei Brönne in Frankfurt. Brönne verlädt auf amerikanische Lastwagen, habense Zehn-Tonnen-Trailer, de Lastwagen fahren nach Erbenheim von wo se fliegen de Fracht. Denk ich de verdammten Dinger kommen, aber se müssen warten bis a Platz frei ist in de Maschine. Leuchtet ein, ist wichtiger zu fliegen de Poms und de Trockenjemüse nach Berlin. Endlich is Platz, aber se verladen nur bißchen, de Maschine braucht Gewichtsausgleich. Fliegen se Kohle mit und was weiß a Fremder. Als nächstes is also e Teil in Tempelhof und e Teil in Erbenheim. Braucht Siegel Geduld bis der andere Teil ist da. Muß man jeden Tag fragen in Tempelhof. Was soll ich euch sagen: Morgen kommen de Räder!»

Wir schickten Friedrich zum Bezugsschein-Amt. «Wieso ich?» fragte Friedrich. «Ich bin der einzige, der nicht radfahren kann. Mit meinem steifen Bein.»

«Egal», sagte Siegel. «Als Versehrter wirste kriegen alles. Auch für de anderen.»

Er behielt recht. Friedrich, mit Vollmachten bewaffnet, belagerte den Beamten beim Bezugsscheinamt, bis er ihm drei Fahrräder aus der Nase gezogen hatte. Beziehungsweise die Berechtigungsscheine dafür.

Heringsbändiger lieferte die nagelneuen Stahlrösser an. Sie blinkten und blitzten. So was hatten wir lange nicht gesehen. In Westdeutschland konnte jeder so ein Fahrrad kaufen. Ohne Bezugsschein.

Eins bekam Puvogel, eins Gigi. Eins landete bei uns. Wir bedankten uns bei Siegel. «Nebbich», winkte er ab. «Ist mir gewesen gewissermaßen ein Vergnügen.»

Gustavchen fragte, ob ich mit ihm zu Puvogel in dessen Laube gehen würde. Ein paar Kisten Alkoholat seien angekommen. Sie müßten in die Beknackte Maus geschafft werden.

Puvogels Laube hatte ich selten betreten. Dabei handelte es sich um einen der sehenswertesten Bauten der Kolonie Tausendschön. Den Eingang zierten links und rechts zwei holzgeschnitzte Säulen, gekrönt von einem kleinen Giebel, der wiederum mit einem gedrechselten Fries verziert war. Dieser Fries zog sich an der gesamten Vorderfront weiter, über die Verandafenster hinweg. Die meisten Scheiben der Verandaverglasung waren durch Pappendeckel ersetzt, und weil Puvogel seit je für solche Reparaturen Reklameschilder verwendet hatte, waren berühmte Markennamen noch verschwommen lesbar: Sidol. Triumph krönt die . . . Erdal.

«Herein», rief Puvogel. Er stand nackend in einem Holzzuber, den er in sein Schlafzimmer geschleppt hatte, und schrubbte sich den Hintern. «Müssen schon entschuldigen», sagte er, «Juckreiz.» An der Wand stand eine Waschkommode mit dreiteiligem Spiegel, und in dem Spiegel sahen wir, als Ausschnitt, Puvogels Bauch mit kräftiger Behaarung. Das Fell wucherte üppig nach beiden Seiten bis auf die Schenkel. Mitten aus dem Gebüsch ragte Puvogels Schwanz, dünn und sehr weiß. Er knickte ein wenig nach links ab, wahrscheinlich, weil er zu lange im linken Hosenbein von Puvogels Organisations-Todt-Hose gebaumelt hatte.

«Wir wollten nur das Alkoholat holen», sagte Gustavchen.

Puvogel ließ sich nicht stören. Fuhr mit einem gewaltigen Stück Kernseife die Arschritze auf und ab. «Setzt euch einen Augenblick», sagte er. «Ich weiß gar nicht, ob wir das Alkoholat noch brauchen. Die Anzeichen mehren sich, daß die Blockade zu Ende geht.»

Gustavchen sagte: «Wenn sie wirklich aufhören wollen, die Russen und die westlichen Alliierten, sollen sie das gleich tun.» Er setzte sich auf einen Hocker und sah fasziniert zu, wie Puvogel Seifenschaum erzeugte. «Aber da stecken ja so viele private Interessen dahinter.»

«Private Interessen?» Puvogel, der jetzt seinen weißen Oberkörper einseifte, sah Gustavchen an. «Inwiefern denn?»

«Zum Beispiel die BOAC. Eine private britische Luftfahrt-Gesellschaft. Sie verchartert ihre Maschinen an die Luftbrücke. Auch die alten DC 2, die längst auf den Schrott gehören. Was meint ihr, wieviel sie fürs Verchartern bekommen? Hundertzwanzigtausend englische Pfund pro Maschine!»

Puvogel stieg aus dem Zuber. Begann, sich abzutrocknen. «Unmöglich», sagte er.

Auch ich glaubte das nicht. Aber Gustavchen erklärte, er habe es aus einer westdeutschen Zeitung. «Darum haben sie kein Interesse, daß die schöne Zeit zu schnell zu Ende geht.»

Während Puvogel sich anzog, trugen Gustavchen und ich das Schaff hinaus. Leerten es in den Garten. Ob Seifenwasser gut war für den Boden? Dann schleppten wir doch die Kisten mit den Alkoholat-Flaschen in die Kneipe.

Eins war gewiß: Immer wieder bekamen die Kalten Krieger Oberwasser. Die Engländer sprengten den noch stehenden Zoo-Bunker, obwohl inzwischen ein deutsches Krankenhaus darin arbeitete. Im gesamten Bezirk Tiergarten gingen die Fensterscheiben entzwei.

Eine englische Zeitung schrieb: «Berlin ist das Stalingrad des Westens im Kalten Krieg.»

Das Westberliner Flüchtlingsamt posaunte stolz aus, daß seit Januar über 6000 Flüchtlinge aus russisch besetzten Gebieten nach Westberlin gekommen und größtenteils in den Westen geflogen worden waren.

Die Amis rührten die Reklametrommeln für ihren Big Lift. Im März wurde der fünfzigtausendste Passagier ausgeflogen, die elfjährige Monika Rieth. Großer Bahnhof in Gatow! Fotografen, Schokoladeschachtel. Als sie in Fuhlsbüttel ankamen, feierten sie dort schon einen anderen fünfzigtausendsten Passagier. Von Tegel war gleichzeitig eine Maschine gestartet und Minuten vorher gelandet.

Vielleicht war Monika Rieth jenes Blockadekind, das, in das Allgäu transportiert, angesichts der Berge sagte: «Mensch! Wenn hier noch det Meer wäre . . .»

Ich fragte Ingeborg, ob sie sich nicht doch beim Flüchtlingsamt melden und nach dem Westen ausfliegen lassen wollte.

«Bestimmt nicht», sagte Ingeborg. «Heringsbändiger braucht mich.»

So war das also.

Sternchen Siegel baute fest darauf, daß trotz der kalten Krieger demnächst mit dem Ende der Blockade zu rechnen sei. Vielleicht besaß er Informationen, die er nicht einmal uns preisgab. Er mietete zwei leere Garagen, an deren Fassade bald ein riesiges Schild mit der Aufschrift *Dogger Bank. Frische Fische* prangte. Es gab zwar keine frischen Fische, nicht einmal ein Glas saure Gurken aus dem Spreewald, wie noch im vorigen Jahr, auch der Gurken-Geheimkanal war längst verstopft. Aber der Heringsbändiger-Laden bereitete sich für den Tag X vor. Mit Genehmigung des Magistrats und der westlichen Alliierten hatten Siegel und Heringsbändiger die Firma in eine Gesellschaft mit beschränkter Haftung umgewandelt.

Längst war es auch kein Geheimnis mehr, daß Sternchen Siegel stiller Teilhaber bei Puvogel war. Auch mit Friedrich hatte er ein Abkommen getroffen, das ihm eine ähnliche Position in der Beknackten Maus einräumte. Diese beiden Abkommen waren zwar noch genehmigungspflichtig, und weil Siegel voraussah, daß man derartige Anträge jetzt eher abschlägig bescheiden würde, wartete er ab. «Wenn die Chose vorbei ist, werdense alles genehmigen», meinte er.

So ganz recht sollte er nicht behalten, denn in den Ämtern saßen Stumpfböcke, die noch lange an ihren Machtbefugnissen festhielten.

Zukunftsmusik? Wir steckten fast jeden Abend die Köpfe in der Beknackten Maus zusammen und diskutierten, ob Siegel richtig lag mit seinen Plänen. Aber wenn wir ihn zur Rede stellten, fragte er nur:

«Bin ich e Prophet?»

Die Gebrüder Roh schlossen eine ihrer Feinkost-Filialen, weil sich der Aufwand an Personal, gemessen an dem, was sie zu verteilen hatten, nicht lohnte. (Und *Feinkost* war das ohnehin nicht.) Siegel kaufte für einen Spottpreis drei Kühltheken, rüstete die neue Fischhandlung Dogger Bank mit zwei davon aus und installierte die dritte in der neuen Puvogel-Baracke.

«Was, wünschen Sie, soll ich darin ausstellen?» fragte Puvogel. «Nächste Woche soll ich vier Pfund Edamer Käse für die Zuteilung bekommen. Wenn ich sehr dünne Scheiben schneide, gibt es vielleicht einen laufenden Meter.»

«Geduld», sagte Sternchen. «Schmücken Se den Schneewittchensarg mit Nippes. Macht sich gut.»

«Ich kann eine Peking-Ente aus Porzellan zur Verfügung stellen», bot ich an. «Allerdings fehlt der Schnabel.»

Puvogel wollte sie nicht. Schade, daß mein Spielzeug-Kaufladen nicht mehr vorhanden war, den Minnamartha mir zu meinem fünften Geburtstag geschenkt hatte. Da gab es verkleinerte Packungen Nudeln und Persil und Brinkmanntabak. Die hätten sich gut gemacht in Puvogels Truhe.

Puvogel ließ sich durch die leeren Flächen verführen, seinen Tauschhandel auszubauen. So zogen in die Feinkost-Regale Handschuhe, Volksempfänger, Fahrradventile, Schuhe, Feuerzeuge, Brillen, Schuhsohlen und allerlei anderer Krimskrams ein, den die Leute aus der Kolonie und aus der Siedlung tauschen wollten.

Daneben säbelte Wanda auf der geretteten Marmortafel Käserationen herunter.

Wanda blühte auf, seit sie mit Siegfried verlobt war. Kaum konnte ich mir noch vorstellen, daß sie einmal meine trotzige, unnahbare Feindin gewesen war. Nur an die Wurlitzer-Orgel durfte man sie nicht lassen. Wann immer sich die Gelegenheit bot, drückte sie *When I came to Alabama with my Banjo on my knees ...*

Ihr Vater machte einen persönlichen Schritt in die Zukunft, indem er sich eine Stresemann-Hose zulegte und eine dunkelgraue, in sich gemusterte Weste. Drunter trug er olivgrüne Ami-Hemden, die Gustavchen besorgte.

Mathilde schrieb einen Luftpost-Leichtbrief *von drüben*, aus den

USA. Genauer: aus Scottsbluff, Nebraska. Offen gesagt, eine ziemliche Omme:

Lieber Karl,

alles Scheiße, Deine Emma. Entschuldige diesen Anfang, aber es ist wirklich ein Käse. Wir haben zwar in Frankfurt geheiratet, wie wir es vorhatten, und alles war auch prima. Aber erst mal durfte ich nicht mit Bob in dessen Quartier, obwohl er schon am nächsten Abend abfuhr in die Staaten. Also kam er mit zu mir, aber da waren die anderen Mädchen, die einen irren Hokuspokus abzogen, mit Reiskörnern nach uns schmissen usw. Und um eins war Curfew (Zapfenstreich), sowieso eine Stunde verlängert für Bob, aber auf einmal mußte er weg und in die Kaserne. Am nächsten Tag kam er, um sich zu verabschieden, aber hatte nur ein paar Minuten Zeit, und zum Flugplatz durfte ich nicht mit. Die anderen Mädchen trösteten mich, sie hatten das alles noch vor sich, aber ich heulte wie ein Schloßhund. Zwei Wochen saß ich in Frankfurt herum, in so 'ner Amikolonie, sah keinen Deutschen, außer ein paar anderen Mädels. Wir gingen zusammen im Supermarkt einkaufen, es gibt da natürlich alles. Aber sie passen scharf auf, daß es nicht an Deutsche kommt. Ich wollte Euch ein Paket schicken, war aber Essig. Sie kontrollieren alles, wenn man die Siedlung verläßt. Die Posten schnüffeln sogar die Handtaschen durch. Nach zwei Wochen bekam ich Bescheid, ein Sammeltransport deutscher Frauen sollte nach Cuxhaven gehen. Sie luden uns in Amibusse, das Gepäck kam extra. In Cuxhaven waren wir an die dreihundert Amibräute, alles Deutsche, stell Dir vor! Alle verheiratet, aber ohne die Männer. Dann verluden sie uns in ein Liberty-Schiff, das elf Tage unterwegs war bis New York. Schlimmer als im Zwischendeck! Wir waren zu achtzehn in einer Kabine, Essen gab es in drei Schichten, für dreißig Frauen ein Klo. Du kannst Dir vorstellen, was da los war. Das hatten wir uns alle anders vorgestellt. Die Mannschaft war ganz schön beschissen zu uns. Sie behandelten uns wie die letzten Nutten. Das kann ja heiter werden, dachte ich. Wenn das so weitergeht? In New York mußten wir noch einen ganzen Tag und eine Nacht auf dem Schiff bleiben, Medical Control, Einwanderungspapiere und all der Scheiß. Wieder entwürdigend. Alle Frauen wurden auf Geschlechtskrankheiten untersucht. Wie eine Gruppenreise für Tripperjulen aus der Frankfurter Kaiserstraße. Ich bat um die Erlaubnis, Bob anzurufen, weil er mich in New York abholen wollte, aber sie sagten, das geht nicht, ich solle mich gedulden, ohnehin hätte ich ein irres Schwein, daß ich aus dem zertrümmerten Deutschland raus bin. Ein so'n fieser Möpp, dem ich die Papiere zeigen mußte, sagte: «I know Berlin. I bombed it twice! (Ich kenne Berlin. Ich habe es zweimal bombardiert.)» Bezaubernd. Ich hätte ihm eine kleben können. Mir fiel wieder ein, wie sie immer Luftbrücken-Rekorde verkündet haben, das war genau wie im Krieg, wenn BBC meldete, wieviel Tonnen Bomben sie wieder abgeladen hatten. Wenn ich gekonnt hätte, wäre ich umgekehrt. Dann durften wir endlich vom Schiff, aber sie karrten uns gleich in Hotels, wo wir wieder zwei Tage warteten. Wir durften nicht raus, aber immerhin konnte ich mit Bob telefonieren. Sie ließen ihn nicht aus seiner Kaserne. Endlich kam er, und wir hauten ab. Flugplatz, rein in die Maschine, Richtung Nebraska. Bob war unheimlich lieb. Aber als wir in Scottsbluff landeten, kam der zweite Hammer. Seine sogenannte Ladenkette besteht aus fahrbaren Würstchenbuden, Hamburger- und Hot-Dog-Verkaufsständen, in der Stadt und an Ausflugszielen im Gebirge. In der Nähe ist das Cheyenne-Gebirge. Es heißt nach irgendwelchen Indianern. Nicht sehr hoch. Eher wie der Schwarzwald. Egal, die Würstchenbuden sind verpachtet. Es ist sicher ein gutes Geschäft. Aber unter Ladenkette habe ich mir was anderes vorgestellt. Alles gehört Bobs Vater. Er und Bobs Mutter haben mich vielleicht angeguckt! Als ob ihr Sohn eine Aussätzige geheiratet hätte! Bob sagt, ich soll mir nichts draus machen, aber er ist wieder weg, in der Kaserne, unten in Texas, wo seine Einheit inzwischen stationiert ist, und ich sitze bei den Alten. Der Vater zählt Geld und kuckt mir auf die Titten. Die Mutter ist in lauter Wohltätigkeits-Gesellschaften, hat irre zu tun, ich muß ihr alles einkaufen, und was ich bringe, ist ihr nicht recht und zu teuer etc. ...

Ich zeigte Ingeborg den Brief. «Hinreißend», sagte sie. «Hättest du das gedacht? Hier machen sie auf Freundschaft, wir sitzen alle in einem Boot und so'n Kokelores, und dann siehste mal.»

Ich fuhr zu Onkel Hubert. «Mir hat sie das auch alles geschrieben», sagte er. «Allerdings nicht so kraß. Eine schöne Geschichte. Ob es nicht besser ist, wenn sie zurückkommt?»

«Geht denn das? Vielleicht will sie das gar nicht. Wenn Bob kommt, wird sicher alles besser.»

«Denkst du. Erst einmal muß er noch ein Jahr warten, bis sie ihn entlassen. Und dann glaub doch nicht, daß die Alten aufgeben. Die haben doch den Daumen drauf.»

«Mich wundert nur, daß der Bursche so aufgeschnitten hat. Ladenkette!»

«Hier bei uns sind sie alle die großen Macker. Und drüben sind sie Würstchen.»

«Hot dogs.»

«Meinetwegen. Schreibt Mathilde und tröstet sie ein bißchen. Ich habe ihr auch gleich geschrieben.»

Ingeborg und ich pinselten einen Brief: Hier sei es auch nicht so heiter, die Blockade, nichts zu fressen. Alles noch unbestimmt. Sie sollte froh sein, daß sie aus dem Salat raus war.

Ein bißchen so sahen wir es auch. Es kam uns paradiesisch vor, daß Mathilde in einen Supermarkt ging und einkaufte, was sie haben wollte. Dafür hätten wir ein Dutzend grantige Schwiegermütter in Kauf genommen. «Kaum zu glauben», malte Ingeborg sich aus, «sie geht da hinein, nimmt ein Wägelchen, wie im Film, und kauft. Schokolade, Milch, Kartoffeln, Butter, Honig, Nylons, alles, wonach ihr der Sinn steht. Steaks, Spaghetti, Wurst. Corned Beef. Ketchup. Whisky. Kaffee.»

«Nur weiter. Fällt dir noch was ein?»

«Endlos.»

«Hast du noch was von dem Vakuum-Kaffee übrig?»

«Klar.»

«Dann koch uns mal einen richtigen Nach-Blockade-Kaffee.»

Ich klebte den Brief an Mathilde zu. Morgen würde ich ihn zur Post bringen.

Auf einmal bekamen wir Westgeld. Die Scheine mit dem B-Aufdruck wurden eingezogen, und ein paar Tage lang fühlten wir uns wie *echte Westdeutsche*. Dann merkten wir, daß wir auch mit den neuen Lappen nichts kaufen konnten. Die Kinos nahmen teils nur Westgeld, also mußten die Besucher aus Ostberlin mehr als den dreifachen Preis berappen. Einige Kinos nahmen halb und halb. Berliner, die im Osten arbeiteten, brachten auf einmal nur Ostgeld nach Hause. Es dauerte eine Weile, bis der Magistrat Ausgleichskassen einrichtete. Das kostete auch wieder Steuergeld. Die feinen Pinkel im Westen, die im Überfluß schwammen, wurden immer saurer auf Berlin. Von der Blockade nahmen sie nur Kenntnis, wenn sie meckern wollten. Die Amis merkten, daß hier alle die Ohren hängen ließen. Als Tröstung dachten sie sich einen neuen Rekordtag aus. Zu Ostern. Statt Schokoladeeiern?

Nicht ganz. Puvogel vermerkte auf der Schiefertafel vor seiner Baracke, daß es auf Zuckerkarte 125 g Schokolade-Eier oder Süßwaren, ersatzweise 100 g Streuzucker gab. «Die Eier verstecken wir!» sagte Buseberg. «Im Garten! Kommt auf vierzig Quadratmeter ein Ei.»

Willi Reh brachte uns fünf frische Hühnereier von seinen Leghorn-Hennen, die sich gerade noch rechtzeitig auf ihre Pflicht besonnen hatten. Gigi fand einen Beutel *Braun's Eierfarbe*, allerdings nur karmesinrot. Wir färbten die geschenkten Eier, und gleich auch den übrigen Eiersegen von Willi Rehs Hennen, weil es ziemlich viel Farbe war. Agathe brachte ein Pfund Zwiebeln, «weil die auch fast wie Eier aussehen», mit einem schönen Gruß von Sternchen Siegel. Heringsbändiger schenkte Ingeborg ein Kilo Trockenfisch, das er durch knappes Wiegen aus den Zuteilungen gewonnen hatte.

Dann fuhr der RIAS-Lautsprecherwagen durch die Kolonie Tausendschön und meldete, daß die Alliierten in den letzten vierundzwanzig Stunden die Rekordmenge von 12940 Tonnen Gütern eingeflogen hätten: «Alle 62 Sekunden landete eine Maschine in Westberlin.»

Sie verschwiegen allerdings, daß sie am Tag zuvor überhaupt nicht geflogen waren, weil sie für ihren Rekordversuch alle Maschinen auf den Flughäfen im Westen gesammelt und beladen hatten. Und Sternchen Siegel, der ja rechnen konnte, bemerkte: «Es sind amerikanische short tons. Man muß zehn Prozent abziehen bei Umrechnung in deutsche Tonnage.»

Rabumm, der am Tag darauf frei bekam wie die meisten Luftbrükken-Arbeiter, fand uns in der Beknackten Maus, wo wir uns unsere Oster-Depressionen vom Hals soffen, mit Eierlikör, den Agathe vorausschauend (und dem Fest angemessen) bereitgestellt hatte.

Rabumm sah Ingeborg, stieß seinen Schlachtruf aus und umarmte sie.

«Du hier?» rief er. «Das muß begossen werden! 'ne Lokalrunde!»

Auch Ingeborg freute sich, Rabumm zu sehen. Ich saß auf Kohlen, weil ich jede Sekunde erwartete, daß Rabumm fragen würde, wie lange Ingeborg schon hier sei. Aber Ingeborg, einer Ahnung folgend, steuerte das Gespräch geschickt an dieser Klippe vorbei.

Rabumm war in Form wie in alten Zeiten. Natürlich war er stolz, daß er an dem Luftbrücken-Rekord beteiligt war. «Eine irre Schinderei!» sagte er froh. Wir widersprachen ihm nicht. Schließlich hatte er Mehlsäcke geschleppt, während wir Ostereier färbten. Rabumm steckte uns mit seiner Stimmung an, zückte einen Fünfziger nach dem anderen für die Wurlitzer-Orgel. Agathe hinter der Bar wackelte mit den Hüften. Buseberg dirigierte ein unsichtbares Orchester. Er hatte seine Holzhand angeschnallt. Gigi, im umgearbeiteten Coca-Cola-Overall, rutschte auf dem Barhocker hin und her und führte tiefsinnige Gespräche mit Hans Jürgen, unserem Nachwuchs-Kicker. Anscheinend gab sie ihm brauchbare Rezepte für den weiteren Lebensweg. «Die Frauen sind ganz anders ...» hörte ich sie sagen.

Heringsbändiger, der später eintrudelte, war ziemlich erstaunt, Ingeborg im intimen Gespräch mit dem mächtigen, lebhaften Rabumm vorzufinden. Ich machte ihm ein Zeichen und erklärte ihm die Angelegenheit. «Ist ja fast so schlimm wie 'ne Buddelkasten-Bekanntschaft», brummte er. Dann stellte er sich zu Siegfried. «Ich hab da einen Vorschlag», sagte er. Siegfried sah ihn an und setzte seinen Haaransatz in ruckartige Bewegung. «Laß das doch mal», sagte Heringsbändiger. «Ich muß dir was verklickern.»

Er machte Siegfried mit den Zukunftsplänen der Fischhandlung Dogger Bank bekannt:

«Bald geht es in die Vollen. Hast du nicht Lust, bei mir zu arbeiten?»

Siegfried zögerte. «Wenn aber die Blockade weitergeht?»

«Hör schon auf. Das Ende ist doch abzusehen. Du kannst Siegel glauben. Der hat einen Riecher für so was. Außerdem tust du im Augenblick überhaupt nichts. Da kannst du auch bei mir anfangen.

Das schien Siegfried einzuleuchten. Er legte die Ohren an, was Heringsbändiger wieder zu einem irritierten Blick veranlaßte. Wahrscheinlich erwartete er, daß Siegfried mit den Ohren wackeln würde. Aber Siegfried hatte diesmal seine Horchlöffel in der Gewalt.

«Noch 'ne Lokalrunde», rief Rabumm. «Auf die Luftbrücke!»

Wanda benutzte den Augenblick allgemeiner Unaufmerksamkeit, *When I came to Alabama* zu drücken.

«Meine Güte», sagte Gigi.

Rabumm hob sein Schnapsglas und trank Ingeborg zu. Heringsbändiger macht wieder sein versteinertes Gesicht.

Siegfried sagte: «Wenn du meinst ... Is jeritzt. Prost!»

Heringsbändiger hob sein Glas und nickte.

Gegen Morgen träumte ich, daß ich am Ostseestrand entlangmarschierte, in Jungvolk-Uniform, die Trommel umgeschnallt. Tief war der Sand, am Strand kein Mensch, soweit ich blicken konnte, immer weiter mußte ich marschieren und die Trommel schlagen. Um nicht aus dem Takt zu kommen, summte ich vor mich hin: «Trum, trum, tru-hum ... heidiri-diri-dum.» Schließlich sang ich «hei-diri-diri-Rabumm». Immer schwerer wurde die Trommel, aber nun wußte ich, es war nicht mehr weit. Zinnowitz lag am Ende meines Weges, die schmale Landzunge von Usedom mit Heringsdorf und Ahlbeck, rechts, ins Land hinein, das Achterwasser. Ich mußte es schaffen!

Ich wachte auf, weil ein Flugzeug im Tiefflug über die Lauben zog, unsichtbar im Morgendunst, aber das Motorengeräusch klang, als wenn es uns gleich in den Garten fallen würde. Dann wieder Stille.

Wieder träumte ich: Die Trommel, wußte ich, sollte ich Rabumm übergeben. Wenn ich durchhielt, nur bis Ahlbeck ...

Ich hörte im Halbschlaf, wie Ingeborg aufstand. Ein idiotischer Traum! Einmal war ich in Ahlbeck in den Ferien gewesen, als ich fünf oder sechs war. Wieso kannte ich mich im Traum da oben so genau aus?

Beim Frühstück erzählte ich Ingeborg, was ich geträumt hatte. «Ist doch klar», sagte sie, «unbewältigte Vergangenheit! Erzähl das Friedrich. Der träumt auch so verrücktes Zeug. Daß er wieder im Krieg ist. Kein Wunder. Es geht ja fast genauso zu. Nur daß Kohlensäcke aus den Flugzeugen fallen statt Bomben. Dafür muß man ja schon dankbar sein.»

Ich ging zu Gigi und Friedrich hinüber. «Weißt du das Neueste?» fragte Friedrich. «Die BVG-Dampfer fahren wieder!»

«Auf der Havel?»

«Dämlack. Meinst du, auf dem Ku-Damm?»

Gigi lag im Garten auf den Knien und verzog Gurkenpflänzchen. «Weißt du, worauf ich Lust hätte? Auf 'ne Dampferpartie.»

«Schnapsidee.»

«Wieso nicht?» sagte Friedrich. «Haut beide ab. Ihr braucht Abwechslung.»

«Willst du?»

Gigi wollte wirklich. «Wir fahren nach Wannsee, nehmen den Bus nach Glienicke und steigen in Moorlake ein.»

«Aber wir haben keinen Fahrplan. Wann fahren denn die Dampfer?»

«Das finden wir schon heraus. Los, wir hauen ab! Friedrich, laß alles so stehen. Ich mache morgen weiter.»

«Ist schon gut.»

Gigi war mächtig aufgekratzt. Sie zog ihren Overall an, wickelte sich einen Schal um. «Sicher ist es noch kühl auf dem Wasser.»

«Nehmt was zu essen mit.»

«Das Kuchenbrot?»

«Meinetwegen.»

Wir zogen los. Natürlich fuhr der Bus nur bis zur Chausseestraße in Wannsee-Dorf. Wir brauchten eine gute Stunde durch den Wald. Die Bäume waren noch kahl, aber an den Büschen zeigten sich die ersten Knospen. «Schau», sagte Gigi, «jetzt dauert es nicht mehr lange. Wir sind ja auch Idioten! Uns in der Kolonie zu vergraben. Dabei ist der Rest von Berlin ganz schön groß. Wie weit wollen wir fahren?»

«Mal sehen, ob überhaupt ein Dampfer geht.»

«Pessimist. Vor der Blockade sind sie doch auch schon gefahren. Vielleicht verkehren sie nicht so oft. Aber du wirst sehen, es funktioniert!»

Wir rannten den Berg hinunter. Das Gasthaus Moorlake war geschlossen. Ein Schild zeigte den Weg zur Dampfer-Anlegestelle. Wir studierten die Fahrplan-Tafel. Die Berliner Verkehrs-Gesellschaft belehrte uns, daß in zwei Stunden ein Schiff fuhr.

«Siehste», sagte Gigi. Sie zog Schuhe und Strümpfe aus, krempelte die Hosenbeine hoch und probierte vom Steg aus, wie warm das Havelwasser schon war. Schnell zog sie die Füße wieder an sich.

«Eiskalt», sagte sie.

«Was denkst du? Wir haben noch nicht einmal Mai. Du bist nicht in Italien.»

«Weißt du denn, wie es in Italien ist?»

«Nee. Ist auch die Frage, ob wir das je erfahren. Florenz. Rom. Muß toll sein.»

«Kannst du raten, was ich über Italien weiß? Ich weiß, daß die Amis da gelandet sind. Und daß ihre Superfortress von da eingeflogen sind. Und dann weiß ich noch, daß sie Spaghetti essen und daß alle Brücken kaputt waren. Weil dein komischer Schnüffelpaule das öfters erzählt hat. War ja wohl seine Lieblingsgeschichte. Übrigens war er doch ganz nett, hinterher besehen. Er wäre eine dufte Type gewesen für die Kolonie. Meinst du, der kommt wieder?»

«Vielleicht denkt er sich was aus. Ein Riesengeschäft.»

«Dann muß er aber bald kommen. Wenn alles wieder normal ist, wird es für solche Typen uninteressant. Die können nur in Notzeiten richtig leben.»

Wir schauten über das Wasser. Im letzten Sommer hatte ich so mit Ingeborg gesessen, auf der Pfaueninsel. Es schien mir ewig her zu sein. Drüben ging es in den Jungfern-See hinein. Nach Neu-Fahrland. Fahrländer See. Krampnitz mit der Heeres-Reit- und Fahrschule, wo mein Vetter Millie den Krieg auf einem Kavallerie-Druckposten gebracht hatte.

Wo mochte Millie wohl stecken? Er hatte gleich gemerkt, was los war und war in den Westen abgehauen. Vielleicht ritt er wieder. Rennjockei. Wie vor dem Krieg. Bis zu welchem Alter ließen sie Jokkeis Galopprennen reiten?

«Hoffentlich ist es Linie drei», sagte Gigi.

«Wie?»

«Sieh die Tafel an. Mit Linie eins müssen wir in Kladow umsteigen. Weil die nach Wannsee weiterfährt.»

«Ist doch egal. Dann steigen wir eben um.»

Gigi holte das Kuchenbrot hervor. Es war plattgedrückt, weil sie es vorne in den Overall gesteckt hatte. Wie einst die Wurst aus Philippstal. (Wenn ich einmal davon absah, daß der Overall erst später in unser Leben getreten war.)

«Magste?» fragte Gigi. Wir aßen das Kuchenbrot. Ein paar Enten schwammen heran. Wir fütterten sie.

«Die haben sich auch nicht träumen lassen, daß sie einmal mit amerikanischem Kuchenbrot gefüttert werden.»

Ein Pfiff, der Dampfer kam! Wir sprangen auf. Gigi zog wieder Strümpfe und Schuhe an. Der Dampfer wendete, fuhr an den Steg. Ein paar Leute stiegen aus. Wir gingen an Bord. Ein BVG-Schaffner stand an der Reling, den Apparat für Münzen umgehängt, Fahrkartenblock in der Hand. «Zweimal Tegel», sagte ich.

Der Dampfer legte ab. Nahm Kurs auf die Pfaueninsel. Wir setzten uns ans Heck. Die Sonne schien warm. Die Landschaft glitt vorbei. Gigi kuschelte sich an mich. «Irre, was?» sagte sie. «Ich glaube, ich habe noch ein paar Krümel im Overall. Von dem Brot.»

Ich konnte mir denken, was Schnüffelpaule in diesem Augenblick gesagt hätte. Also sagte ich lieber nichts.

Auf der Pfaueninsel rannten immer noch die Hühner von den Meierei-Leuten umher. Ein paar Leute stiegen zu.

Ich ging mal nach unten, pinkeln. Als ich wiederkam, saß ein Mann neben Gigi, im Winterpaletot, eine Mütze mit Ohrenklappen aus falschem Astrachan auf dem Kopf. Gigi sagte: «Du mußt dir erzählen lassen, Karl, was der Herr hier ...»

Der Mann stand auf: «Jestatten, Pompetzki», sagte er. «Ich hatte gerade die Ehre, Madamchen hier ...»

Madamchen! Das würde bleiben! Herr Pompetzki hatte *Madamchen* berichtet, daß er Sammler von Erinnerungsstücken an die Kriegsmarine sei: «Er hat Mützenbänder», sagte Gigi.

Pompetzki strahlte: «Ein Original-Mützenband vom Panzerschiff

Graf Spee, stellen Sie sich vor! Und Marineschule Mürvik. Und Kreuzer Karlsruhe. Alles original. Ich bin sicher, wenn sie mal ein Marinemuseum aufmachen, werden sie das nicht haben. Vierzig Bänder. Und dann, ich kann es Ihnen ja verraten» – er beugte sich an Gigi vorbei zu mir herüber –, «ich habe von der Spree auch die Reichskriegsflagge!»

Während der Dampfer weiter havelaufwärts fuhr, schilderte Pompetzki sich als Mensch, dessen ganzes Glück auf dem Rücken der Decksplanken lag. Ein Boot besaß er auch, es lag am Kleinen Wannsee. «Wenn Sie mal mitfahren wollen, Sie sind herzlich injeladen. Kleene Haveltour mit Pompetzki! Ich zeige Ihnen auch in Weinmeisterhöhe den Kapitän, der mit Hans Hass in der Ägäis gesegelt ist. Feiner Mann! Hochinteressant. Ist gewissermaßen ein Freund von mir. Mein Boot ist ja schon alt. Fünfzehn PS Volvo Diesel. Aber mit Kajüte und allem avec. Würde mich freuen, es Ihnen . . . Nun muß ich aber aussteigen. Gestatten, wenn ich Ihnen meine Adresse aufschreibe. Hamse'n Bleistift?»

Ich hatte einen. Pompetzki verabschiedete sich mit Verbeugung von «Madamchen», mir schüttelte er nach kerniger Marineart die Hand.

«Hebst du die Adresse auf?» fragte ich Gigi.

Sie faltete sie zusammen, ganz klein und steckte sie in die Tasche ihres Overalls. «Man kann nie wissen.»

In Kladow wurde das Schiff voll. Wir brauchten nicht umzusteigen, es war Linie drei. Weiter ging es, an Schwanenwerder vorbei. Wir sahen die Villen der einstigen Nazigrößen zwischen den Bäumen liegen. Jetzt war alles von den Amerikanern beschlagnahmt. Dann Lindwerder, Hohengatow. Hier hatte ich geholfen, die englischen Sunderland-Flugboote zu entladen.

Die Ufer rückten näher. Jetzt hatten wir auch die nordwestliche Einflugschneise der Luftbrücken-Flugzeuge erreicht. Wir sahen, wie sie in Gatow landeten. Andere orgelten über uns weg, Richtung Tegel.

Hinter Schildhorn fuhren wir in den schmalen Havelarm, in den Pichelsee, unter der Heerstraße durch. Spandau. Die Berliner benutzten hier den Dampfer tatsächlich wie einen Bus. An jeder Anlegestelle stiegen Leute aus und ein. Endlich die Insel mit der Zitadelle. Dann Eiswerder. In Tegelort, der nächsten Station, stiegen wir aus. Inzwischen war es Abend geworden und empfindlich kühl. Über Valentinswerder, die kleine Insel, die man auch von Zauberer Puvogels Laube aus sehen konnte, setzten wir nach Saatwinkel über. An der Bernauer Straße bekamen wir einen Bus.

«Wo wir schon unterwegs sind», sagte Gigi, «hast du Lust, tanzen zu gehen?»

«Klar. Ku-Damm?»

«Ku-Damm!»

Wir gingen in die *Badewanne* schwoofen, einen Schuppen in der Nürnberger Straße, in dem nach dem letzten Krieg Berliner Maler heißes Kabarett gemacht hatten. Jetzt war der übliche Betrieb hier. Kerzenlicht wegen Stromsperre. Teddyboys mit den steilsten Hahnenkamm-Frisuren, Kaugummi im Schnabel, die Coke lässig in der Hand. Ihre Bräute trugen knallenge Hosen und Schuhe mit Plateau-Sohlen. Sie rockten zu einem Mischmasch-Sound, den eine Group auf dem fast dunklen Podium produzierte. Sie nannte sich passend *Air Lift*. Manchmal legten sie einen sanften Blues hin.

Wir klammerten uns aneinander. Gingen kaum von der Tanzfläche. «Mann, ist das irre!» sagte Gigi. «Ich hatte das vergessen. Du, wirklich vergessen.»

Als wir die *Badewanne* verließen, gab es Strom. Ein Stück konnten wir die U-Bahn benutzen. Wir erwischten den letzten Bus in den Vorort. «Kommst du mit zu mir, Madamchen?» fragte ich.

«Aye, aye, Käpt'n Pompetzki», sagte Gigi.

Sie hatte wirklich lauter Krümel im Overall.

Sonntags am späten Nachmittag schaute manchmal, nach einem Spaziergang, der Buchhändler Benno Blüte in die *Beknackte Maus*, ein kleiner flinker Mann mit dicken Brillengläsern, durch die skeptische Augen uns ansahen. Er blieb auch, wenn er sein Bier trank, ständig in Bewegung, setzte sich, sprang sogleich wieder auf, ging im Lokal hin und her, lehnte sich an die Bar, setzte sich wieder. Und war gleichzeitig in Gespräche mit diesem und jenem verwickelt, wie es gerade kam. An mir hatte er einen Narren gefressen, lotete mit geschickten Fragen aus, wie weit meine Schulbildung reichte, das war nicht viel. Aber es gefiel ihm, daß ich mir nach dem Krieg die Army Edition-Taschenbücher vom Müllberg des Horse Platoons geholt hatte, die von den Amis weggeworfen worden waren. Leicht beschädigt, etwas angeschmutzt, hatten da Faulkner, Hemingway, Jack London und F. Scott Fitzgerald einträchtig nebeneinander gelegen. Unter den Augen der Wachen hatten wir damals nach Eßbarem gestöbert, für unser Schwein, das wir zwecks Schwarzschlachtung in der Waschküche aufpäppelten. Die

Bücher hatte ich mitgenommen, angefangen, mit Wörterbuch zu lesen, bis es dann immer leichter ging. Aus Versehen war ich damit jemand, der nach zwölf Jahren geistiger Isolierung ein bißchen was von amerikanischer Literatur wußte. (Diese Kenntnisse sollten allerdings meine Zukunft dann doch nicht wesentlich beeinflussen. Das besorgte ein Buch, an das ich später geriet. Ein eher unliterarisches Werk. Es hatte den Titel: *Der Regenwurm – dein Freund und Helfer.)*

Eines Tages sagte Benno Blüte: «Wollen Sie nicht in meiner Buchhandlung anfangen?»

Ich sah ihn erstaunt an. «In Ihrer Buchhandlung? Aber ich habe keine Ahnung! Als Schuljunge habe ich die Rechenbücher bei Ihnen gekauft. Das ist das einzige, was ich über eine Buchhandlung weiß.»

Blüte sah mich mit seinen brillenbewehrten Augen an, und auf einmal war etwas wie Güte in ihnen: «Versuchen Sie's. Die Blockade ist gleich zu Ende. Alles wird wieder normal. Auch wenn wir uns das heute noch nicht vorstellen können. Ich könnte Ihnen auch nicht sagen, wie das aussieht: normal. Vielleicht können wir uns gar nicht daran gewöhnen. Aber es wird wieder Bücher geben. Jede Menge Bücher. Und wenn die Leute sich erst einmal sattgegessen haben, werden sie auch Bücher kaufen.» Er spielte mit seinem Bierglas: «Habe ich mich verständlich gemacht? Ich weiß nicht, ob Sie Freude an diesem Beruf haben werden. Aber ich könnte es mir denken. Wir können es ja ausprobieren. Drei Monate, ein halbes Jahr. Überlegen Sie es sich.»

Ich dachte an Mathildes Wunschvorstellungen, meine Zukunft betreffend. Sie waren alle optimistischer als ich selbst. Auch Friedrich meinte, das sei doch endlich etwas, und ich sollte Blüte zusagen. Auch Gigi war dafür: «Das ist doch eine Riesenchance für dich! Du machst Karriere, Junge! Vom künstlichen Leberwurst-Verarbeiter zum Buchhändler!»

«Buchhändler ist Benno Blüte.»

Friedrich sagte: «Wir hatten einen Onkel in Stettin, der war auch Buchhändler. Das heißt, erst war er Lehrling. Er hat ein Buch erwischt von Hegel, das hat er nicht verstanden. Er hat immer im Laden auf der Leiter gehockt und gelesen, bis es dem Buchhändler zuviel war. Er hat zum Onkel gesagt, als *er* Lehrling war, haben sie sechzehn Stunden am Tag gearbeitet – richtig gearbeitet! – und denn Hering in die Hand, Tritt in 'n Arsch und ruff uff'n Boden. Und deshalb sei er entlassen, unser Onkel.»

Gigi war erstaunt: «Seit wann erzählst du Geschichten, Friedrich?»

Ihr Bruder winkte ab. «Laß mich mal. Ist noch nicht zu Ende. Also unser Onkel war rausgeschmissen. Das Buch hat er mitgenommen, den Hegel. Die Eltern haben natürlich gemeckert, was nun aus ihm werden soll. Also hat er gesagt, damit die ihre Klappe halten, wird er Leichtmatrose. Sie haben ihn auch genommen, er hat angeheuert, auf dem Seebäder-Dampfer *Möwe*. Das war noch so 'n alter Raddampfer, der zwischen Stettin und Lübeck verkehrte. Sie fuhren immer denselben langweiligen Törn, und der Onkel hatte den Hegel dabei, weil er dachte, dann kann er da weiter drin lesen, und vielleicht kapiert er es eines Tages. Der Kapitän hat gesehen, wie er an Deck auf einer Kabelrolle saß und schmökerte, das hat er sich eine Weile angeguckt, und dann hat er gefragt: ‹Was lesen Sie da?› Der Onkel hat es ihm erklärt, oder hat es jedenfalls versucht. Erst einmal war der Kapitän kein Typ für Bücher, und dann hatte unser Onkel ja auch immer noch nicht kapiert, was in dem verdammten Buch stand. So kamen sie wieder zurück nach Stettin, und da hat ihn auch der Kapitän gefeuert. Also ist er auch nicht Leichtmatrose geworden.»

«Was ist er denn geworden?»

«Landrat.»

«Landratte?»

«Landrat! Ohne e! Trottel!»

Aber *wie* der Onkel Landrat geworden war, wollte Friedrich uns um keinen Preis der Welt verklickern. So viel hatte er noch nie hintereinander erzählt. Jetzt sei es einfach genug. Vielleicht ein andermal.

Benno Blüte würde meiner vielleicht auch schnell überdrüssig werden. Aber wenigstens waren wir hier weit genug von der Küste entfernt. Die Gefahr, Leichtmatrose zu werden, war geringer. Allerdings war auch der Landrat nicht einmal ein utopisches Ziel. Tausendschönchen wurden nicht Landrat.

Obwohl wir es alle längst erwarteten, schlug doch die Nachricht, daß die Blockade aufgehoben werden sollte, wie ein Bombe ein. Gesteckt voll war die Beknackte Maus, nachdem der RIAS-Lautsprecherwagen die Neuigkeit verkündet hatte:

Der russische UN-Delegierte Malik und Dr. Jesspu als Vertreter der Vereinigten Staaten hatten ausgehandelt, daß der Verkehr von und nach Westberlin auf Schiene und Straße am 12. Mai wiederaufgenommen werden würde.

Das war in einer Woche! «Stellt euch das man vor», sagte Buseberg. «Erst sagense die Brücken sind kaputt und so'n Firlefanz, und dann ist über Nacht alles wieder in Ordnung. Mit uns können se's ja machen.

Die Berliner sind ja doof, wat? Dafür haben wir Kohldampf jeschoben. Und die verdammten Amis lassen sich das bieten, Mensch! Da scheißt doch der Hund ins Feuerzeug!»

Willi Reh meinte, alles sei nicht so schlimm wie ein Lungensteckschuß, wir sollten mal die Klappe halten und uns freuen, und ob Puvogel nicht noch 'n anständigen Cognac versteckt habe, der Dünnpfiff-Cocktails von der lieben Agathe sei er nun überdrüssig.

Puvogel hatte nicht, aber da kam Sternchen Siegel und brachte doch wirklich drei Flaschen ganz echten Cognac, und Heringsbändiger trat hinter ihm ein und brachte drei Flaschen ganz echten Korn. Puvogel sagte: «Wenn ihr euer eigenes Zeug sauft, wovon sollen wir Geld verdienen?»

Benno Blüte kam nach Geschäftsschluß. «Seh'n Sie!» sagte er. «Wie ist es nun?»

«O. k.», sagte ich. «Nehmen Sie lieber einen Cognac oder einen Korn?»

Herr Blüte war höflich und verlangte von Agathe einen *Flotten Dreier*.

Sternchen Siegel hängte seine karierte Fußball-Manager-Mütze an den Nagel, der das Schild mit dem Hinweis hielt, daß Huberts Ersatz-Leberwurst die beste sei. «Was hat Siegel gesagt?» meinte er. «Hab ich gewußt, für was wer brauchen die Kühltruhen. Puvogel, laß verschwinden de Täuschobjekte!»

Gigi und Ingeborg kluckten bei Agathe. «Wir kaufen uns neue Fummel! Sofort!» sagte Agathe. «Paar ganz flotte Sachen, ja?»

Gigi und Ingeborg waren unheimlich dafür. Aber erst, sagte Ingeborg, müsse sie Heringsbändiger helfen. Wo es doch nun in die Vollen gehe mit der *Dogger Bank*. Heringsbändiger drückte auf der Wurlitzer-Orgel *I want to hold you so much closer when I dare to*. «Ziehste zu mir?» fragte er Ingeborg. Sie nickte. Trank ihr Glas aus. Und verschluckte sich. Willi Reh klopfte ihr auf den Rücken. «Wenn hier eener hustet, bin ick det», sagte er.

Eine ganze Woche lang waren die Tausendschönchen außer Rand und Band. Onkel Hubert mußte seine Beziehungen spielen lassen, um ein paar Extrafässer Bier heranzuschaffen. Auf einmal lieferte die Brauerei wieder Spitzenqualität. Die Epoche des Dünnbieres war vorbei. «Auch das ist schwer zu begreifen», sinnierte Buseberg. «Sie können doch nicht auf einmal genug Hopfen haben und Gerste. Alles kommt doch noch über die Luftbrücke. Warum ist das Bier besser?»

«Warum ist die Banane krumm», sagte Friedrich. «Kümmer dich doch nicht darum. Sie haben uns *vor* Hitler beschissen, sie haben uns *bei* Hitler beschissen, und jetzt tun sie es wieder. Gewöhn dich dran. Laubenpieper sind die Schlußlichter der Nation.»

«Große Worte», sagte Siegfried. «Was soll mich das? Vergeßt den ganzen Scheiß. Prost!»

Er kniff Agathe Fanselow in den Hintern, und sie klebte ihm eine. Aber sanft. Onkel Hubert und Gustavchen wuchteten das nächste Faß unter die Theke. «Anstich», sagte Gustavchen. «Darauf einen Korn.»

Auch Stinker Eichelkraut parkte wieder seinen Kesselwagen vor der *Beknackten Maus*. «Kannste den nich weiter unten stehen lassen?» fragte Puvogel. «Der verstänkert ja die ganze Gegend. Ist doch genug, wenn du selber muffelst, daß die Uhr stehenbleibt.»

«Icke? Wieso?» sagte Eichelkraut unschuldig. Er war übrigens der einzige, der sich Zukunftssorgen machte. «Wennse nu überall Kanalisation bauen», meinte er, «was wird denn aus mein Jeschäft? Die Sikkergruben-Entleerung?»

Buseberg beruhigte ihn. «So schnell geht das nicht. Kannst schon weiter Scheiße quirlen.»

Bei all den flotten Friedensfeiern vergaß ich fast, Minnamartha aufzusuchen. Sie war auch ein bißchen sauer:

«Junge, ich sitze hier, zwischen all den Mackenheimern, und du kümmerst dich nicht. Hast du gehört? Die Blockade wird aufgehoben.»

«Deshalb konnte ich nicht kommen. In der Kolonie drehen sie alle durch.»

«Junge, was gehst du immer in die Kolonie! Gehörst du denn da hin?»

Mir fiel wieder ein, daß Minnamartha sich ja geweigert hatte, die Zerstörung ihres Siedlungseigenheims zur Kenntnis zu nehmen. «Übrigens», sagte Minnamartha, «wir haben hier einen Neuen. Du kennst ihn.»

«Ich kenne ihn?»

«Rate mal.»

Ich schüttelte den Kopf. «Keine Ahnung.»

Minnamartha beugte sich zu mir. «Es ist Othmar», flüsterte sie.

«Othmar? Unmöglich!»

«Wieso unmöglich! Gib doch zu, er war immer ein bißchen tülitütü. Als Kind, wenn er zu dir spielen kam. Er hatte immer so Ideen.

Feuer habt ihr gemacht! Ja, ja, bei ihm, ich habe das nicht vergessen. Othmars Mutter hat mir das erzählt. Und dann, wie er immer gekuckt hat! So irre! Hast du das nicht gemerkt? Also, sag mal! Jetzt hat ihn die Polizei gefangen. Er soll mit Leuchtern auf Leute geworfen haben. Mit brennenden Kerzen. Stell dir vor, wie leicht da was passieren kann. Die Leute können ja verbrennen.»

Ich verschwieg Minnamartha, daß ich die Szene miterlebt hatte. Die Polizei hatte Othmar also kurzerhand in die Klapsmühle gesteckt! Ob er wirklich da hingehörte? Ich war mir nicht sicher. Gewiß, das Spreewald-Gedicht von Müller-Beelitz hatte er schon sehr merkwürdig vorgetragen. Die große Gurke, die den Spreewald grüßt, war ja schließlich nicht der Hamlet-Monolog. Aber deswegen war ein Mensch doch nicht irre. Ich mußte versuchen, Othmar zu sprechen.

«Wo ist er?»

«Zur Beobachtung. Geschlossene Station. Karl, du willst ihn doch nicht etwa besuchen?»

«Warum nicht? Ist es ansteckend?»

«Nein, nein. Aber man soll ihn nicht stören. Siehst du, ich weiß das von mir selbst. Mit mir war es ja nicht einmal schlimm, nur die Nerven. Aber alles von außen ... weißt du, man ist schwach dann. Sehr schwach. Und alles ist eine Störung. Es ist besser, du läßt ihn. Vielleicht geht es später. Ich habe auch mit Othmars Mutter gesprochen, sie kommt ja fast jeden Tag. Aber sie zwingt Othmar auch nicht, nachzudenken oder sich zu erinnern. Erst allmählich ... wenn man lange hier ist, erinnert man sich. Menschlein» (sie nannte mich wieder so wie vor vielen, vielen Jahren), «der Sessel von Oma. Du hast ihn doch noch? Zerhack ihn bloß nicht. Schmeiß ihn nicht weg! Es war ein Geschenk. Der Präses der evangelischen Kirche in Graudenz hat ihn Oma gegeben. Halt ihn in Ehren. Oma war sehr krank damals. Mußte im Bett liegen. Aber sie war die einzige, von der sich unsere Ziege melken ließ. Wir mußten die Ziege an ihr Bett führen. In die Stube. Ja, du lachst! Es war aber so! Und der Präses hat es erfahren. Er fand das so biblisch. Da hat er Oma den Sessel geschenkt, damit sie es bequem hat, wenn sie wieder gesund wurde.»

Minnamartha strich sich über die Stirn. «Ja, so waren die Menschen damals. Sie waren noch gut zueinander. Karl, heute sind es Bestien! Sieh dich vor. Sei nicht gutgläubig. Sie wollen einen alle nur ausnutzen. Sogar hier ...» – sie beugte sich wieder zu mir und flüsterte: «Hier warten die Pflegerinnen doch nur, daß einer stirbt, damit sie was erben. Neulich, die alte Frau Lodder, als die krank wurde, sind sie um ihr Bett geturtelt. Ob sie nicht dies haben könnten, jenes. Aber Frau Lodder hat sie alle weggescheucht. Und dann ist sie wieder gesund geworden. Aber sonst! Karl! Sieh dich bloß vor!»

Minnamartha sprang auf: «Ach! Ich habe ganz vergessen, dir das Wichtigste zu erzählen! Ich werde entlassen! Sie sagen, ich bin wieder gesund, sie wollen nur noch abwarten, bis die Blockade vorbei ist. In vierzehn Tagen. Ich sage dir noch Bescheid.»

«Du wirst entlassen? Ja, Himmel! Da müssen wir alles vorbereiten!»

«Mußt nichts machen. Ich kann mir denken, wie die Laube aussieht. Die nehme ich mir schon vor. Habe ja sonst nichts zu tun.»

«Ja, die Laube. Unser Haus ...»

«Ich weiß. Es ist zerstört. Ich vergesse es immer wieder. Weil ich so krank war. Aber langsam fällt mir alles wieder ein. Laß man. Wir fangen wieder an. Es wird schon gehen. Du mußt sehen, daß du einen ordentlichen Beruf ergreifst.»

Ich sagte ihr, daß Benno Blüte mich in seiner Buchhandlung haben wollte.

«Siehst du», sagte sie. «Siehst du, Junge!»

Ich verklickerte Ingeborg und Gigi die Neuigkeit. «Platz ist ja», sagte Ingeborg. «Wenn ich zu Heringsbändiger ziehe. Aber ob du das aushältst, und ob Minnamartha das aushält? Sie müßte jemand haben, um den sie sich kümmert. Eine Aufgabe.»

Gigi sprang auf. «Ich hab's!» rief sie. «Friedrich. Sie soll sich um Friedrich kümmern. Friedrich kann in eure Laube ziehen, und du, Karl ...»

Sie schlug sich auf den Mund. «Ach, was plappere ich da! Entschuldigt.»

Ich nahm sie in die Arme. «Warum nicht?» sagte ich. «Allerdings: Ob es den anderen Beteiligten recht ist?»

«Daran kann man drehen», sagte Ingeborg. «Laßt mich mal machen. Ich habe da ein paar Ideen.»

Ich erzählte den Mädchen, daß Othmar, der Vortragskünstler, der blondgelockte Gespiele unserer frühen Jahre, im Sanatorium Waldesruh gelandet war.

«Vielleicht gehört er da hin», sagte Gigi kühl. «'ne Meise hatte der doch immer.»

Sternchen Siegel schlug vor, daß wir alle einen Ausflug machen sollten: Am 12. Mai, null Uhr, zum Kontrollpunkt Dreilinden.

«Mitten in der Nacht?» fragte Siegfried.

«Nebbich», sagte Siegel. «Wird sein beleuchtet de Szene. Verspreche ich mer hochinteressante Erlebnisse! Nehmen wer den Gummiwagen von Eichelkraut, vielleicht ein Fäßchen Bier, bißchen Schnaps ... wäre doch schön.»

Eichelkraut sagte, wir seien jetzt total übergeschnappt. Den Wagen könnten wir nehmen, aber sein Pferd bekämen wir nicht! So spannten wir Heringsbändigers Klepper ein.

Wir waren zu sechst: Heringsbändiger als Kutscher. Agathe, Ingeborg und Gigi. Sternchen Siegel und ich.

Es war noch hell, als wir abfuhren. Die Tausendschönchen hatten sich vor der *Beknackten Maus* versammelt und winkten uns: «Bringt was Schönes mit!» riefen sie. «'n Spickaal. Und 'n Kohlkopp! Und 'n großes Bauernbrot! Frisch, bitte!»

Wir fuhren den Königsweg entlang, durch den Wald unserer Kindheit. Jedenfalls Gigis und meiner Kindheit. Vorbei an Oma Benschs Grab. Das Eisengitter war wirklich inzwischen geklaut. Nur der fast im Erdreich versunkene, von Efeu überwucherte Grabstein war zu sehen. Heringsbändigers Kracke zog emsig unser Wägelchen durch den Sand, als ob er eine Fuhre Hafer von Helmstedt witterte.

Am Kontrollpunkt Dreilinden war ein Menschenauflauf. Polizei sperrte ab. Reporter mit ihren Fotoapparaten liefen hin und her. Die Wochenschau baute ihre Scheinwerfer auf. Dazwischen karriolten Ami-Jeeps hin und her. Die Polizei ließ niemanden mehr durch. Aber Sternchen Siegel deutete auf unser Bierfaß: «Lieferung.» Sie bahnten uns eine Gasse. Wir kutschierten zum Schlagbaum.

Es war ein Volksfest. «Hätten wir mehr Bier mitgenommen», sagte Heringsbändiger. «Wir hätten ausschenken können.» So luden wir nur die Umstehenden ein.

Es dauerte Stunden. Die Nacht verstrich. Aber niemand war müde. Der Kontrollpunkt war hell von Scheinwerfern beleuchtet. Drüben sahen wir Russen mit ihren Maschinenpistolen. Und Vopos.

Endlich Scheinwerfer. «Sie kommen!» schrien alle. «Sie kommen!» Polizisten pfiffen auf ihren Trillerpfeifen, drängten die Leute zurück. Dann öffnete sich der Schlagbaum, und der erste Lastwagen rollte in den Westsektor. «Kuck mal!» sagte Gigi und stieß mich an. «Kuck mal, wer in dem Lastwagen sitzt!»

Das war doch nicht möglich:

Schnüffelpaule!

Auf Büssing NAG!

«Schnüffelpaule», riefen wir! «Schnüffelpaule!»

Der Lastwagen hielt an. Schnüffelpaule sprang vom Trittbrett. Er trug wieder seinen alten Mantel. Oder einen, der genauso aussah. Und auch die Schiebermütze klebte ihm auf dem Kopf. «Nee», rief er, «det is nich möglich. Det kann ja nich sind! Ich krieje mir nich mehr ein! Ach du liebet bißchen! Kommt in Paules Arme!» Wir begrüßten einander, tanzten wie die Indianer. Sternchen Siegel hatte schon die Schnapsgläser gefüllt. «Prost!» Sie machten sich alle miteinander bekannt.

Ein Polizist kam, der Lastwagen sollte weiterfahren. «Momang», sagte Paule, «kommt mal mit.» Er astete einen Karton aus dem Führerhaus. «Für euch», sagte er. «Hat Paule mitgebracht. Freude!»

«Was ist denn drin?» fragte Gigi. Paule legte einen Finger auf die Lippen. «Wird nich verraten!»

Ein großer Karton! Schnüffelpaule stieg wieder ein. Langsam rollte der Lastzug an. «Bis morgen!» rief Paule. Sternchen Siegel rief: «Bitteschön, derf ich fragen was hamse jeladen?»

Paule rief zurück: «Vierzigtausend Büchsen Thunfisch!»

Im Karton waren zweihundert Büchsen Thunfisch.

# Inhalt

46/19

931/3